創元ライブラリ

男性版

ハザール事典

夢の狩人たちの物語

ミロラド・パヴィチ

工藤幸雄◆訳

東京創元社

HAZARSKI REČNIK

目次

この書を繙《ひもと》かざる人
ここに休らう
その人は永遠の死者なり

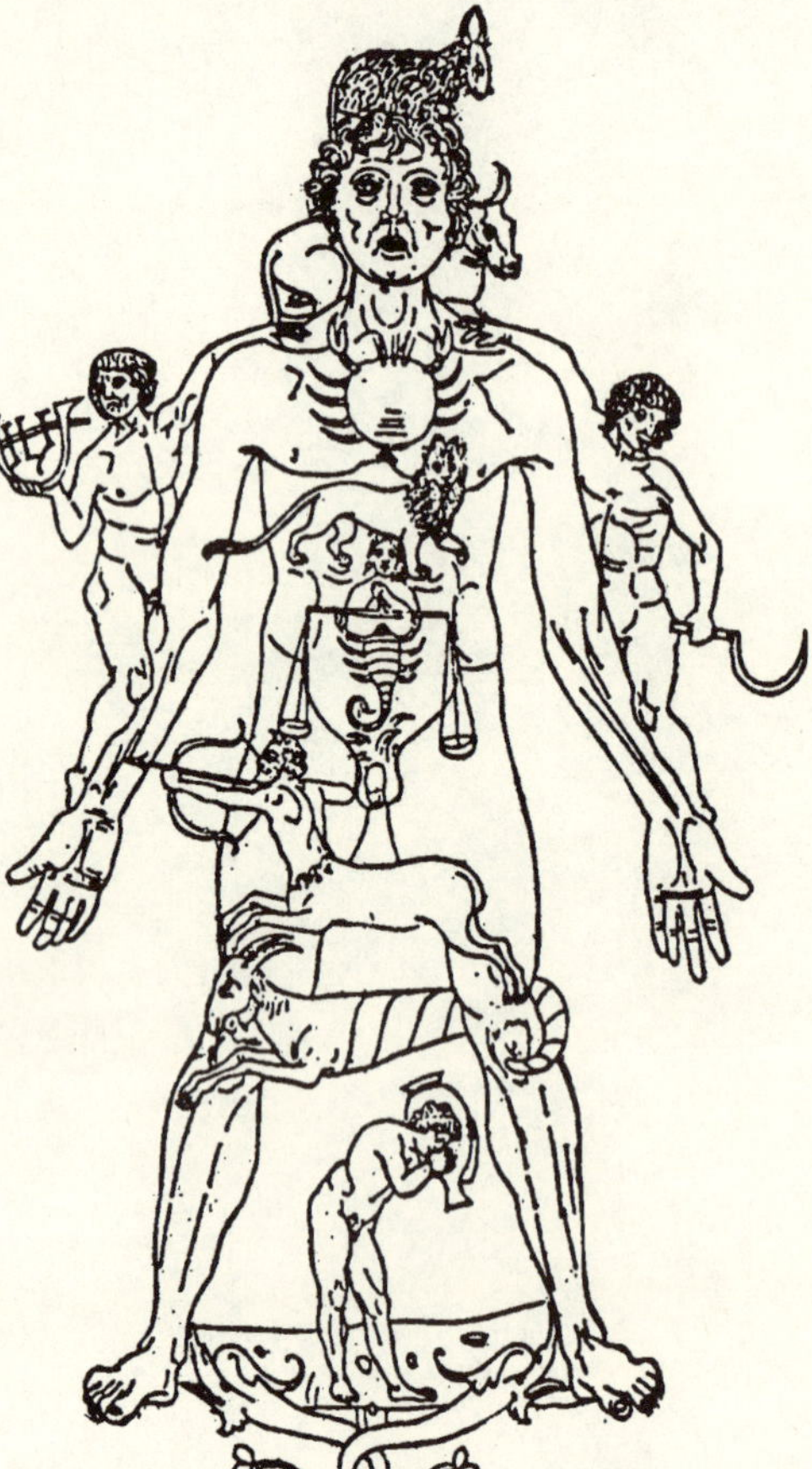

Lexicon Cosri

ハザール問題に関する事典の事典

*

一六九一年の初版（一六九二年に破棄されたダウプマンヌス版）を
再構成し、最新資料を加えた改訂版

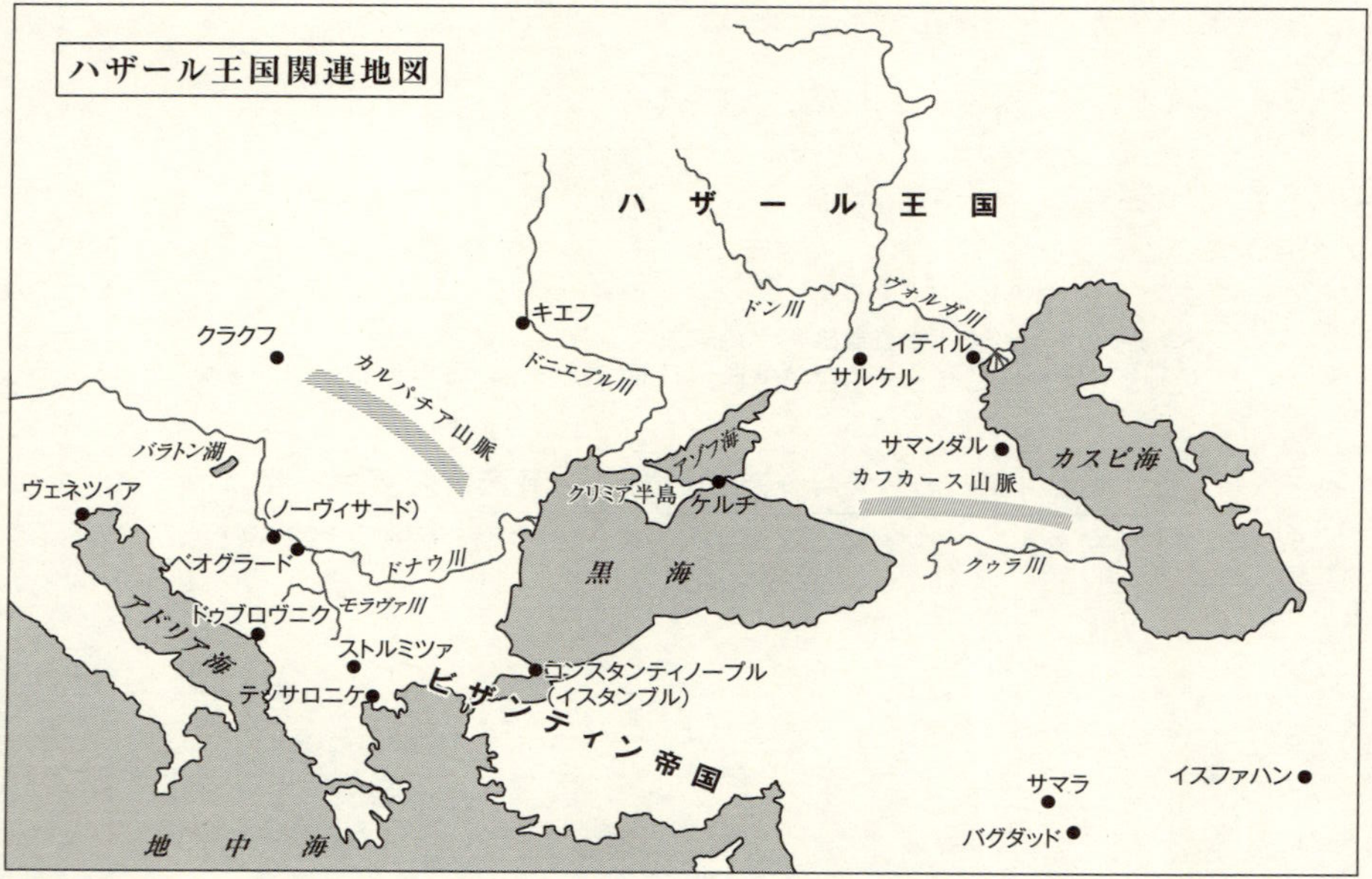
ハザール王国関連地図
ハザール王国
キエフ
クラクフ
カルパチア山脈
ドニエプル川
ドン川
ヴォルガ川
イティル
サルケル
バラトン湖
アゾフ海
サマンダル
カスピ海
カフカース山脈
ヴェネツィア
クリミア半島
ケルチ
(ノーヴィサード)
ベオグラード
ドナウ川
黒海
クゥラ川
アドリア海
ドゥブロヴニク
モラヴァ川
ストルミツァ
コンスタンティノープル
(イスタンブル)
テッサロニケ
ビザンティン帝国
サマラ
イスファハン
バグダッド
地中海

最新資料を加えた再構成改訂版、即ち『ハザール事典』第二版に寄せるまえがき

本書を読んだがため死に至ることはありえない――予《あらかじ》めそう保証しておくのが本版編著者としての義務であろう。なんとなれば、初版『ハザール事典』*Lexicon Cosri* がなお流布し、かつその編著者が存命した一六九一年にあっては、ほかならぬ死こそが読者の甘受すべき運命だったからである。本書と約三百年を隔てるいわゆる初版本については、以下に多少、説明の必要を認めるものだが、無用の長広舌に陥るの愚は避けたい。そこで編著者から読者にお願いがある。それはこうである。筆者はディナーに先立ちこの巻頭言を書くこととする。読者は、よろしくディナーのちこれを読まれんことを。空腹に耐えかねて筆者は必ずや簡潔を期するであろうし、他方、読者は満腹感に寛《くつろ》ぎつつ、さして長文とも覚えず、この序文を読み通すに違いないと思うからである。

1 『ハザール事典』（第二版）成立の経緯について

そもそも本事典に記載の出来事は、ほぼ西暦八世紀より九世紀にまたがる（もっとも、いつの時代にも地域を問わず類似の事件は枚挙に遑《いとま》ない）。その扱うところは専門書が〈ハザール論争▽〉と呼ぶ分野に尽きる。ハザール▽とは往時、強大と独立を誇り、果敢な戦士、また遊牧民でもあった一民族であり、その淵源《えんげん》は遠くオリエントにあるとみられる。彼らは炎熱の沈黙《しじま》に追われるごとく、いつの時代と知れず、大移動を果たした。ハザールがカスピ海と黒海とに挟まれる地方一帯に定住したのは七～十世紀の間《かん》である。[原註] 彼らハザールをそこに送りつけた風は、性別で言うと、〈男性の風〉であったと知られる。それは一滴の雨も降らせぬ風なのだが、この風の表面には青々として芝草が芽生える。このため天空をよぎる風は、まるで天のひげのようだったという。

原註　ハザール族に関する文献総目録としては *The Khazars, a Bibliography*（ニューヨーク、一九三八）がある。ソヴィエト・ロシアの碩学 M. I. Artamonow はハザール史の専門書を二度にわたり発表した（レニングラード、一九三六および一九六二）。アメリカの学者 D. M. Dunlop による *History of Jewish Khazars*（プリンストン、一九五四）も貴重である。

さて、後期スラヴ神話に現れる海の名に Kozje がある。これをスラヴ族のあいだで広く用いられたハザールの古名 Kozari に因《ちな》むものとみれば、〈ハザール海〉の意と解せよう。このカスピ海と黒海の中間地帯に定着してハザールが一大王国を創設したこと、彼らは、こんにちでは忘れられたある宗教を信奉していたことが知られている。またハザールの既婚女性は、夫を戦闘で喪《うしな》うや、亡き勇者を悼《いた》んで夜ごとに流す涙を集めるため、各自、一個ずつの枕が支給される習わしであった。

ハザール族が歴史に登場するのは、アラブ人とのあいだにしばしば戦争を繰り返し、援軍を望んで六二七年、ビザンティン皇帝ヘラクレイオスと同盟関係を結んだことによる。しかしながら、ハザール族の起源は不明である。こんにち、ハザールの後裔《こうえい》を探索するには、いかなる名のどの民族を探るべきか、そのための手がかりいっさいが消滅したためである。彼らはドナウ川沿いに一か所の墓地を残した。だが、ハザールの遺物であるとの確証はない。さらに、一連の鍵形のもので、環の代用としてか、そこに三角帽子の形に似た金ないし銀の飾りの付く出土品も遺《のこ》された。ダウプマンヌス✡に従えば、これはハザールの貨幣とされる。王国が滅びるのと時を同じゅうしてハザールは歴史の舞台から姿を消す。本書の中心部分を占めるのはそれに先立つ出来事の詳細である。

姿を消すに先立ち、ハザールは前述の謎の古代信仰から改宗している。当時すでに行われたこんにちの三大宗教のうちのひとつを受け容れたのだ。だが、それがユダヤ教、イスラーム教、キリスト教のいずれであったかは決めがたい。この改宗より間もなくハザール王国は存在を絶つ。王国崩壊に功を挙げたのは十世紀、ルーシ*の戦将にして貴公子、スヴィァトスラフ公であり、公はこの戦いに鞍上《あんじょう》から一度も降り立つことなく、林檎《りんご》にでもかぶりつくように楽勝した。カスピ海に注《そそ》ぐヴォルガ河口にあったハザールの都イティル Itil が、昼夜八日間におよぶルーシの不眠不休の総攻撃により灰燼《かいじん》に帰するのは九四三年、王国の滅亡はこれに遅れ、九六五〜九七〇年に訪れる。家並が灰となったあとあとまでハザールの都イティルには家屋の亡霊のごときものを散見できたとの目撃談が記録されている。死霊にも似た家影《いえかげ》は吹く風に、またヴォルガの流れに漂うかとみえた。

＊ルーシとはロシアの古名。キエフに首都を置き九世紀半ばから十三世紀にかけて栄えた国家は、歴史上、キエフ・ロシアまたキエフ・ルーシなどと呼ばれる。ハザールはルーシのために滅びた。なお本書中、「ゴート人」と呼ばれるのは「ルーシ人」である。

十二世紀のルーシのある年代記によれば、オレーグ公は一〇八三年、ハザール執政官の称号を得ているが、十二世紀ともなると、ハザールの旧版図《きゅうはんと》は早くもクマン族の領有するところとなる。すでに触れたが、ハザール文化の水準を示す遺跡はきわめて乏《とぼ》しい。公的また私的を問わず、いかなる文書類も発見されていないし、ハレヴィ✡の記述に遺るハザールの図書も跡をとどめない。また「ハザールは彼ら特有の言語によって説教を行った」とキュリロス†（キリール）の伝えるその言語も痕跡は見当たらない。ハザールの旧地に属するスヴァル Suwar で発掘された唯一の建築物は、ハザールの遺物というよりむしろ、こんにちのブルガリア人の先祖ブルガールのそれであるらしい。さらにサルケル Sarkel で実施された発掘作業もなんら成果をもたらさず、ハザールの要望によりビザンティンが同地に構築した城塞の址《あと》さえ見つからなかった。

王国滅亡ののち、ハザール族の名は絶えて人々の口にのぼることがない。わずかに、十世紀、マジャール（ハンガリー）の族長がその領地にハザールを招いたこと、一一一七年、ハザールの一団がキエフに赴き、ヴラジーミル・モノマフ公に謁見《えっけん》を賜《たまわ》ったこと、一三〇九年、プレスブルクではカトリック信者のハザールとの婚姻に禁令が発せられたこと、さらに一三四六年、この禁令に対し教皇の裁可が与えられたこと、以上がその後の歴史の記録に残るすべてである。

ハザールの命運を決した大事件、つまり改宗の次第は次のように展開した。古い年代記の記すところによると、ハザールの君主（カガンと呼ばれる）はある晩、夢を見た。その夢をどのように解くかに悩んだカガンは夢占いに長《た》けた学者三人を各地から呼び集めた。事は王国にとって重大であった、というのも、カガンは三人のうち最も信をおける夢解きに成功した学者を愛《め》で、その者の信ずる宗教に挙国一致して改宗するであろう、との大御心《おおみこころ》を表明したからである。この大決心を下した日、カガンの頭髪はたちまち白髪となった。カガンはそれを自覚しつつも、ついに初心を翻《ひるがえ》さなかった。なにものかに憑《つ》かれてのことであろうか——とある記録は明言する。

かくてカガンの夏の離宮に三人の知恵者が参上した。ひとりはイスラームの信者、ひとりはユダヤ教徒、残るひとりがキリスト者、言い換えれば、それぞれの信仰に結びついた行者とラビと修道僧とである。岩塩細工の短刀が重々しく三人に下賜されたあと、論争の幕は切って落とされた。学者たちが打ち出す思い思いの見解、三分裂したそれぞれの信仰のドグマに立つ啀《いが》み合い、〈ハザール論争〉に絡んで引き合いに出されるさまざまな人物と筋立ての運び——それらは大いなる好奇心を挑発し、この出来事について、またその行く末について、さらには征服者と被征服者とをめぐって、矛盾対立する判断を呼び覚ますに十分であった。振り返れば、その後も数百年間、〈ハザール論争〉はユダヤ、キリスト、イスラーム世界を巻き込んで数知れぬ論議を繰りひろげ、その勢いは現代に至るも止むことがない。ハザール民族がとっくの昔に影も形もなくなったにもかかわらず。

ところで、ハザール問題に寄せる関心がにわかに息を吹き返すのは十七世紀のことである。即ち、同世紀末の一六九一年、プロイセンではこれに関する豊富な史料が蒐集・整理され、出版のはこびとなった。これが論争再燃のきっかけとなる。この書物ではありとあらゆる事柄が詳細に検討された。その研究対象は三角帽子の形をした各種の貨幣から、古い指輪に刻まれた人名、岩塩製の壺に描かれた文様、外交上の往復書簡、文章家たちの肖像（その背景に小さく描かれた書物のタイトルは虫めがねの助けを借りて判読された）にまで及び、さらには、諜者、つまりスパイの相関関係や遺書の調査まで手がけている。奇想天外と言うべきは、黒海沿岸地方の鸚鵡《おうむ》の発声の研究で、死滅したハザール語の余韻が鸚鵡の鳴き声のはしばしに聞かれると人は信じたのだった。音楽の演奏風景を描いた絵画も見逃されなかった。そこには五線譜に書き込んだ楽譜が読みとれたからである。刺青《ほりもの》を施した人間の皮膚さえ検証されたほど、と言えば、ビザンティン、ユダヤ、アラブの古文書《こもんじょ》の探索については言うを俟《ま》たない。要するに、十七世紀当時の人間の想像力が入手可能と見なすありとあらゆる事物が役立てられたのである。

そしてその一切合切が一巻の事典に収められた。

改宗から八百~九百年の年月を隔ててかようにもハザール論争の炎が燃え上がった事情について、ある年代記作者は次のように謎めいた説明を書き遺している。「われわれは各人が己《おのれ》のまえにその思考を散策させる——引き綱をつけた猿を遊ばせるように。読む作業とはつねに二匹の猿を相手とすることである。読者自身の猿と他人の猿と。いや、もっと悪いことには、一匹が猿なら、他方はハイエナだ。では二匹どちらにも餌を食わせるよう苦労するがいい。但しハイエナの食べものと猿の食べものとは違う」と。いずれにせよ、すでにポーランド・ラテン語辞典の版元であったヨアネス・ダウプマンヌスと名乗る人物（ないしは同姓同名のその子孫）が、ハザール問題に関して蒐集された資料をあますところなく出版したのが、すでに述べたごとく一六九一年である。この事典は以下に指摘するようにポーランド人の労作であって、耳輪に鵞ペンを挟み、みずからの口をインク壺とした写字生たちの手が何世紀にもわたって書きため、一部はその後、散佚《さんいつ》したものをも含めて、いっさいの資料がそこに収められた。これがラテン語で*Lexicon Cosri*と題した問題の書物『ハザール事典』である。

ある文献（キリスト者の著）によると、編者にこのテキストを口述したのはテオクティスト・ニコルスキ[A]なるポーランド人だった。彼はオーストリアとトルコの両軍が交戦する戦場にあり、たまたまその場で、またその前にハザールにまつわる出所を異にする手稿の文献を入手し、ついには全文書を暗記するに至った。かくして、ダウプマンヌス版事典は三部構成となった。即ち、キリスト教陣営の文献からの引用、イスラームの関係文書による事項、最後にヘブライ語の手稿と伝承に基づく事項を、並置・羅列し、辞書風の作りにしてある。それはともかくとして、ハザール王国の謎をめぐるこの奇書中の奇書、ダウプマンヌス版事典の辿《たど》った運命は、これまた寔《まこと》にもって奇とするに足る。

ハザール民族に関する最初の書とも言うべき同事典の発行部数は五百部であったが、ダウプマンヌスはそのうちの一冊について、これをわざわざ有毒インクによる印刷に付したのである。この毒入り本は金の錠金具で保護され、これには別に銀の錠金具つきの副本一冊が添えてあった。一六九二年、教皇庁異端審問所はダウプマンヌス版事典を禁書に指定し、焚書《ふんしょ》処分としたが、この二冊（毒入り本と銀金具をつけた副本）のみは難を免《まぬが》れた。このため、ひそかに禁書の事典を読もうとする反抗者、また異端の徒は生命の危険に身を曝《さら》すこととなった。毒入り本を披見した読者はたちまちにして全身麻痺の症状を発し、針で刺されたかのように己の心臓に一撃を受けて絶命するはずであった。事実、読む人は九ページ目にある一行、「言葉は肉となりぬ」Verbum caro factum est の箇所まで読み進めたところで息絶えた。副本には次のような注意書が見えていた。「目覚めたるとき、苦痛なくば、生者のうちにあらずと知るべし」

十八世紀、プロイセンのドルフマー家の相続争いに関する審理記録に明らかなところでは、黄金の錠つきの有毒版事典は代々、家宝なみに同家に伝わっていた。同家では、長兄が書物の半分を継承すれば、あとの兄弟ふたりは残る四分の一ずつを受けとる。もし男子の数が多ければ、それだけ取り分は減らされる。そして、書物のどの部分が割当になるかに応じて、果樹園、畑、牧草地、家屋、池沼、家畜などドルフマー家の遺産のうちそれぞれなにを取得するかが決められていた。

久しいあいだ、家人の死亡と事典を読むこととの因果関係は気づかれないままであった。あるとき、家畜が続々と斃《たお》れ、やがて旱魃《かんばつ》が到来した。だれやらがドルフマー家の人々に注進して、すべて書物なるものは、年ごろの娘と同様、いつなんどき吸血鬼モーラに化身するやもしれぬ恐ろしい魔力を具《そな》えている、悪霊は世をさまよい歩き、行く先々で疫病をばらまき、人を死に追いやると教えた。それゆえ、吸血鬼となった村娘の口に十字架を掛けるように、ちいさな木の十字架を本の錠金具に嵌《は》め込むがよい、そうすれば、悪霊が迷い出ることを防ぎ、当家に危害の降りかかることもない、と。

言われるままに、『ハザール事典』の錠前には木の十字架が嵌められた。にもかかわらず、災厄はさらに跳梁《ちょうりょう》をほしいままにし、就寝中の窒息死により一家の人々が次つぎに命を落とした。恐慌の果て、聖職者のもとに駆け込んで知恵を求めると、聖職者はやおら本から十字架をはずし、災厄はめでたく収まった。聖職者は言った——悪霊が本から抜け出ているあいだは、錠に十字架は禁物じゃ、悪霊は十字架が死ぬほど怖いので、そこへ戻れなくなる。かくて、金色の錠に鍵がかけられ、数十年もの年月、『ハザール事典』はもはや手にとられることもなかった。

毒入りの書物を載せた棚からは夜ごと得体《えたい》も知れぬ物音が洩れひびいた。ルヴッフの住民が付けていた当時の日記によれば、事典には小型の砂時計が象嵌《ぞうがん》のように組み込まれていたせいである。その細工師はネハマ某なる男で、これは「光の書」ゾハール Zohar に通暁し、しかも書くことと話すこととを同時にこなす異才であった。このネハマは、自分の掌《てのひら》にヘブライ語の子音のהヘーの文字の輪郭を見てとり、またוワーウの字のなかにみずからの男性的霊魂を見出しもした。

ネハマが本に細工した砂時計は肉眼には見えないが、完全な静寂のなかで読書を進めるうちに、砂の流れ落ちる音が明瞭に聞きとれるそうである。砂がすべて流れきったあとは、本を裏返してそれまでと反対の方向、つまり末尾から発端へと読み直す。こうすると、隠れていた秘密の意味が読みとれるのである。別の記録によると、ユダヤ教徒が『ハザール事典』に寄せる関心はラビにとっては容認しがたく、しばしばヘブライ世界の碩学《せきがく》の攻撃の的となったといわれる。ラビは事典中のヘブライ文献の真実性には疑いをさし挟まなかったものの、他方面から出た資料はこれを認めることを肯《がえん》じなかったのである。

終りに『ハザール事典』がエスパニャにおいていかに受けとられたかに触れねばなるまい。実は、例の銀金具の副本は巡り巡ってこの地に達した。しかし、その所在を知ったエスパニャのモール人イスラーム社会では、ただちにこれが禁書とされた結果、この副本は、八百年間、ついに読まれることがなかった。禁令はまだ解かれていない。エスパニャにはその当時、ハザール系の家族がまだ少数ながら住んでいた。このことが禁制厳守の背景説明になるかと思われる。これら〈最後のハザール〉のあいだには奇妙な風習のあったことが指摘されている。それはこうである。争いが生ずると、ハザールは、相手の寝所に赴き、就寝中の敵の傍らに立って悪態の限りを尽くし、呪いの言葉を浴びせつづける。但し、敵の覚醒を招かぬよう注意が肝要となる。というのも、呪咀《じゅそ》は相手の熟睡中にこそ効き目を発するからである。が、この方法でハザールの女性たちはアレクサンドロス大王に呪いをかけた、とダウプマンヌスも書いている。この呪いについてはプセウドカリステヌスの証言もあり、それによると、ハザール人はその昔、マケドニアのアレクサンドロス大王の支配に屈した時代があるという。

2　『ハザール事典』（第二版）の構成について

ダウプマンヌス編『ハザール事典』初版（一六九一年）の体裁を知ることは、こんにちではもはや絶望的である。なぜとならば、せっかく焚書を免れた二冊、毒の仕掛けられた本もまた銀の錠金具つきの副本も、それぞれ世界の果てで共に烏有《うゆう》に帰したがためである。ある記録によると、黄金金具版は実に間の抜けたやり方で消滅の道を辿った。最後の持主は、先述したドルフマー家の老人であるが、彼は剣の目利きとして知られ、教会の鐘を聞き分けるように、刀剣の発する音によって、その良し悪しを鑑定したという。この男は生涯を通じて本などにはいっさい、目もくれず、こんな言葉が口ぐせだった。「光明はわしの目のなかに卵を産みつける、傷口にたかる蠅《はえ》が唾をつけるのと同じじゃ。そのあとがどうなるか、分りきったこと……」老人は脂《あぶら》っこいものが大嫌いだったから、スープ皿にポタージュが出ると、家人に気づかれないように、そっと脂を紙に吸わせる。毎日、それに役立てたのが『ハザール事典』のページの一枚ずつというわけである。ぐっしょり濡れた用済みの紙は食後にぽいと捨てられる。その密《ひそ》かな工夫が見破られるまえに『ハザール事典』の一冊は台なしとなった。

同じ記録によれば、老人が絶対に使いたがらぬページがあった。銅版の挿絵入りのページである。これを使うとスープの味が損なわれるからなのだ。こういう次第で、使い残しとなった銅版画つきのページだけはどこかに保存されていて、現在も発見の可能性がないわけではない。

但し、数々の道筋のなかにかつて研究者たちが辿った最初の道をしかと見破る具眼の士でなくてはかなわぬが……。

『ハザール事典』初版の現物ないしは写本を所有していたと言われる人物に、考古学とオリエント学の権威であるイサイロ・スゥク博士†という大学教授がいた。しかし、その死後、博士の所蔵品からはなにも見つかっていない。かくして、こんにち、残るのはダウプマンヌス版事典の断片的な引用のみである。あたかも夢を見たあと、目に砂粒のみが残されるように……。『ハザール事典』初版の編著者（単数と限らない）に異論を唱えた人々は、これらの引用に依拠したのである。こうした断片から明らかとなるのは（繰り返しになるが）、ダウプマンヌス初版本が一種のハザール百科と呼ぶべき体裁を整えており、また人物群像の伝記集でもあることだ。これらの人物は、旅の仕方はさまざまであれ、室内を横切る飛鳥にも似て、かつてハザール王国の天空を駆けたのである。即ち、ハザール論争に加わった聖者を始めとする人々の生涯、論争を詳述し、または研究した数世紀間にわたる功労者の生涯などが、三部に分けたこの書物の主要部分を成す。

ハザールの改宗を扱った資料をキリスト、イスラーム、ユダヤの宗教関係別に編集するダウプマンヌスの手法は、第二版である本書でもそのまま踏襲した。関係する原資料の入手が絶望的なことから生じる困難は絶大なものがあったが、一読、編著者の決意を促した一文がここにある。事典編纂に携ったハザール人の言葉である。「夢は魔界の庭園にほかならない。そしてこの世ではすべての夢が見つくされて久しい。現在、夢は現実との交換以外に成立しない。その現実は、あたかも約束手形と引換えに渡される硬貨のように手から手へと移るうち、使い古され、擦り減ってしまったが……」そういう世界、というより、その段階まで落ち込んだこの世にあっては、このような選択をみずからに許すほかなかった。

ところで、忘れてならぬ一事がある。それは、ダウプマンヌスの用いた十七世紀の原資料は不確かなものだとの本版編著者の自覚である。大半は伝説・説話の類《たぐい》で、夢のなかで出される食事のようにあやふやだし、さまざまな時代の幻想の網に捉えられてもいる。ともあれ、原資料はそのまま読者の評価に委ねることとした。本書はハザールに関する現代の見方を与える試みではなく、失われたダウプマンヌス版の再現が狙いだからである。したがって、本書ではハザールに関する最新の知見はほとんど利用していない。それを利用したのは、原典の引用について、補足を必要と認める場合に限った。

これと並んで了解いただきたいのは、ダウプマンヌス版の形式を踏襲したとはいえ、アルファベット順の配列が原事典と異なる点である。初版本ではギリシャ語、アラビア語、ヘブライ語がそれぞれの書に使用され、相異なるアルファベット順に配列してある。また暦についても三者まちまちである。本書では、年月日は単一の暦に基づいて統一を図り、各言語による原文も一本化した。三言語のアルファベットの相違が大きいため初版本と本書とでは掲載項目の順序にかなりの異同を生じた。原著では言語に応じて、ヘブライ語、アラビア語なら当然のこと右から左へ、ギリシャ語なら左から右へと読む。芝居の主役たちの舞台登場が左からとも、右からとも、一定しないのと同じである。これらの事情は今後、本書の各種の外国語訳についても、同様であろう。こういう次第で、はやくも馴染《なじ》みとなったダウプマンヌス、聖キュリロス（キリール）、ハレヴィ、またユースフ・マスーディ（いや、失礼、彼は未登場だ）、その他の人物項目の配列順は、すべて初版と相違する。その点がこの新版の最大の欠陥かもしれない。一冊の本を読むには正しい順序で読み進めてこそ描かれた世界がまともに再現できるはずだからである。やむを得ぬこととはいえ、ダウプマンヌスの原著のままを踏襲できなかった悔いは残る。

本書のこうした欠点は、考えてみれば、さほど重大ではない。正しい順序に従って書物を読み進め、書物のもつ隠れた意味をしかるべく汲みとった読者が世を去って年久しく、現時の読者大衆は、空想力とは作家にのみ必要なもの、当方に無関係と決め込む。いわんや、事典となれば、なおのことである。こういう読書界だから、本の制作に当たって砂時計を組み込むような細工を施しても空しい。さあ時間ですよ、こんどは逆方向から読んでください――とわざわざ砂時計がその瞬間を知らせようと、いまどきの読者にはこれまでどおりの読み方を変革する気などまるでないのだから。

3　本事典の利用法について

本書はあらゆる困難にもかかわらず、初版本のいくつかの美点を温存した。第一に、この書物は、各種各様・自由自在・千変万化の読み方ができる。第二に、この書物はたとえ本を閉ざしても、つねに開かれた本である。第三に、この書物は、絶えず補充を待ち、より良き完成を目ざしている。初版があり、ここに第二版の労作が現れ、将来はまた第三、第四の版があとに続くであろう。さて、本書の各項目は、ほかの項目とそれぞれが結びつきながら全体を構成しており、その意味で聖書にも似れば、またクロスワード・パズルにも似ている。すでにお気づきのように、人名ないしは関係事項には、必要箇所にそれぞれ十字、三日月、ダビデの星などの記号を付した。読者の便を図《はか》って参照すべき項目のある関係部分を示したものである。以下に記号の意味を解説する。

† ―― 本書の「赤色の書」（ハザール問題に関するキリスト教関係資料）を見よの意。
☾ ―― 本書の「緑色の書」（ハザール問題に関するイスラーム教関係資料）を見よの意。
✡ ―― 本書の「黄色の書」（ハザール問題に関するユダヤ教関係資料）を見よの意。
▽ ―― 三角形で示すのは、以上の各書に収録の意。
A ―― 巻末の「付属文書」ⅠないしⅡを参照の意。Appendix の略。

かくして読者は好きなように本書を駆使できる。一般の事典なみに語句または人名・地名を求める向きもあろうし、普通の書物同様に初めから終りまで一気呵成に読み終え、ハザール問題の全体像をつかみ、これに関連する人物・事項・事件を知ろうとする読者もあろう。読み進め方も、普通の本のようにページを繰るのもよいし、プロイセン版、つまりダウプマンヌスの初版本に収めたヘブライ語やアラビア語のテキストのように各行の右から左へと逆に目を走らせるのも自由である。「赤」「緑」「黄」の三書にしても、読む順序は、読者に任せる。たまたま開いたページから読みだすのもよい。初版本では、この三書を分冊としたのも、おそらく同じ意図からであろう（今回は技術的な理由で、それは許されなかった）。『ハザール事典』は斜め読みさえ可能である。これは三書を通じた断面図をすばやく切りとるために適した読み方と言える。この場合、最も能率的な読み方は、▽の付いた人名・事項を三つほど選んで、赤緑黄三書のそれぞれの項を参照することである。アテー、カガン、ハザール、ハザール論争がそれに当たる。さらには、ハザール問題で似たような役割を果たした三人ずつを拾って比較対照するのも一興である。こうすると、三種のテキストで三様に扱われる人物、例えばハザール論争の当事者（キュリロス、ファラビ・イブン・コーラ、サンガリ）、年代記作者（テッサロニケのメトディオス、エスパニャ人アル・ベクリ、ハレヴィ）、ハザール学の権威（十七世紀ではブランコヴィチ、マスーディ、コーエン。二十世紀ではスゥク博士、ムアヴィア博士、シュルツ博士の三学者）について明確なイメージが得られるであろう。キリスト、イスラーム、ユダヤの三つの信仰にまつわる地獄へ落ちたあと、地上へと逃げ帰った三人（セヴァスト、ヤビル・イブン・アクシャニ、エフロシニア・ルカレヴィチ）ももちろん忘れてはなるまい。彼らが最長の道のりをはるばると踏破したのは、本書に登場せんがためである。

読み方の講釈は以上だが、このために読者が読む気力を削《そ》がれたとすれば、不本意である。このような解説はさらりとかわして、貪るように読んでほしい——片方の目をフォーク、片方の目をナイフにして、次つぎと肩ごしに骨を投げ棄てながら。それで十分なのだ。もっとも、読者が本書の言葉の森ふかく迷い込む恐れもあるだろう。事典の共同執筆者、マスーディのケースがそうであった。他人の夢のなかで途方にくれ、どう戻ってよいか道を見失ったのである。そのような場合には、いまいる場所からともかく歩きだして、がむしゃらに道を切りひらき、どんな方向にでもよいから向かうことだ。記号から記号へと辿る書物の森は奥ふかいが、見あげる空には星もあれば月も見え、地上には十字架も立つ。それを頼りに方角を見定めればいいのである。

あるいは、読者は木曜日にだけ飛翔する隼《はやぶさ》のように読むであろうし、あるいはまた、手にした本をルービック・キューブのようにくるくるあちこちにひっくり返しもしよう。本書ではいかなる時間の概念も不用だし、無視される。かくて、読者のひとりびとりが自分なりの本を創ることになるだろう、ドミノかカードのゲームの進行に似て。そして鏡が映し返す姿と同じく、そこに注《つ》ぎ込むであろう分だけはこの事典からのお返しを受けていただきたい。なぜなら、本事典中にあるように、真実から人が受けとるのは、そこに注ぎ込んだ以上ではありえないのだから。それはそれとして、読者は本書の完読を求められてはいない、半分どころか一部分を走り読みしたあとは手つかずでもよろしい。一般に辞書や事典の類とはそういうものだ。しかしながら、欲求の強さがあれば、受けとるものはそれに応じて多い。辛抱づよい探究者ならこの事典にある各項目間の結びつきが残らず見抜けるはずである。残余は余人に任せよう。

4　ダウプマンヌス編著による初版（一六九一年出版、のち破棄）に付され、辛うじて残存する緒言の断片（原文はラテン語）

一、本書は矢も盾も堪《たま》らなくなった時に初めて手にとること――これが著者より読者に与える忠告である。ついに我慢しきれず、やむなく本書に手を触れる場合も、必ずや精神ならびにその集中力が通常に増して鋭敏なる日を選ぶべきこと。本書の繙読《はんどく》には、言うなれば、〈舞踏病〉患者となった状態が望ましいのである。知られるごとく、この病に陥った患者は一日おきに跳ねまわるのが症状であり、発熱は週のうちの〈女性日〉に限られる……。

二、ここにふたりの男が一本の綱《つな》の片端ずつを力まかせに引き合っているとする。綱の中間には一頭の猛虎が歯を剝《む》き出している。その図を思い浮かべてほしい。もしもふたりが互いに近づこうとすれば、綱は緩み、猛虎に攻撃の隙《すき》を与えてしまう。猛虎がふたりから等距離にあるように、綱は絶えず必死に引かねばならない。書き手と読み手の歩み寄りが困難なのは、まさにこの理由による。両者に共通の思考作用は、双方が引き合う綱によって保たれる。もしもわれわれが猛虎（即ち思考作用）に対して、この両人をどう見るかと訊ねるなら、こうも答えるであろう――ふたつの餌食が引き合う綱の中間には、餌食にとって食べることのできない他者があると……。

八、兄弟よ、指輪を見せびらかして権力を誇示し、唸《うな》りと共に剣を振るっては権勢を擅《ほしいまま》とする者に対して、媚《こ》びへつらい、鞠躬如《きっきゅうじょ》として礼を尽くすなかれ。彼ら権力者の身辺には、己の意思に反し、阿諛追従を事とする徒輩が常に雲集している。かの輩《やから》にはやむなくそのように振舞うべき事由がある。そこまで追い込まれた理由は、一匹の蜜蜂を帽子の上にとまらせていたとか、腋《わき》の下に香油を秘匿していたとか、現行犯で逮捕されたとか——なのであり、目下のところ、自由を紐つきにされながら、罰金支払いに余念ない。唯々《いい》諾々《だくだく》として言うなりに屈従するのが彼らである。上にあって万事を支配する者たちは、そのことを知悉《ちしつ》し、それを利用している。それ故、兄弟よ、彼らが無実なる君を有罪者の群れと取り違えないようよくよく警戒したまえ。万が一、目に余るほど彼らに取り入り、彼らの前に平身叩頭《こうとう》するならば、そのような混同を招き、ならず者、犯罪者と見なされること必定《ひつじょう》である。彼らはこう考える——こいつは目に梁《うつばり》を持つ仲間のひとりだ、すること為すことすべて本心からではない、罪滅ぼしのためにせざるを得ないまでだと。そう睨《にら》まれたが最後、人間扱いに値しないとして、君は犬のように蹴とばされ、罪人らがすでに犯したと同類の犯罪へと押しやられる……。

九、君ら作家に物申そう。次のことを常に念頭に置きたまえ。読者は仕込まれたサーカスの馬であり、待つことを覚えさせねばならない、みごと曲芸をこなしたあとは、褒美《ほうび》の氷砂糖を忘れるな。もしも砂糖を欠けば、調教は水の泡となる。続いて書物を論《あげつら》う批評家に一言《いちごん》する。君らは浮気女房の亭主のごときもの。噂が耳にとどくのはいちばん後回しと決まっている……。

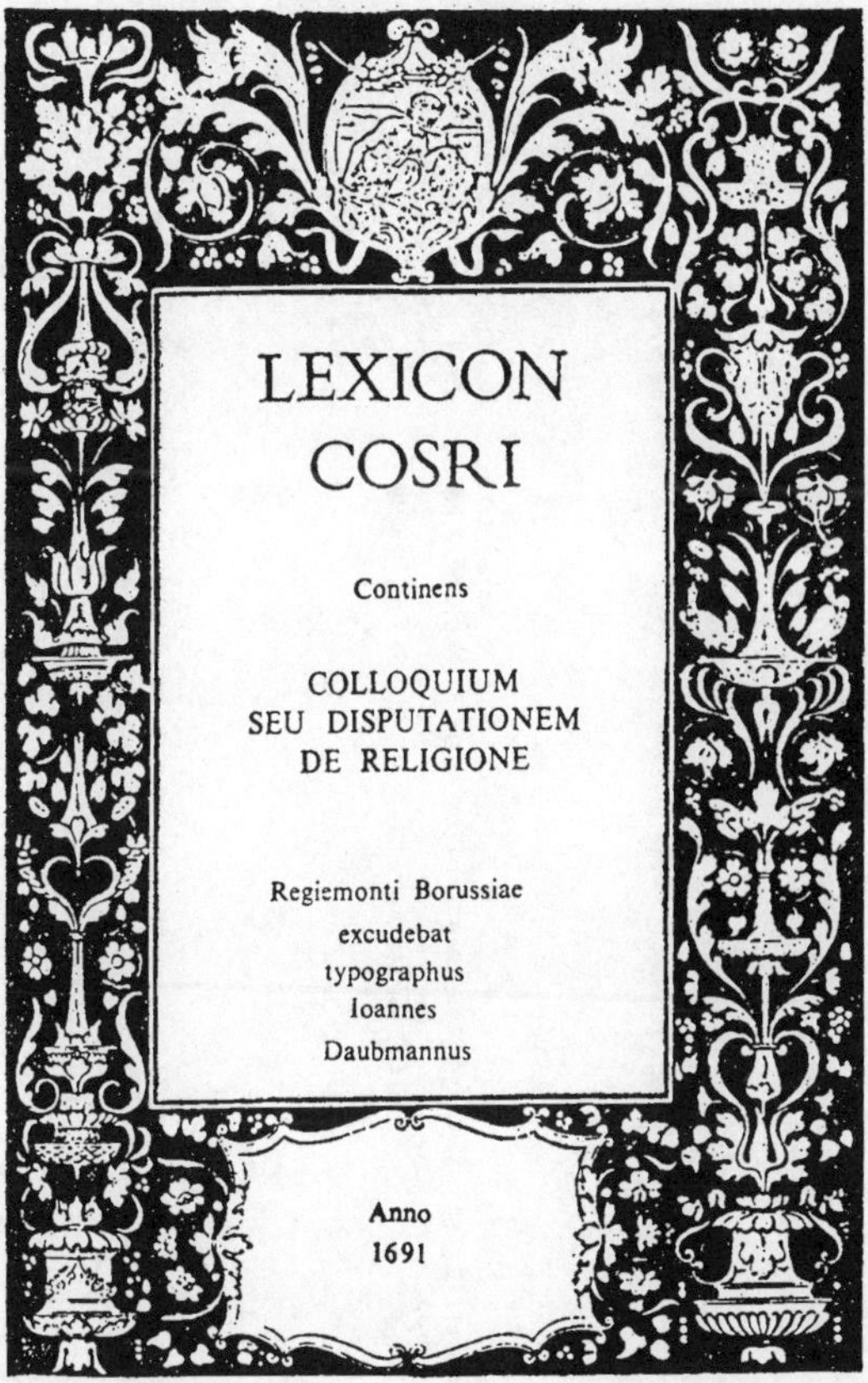

LEXICON
COSRI

Continens

COLLOQUIUM
SEU DISPUTATIONEM
DE RELIGIONE

Regiemonti Borussiae
excudebat
typographus
Ioannes
Daubmannus

Anno
1691

1691年の初版（破棄されたダウプマンヌス版）の扉（復元）

◆本文中、＊で示した註および割註は訳者註。
◆見出し中のE、D、Fはそれぞれ、英語、独語、仏語による表記の意。

赤色の書

ハザール問題に関するキリスト教関係資料

▽アテー

Ateh　E ―― Ateh　D ―― Ateh　F ―― Ateh

九世紀　ハザール▽の王女。ハザールの改宗に先立つ討論に参加、決定的な役割を果たした。姫の名は「心の四つの状態」――喜怒哀楽の意である。就寝時、姫は両目の瞼《まぶた》に決まった一文字を記したが、その文字は競走馬の出走直前の馬の瞼にも書き記される。禁じられたハザール・アルファベット中のこの一文字は、読みとる者が即座に絶命する魔の文字である。このため姫の瞼に字を書き入れる役目は盲人に任され、召使らは、姫の朝の身じまいが始まるまでは目を閉じたまま傅《かしず》いた。睡眠時の姫はこうして仇敵から守られた。人間が最も隙《すき》多いのは睡眠中である、とハザールは考える。アテー姫は娟《あで》やかな美女で信心も篤《あつ》く、護身のこの文字は姫の身にふさわしかった。姫の食卓にはいつも七種の塩が置かれる習わしで、魚の一切れを食べようとするたびに、姫は指先にいちいち別の塩をつけねばならない。これが彼女流儀の祈りなのであった。

七種の塩が欠かせないように、姫には七つの顔があったと言われる。言い伝えによれば、朝ごと、鏡を手にすると、姫は化粧に取りかかるのだが、いつもモデルを置いた。男か女かの奴隷が呼びだされ、同じモデルは二度と使わない。こうして姫は毎朝、見たこともない新しい顔を作った。別の言い伝えでは、アテーはおよそ不美人であったが、鏡に向かうと自分の顔を拵《こしら》え直し、いかにも麗人の面立《おもだ》ちに仕あげる術《すべ》を会得していた。そういう擬《まがい》ものの美しさとなるには、絶大な肉体労働を要したから、ひとりきりとなったとたん、姫の緊張はたちまちに解け、美貌も塩のように四散した。それはともかく、九世紀のあるビザンティン皇帝は、かの有名な哲学者でギリシャ正教総大主教フォティオスの容貌を評して〈ハザール顔〉と呼んだ。このことは大主教がハザールと血族関係にあったか、あるいは、偽善者だったか——そのいずれかの意味と思われる。

ダウプマンヌス✡によれば、この推測はいずれも誤りである。それによると、〈ハザール顔〉とはハザール特有の能力を表現したものである。王女アテー姫を含めてハザールの男女は、この能力によって朝ごと変身を済ませ、そのたびに、見たこともない斬新《ざんしん》な顔で立ち現れる。だから近親者同士でさえ見分けがつかないほどだ。旅行者の見聞はこれとはまったく異なり、ハザールの顔つきはどれもそっくりで、しかも年を重ねても容貌が変らない。それゆえ人違いの混乱や厄介が絶えない。どちらにせよ、結果は同じことで、ハザール族の顔はまず覚えられないし、覚えても無益となる。だからこそ、王宮で開かれたハザール論争▽の参加者三人のそれぞれに、姫が別々の顔を見せたという伝説もさこそとうなずけよう。さもなくば、三人のアテー姫が実在し、ひとりの姫がイスラーム使節の夢の蒐集家に、次のひとりがキリスト教の使節に、三人目がユダヤ教の使節に接したのでなければならなくなる。

ハザール王宮に触れたキリスト教陣営の当時の手稿たる『テッサロニケのコンスタンティノ

ス——聖キュリロスの生涯』†（原著はギリシャ語。教会スラヴ語訳あり）では、ハザール王宮における姫の存在には触れていない。しかし、『ハザール事典』によると、ある時期、アテー姫はギリシャおよびスラヴの修道僧のあいだの崇敬の的であった。この尊崇の源はユダヤ神学者を向うに回しての論争の席上、姫が相手を論破し、カガン▽（君主）共どもキリスト教に入信したと信じられていることに関連がある。もっとも、そのカガンが王女アテーの父親であるか、配偶者か、それとも兄弟か、いずれとも知れない。

王女アテーの祈り二篇がギリシャ語訳で現存する。祈禱文はついに教会の公認を得ていないが、ハザール王女による「パーテル・ノステル」（主への祈り）ならびに「アヴェ・マリア」（聖母マリアを讃える祈り）としてダウプマンヌスが紹介している。

その第一の祈禱文——

われらが乗る船の上では、父よ、水夫《かこ》らが蟻のごとく立ち働く。けさ、妾《わらわ》は妾の髪もて船を洗い濯《すす》ぎ、水夫らは清らかな帆柱に攀《よ》じ、柔らかな葡萄《ぶどう》の葉に似た緑の帆を彼らの蟻塚《ありづか》に運んだ。舵《かじ》とりが舵を引き抜き、その背に負わんと試みるは、これを餌《え》として一週の間《あいだ》食べ、生きるためである。力衰えた者らは海の塩に塗《まみ》れた索具を引きずり、われらが浮かぶ栖《すみか》の腹中に積む。主よ、汝ひとりのみが、かくのごとく飢える権利を持たない。彼らには、走る速さを貪り食らうほかないとき、わが唯一なる父よ、最も速き部分は汝に属す。汝は砕かれし風を養いとする。

第二の祈禱は、王女アテーの〈ハザール顔〉の秘密を解く糸口となるかもしれない――生前のわが母君の姿は姫の心に焼きつき、朝ごとの一時間、妾《わらわ》は鏡に向かい、母その人を芝居のように演ずる。この習わしは行く日、来る日、幾年《いくとせ》となく続く。姫は母の衣裳をまとい、母の扇を手にとり、母の髪型に似せて毛糸の帽子の形に髪を編む。母の真似ごとは、他人の前でも、最愛の人と連れ添い臥《ふ》し所《ど》にあるときも変らない。かの情熱の瞬間、妾はこの世にあらず、母者人《ははじゃびと》になり代る。そのとき、あまりにも母その人となりきるあまりに、妾の情熱は消え去り、母君のそれに場を譲る。このようにして、遠《とお》の昔に、秘めごとの喜びはすべて母なる人に奪われた。けれど、妾は母を怨《うら》みには思わない。母もまたその母に同じことをされたから。そんなことをして、なんになるのか、と訊く人があれば答えよう――妾の願いはまた新たにこの世に身を置くこと、そのための辛抱、もっとよき女となるための……。

有名な話だが、王女アテーは、いっかな死ねなかったし、死ななかった。但し、ある小刀に彫り刻んだ文字に、王女の死が語られている。それはちいさな穴をつぶつぶに散らばせた刀だが、そこに彫られた物語は珍妙で、およそ信じられないが、これもダウプマンヌスが記述に残している。ただ、王女の真実の死の物語ではなく、王女の死がもしも起こりえたとして、その場合はかくもあろうか、という話として彼は書いている。この種の説話の引用が災いを呼ぶことはあるまい。ともかくも、その可能性は、赤ワインが毛を白くする効果を持つ程度に過ぎない。

気の早い鏡と遅い鏡

ある年の春、王女アテーはこう嘆いた――わたしは自分のあたまのなかの考えにすっかり馴染んだ、自分の服に馴染んだのと同じくらいに。わたしの考えの胴まわりは、いつも同じで変らず、どこにいても、街の四つ角でも、自分の考えが目に入る。一番に厄介なのは、それが目の邪魔になって、四つ辻が隠れてしまうことなの。

そういう王女の気を紛らしてさしあげようと、従僕らが二枚の鏡を王女の部屋に運んできた。鏡は見たところハザールの普通のものとたいして変らず、磨きあげた岩塩でできていた。違うのはひとつが気の早い鏡なら、もうひとつは遅い鏡なのだった。気の早い鏡のほうは世界を映すのに一瞬、先走って未来のことを映し、遅い鏡はそれとは逆に、現在よりも一瞬、遅れた世界を映した。鏡を運び込んだとき、王女はまだベッドに横になっていて、瞼の文字は就寝前のまま残っていた。王女が身を起こして鏡に目を向けたが早いか、もはや王女の命はなかった。王女は瞬《まばた》きふたつする間に倒れたのだった。より正確に言えば、瞼に書かれた文字を生まれて初めて読みとった瞬間に急逝した。ふたつの鏡はそれぞれに瞬きする一瞬前の王女の瞼と一瞬後の瞼とを映し出したのだった。王女は過去の文字と未来の文字によって同時に殺されたのである。

▽カガン

Kagan　E ― kaghan　D ― Kagan　F ― Kagan

ハザール▽の君主の称号。ハザールの首都はイティル Itil。カスピ海に臨む海浜サマンダルには夏の離宮を構えた。ハザール王宮のギリシャ人布教団の受け容れは、政治的な配慮によるものと考えられる。つとに七四〇年、当時のカガンはキリスト教の教義に通じた宣教師の派遣をコンスタンティノープルに要請した。九世紀にはギリシャとハザールは、共通の危険を目前にして、同盟強化が迫られた。ルーシはコンスタンティノープルの城門に楯を釘づけにし、またキエフをハザールから奪うなど武力進出が目立ったからである。ほかにも危険があった。それはカガンに跡継ぎのないことである。

ある日、ギリシャの商人がきて、カガンに謁見《えっけん》を許された。商人はそろって小柄で浅黒く、たいそう毛深く、胸毛には毛の分け目が見えるほどであった。椅子についたカガンは、まるで大男のように彼らに取り巻かれ、食事をしていた。大嵐が近づき、鳥は窓に、蝿は鏡にぶつかった。食事が済むと、カガンは一同に贈り物をして、客を見送ったあと、部屋に戻って見回し、食卓の食べ残しにふと目をとめた。ギリシャ人の齧《かじ》った痕《あと》が大男のだとすると、カガンのほうのはまるで子どもだった。カガンはさっそく召使を呼んで、ギリシャ人たちの話をもういちど聞かせるように命じたが、だれもひとことの覚えさえなかった。だいたい連中はずっと黙っていたのだ——と召使たちは言った。そのうちに王宮の従者のユダヤ人が現れ、跡継ぎのないカガンの悩みを解決してさしあげましょうと言った。

「手並みを見せてもらおうかね」カガンは言って神聖な塩をすこしだけ舐めた。ユダヤ人はひとりの奴隷を連れてくると、右腕をまくって見せろと命じた。それはカガンの右腕とそっくりだった。「よろしい」カガンが言った。「この男を引きとめておけ。どうするのか見たい。滑り出しはよいぞ」

王国の各地方に使者を出してお達しが伝えられ、三か月後、ユダヤ人は右の足がカガンの足とよく似た青年を王のもとに連れてきた。この男も宮廷にとめおかれた。そのあと、王のにぴたりと似た左右の膝、片耳、片方の肩が、それぞれ見つかった。すこしずつ、王宮には若者の一団ができあがっていった——兵士、奴隷、紐職人、ユダヤ人、ギリシャ人、ハザール人、アラブ人、そのひとりびとりの手足、あるいは体の一部を取って組み合せれば、イティルの支配者そのままの若々しいカガンが出現する。足りないものがひとつだけあった。それは首である。これだけは、どこにも見つからなかった。そこで、ある日、カガンはユダヤ人を呼び、「わしの首を見つけるか、さもなくばおまえの首をもらうか」と脅した。震えあがると思いきや、ユダヤ人はいささかも動じなかった。怪訝《けげん》に思った王がそのわけを訊ねた。

「一年まえなら震えあがりましたよ。でも、いまは平気です。ちょうど一年まえ、首は見つかりました。ずっと、この王宮にわたしがとってあるのです。でも、お目にかけていいものかどうか、気になりまして」

カガンが、ぜひそれを見せろと命ずると、ユダヤ人が御前《ごぜん》に連れ出したのは少女であった。ぴちぴちと若く美しい女なのに、首から上はカガンに瓜ふたつ、人違いしかねないほどである。鏡に映ったところを見たら、だれでも若いころの王と見誤るに違いなかった。喜んだカガンは、ユダヤ人が集めた全員を引き出すことを命じ、必要な部分を集めて新しいカガンをつくるようユダヤ人に言いつけた。

体を使われて生き残った者たち全員が立ち去ったあと、できあがった瓜ふたつの新王の額にユダヤ人がなにやら言葉を記すと、若いカガンは王のベッドに起き直った。けれども、ぜひとも実験の必要があるとて、ユダヤ人は新王を送り出して、本物のカガンの情人である王女アテ▽ーの寝所に行かせた。翌朝、王女は実のカガンに宛て次のように書き送った。

「ゆうべ、妾《わらわ》のベッドに遣《つか》わされた男は割礼を受けていました、あなたは受けていらっしゃらない。ですから、あの人はカガンではなしに、だれか別の人です。それとも、カガンがユダヤ人に屈伏して割礼を受けてしまい、別人となったかです。どちらなのか、決めるのはあなたです」

この相違の意味するところはなにか、とカガンは、ユダヤ人に問いただした。すると、ユダヤ人が問い返した。

「陛下が割礼を受ければ違いがなくなるではありませんか」

思案に暮れたカガンは、情人の王女アテーに相談をした。王女はカガンを王宮の地下室に連れて行き、にせもののカガンを王に見せた。王女は新カガンに鎖をつけ、檻《おり》のなかに入れさせておいたのだが、新カガンはとっくに鎖を断ち切って、ものすごい怪力を振り絞って鉄の格子を揺さぶっていた。新王は一夜のうちに、体がもりもりと大きくなり、それに並べると、割礼していない本物のカガンのほうはまるで子どもだった。「檻から出してやりたいですか」と王女が訊いた。カガンはひたすら薄気味わるくなって、割礼したカガンを殺すように命じた。王女アテーが、巨人の額に唾を吐きかけると、男は倒れて死んだ。

それ以降、カガンはギリシャ贔屓《びいき》となり、ビザンティンとのあいだに新たな同盟を結んだばかりか、その信仰であるキリスト教を採り入れたのである。

キュリロス（キリール）

Cirilo　E ── Cyril　D ── Kyrillos　F ── Cyrille

八二六ないし八二七─八六九　テッサロニケのコンスタンティノス、または〈哲人〉コンスタンティノスとも。東方キリスト教の宣教者。ハザール論争▽ではギリシャを代表したほかスラヴ諸民族に福音を伝えた。スラヴ文字の発明者のひとりでもある。キュリロスは法名。ビザンティン宮廷のため、テッサロニケの軍事と行政を委された総督レオン（通称ドルンガル）の第七子。息子コンスタンティノスも、父同様に、行政・外交上の職務に従ったが、成長期は首都コンスタンティノープルが聖画像禁止主義者（イコノクラスト）に制せられた時代のため、イコンで飾ることのない裸の教会のなかでもっぱら育った。テッサロニケ出身のイコノクラストも数多く、コンスタンティノスも何人かの高名なイコノクラストを師と仰いだ。そのひとり、ホメロスと幾何学、算術、天文学および音楽を担当した〈数学者〉レオンは、コンスタンティノープル大主教（八三七―八四三）を務めた従兄弟《いとこ》、〈文法家〉ヨアネスと同じくイコノクラストであり、このレオンはアッバース朝サラセン人およびそのカリフたるマームーンと親しかった。コンスタンティノスが文法学、修辞学、弁証法および哲学を学んだ第二の師、著名な哲学者で大主教ともなったフォティオスは、〈キリスト者のアリストテレス〉なる異名があり、〈数学者〉レオンと並び人文主義再生の祖であった。これによりビザンティン世界は古代ヘレニズム直系の継承者たることを改めて顕示した。フォティオスはまた禁制の錬金術、魔術を行い、天文学にも通じていた。当時のビザンティン皇帝から彼は〈ハザール顔▽〉と綽名《あだな》された。宮廷に流れた噂によれば、フォティオスは青年時代、ユダヤ人の魔術師に魂を売り渡したという。

　さて、コンスタンティノスは、言語に興味を抱き、言葉とは風のように永遠であると考えていた。また彼は、話す言葉をしきりに変えた。その様子は、あたかもハザールのカガン▽（君主）がさまざまな信仰の女たちを身辺に迎えたのに似ている。ギリシャ語のほか、彼はスラヴ語、ヘブライ語、ハザール語、アラビア語、サマリア語（ヘブライ語の方言）を研究し、ゴート即ちルーシ（古代ロシア）の文字にも造詣があった。長じてのちは飢えたかのように旅に明け暮れた。絶えず一枚の絨緞を身近に携え、この一枚のあるところがわたしの国だ、としきりに口にするのだった。生涯の大半を未開の種族のあいだで送ったが、彼らとの握手のあとで必ず自分の手を検《しら》べたのは、指の数がそろっているかどうかを確かめずにはいられなかったからだ。病気の期間がわずかに彼にとって平穏の小島を形づくった。病臥中は母語のほかはいっさいの言葉を忘れてしまうのだ。病因はつねに少なくもふたつあった。

ビザンティン皇帝テオフィロス一世の逝去（八四二年）後、イコン崇拝が復活し、翌年、テッサロニケのイコノクラスト派が打倒されると、コンスタンティノスは、余儀なく小アジアの僧院に身を潜めた。彼は思索をもっぱらとし、こう考えた。「神もまたみずから身を退いて世界に場を譲った。われわれの目は、われわれの前に存在する物にとって標的となる。的に目を光らせているのは彼らのほうであり、その逆ではない」と。それから、彼は首都に戻り、イコンの弁護論を展開して、かつての師および同胞を公然と攻撃せざるを得なくなった。「われわれの思考が頭のなかにあると思うのは幻想である」この当時、コンスタンティノスはそう結論づけた。「頭とわれわれ自身はまるごと思考のなかに存在する。われわれとわれわれの思考とは、大海と潮流との関係にある。肉体は海中の流れであり、思考は海そのものである。こうして肉体は思考を通して世界にみずからの場を作る。そして肉体と思考の安らぐ寝台、それが魂なのだ……」

当時、彼はもうひとりの旧師、兄メトディオス†をも棄てた。兄が旧説を固持したためである。兄を棄て、かつての精神の父を棄て、彼はこうして彼らの上に立った。

コンスタンティノープル宮廷に仕える者として、彼はまずスラヴの一地方の執政官《アルコン》となり、ついで首都の帝室学院教官を務めた。聖職者としては、コンスタンティノープルの聖ソフィア大聖堂の大主教の司書役、のちコンスタンティノープル大学哲学教授を歴任し、ここではその

聖キュリロス（テッサロニケのコンスタンティヌス）像
（9世紀のフレスコ画による）

該博な学識に対して〈哲人〉の名誉称号を贈られ、終生、これを保った。このとき以降、船乗りの格言を座右の銘として、彼は新しい道へ乗り出した。頭の良い魚の肉は頭の悪い魚の肉より固く、しかも毒をもつ、愚者は愚者と賢者のどちらをも食するのに対して、賢者は愚者のみを選び求め、これに固執するのである。

前半生をイコンから逃れて生きた彼は、その後半生ではイコンを楯として身から離さなかった。この事実から帰結して、キュリロスは結局のところ聖母のイコンに慣れ親しんだのであって、聖母そのものにではないとされた。実際、その数年後、ハザール改宗の論争の際、聖母をカガンの従者たる宮廷人になぞらえたことがあったが、コンスタンティノスは、それを女性ではなく、男性に譬《たと》えたのであった。

彼の生きた世紀の半ばが過ぎ、彼もまた生涯の半ばを終えた当時の話である。

彼は三枚の金貨を取り、それを財布にしまいながら、こう思った。一枚目は角笛を吹く男にくれてやろう、二枚目は教会の聖歌隊の人々に、三枚目は音楽の天使たちに捧げようと。彼が旅につぐ旅の生活に身を投じたのはそれからである。彼の昼食のパン屑が夕食のパン屑と混ざり合うことは決してなかった。それだけ、絶えず歩きつづける旅であったのだ。八五一年、彼はバグダッドから遠からぬサマラのカリフを訪れ、この外交訪問を終えて鏡を覗くと、そこに認めたのは生まれて初めての一本の皺《しわ》だった。それを彼は〈サラセンの皺〉と名付けた。八五九年、コンスタンティノスはアレクサンドロス大帝（前三五六―前三二三）の没年と同じ年齢を迎えた。三十三歳である。

「わしと同い年の人間は、いま地上にいる数よりも、地下に眠る数のほうがはるかに多い」彼はそう考えた。「さまざまな時代――エジプト第十九王朝ラムセス二世の時代、クレタ島の迷路が作られた時代、四世紀にコンスタンティノープルと命名される以前にはローマ帝国に属したこの街が最初の包囲を受けた時代（一九三一―一九五）などなどに生きた人々だ。わしも、いつか、黄泉《よみ》の国に入れば、そのまま無数の生きている同年の人々の年齢にとどまるわけだが、ただ、これからも地上で老いてゆく場合には、わしよりも若死にした死者たちを裏切ることになる……」

このあと、彼の名のコンスタンティノスの由来となったこの都会に三回目の包囲戦が始まった。翌年（八六〇）、スラヴの軍勢がコンスタンテノープルを襲ったのである。そのとき、コンスタンティノスは、小アジアのオリンポスの修道院の僧坊の静謐《せいひつ》のなかにいて、スラヴ語を捕えるための仕掛け作りに勤《いそ》しんだ。スラヴ語のアルファベットを工夫していたのである。初めには、丸っこい文字を作ってみたが、スラヴ語はあまりにも粗野だから、これだと言葉がころころと転がって、インクに乗らず逃げてしまう。そこで次には、鉄格子のように縦の線の多い文字を拵《こしら》えた。まつろわぬ言葉を小鳥のように鳥かごに閉じ込めようというのだ。そうするうちに、野性味のとれたスラヴ語が、ギリシャ語の初歩を身につけた（すべて言語なるものは他の言語を学習する）から、最初の文字にでも収まりきれるようになった。これがグラゴール文字である……。

スラヴ語アルファベットの創出については、ダウプマンヌス☆の次のような報告がある。野蛮人の言葉を飼い馴らすのはおいそれと捗《はかど》る作業ではなかった。三週間だけ続いたその短い秋、修道僧らは僧坊の机に向かって日夜、文字の線を書くのに空しく日々を送っていた。その後、キリール文字と呼ばれることになる文字である。仕事は難航しそうな気配だった。僧坊の窓のそとには十月半ばの陽光が見え、奥行なら歩いて一時間、間口は二時間もかかるほどの静寂が広がっていた。そんな折、メトディオスが弟に呼びかけて、あれを見ろという。部屋の窓の向うに手桶が四つ並んでいる。あいだには格子が嵌《は》まっている。

「表戸に錠がおりているとしたら、どうやって手桶を取るかね」兄が訊いた。

コンスタンティノスは、格子のあいだから手を伸べ、箍《たが》をはずして桶をばらばらにしてから、その一枚一枚をこちらに移し入れると、こんどは自分の唾に靴の裏の泥をまぜて糊にし、元どおりに桶を組み立ててみせた。

スラヴ語についても、これと同じ手法が使われた。まず言葉をばらばらにする、それからキリール文字の格子をとおしてめいめいの口のなかに、ばらばらの単語を入れる、こうしておいて、その言葉の断片を自分の唾と靴裏のギリシャの土をまぜた糊でとめる、という具合に……。

同じ八六〇年、ビザンティン皇帝ミカエル三世（在位八四二―八六七）は、ハザールのカガン（君主）から親書を受けとった。「なにとぞコンスタンティノープルから使節を派遣していただきたい、キリスト教の原理について朕《ちん》に解きあかせる有能な人物が望ましい」という内容であった。皇帝は〈ハザール顔〉と綽名したフォティオスに助言を求めた。この懇請には二重の意味があったが、要請を真剣に受けとめたフォティオスは、目に入れても痛くない高弟〈哲人〉コンスタンティノスを推薦した。コンスタンティノスは、兄メトディオスを伴い、二度目の外交使節としてハザールに赴いた。ハザール布教と呼ばれる旅である。途中、ふたりはクリミアのケルチに立ち寄り、ここでコンスタンティノスはヘブライ語とハザール語とを学び、使命に備えた。彼は心に思った。「だれもが己《おのれ》の犠牲者の十字架となる、十字架にも釘は刺さる」と。カガンの王宮に着くと、先着のイスラームとユダヤの宗教代表に迎えられた。カガンは彼らも招いていたのだ。こうしてコンスタンティノスは、ハザール論争に参加して、いわゆる〈ハザール説教〉を披露した。これはのちにメトディオスによってスラヴ語に翻訳された。ユダヤ教、あるいはイスラームの優越を説く立論を次つぎに反駁しつくした〈哲人〉コンスタンティノスは、ハザールのキリスト教改宗をカガンに説得し、折れた十字架のまえでは祈らないように教えて帰国した。彼が二本目の皺を見つけたのはそのときである。こんどは〈ハザールの皺〉だった。

八六三年が迫り、コンスタンティノスの齢《よわい》はアレクサンドリアの哲学者フィロン（前二五または二〇—後四五または五〇）の没年へと近づきつつあった。三十七歳になっていた。彼はスラヴ語アルファベットの完成をすでに済ませ、今回も兄をお供にモラヴィアへと旅立った。生地テッサロニケに住むスラヴ人に似た人々の住む地である。

ギリシャ語で書かれた教会の書物を彼がスラヴ語に訳して聞かせると、取り巻く群衆の数はぐんぐんと増えていった。モラヴィアの住民は、かつて角《つの》の生えていたところに目があり、腰には帯の代りに蛇をまき、南に頭を向けて眠り、抜け落ちた歯を高々と家の屋根に投げあげた。

観察したところでは、彼らは指で鼻の穴をほじくり、お祈りを呟《つぶや》きながらその鼻くそを食べる。また、履きものを脱がずに足を洗い、食事するまえに食べものに唾をかけ、「われらが父よ」と唱えるたびに異教の汚れた名（男の名であったり女の名であったり）をお終いにつけ加えた。そのために、「われらが父」はその実体を失いつつパンのように膨れあがり、ついにはお姿も見えず、邪教の名どもの騒音に紛れてお声も聞こえなくなるから、三日ごとに夾雑物をそこから取り除かねばならなかった。臭気を放つ腐肉によだれを流すモラヴィアの群衆ではあるが、頭の回転はすばやく、歌を歌わせれば得も言われぬ美しさだった。だから、その歌声に涙をこぼしながら、コンスタンティノスはやがて三本目の皺を見つけることになる。その〈スラヴの皺〉は、降りかかる雨の滴《しずく》にも似て、彼の額を斜めに切る皺である……。

モラヴィアのあと、八六七年にはパンノニアのコツェリ公のもとを訪れ、のちヴェネツィアへと足を伸ばした。ここでは言語論争に加わったのだが、論議を挑んだ相手は三言語主義者《トリリンギスト》と呼ばれる学者らで、ギリシャ、ヘブライ、ラテンの三言語こそ、典礼を行う品位のある格調高い言葉だというのが、彼らの主張であった。ヴェネツィア人たちは、コンスタンティノスに向かって難問を吹っかけてきた——「キリストを磔《はりつけ》に追いやったユダは、全身でそうしたのか、それとも身体の一部でそうしたのか」コンスタンティノスが四本目の皺のじわじわと芽生えるのを感じたのは、そのときであった。これが〈ヴェネツィアの皺〉である。〈サラセンの皺〉から始まって、〈ハザールの皺〉、〈スラヴの皺〉、こんどの〈ヴェネツィアの皺〉——その四本はたがいに交差して、同じ一匹の魚を捕えようと投じられた四本の釣糸の形を作った。

携えた三枚の金貨の最初の一枚は、角笛の奏者に手渡された。「軍隊は、別の軍隊のラッパの合図が分るのか」とコンスタンティノスが、三言語主義の学者らに問いかけたちょうどそのとき、折よく角笛を鳴らしたのがこの男だからである。折しも八六九年、コンスタンティノスの胸中には、ローマの哲学者ラヴェンナのボエティウス（四八〇？―五二四？）の姿があった。思えば、ボエティウスは四十三歳で没し、コンスタンティノスはその年齢に達したのだ。時の教皇の要請に応じてローマに赴いたコンスタンティノスは、自分の意見とスラヴ布教の正当性を立証した。これには数人の弟子と同様、兄メトディオスも同行し、弟子らは全員が教皇から司祭に任じられた。

教会の聖歌に耳を傾けつつ、コンスタンティノスは、つくづく生涯を顧《かえり》みて、感慨を催さずにはいられなかった。「天分を与えられた者が、病身であるが故に、努力と不手際とを重ねつつ、ある仕事を成しとげるのと同じように、天分は乏《とぼ》しいが、病気でない者が、同じような不手際と努力を重ねることにより、それを成しとげる……」

コンスタンティノスの来訪を祝って、ローマではスラヴ語によるミサが執り行われた。二枚目の金貨を彼は聖歌隊の人々にさし出した。先祖以来の慣習どおりに、彼は残った三枚目の金貨を舌下に銜《くわ》えると、ローマのギリシャ正教修道院に身を退き、そこで亡くなった。法名はキュリロス（キリール）、同じ八六九年のことである。

主要文献　キュリロスとメトディオスに関する著作物の貴重な書目一覧を集成したものにはゲ・ア・イリインスキーによるキュリロス・メトディオス文献の系統的書目集成の試み、『キユリロス・メトディオス文献総目録』がある。G. A.Ilinski: *Опыт систематической кирилломефодьевской библиографии.* 同書はのちに、ポプルイェンコ、ロマンスキイ、イワンカ・ペトロヴィチ、その他によって多量の補遺が施された。最新の研究の概観を提供するものにエフ・ドゥヴォルニクの研究書『ビザンティンより見たコンスタンティノスとメトディオス伝説』の新版がある。F. Dvornik: *Les légendes de Constantin et Méthode vue de Byzance* (1969)

なおダウプマンヌス編『ハザール事典』にはハザールおよびハザール論争に関する若干の資料があったが、同書は破棄された。*Lexicon Cosri, Regiemonti Borussaiae, excudebat Ioannes Daubmannus*（1691）

スゥク博士、イサイロ

Suk, Dr. Isajlo　E —— Suk, Dr. Isailo　D —— Suk, Dr. Isajlo　F —— Souk, Dr. Isailo

一九三〇・三・一五—一九八二・一〇・二　セルビア人の考古学者、アラブ研究家、ノーヴィ・サード大学教授。スゥク博士は、一九八二年四月のある朝、目覚めると、頭髪が枕の下に挟まっていて、口中に軽い痛みがあった。なにか固いぎざぎざしたものに口腔が圧迫される感じである。博士が二本の指を口に入れ、ポケットから櫛《くし》を取り出すみたいに、ひょいと取り出したのは、一本の鍵であった。ちいさな鍵で金の環が付いている。人間の思考とか夢とかには、硬くて頑丈な殻があって、内部の脆《もろ》い中核が傷を負わないよう保護しているのだな——博士は鍵を目のまえにかざしながら、ベッドのなかでそう考えていた。ところが、思考なるものは、言葉に接するとたちまちに消える、それは言葉が思考に接して消えるのと同様だ。思考と言葉のこの殺し合いから生き残った部分だけがわれわれに残る——スゥク博士は、睫毛《まつげ》の密生した目（どこか性器を思わせる）をしばたたいたが、結局、考えがまとまらなかった。

口のなかからの鍵の出現におどろいているわけではない。一生のあいだに人間は、この唯一の口のなかにありとあらゆるものを入れるではないか（もしも、口がひとつきりでなかったとすれば、まだしも選択の余地があったかもしれない）。いつだったか、一夜の酒宴の果てに博士は喉の奥から豚の頭をそっくり引っぱり出したことだってある。しかも、鼻先にちゃんと環をつけたやつだ。

おどろく原因は別のことにあった。口から出た鍵の年代についてである。博士の推定によると、鍵は少なくとも一千年は昔のものなのだ。ちなみに、スゥク博士の年代推定が、考古学界で疑義を呼ぶことはまずありえない。それほど博士には権威があった。博士はズボンのポケットに鍵を収め、それから口ひげを嚙みしめた。博士の癖で、朝、口ひげを嚙んだとたん、前の晩の食事を思い出すのがつねだった。例えば、けさの場合、それはキャヴィアとレバーの大蒜《にんにく》いためである。もっとも、時には、牡蠣のレモン添えとか一度も口にしたはずもない味がすることもないではない。

それから、前夜、ベッドを共にしながら、夕食の味について話し合った相手の女性のことを思い出す。で、その朝、博士の思いの行き着いた先は、ジェルソミーナ・モホロヴィチッチであった。彼女はいつも、その日のディナーまでには、金曜日が三回もある、というふうに感じる女性で、つんとした微笑を見せ、かすかにやぶにらみの目をぱちぱちさせると、小鼻が歪んだ。彼女の怠惰でちいさな手は、かっかと燃えるように熱く、両手に包み込んでいれば卵も茹《ゆ》であがりそうだった。髪は絹のようで、スゥク博士は、年始めの贈物にかける紐代りにジェルソミーナの髪を使った。たとえぷっつり切れていても、女性たちにはそれがだれの髪か一目で知れた。

あれこれ物思いしながらも、剃刀《かみそり》を当てた耳の辺りもみずみずしく、目に鋭さの加わったスゥク博士は、外出の支度に余念がなかった。目下、彼は首都に滞在中の身で、ついでにちょちょく母親の家へ立ち寄っている。三十年の昔、博士が学究生活に入ったのも、同じその家であった。以来、研究生活はどんどん遠くへと博士を連れ出すようになり、この調子では、自分の旅の終るのは、半分に割った黒パンのような山々(そこには樅の木がにょきにょきと生えている)の続く、そんな心にもなくはるかに家を離れた僻遠《へきえん》の地ではなかろうかと予感していた。

ともかく、博士の考古学調査、アラビア学の新発見、とくにハザール族▽の研究は、すべてこの家と結びついていた。ハザール族とは、大昔に世界の舞台から姿を消した古い民族である。その諺のひとつに言う——霊魂にも骸骨がある、それは思い出でできていると。この家はもともと、利き足が左だった祖母の持ち家で、スゥク博士はその祖母の遺伝のせいで左利きである。いまは母親アナスタシア・スゥクのものとなったこの家の書斎の棚には、スグリの実の匂いのする古い毛皮のコート地で装幀されたスゥク博士の論文の類《たぐい》が、名誉ある場所を与えられていて、そのページを披《ひら》くアナスタシア夫人は、晴れがましい席にだけ用いる特製のめがねをかけることになっている。

鱒《ます》のように顔じゅう雀斑《そばかす》のあるアナスタシア夫人は、自分の呼び名を、まるで舌を切りそうなコインのように口中に含んでいて、その名で呼ばれても決して返事をせず、死ぬまで自分でも名を口にしなかった。彼女は鵞鳥《がちょう》のような美しい青い目をしていた。息子が不意に入っていくと、母親は息子の本を膝にのせ、だれやらの名（おそらく父親の名だろう）を呟いていることがよくあった。そんなとき、母親の唇には血が滲んでいた。

古文書《こもんじょ》の写し、古銭の写真、岩塩で作った水差しの破片などを、せっせと集めながら、真理の支柱を築きあげてきた教授の二、三十年を振り返ると、まるでどろりと濃い粥《かゆ》のように濃密な年月だが、その間、明確になってきたのは、遠くにいると思えた母親が次第に博士に歩み寄り、彼の生活へと立ち戻ったことである。寄る年波とそれなりの皺を加えた博士が、亡父の形見であった容貌や特徴に代えて、成熟した彼にふさわしい風格や体つきとなるにつれて、母親は次第に息子の方へ戻ってきた。明らかに博士は父親から離れ、母親に近づいていた。博士は独身生活で女仕事をこなさねばならなかったが、父親の持ち合せた器用さは消えてゆき、のろくさい自分の指の動きに母親の手つきを見出すようになった。実家を訪れるのは珍しく、せいぜいがどちらかの誕生日程度に決まっていた（この日も、そうだった）のに、その習慣が変り始めた。いましも、母親は戸口に迎えに出て、息子の髪にキスをしてから、部屋の片隅に連れてゆく。その昔、赤ちゃん用の歩行器が置いてあったその場所に、いまは安楽椅子が据えられ、ドアの把手《とって》に豚みたいにつながれている。

「サーシェンカ、いつもお見限りだね」彼女は息子に言う。「わたしの一生でいちばんすばらしくて幸せだった時間は、それだけのたいへんな苦労があったから、いまでも忘れませんよ。覚えてるとも、おまえのことも覚えてます、喜びとしてじゃない、楽しいけれども、それはそれはそれは辛い苦労のたねとしてね。幸せになるって、どうしてあんなにもむずかしかったのだろう。だけど、あれはとっくに過ぎた昔の話、柳の木を吹き抜ける風のようにね。幸せでなくなってから、わたしは落ち着いた。でも、いまだって、見てごらん、わたしを愛してくれるだれかさんがいる、わたしを忘れない人が」

　そう言って、彼女は息子からきた手紙の束を持ち出してくる。

「考えてみて、サーシャ、ぜんぶスゥク教授のお手紙よ」

　母親が手紙を束ねるのに使うのは、やはりジェルソミーナ・モホロヴィチッチの髪の毛である。彼女はその束に接吻してから、武勲詩のように、次つぎに読みあげる。夢中になって、息子がホテルに寝に戻るのを戸口まで見送るのさえ忘れかねない。そうでない場合、母親の慌ただしい別れのキスを受けながら、息子は彼女の胸にうっかり触れてどきりとする——服の下の胸は梨のコンポートのようである。

研究生活が三十年目に入ろうとする博士の眼光はいよいよ鋭いが話す口が聴く耳よりも緩慢となり、一方、博士の著作や論文が考古学者、東方学者のあいだでしきりに引用されるようになっていた。スゥク博士がわざわざ首都へ足を運ぶのには、もうひとつ理由があった。そこにある、塩味を利かせたケーキに似た大きな建物では、ある朝、籤引きの帽子のなかに初めてドクター・イサイロ・スゥクの名を記した紙片が入れられたのである。実を言えば、籤引きには、その際もその後も、当籤《とうせん》こそしなかったが、最近では、そこで開かれる集まりには、必ず招待状が博士のもとにくるようになっていた。博士はよくそこへ出かけていった。そんな折、前日の微笑を蜘蛛の巣のように顔に貼りつかせた博士は、華麗なビルの廊下で迷うのだった。それは周回式の廊下なのだが、そこを歩いてゆくと、どうしても出発点へ戻ることができない。博士は思った——これは習ったこともない言葉で書かれた本のような建物だな、すると、この通路はそうした外国語のフレーズということか、だから、ひとつひとつの部屋はさしずめ耳にしたこともない単語だ。

　とある日、博士は、ここの二階にある古錆びた錠の匂いのする部屋のひとつで、いつもの審査を受けねばならないと聞かされたとき、べつだんそれを意外なこととは思わなかった。同じ建物でも例の抽籤の行われる三階でなら、博士の著作物は定評が確立していたのだが、その一階下となると、博士は自分が短足になったかと感じてしまう。穿《は》いているズボンの裾《すそ》がぐんぐんと伸びてゆくふうなのだ。二階で蠢《うごめ》いている世界は、三階より一段と下級な世界だから、博士の著作もここでは考慮のそとに置かれ、博士自身、毎年一回、丹念な人物調査のあと、審査試験に取り組まされる。初回の審査に出かけたとき、イサイロ・スゥクは、審査委員長の席についているのが、つい最近、自分の主宰した委員会で博士論文の口述試問にパスしたばかりの学部の講師と知って、胸をなでおろしたものである。この男なら居酒屋《三足目の長靴《トレチェ・チズメ》》に入り浸っているのを窓越しによく見かけたからであった。審査の成績は、どこかに発表されたに違いないが、博士には届かなかった。ただ、審査委員長の口から、専門分野の成績は優秀だったと手放しの絶賛を聞いた。

そう聞いてほっと胸をなでおろしたスゥク博士は、あの日、母親に会いに出かけた。いつものように息子を食堂に案内してから、母親は目をつむって胸に抱いた「母へ」と肉筆の献辞がある博士の最新論文を息子に見せた。博士が、礼儀上、型どおりにその冊子に目を向け、なかの自分の署名を確かめると、母親は部屋の一隅の丸椅子《タブレット》を指さして、いまも忘れない子どものころの口調で言った──「ちょっとそこへ坐って」それから彼女は、新著に展開された学術的な論点の解説に取りかかった。その声にひびく歓喜は、喜劇役者の演ずる愁歎場よりは悲劇の人物のはしゃぎ方に近かった。かなりの正確さと共に、彼女が解説を施した内容は──

スゥク博士の確認によれば、クリミア半島出土の大甕《おおがめ》から出た鍵には、環の代りに銅、銀ないし金製の稚拙な模造貨幣が付けてあった。これまで出土した鍵は合計一三五点（大甕一個中の鍵の数は一万個とスゥク博士はみる）に及び、そのひとつひとつにはちいさな記号ないし文字が刻まれている。初め、これは鋳造した細工人の目印ないしはそれに類似する刻印と博士は推定したが、間もなく、より通用価値の高いものの場合には、別の文字があることに博士は気づいた。そして銀貨の刻印には第三の文字がある。すると金貨には第四の文字が刻まれているはずではないか。だが、金製の環つきの鍵は出土していないから、これは仮説にとどまる。そこで天才的な着想がスゥク博士に閃《ひらめ》いた（ここで解説者たる母親は聞き手に謹聴を求め、質問で妨害しないことを要望した）。スゥク博士は、貨幣を価値の高い順序に並べて、文字を読みとることを思いついたのである。その結果、そこに現れた文字は、原語のアルファベットをヨーロッパ風に直せば、Ateとなり、その次に謎の第四の文字がくるはずだった。この欠けている文字は――とスゥク博士は推論した――おそらくヘブライ語のアルファベットのうち、神を表す聖四文字（ラテン文字ではＹＨＷＨ）のお終いのה（ヘー）であろう。そしてその文字のある鍵こそは死を予告するものである……。

「たいした想像力だこと」彼女は声高に言い、博士のグラスが空《から》なのに気づいてつけ加えた。「一杯で十分、二杯じゃ少なすぎ！」

この当時、一年おきの春に、スゥク博士の名は、錆びついた錠前が匂うドアで隔てた室内の籤引きの帽子に入れられた。そのことは博士には知らされず、抽籤の結果の通知もなかった。この時節、博士はむやみに咳き込んだ。血管の塊のようなものが首から肩にかけて深く根を張ったような感じがして、それから逃れようとしてもひどい痛みでどうにもならない。例の審査のほうは、以前よりも頻繁となり、そのたびに審査委員長は新人と交替していた。

スゥク博士の以前の教え子で、若さに似合わず脱毛症を患う女子学生があった。毎夜、自宅に戻って愛犬に頭を舐めさせるうちに、回復の兆が現れて、ふさふさと毛が生えそろい、おまけに色とりどりの毛髪となった。この女性は嵌《は》めた指輪がどれも取れぬほどの肥満体で、眉は魚の小骨の形、絹のソックスを帽子代りに被《かぶ》っていた。寝るときには、鏡と櫛とをいくつも並べたベッドに眠り、夢のなかで、はぐれた幼い息子を呼ぶため、やたらと口笛を鳴らし、すぐ横で眠る坊やの睡眠妨害となった。こんど受けた審査でスゥク博士に合格点をつけたのは、この女性で、審査のあいだじゅう、髪の生えていない坊やが、眠たそうに母親のそばにいた。テストの時間を切りあげたくて、スゥク博士は子どもの出した質問にまでいちいち答えてやった。ようやく昼食をとりに家へ帰ったとき、母親が不安げな目つきで、こんなことを言いだしたのに博士はどぎまぎした。

「気をつけなさい、サーシャ。おまえの将来が、おまえの過去をだめにします。顔色が優れないね。だれか子どもを見つけて、背なかを踏ませなくちゃ」

実際、ちかごろ、博士の内部では未知の飢えが芽生え、花ひらいていた。同時に果物に似た粘つくような、名状しがたい希望も急速に熟してきていた。だが、ひとくち、食べものを嚥《の》み込むと、そのどちらもたちまちに失せた。

「知ってるかい、ユダヤ人には口というものがいくつあるのか」博士が食べているわきから母親が訊ねた。「おまえ、まず知らないだろうね……。最近、読んだものにあったんだけど、たしか、ドクター・スゥクですよ。こう書いてありました。ユーラシアの草原《ステップ》地方に聖書の教えがどう広がったかの研究をなさっていたころだそうです。博士は一九五九年のドナウ湖畔チェラレヴォ†調査の際、まったく未知の住民の集落を見つけた。アヴァール人よりさらに原始的で、人類学的な特徴から見てもいちだんと古い。チェラレヴァ遺跡は、八世紀に黒海からドナウを遡ったハザール族のものと博士はおっしゃるのだけど……。でも、今夜はもう遅いから。あした、ジェルソミーナの誕生日におまえ、またくるだろ、そのとき、忘れないように言ってちょうだい。そこのページを読んであげよう。とても面白いんだから……」

目を覚ましたイサイロ・スゥク博士が、口のなかに鍵を発見したのは、ジェルソミーナの誕生日の朝のことである。

この日、博士が通りへ出ると、真昼は病んでいた――ペストのような光が陽光を食い散らし、ぐんぐんと広がる、空気の疱瘡と腫れものは、高空ではじけて流行病をばらまき、感染した雲が、よろめきがちの飛行のなかで腐敗を進行させていた。

週は月経の最中にあり、日曜日は早くも、回復期の患者のように放屁を繰り返して不快な臭気を放った。疥癬《かいせん》を病む地平線のかなたでは、スゥクの過した過去の日々がブルーの色を見せていた。遠くから見ると、彼ら過去の日々はちっぽけだが、元気でぴちぴちしているように見える。曜日の名をなくした彼らは楽しげに群れを成し、スゥクからもスゥクの心配事からも解放され、砂埃《ぼこり》の雲を後ろに引きながら遠ざかっていった。

ズボンの取り替えっこをして遊んでいた子どもたちのひとりが、キオスクで新聞を買うドクター・スゥクのズボンにおしっこをかけた。後ろを振り向いたスゥク博士は、譬《たと》えてみれば、きょう一日、ズボンの前をあけっぱなしでいたことを、夜になって気づいた男の気分であった。と、そのとき猛烈なパンチの一撃が彼の顔面を見舞った。寒い日で、その一発を受けつつも、博士は攻撃者の手がひどく温かいのを感じた。痛みは別として、それはほとんど気持よかった。抗議しようと彼が乱暴者に顔を向けたとき、濡れたズボンがふくらはぎに貼りつくのを覚えた。まさにその瞬間、二発目が彼を襲った。殴ったのは、初めのやつの後ろで釣り銭待ちをしていた男だ。逃げるにしかず、ドクター・スゥクは、その教訓を実行した。二発目が玉葱《たまねぎ》くさかったのは確かだが、そのほかは、なにひとつ理解できかねた。

しかし、のんびりしてはいられなかった。すでに数人の通行人が駆けだして博士のあとを追い、ごく当たりまえのことのように、平手打ちの雨が彼に降りそそいだ。そうされながら、ドクター・スゥクは、殴りかかる連中のなかには冷たい手の男もいるのに気づいた。全身が熱くてたまらなくなっていたから、災難の最中ながら、これは救いだった。カオスのなかにも好ましい時間がないではなかったのだ。もっとも、続けざまに殴られて、考える暇などないわけだが、それでも頬を打つ手には汗っぽいのもあること、迫害者たちに小突かれるままに足の向く方角が聖マルコ教会方面であることぐらいは意識できた。その教会のある中央広場なら初めから博士はゆく予定だった。広場の店に用事があるのだ。こうして、手放しで叩かれ殴られながら、博士は目的地へと導かれていった。

そうするうちに、博士は塀のあるところへ出た。その向うは見たことも聞いたこともない。容赦ない平手打ちの雨の下、必死で駆ける博士の目のまえで塀の隙間が大きくなったかと思うと、あちらに立つ建物が見えた。なんども通り慣れた道なのに、その建物を見るのは初めてだった。窓際に若い男の姿があり、ヴァイオリンを弾いている。譜面台には楽譜がある。即座に博士は読みとった――ブルッフ作曲『ヴァイオリン協奏曲　ト短調』。但し、音は聞こえない、窓はあいているし、青年は一心に弾いているのにだ。不思議に打たれた博士は、鉄拳の雨あられの下をよろめき走り、ようやっと目ざす店へと矢のように飛び込んだ。後ろでドアが大きく音立てて閉まると、博士は安堵した。

店内は胡瓜《きゅうり》のピックルスの壷のなかのように森閑として、粒とうもろこしの匂いが漂った。店には人けがなく、一羽の雌鳥《めんどり》が片隅の帽子にうずくまるきりであった。雌鳥は片目をあけて、スゥク博士に向け、食べられる部分をじっくり見きわめた。次に雌鳥はもう片方の目をあけ、食べられない部分を確かめた。雌鳥は思案するふうだったが、一瞬後には、スゥク博士の全体像が彼女の目に結ばれた――食べられる部分と食べられない部分とが合体した姿として。相手の正体を彼女はついに突き止めたのである。それからなにごとが起こったか。それについては博士本人に語らせよう。

卵と弓の物語

ひんやりと気持のいい店内で、ぼくの鼻はニスの匂いを感じていた。ヴァイオリンは、おたがいに呼びかけ合い、彼らの静かな溜め息と組み合せれば、一曲のポロネーズができあがりそうである。チェスの駒を進めるような具合にだ。音と順序に多少、手を加えさえすれば十分だろう。楽器店の店主のマジャール（ハンガリー）人がついに現れる。目は乳漿《にゅうしょう》の色をしている。いまにも卵を産むかというほど顔が赤く、顎《あご》は、ちいさなお腹《なか》そっくりで、おまけに臍《へそ》もある。店主はポケットから携帯用の灰皿を出し、そこに灰を落とし、念入りに閉じてから、ぼくに訊ねる。「店をお間違えじゃございませんか。毛皮屋はお向かいです。よく間違えられるんでね。この一週間、間違いの客ばっかりで」実際、店には戸口はない、たしかに戸の軋《きし》む音はする、戸の代りにあるのが、ちいさなショーウィンドウで、そこの把手を引けばいっぱいにあき、せま苦しい店へ客を迎え入れる。ぼくは訊ねる――幼い女の子用のちいさいヴァイオリンはないかな、チェロでもいい、あまり高くなければ。

マジャール人は踵《きびす》を返し、いましがた出てきた店の奥へ戻ろうとする。そっちからパプリカの匂いが漂ってくる。折しも、帽子のなかの雌鳥が身を起こし、こっこと鳴いて産みたての卵を知らせる。店主が、大事そうに卵を取りあげ、なにやら卵に字を書いてから、引き出しのなかにしまう。その鉛筆書きの文字は日付で〈2. X. 1982〉と読めた。なんだろう、ずいぶんと先の日付じゃないか。

「どうなさるんですか、ヴァイオリンにしてもチェロにしても」主人は、奥の小部屋の閾《しきい》で振り返り、ぼくに訊く。「レコード、ラジオ、テレビ、そのうえにヴァイオリンですか。ヴァイオリンてなにか分ってますか。ここからスゥボチーツァまで畑を耕しにいって、種を蒔き、刈りとる、それを毎年、繰り返す。ちいさなヴァイオリン一挺でも、こうやって耕さなくちゃできない。ご存じですか」

そう言うと、彼は腰のベルトにサーベルのように挟んだヴァイオリンの弓をぼくに見せる。彼はそれを抜きとり、弓の毛をきつくぴんと張った。その指先を見ると、どの指も爪のところに輪が嵌まっている。まるで爪がばらばらに飛び散らないように固定させるかのようだ。それっきりで主人は会話を打ちきり、腕を大きく振りおろすと、またも奥へ戻りかけ、入口からこうぼくに訊く。「そんなもの、だれが要るっていうんですか。なにか別のになさいよ。スクーターとか犬とか」

ぼくは粘り強く店から出ない。取りつく島のない断り方が、ぼくにはうまくのみ込めない。主人の漠然とした物言い――腹の足しになるとは分っていても、食欲をそそらない食べもののような――と裏腹だからだ。事実、ハンガリー人は、ぼくの母語をかなり正確に話すのだが、ひとつのセンテンスのお終いのところに、食後のデザートみたいに、ひとことハンガリー語を入れる、ぼくには分らない言葉だ。彼はさらに助言を続けた。

「さあ、お客さん、行って別の幸せを見つけるんですね、お嬢ちゃんを喜ばすために。この幸せは、その子には重すぎる。それに遅すぎる」パプリカの旨《うま》そうな匂いの向うから、店主は念を押して言う。「時期遅れの幸せだと思いますよ」それから事務的に訊ねた。「そのお子さんいくつですか」

そのまま彼は引っ込んだ。外出のために手早く着替える気配がしている。ぼくはジェルソミーナ・モホロヴィチッチの年齢を告げる――七歳。その数字は、魔法の杖のように彼をたじろがせる。彼はその数をハンガリー語で呟く、どうやら計算はハンガリー語でしかできないのだ。

すると、芳香が部屋にたち込めた――さくらんぼの香りである。香りは店主の気分の変化に伴って立ちのぼる、とぼくは気づく。見ると、店主はガラスのパイプを口に銜《くわ》え、チェリー・ブランディを啜《すす》っている。彼は店を横切ってくると、偶然のようにぼくの足を踏みつけたまま、小型のチェロを取り、それをぼくにさし出す――そのあいだもぼくの足を踏んでいる、店の狭さを見せつけたいのか。ぼくは相手と同様、まったく気づかぬふりをして、動かない、ただ、向うが加害者、こちらは被害者という違いはあるが。

「これをお持ちなさい」彼が言う。「材料の板は、お客さんとわっしの年を合せたよりも古い。塗りも上等だし……とにかく音を聴いてごらんなさい」

店主は弦を指で弾《はじ》いた。チェロは四つの音を鳴らす――踏んでいたぼくの足からようやく店主の足が離れた。その音が、この世のすべての痛みを和らげてくれたかのようだった。

「聴いていて分りますか」彼が訊いた。「どの弦もそれぞれ別の弦の音を含んでいます。しかし、それをちゃんと聴きとるには、同時に四つの異なるものに耳を傾けなくてはならない。ところが、われわれは怠惰だから、そんなことはとても。音感はいいほうですか、悪いほうですか。四十五万です」ハンガリー語から訳し戻しながら、彼はその値段を口に出す。この金額が石つぶてのようにぼくを打つ。懐中を見透かされたのか。用意していた額そのままだ。長い年月、ジェルソミーナのために貯めた金である。大金とは呼べぬ額かもしれない、それでも三年がかりで、ようやく作った金なのだ。いただきますよ、とぼくは嬉しげに言う。

「いただきます?」だめだめ、と言わんばかりに首を横にふり、店主が訊き返す。「お客さん、それが楽器の買い方ですか。まずお試しにならなくちゃ」

どぎまぎしながら、ほんとうにその気のあるふりをして、ぼくは店を見回し、どこか腰かける場所を探す。

「椅子がなくちゃいけませんか」主人が訊く。「家鴨《あひる》は水に坐る、しっかりした地面にいる人間さまが、それじゃ困りますね」あきれ顔で、彼はちいさなチェロをぼくから取りあげ、ヴァイオリンのように肩に当てた。

「こうですよ」楽器を返しながら、彼は言う。

受けとったぼくは、生まれて初めてヴァイオリン式にチェロを弾きだす。深い五度音程で弾くファリャは、そう悪い出来ではない。耳に近く押しあてた板を通して耳に入る音はいちだんと鮮明にひびくようである。と、とつぜんにマジャール人の匂いが変る。こんどは、男性の汗くさい匂いが鼻を衝く。彼は上着を脱いだ肌着姿で、もつれ合った灰色の毛が腋の下に垂れている。彼は引き出しを引くと、その角に腰かけ、ぼくからチェロを取って弾き始める。すばらしい即興演奏にぼくは仰天する。

「完璧な演奏ですね」ぼくが言う。

「わっしはチェロがだめでしてね。チェンバロは弾くし、ヴァイオリンも大好きですが、チェロは不調法なんです。いまのは、音楽じゃない、お分りじゃないようですが。最高音から最低音まで、ぜんぶの音を単につなげただけです。これだと、楽器の音色やらなにかがよく分るんです……。お包みしますか」

「お願いします」財布を探りながら、ぼくが言う。

「五十万いただきます」マジャール人が言う。

冷たい悪寒がぼくの全身を走った。

「四十五万と言わなかった？」

「言いましたよ、それはチェロだけの値段、あとは弓の分です。それとも、弓はやめます？

弓が要らないとはね。グスリにだって弓がいると思いますが……」

店主は包みから弓だけ取り出し、ショーウィンドウへ戻す。

ぼくは言葉もなく、石のように立ったままだ。そのうちに、ぼくは、さっきの殴られた場面からも、このマジャール人からも立ち直った。病気、二日酔い、茫然自失から立ち直るように。ぼくは正気を取り返し、酔いから醒め、マジャール人相手の喜劇役をついに放り出す。彼は歯をほじくっている。たしかに、ぼくは弓のことをうっかり忘れていたのだった。買いたくとも、金が不足だ、そのことをぼくは彼に話す。

とつぜん、彼は上着に袖を通し――ナフタリンが匂う――それから言う。

「わっしのこの年じゃ、お宅が弓の分を稼ぎ出すまで、待つ時間はありません。なにしろ、お客さんは五十歳までにその分を稼げなかったんだから。お宅さんは待てても、わっしはとても」

そう言うと、ぼくだけを店に残して出てゆこうとした。彼は戸口で足をとめ、振り返って言う。

「こうしますか。弓はお持ち帰りいただいて、代金のほうは月賦、これなら、どうでしょう」

「冗談でしょ」ゲームの相手はこれで打ち止めにして、店をあとにする気で、ぼくは答える。

「とんでもない、冗談だなんて。じゃ、こちらはどうでしょう。お断りになるのはご自由ですが、まあ、聞いてください」

マジャール人は得意げにパイプに火をつける。その様子から察すると、故郷ブダペシトのペシト界隈でたっぷり煙をまきちらしてきたに違いない。

「伺いましょう」ぼくが言う。

「弓といっしょに卵を買ってください」

「卵を？」

「そう。雌鳥の産んだ卵、さっきご覧になった。ほら、これですよ」彼は引き出しから取り出した卵を、ぼくの鼻先に突き出して見せた。

鉛筆の字で〈2. X. 1982〉と書いてある。

「卵も弓も同じ値段で、二年払いはどうでしょう……」

「なんですって」耳を疑いながら、ぼくは訊いた。

マジャール人は、またもさくらんぼの香りがした。

「まさか、雌鳥が金の卵を産むわけじゃないでしょ」

「金の卵は産みません。しかし、うちの雌鳥は、お客さんも、わっしも産めないものを産む——日と週と年を産むんです。毎朝、金曜日とか火曜日とかを産みますからね。きょうの卵には、黄身の代りに木曜日がひとつ入ってます。あしたの卵は水曜日です。ひよこの代りに卵から出てくるのは、その持主のための人生の一日なのです。なんとすばらしい人生！　卵は金ではなしに時間でできているってわけです。お安くひとつお譲りしますよ。いいですか、この卵のなかにあなたの人生の一日がある。その一日がここに閉じ込められている。それを外に出そうと出すまいと、あなた次第です」

「お話は信ずるとしても、わたしの手元にあるはずの一日をなぜ買うんですかね」

「お客さん、よく考えてください。そんなことが分りませんか。耳で考えるんじゃないですか。すべてこの世の問題は、われわれが与えられるままに日々を使ってきたという事実から発生します。最悪の日を飛ばすことができないからです。問題はそこですよ。うちの卵がポケットにあれば、不幸から逃れられます。あしたが災厄の日だとなれば、卵を割る、それだけで不幸は避けられる。結局、もちろん、人生から一日分だけ減るわけだが、そのお返しに、その厄日でおいしい卵焼きがこさえられますよ」

「そんなに価値のあるものなら、ご自分にとっておけばいいのに」ぼくは彼の目を覗き込みながら言う。しかし、ぼくが理解できるものは、その目にはなにも見えない。彼はただ生っ粋のハンガリー語でぼくをじっと見守るばかりだ。

「ご冗談を。この雌鳥からいくつ卵を恵まれたとお思いですか。幸せになるために、人は何日を帳消しできると思いますか。千日、二千日、五千日？　お宅のほしいだけの卵がわっしにはあるが、わっしの人生の日々は、もうそれほどない。それに、普通の卵と同じで、この卵も長持しません。しばらくすると、腐って役に立たなくなる。だから期限の切れるまえに売らなくちゃならない。お客さん、どうするか、選択の余地はありませんよ。さあ、こちらが借用証です……」そう言って、彼はなにやら紙にペンを走らせてから、ぼくにさし出す。

「どうなんだろうね」ぼくが訊ねる。「この卵は、物についても一日分を省く、というか節約できるかね。例えば書物の場合にも」

「できますとも。そのときは丸いほうを割るのです。但し、ご自分に使うチャンスをみすみす失いますよ」

ぼくは借用証を膝にのせて署名し、楽器の支払いを済ませ、領収証を受けとった。店主がチェロと弓と、そして特に念入りに卵を包んでいるとき、店の隅から雌鳥の鳴くのがまた聞こえ、ようやくぼくは店をあとにした。店主もいっしょに出て、ウィンドウに鍵をかけるあいだ、ぼくに把手《とって》をしっかり引っ張るように頼んだ。もういちど、ぼくは彼のゲームに引き入れられたわけだ。彼はなにも言わずに去りかけたが、角のところへ戻ってくると言った。「お忘れなく。卵の日付は効果の切れる日ですからね。それを過ぎたら無効です……」


店を出ての帰途、スゥク博士はまたもや暴漢に襲われないかとしばらく心配したが、なにごともなかった。そんな思案をしているとき、雨が降りだした。ちょうど、ヴァイオリンを弾く青年が見えた塀のまえにきていた。博士が走り始めると、みるみる塀の隙間が大きくなり、あちらの窓にヴァイオリンを弾く青年の姿がふたたび見えた。しかし、こんども窓があいているのに、音はしなかった。聞こえない音と聞こえる音とがあるらしい。博士は走りつづけ、母親の家はもう近かった。盲人が道を探るように、博士の両手は自分の肌をまさぐっていた。指が走り慣れた道と方角を知っていた。彼のポケットには死を予告する鍵があり、運命の日に彼を死から救う卵があった……。卵には日付が、鍵にはちいさな金の環が付いている。

母親はひとりでいた。いつも短い午睡の習慣があり、まだ寝ぼけていた。

「そこからめがねを取っておくれでないか」彼女は息子に言った。「ハザールの墓地のことを少し読んであげよう。チェラレヴォのハザールについてドクター・スゥクが書いたものですよ。聞いて」

＊＊

彼らはドナウ川両岸に跨《また》がって散在する家族ごとの墓に葬られ、死者の頭は必ずエルサレムの方角に向けられる。墓は愛馬のものと一対になっており、馬とは反対の方角を見る形で埋葬される。夫の亡骸《なきがら》の腹部の上には妻が屈曲の姿勢で埋められるが、たがいに顔は見ず、太腿《ふともも》に目を向ける姿勢となる。時には埋葬は直立の姿勢であり、これは、生前、絶えず天を仰いだため、甚《はなは》だしく老化し、首の曲がった老人に限られる。その場合、〈ヤーウェ〉の文字ないしは「黒」の意味の〈シャホル〉の文字を刻んだ素焼きの瓦を副葬品とする。墓穴の四隅には火を焚き、足元には食べものを供え、腰に短刀をはかせる。墓の近くには必ず馬以外の第二の動物が葬られ、墓によってさまざまだが、羊、牛、山羊、鶏

（雌）、豚、鹿など、死者が幼児であれば、卵が用いられる。また生活用具、鎌、鉄工・金工の道具類を遺骸の傍らに置くこともある。亡骸の目、耳、口はすべて素焼きの蓋で覆い、この蓋には七つの枝のあるユダヤ教の燭台《メノラー》が描かれる。これら素焼きの破片を鑑定すると、三世紀ないし四世紀ローマのものであり、燭台《メノラー》の絵は七—九世紀と判断される。絵は尖端の鋭利な道具を使用し、稚拙であるが、完璧を期することを目的とはせず、倉皇《そうこう》のうちに、おそらくは、秘密裡に彫られたと思われる。メノラー以外にもユダヤ教のシンボルが好んで描かれるが、彫り手は描く物に馴染みが薄く、漠然とした記憶に頼るか、むしろ他人の見聞に基づいて彫った形跡が濃厚であり、メノラーばかりか、灰を掬《すく》うシャベル、レモン、牡羊の角、棕櫚《しゅろ》等は実物を知らなかった形跡が歴然としている。目、耳、口を素焼きのもので覆ったのは、デモンおよびシェディムから墓を守るためであるが、これらは元の場所にそのまま残るものは皆無で、現状では広く墓地全域にわたり散在する。この事実は、強大な自然力、例えば大地震による津波の襲来を推測させる。さらに推測を逞《たくま》しうすれば、なんらかの火急の必要が発生して、ほかの墓地にあった目、耳、口のこれらの魔よけが急遽、多量にこちらへ移されたのかもしれない。だとすれば、その結果、ある種のデモンの乗り込む隙《すき》ができた半面、別の悪魔の跳梁《ちょうりょう》の場が閉ざされたわけである……。

＊＊

そのとき、表のドアの鐘がいっせいに鳴り、家のなかはたちまち招待の客で満たされた。ジエルソミーナ・モホロヴィチッチが姿を見せた。彼女は先の尖ったブーツを履き、見据えるような美しい目は、指輪に光る宝石のようであった。一同の見守るなかで、スゥク博士の母親が、ジェルソミーナの手にチェロを手渡してから、目と目のあいだにキスをした。口紅のあとがもうひとつの目をそこにくっきりと描き出した。母親が言った。

「どなたからだと思う、ジェルソミーナ、この贈物は。分る？　スゥク教授からですよ。丁寧にお礼状をさしあげなくちゃね。若くて、それはハンサムな紳士なのよ。だから、テーブルの一番の上席は、いつだってあの方のために取っておくの」

物思わしげな様子で、重い影を引きずりながら（この影で靴みたいに人を踏みつけることができる）、母親は客をディナーのテーブルに配置したが、いちばんたいせつなゲストがこのあと見えるとでもいうように、最上席は空けたままだった。考えごとに気を取られながらも、彼女はジェルソミーナと若い人たちのすぐ隣に慌ててスゥク博士を坐らせた。一同の背後にはたっぷり水をくれたゴムの木が据えられていて、葉が息づき、そして泣いていた――その涙の床に落ちる音が聞こえるほどに。

その夜のディナーのあいだ、ジェルソミーナは、燃えるような彼女の指でスゥク博士の手に触れながら、こう言った。

「人間の行動は、お料理のようなもの、思想や感情は調味料なの。さくらんぼにお塩をかける人も、お菓子にお酢をかける人も、将来、ろくなことになりはしない……」

ドクター・スゥクは、ジェルソミーナがそう話すあいだ、パンを薄く切りながら思案していた――この娘は、ぼくのそばにこうしているときの年齢と、ほかの人のまえにいるときの年齢と、まったく別なんだ。

パーティーが引けて、ホテルの部屋に戻ったスゥク教授は、ポケットの鍵を取り出し、拡大鏡でためつすがめつしていた。環の代りをしているのは、金の貨幣で、よく見るとヘブライ文字のヘー ה が浮かびあがった。彼は笑い、鍵を置くと鞄のなかから一六九一年のダウプマンヌス✡版『ハザール事典』を抜き出して眠りにつくまえに「乳母」の項を一読した。教授は、この本こそ九ページ読むと死に至るあの毒入り版と信じていたから、安全を期するためいちどきに読むのは四ページ以内と決めていた。「避けられるものなら、雨降りの道を選ぶ無用の愚は冒すべきではない」と彼は心に思っていた。この夜、選んだ項目は長文のものではなかった。ダウプマンヌスはこう書いていた。

《ハザールの乳母たちのなかには、自分の乳を有毒にできる者があった。彼女らは引く手あまたであった。望ましからぬ貴公子の誕生あるいは相続争いで有力となる恐れある嗣子の誕生の際、将来に禍根を残さぬため、乳児のまま彼らをあやめる目的で対抗者がこれらの乳母をひそかに雇い入れて敵方に潜入させた（一回の授乳で事足りた）。彼女らはベドウィンの第四の神マナットを崇《あが》めた罪で、ムハンマド（マホメット）によってメディナから追放されたアラビアの二部族、ハザライ族ないしはアウズ族のうちのどちらかの後裔と信じられた。新生児の乳母を雇った貴人が、陰謀を警戒して〈毒味役〉を設けたのは、かかる事情に起因する。〈毒味役〉は青年から選ばれ、乳母と一夜を共にし、彼女の乳を存分に吸うのをお役目とする。命を賭けて彼らの抱いた愛人の乳が、無害と判定された場合に限り、正式に乳母としての出仕が許され

た……》
スゥク博士が眠りに落ちたのは明け方に近かった。ゆうべのジェルソミーナの言葉の意味を知ることは、無理かもしれないと思い悩んでいたのだ。博士にはジェルソミーナ嬢の声はいつも聞こえないのだった。

スキラ、アヴェルキエ

Skila, Averkije　E —— Skila, Averkie　D —— Skila, Awerkije　F —— Skila Averkiye

十七世紀から十八世紀初期まで　コプト出身の剣術師範。十七世紀末のイスタンブルでは最も有名な剣の遣い手のひとりとされた。イスタンブルの外交官アヴラム・ブランコヴィチ†に雇われ、主人との剣術の試合では、真っ暗闇のなか、ふたりは長い革帯でたがいの体をつないで向き合った。彼には怪我の治療をする心得があり、いつも銀製のシナの鍼《はり》一揃いと鏡を手放さなかった。その鏡の赤い点々は顔の輪郭を、緑の点々が顔面の皺を辿《たど》っている。負傷ないし痛みを覚えた際には、鏡に向かい、緑点の箇所に鍼を刺していく。すると、なにやらシナの文字を皮膚に残して、痛みは治まり、傷は癒《い》えた。ただし、この鏡は、他人の役には立たない。彼は道化役を身近に侍らせるのを好み、タバコや酒に寛《くつろ》ぐ席では、笑わせるごとに祝儀をはずんだ。その祝儀の相場は一様ではない。彼の考え方では、ひとつの事柄しか笑いとばせないような笑いは凡庸だから払いは最低とする。笑う対象がふたつ、また三つと多いほど高くなる。但し、贅沢な珍品と同様、その種の笑いには、めったに恵まれない。

ここ二、三十年、アヴェルキエ・スキラは、小アジアの戦場や城下町を尋ね歩いては、剣の突きの秘法を丹念に集めている。彼はそれらの型を子細に調べあげ、生身《なまみ》の体で試し斬りをし、そのうえで図表や図解付きのノートを作り、古くから伝わる秘術を一冊の著作にまとめていた。彼自身、一閃《いっせん》、サーベルを抜くと、水中に泳ぐ魚を真っぷたつにする早技も見せたし、夜間、地面に刺した剣にランタンを吊るしておき、敵が明かりに近づくのを見計らって短刀で闇討ちもした。こうした殺法には、それぞれ黄道十二宮の徴《しるし》をつけた分類がされており、その星座に属するひとつひとつの星が、それぞれにひとつの死を意味していた。一六八九年という年までにスキラはすでに水瓶座、射手座、牡牛座をこなし、牡羊座にかかっているところだった。サーベルの最後の突きの手をもうひとつだけ実地に確認できれば、この星座も自家薬籠中のものとなる。この突きでは大蛇に咬まれたような物凄い傷が大きく口をあけ、その傷口からはどっと噴き出す血の音にも似た絶叫が聞かれるという。彼自身の手記によると、この年、一六八九年、彼はついにこの試し斬りをやってのけた。ところはワラキア（現ルーマニア南部）、オーストリア・トルコ戦争の戦場においてである。

その後、スキラは兵役を退いて、ヴェネツィアに住み、剣術の奥義のいっさいを一七〇二年、『剣法大鑑』なる一著に盛った。これには、剣法の突きのあらゆる型を網羅する図が添えられ、著者アヴェルキエ・スキラの肖像も飾ってあった。肖像の図柄は、星々に取り巻かれた、というより、より正確には流れ走る剣の線が形づくる檻《おり》あるいは網目のなかに立つコプト人の姿である。門外漢の目には、その肖像は剣の唸《うな》りと刃《やいば》の一閃とによって描いた図をもとに、彼自身が虚空に築きあげた美しい透明の楼館内に閉じ込もる男とも見えたかもしれない。しかし、よくよく見れば、檻の形はいかにも繊細華麗、緩やかな曲線をもち、浮かぶようなドーム、橋、アーチを各所にあしらい、ほっそりした塔が四隅にそびえ立って、アヴェルキエ・スキラはぐるりを飛び回る蜂に立ち尽くすかのように眺められた。それは空中に蜂の描く果てのない文字の意味がにわかに読みとれた瞬間なのだろう。剣を突き出すその構え、つまり、牢獄の格子の向うに見えるアヴェルキエ・スキラの面持ちは平静だが、その口は上唇も下唇も二枚ずつあり、彼を通して別人が口を利くに任せている様子に見える。スキラの主張によれば、すべての刀傷は新しい心臓であり、独立して鼓動を打ち始めるということだ。そういう傷の上に彼はサーベルで祝福の十字を切った。彼の鼻は目立って鼻毛が多く、すぐに見分けがついたから人は避けて通ることができた。

アヴェルキエ・スキラについては、ユースフ・マスーディが興味ある記録を遺している。音楽家で夢解きもやったマスーディは、イスタンブルのオスマン・トルコ王宮に出入りする前述の外交官のお邸《やしき》に雇われていてスキラとは同僚であった。他人の夢に出没する怪物を突きとめる——それが彼の特技であった。彼の説によると、ふたりの人物がおのおの相手を夢に見る場合、一方の夢が相手方の現《うつつ》を成し、両者の夢には多少、はみ出す部分が生ずる。このはみ出し部分を名付けて〈夢の子どもたち〉と呼ぶ。夢見られている相手の現実に比べると、夢の持続時間はもちろん短いわけだが、夢はいかなる現実より比較を絶した深みをもつ。したがって、ここに生ずるはみ出しの〈過剰物質〉は、夢見られている相手の現実に完全には当てはまらないことになる。

すると、行く先を失った〈夢の子どもたち〉は、どこへ行くか。それらはまったく別の第三者の現実のなかへこぼれ込み、そこに付着しようとするのである。第三者にとっては迷惑千万なことだ。通常、この第三者は、初めの両者よりもさらに複雑な状況に逢着する。すなわち、自由意思が無意識によって束縛をこうむる度合いが、前の両人に比すれば、二倍にもなるためである。なんとなれば、ふたりの夢からこぼれ出すエネルギーと物質の過剰部分が交互に第三者の精神生活に流入する。その結果、この第三者は一種の両性具有者《ヘルマフロディートス》となり、ある瞬間、第一の夢見る人に凭《もた》れかかると思えば、次には第二の者へと甘えかかることになる。

アヴェルキエ・スキラには、この種の意思薄弱の傾向が見られた、というのがマスーディの説であり、スキラがふたりの夢見る人を相手どって無用な議論を重ねたと述べ、夢見る人の実名をあげている。そのひとりはマスーディ自身とスキラが仕えた主人アヴラム・ブランコヴィチ、もうひとりはスキラのまったく知らないコーエン✡なる男である。いずれにせよ、楽器に譬《たと》えれば、音色が深く、弦の太い弦楽器に似て、スキラの弾き出す音は、旋律の骨組み、生活の基底音、最も初歩的な音でしかない。あとは、ふたりのなすがまま、思うがままだった。スキラの最大級の溜め息でも、いかに最高の上首尾でも、ふたりなら能力の半分も使わずに苦もなくやってのける、その程度にさえ及ばなかった。

さらに、マスーディが伝えるところによると、アヴェルキエ・スキラが剣法の集成を始めた理由には、専門家として、また武人として、達人の域に達しようとのもくろみはなく、むしろ、仇敵が手のとどくところまで近づく好機を待って、苦しい悪循環から抜け出る一手を求めての必死の方策なのだった。その晩年、窮地を脱するための秘法の一手——牡羊座に属す剣法だとは彼の弁だが——に彼は異常なまでの望みをかけた。時おり、朝、目覚めるとスキラの目は夢で乾き切った涙がいっぱいになっていることがあった。手でこすると、涙は指先でこなごなに砕け、穀粒か割れガラスの破片のように散らばった。そして、彼はそれが自分の涙ではないことを知っていた。

それはともかく、ヴェネツィア版の『剣法大鑑』の最後の図には、剣の動きを示す何本もの破線で引いた曲線の檻に閉じ込められたアヴェルキエ・スキラが描かれているが、牡羊座の徴の下にうねくねと引かれた線こそは、檻ないしは網から逃れ出る奥の手である。同じ図の続きの部分では、刃の林を斬り抜け、アヴェルキエ・スキラが、彼の編み出した秘術により脱出口をひらき、意気揚々と門を通り抜けるように歩み去り、自由の身となるさまが描写されている。こうして彼は、まるで傷口のような狭い裂け目から脱して、星の牢獄を放たれ、世の中へ、新たな人生へと生まれ変った。彼の黙して語らない外側の唇のかげで、別の内側の唇がにこやかな笑みを浮かべていた。

セヴァスト、ニコン

Sevast, Nikon　E —— Sevast, Nikon　D —— Sevast, Nikon　F —— Sévast, Nikon

十七世紀　伝承によると、かつてバルカン地方、モラヴァ川沿いのオフチャル峡谷にニコン・セヴァストという名のサタンが住んでいた。このサタンはひどく気のいいやつで、出会う人には相手かまわず、自分の名前の「セヴァスト」で呼びかけたものだ。飾り文字を書くのが彼の得意で、聖ニコリエ修道院ではその主任を務めた。ただ、場所を問わず、セヴァストの腰かけたあとには必ず二つの顔がくっきりと跡を残し、体には普通尻尾《しっぽ》のある箇所に鼻があった。本人の話では、前世にはユダヤ教の地獄で悪鬼を務め、ベリアルやらゲブフラアに仕えて、ゴーレムどもを方々のシナゴーグの屋根裏に葬った。ある秋、鳥たちが毒のある糞《ふん》をそこらじゅうに垂れ散らかして、木々の葉や草のただれたとき、彼は自分を殺すために殺し屋を雇った。この咎によりセヴァストはユダヤ教の地獄からキリスト教の地獄へと移され、いまの新しい命では下っ端のサタンとなった。

別の話だと、セヴァストは死ぬことができなかった。そこで、自分の血をちょっと犬に舐めさせて、だれやらトルコ人の墓に入り込み、死人の耳を引っぱってばりばりと皮膚を剝ぎとり、それを被《かぶ》って出てきたという。美しいトルコ風の目の向うから山羊のような目が覗くのはそのせいだ。セヴァストは火打ち石を怖がり、夕食はみなが済んだあとでしか食べず、年に一度、一塊《ひとかたまり》の岩塩を盗み出す。夜ごと、彼は修道院の馬や、村人の馬に乗って遠出するらしいと噂された。なるほど、明け方、戻ってきた馬は全身、乾いた汗で白くなり、鬣《たてがみ》は必ず編み込まれていた。遠出するわけは、もともと沸きたつワインで茹であげた心臓の熱気をさますためである。だから、人々は馬の鬣にサタンが毛嫌いする〈ソロモンの封印〉を編み込み、セヴァストから、また彼の犬の歯形だらけの長靴からも馬を守った。

セヴァストは衣裳に金を惜しまぬ質《たち》だった。またフレスコ画の筆では人後に落ちなかった——彼の画才は大天使ガブリエルからじきじきに頂戴したものとされていた。オフチャル峡谷沿いの数ある教会のフレスコ画で彼の手がけなかったものはないが、どの絵にも書き入れの文字があり、絵から絵へ、修道院から修道院へと、ある決まった順序で読んで回ると、その文字がまとまったメッセージとなる。絵の存在する限り、メッセージの解読は可能なわけである。ニコンがこのメッセージを残したのは、もっぱら自分のためであった。というのは、三百年後にはきっと蘇《よみがえ》って、ふたたび生者のあいだへ戻る気でいたからだ。本人に言わせると、一般に悪魔は前世のことを、きれいさっぱりと忘れてしまう、だからこそ、こうしてメッセージを残すのだ。

駆け出しの絵描き時代、彼には格別な画才はなかった。そのころ彼は左手で描いていた。出来栄えは悪くない絵だったが、人に覚えてもらえない。見る人がいなくなったとたん、絵は壁面から消え失せるかのようなのだ。ある朝、セヴァストが顔料をまえにして絶望の思いで坐っていると、異様な静寂が忍び寄り、セヴァストの沈黙のなかに入り込むと、それをずたずたにした。だれかがそこにいて、むっつりと黙っている、その黙り方は、セヴァストの言葉の流儀とは違う沈黙だった。ニコンは大天使ガブリエルに祈り始めた――われに色彩の恩寵を与えたまえ。その当時、辺りの修道院、聖ヨヴァニエ（ヨハネ）、受胎告知《ブラゴヴェシテニエ》、ニコリエ（ニコライ）、聖母訪問《スレテニエ》など、どこの僧院でも、イコンや動物の絵に達者な若い絵師をおおぜい修道僧に抱え、壁面の装飾に専念させており、だれが立派な聖画を描きあげるか、沈黙の祈りにも集団の祈禱にも、そのつど画工たちは密かに競った。それゆえ、ニコン・セヴァストの祈りが聞きとどけられようとは、よもやだれしも思わなかった。だが、たしかにそのとおりになったのである。

一六七〇年八月、鹿肉料理がその日から解禁となる〈エフェソスの七人の聖殉教者の日〉の前日、ニコン・セヴァストが言った。

「真の未来（なぜなら偽りの未来もある）へと導く確かな道とは、最も恐れる方角へと突き進むことだ」

そこで出かけたのが狩りであった。彼は修道院で写本の助手を務める僧テオクティスト・ニコルスキ[A]を連れ出した。その狩りの模様が語り草としていまに伝わるのは、この僧が一部始終を書き留めておいたお蔭だろう。記録によると、セヴァストは猟犬を抱きあげ、馬の鞍の自分の後ろに乗せて鹿狩りへ出た。そのうち、にわかに馬の背から跳びおりたと見ると、犬は攻撃に向かったが、テオクティストの目に鹿は見えない。犬は獲物を追うかのようにしきりに吠え立て、目にこそ見えぬ重たげななにやらが、ふたりのほうへゆっくりと動いてきた。下生えの小枝の折れる音が聞こえた。セヴァストは、と見ると、まるで犬そっくりに動き回っていた。と、そのうち足をとめたまま動かない、前方に鹿がいる気配だ。事実、鹿の啼《な》き声がすぐ近くでした。テオクティストは思い当たった――ついに大天使ガブリエルが鹿に姿を変えて、ニコンのまえに立ち現れたのだ、そしてその鹿はニコン・セヴァストの霊魂そのものでもある、と。言い換えれば、大天使は贈物としてニコンに霊魂をさし出そうとしているのだ。こうして、この朝、狩りで自分の霊魂を捕えたニコンは、さっそくこう呼びかけた。

「大いなる深みから大いなる深みへ、広大無辺のあなたの声に呼びかけます。あなたを賛仰するための色彩の力を与えたまえ」セヴァストは、大天使に向かって、鹿に向かって、自分の霊魂に向かって(いや、相手がなんであろうと闇雲《やみくも》に)そう叫んだ。「土曜日から日曜日にかけての夜、わたしは絵を描きます。そこにあなたのすばらしいお姿を描き出します。お姿を拝まないよその人でも、つい祈らずに済まないような……」

待つうちに、大天使ガブリエルの声がして言った。*"Preobidev potasta se ozlobiti……"*〔セルボ・クロアート語〕

大天使のこのお言葉では、いっさいの名詞が省略されている――とっさにテオクティストは悟った。動詞が神のためのものであって、名詞は人間のためのものだから。セヴァストは答えた。

「左利きのわたしに右手でどうやって仕事せよとおっしゃるのですか」だが、鹿はもう姿を消していた。そこで修道僧がニコンに訊ねた。

「あれはなんだったのですか」

ニコンは淡々として答えた。

「特別なことはない。すべては儚《はかな》いものだよ。わたしはイスタンブルへ出かけるのが目的で、ここはほんの寄り道だから……」

だが、そのあと、こう付け加えた。

「寝床から人間を起こしてごらん。その寝床には這う虫や跳ねる虫がうじゃうじゃいる。宝石とか白かびのように透きとおったやつが……」

歓喜が熱病のようにセヴァストを捉えた。絵筆を左から右の手に持ち替えて、彼は絵に取り組んだ。絵の具が彼の内側から乳のように湧き、塗る暇《いとま》もないほどだった。にわかに彼はすべてを理解した――墨と麝香の混ぜ合せ方、乾燥も発色も黄色がいちばん早く、黒が最も遅く真の下地を表すには最も時間を要することなどなど。彼の意のままになったのは〈聖ヨハネの白〉と〈龍の血〉の二色だった。仕上げのワニスの代りに、小筆を酢に濡らして塗ると空気の輝きが現出した。身の回りの品々に彼は色彩で労《いたわ》り養《やしな》いして絵を描いた――戸口の側柱や鏡、蜜蜂の巣やカボチャの実、金貨や農民の靴などである。自分の持馬の蹄《ひづめ》に彼はマタイ、マルコ、ルカ、ヨハネと四人の福音伝道者の姿を描き、指の爪にはモーシェ（モーセ）の十誡を、井戸の水汲み桶にはエジプトのマリアを、窓の鎧戸《よろいど》にはふたりのイブ――アダムの最初の妻リリスとアダムの分身で二番目の妻イブを並べて描いた。また、食べかすの骨にも描けば、自分や他人の歯にも絵を描き、裏返したポケットやら、帽子にも天井にも絵を描いた。生きた亀の背なかに十二使徒を描いて、森の奥へとのこのこ這わせて放しもした。

　深夜、寝静まったあと、彼はどこか空き部屋を選んで、板の上方にランプを灯し、ふたつ折りの祭壇画を描いた。こうして出来あがったのが、大天使ガブリエルとミカエルの絵で、ミカエルは火曜日に身を置き、ガブリエルは水曜日のほうにいて、罪を犯したある女の魂を夜を挟んで前の日から次の日へ、次の日から前の日へと、投げては返し、返しては投げているのだった。ふたりの大天使は曜日の名の上を歩くので、とがった文字に刺された足からは血が迸《ほとばし》った。

　ニコン・セヴァストの絵の仕事は、燦々と太陽の輝く夏よりも白雪の明るい照り返しのなかで進める冬のほうが出来がよく、夏場の作には、日蝕のさなかに描いたかのような一種の重苦しさが漂った。画面に登場する人物の笑顔は、四月に入ると早くも消えてしまい、初雪の降る日まで戻らなかった。初雪ごろになると、彼はようやく落ち着いて絵の仕事に入るのであったが、股間から立ちあがる巨大なペニスを仕事の妨げとばかり時おり肘《ひじ》で押しやった。

　ニコンの新作を一度見た人は、終生その絵が忘れられない。だから、オフチャル峡谷の修道僧や修道院つきの画工が、笛で呼び集めたかのように聖ニコリエ修道院に押し寄せた。ニコンの絵をひとめ見たい一心からである。ニコンはそこらじゅうの修道院から引っぱり凧《だこ》となり、彼の筆になるイコンは描きあがると即座に葡萄園《ぶどうえん》なみの大金で売れ、その速筆ぶりは走る馬より速かった。絵師ニコンの仕事については一六七四年に書かれた記録簿に記述が残されている。

＊＊

二年前の〈聖アンドレイ・ストラティラットの日〉、それは鶫鴣《やまうずら》の初物を食べる日だが、わたしは聖ニコリエ修道院の僧坊の一室にいた——と無名の修道僧は、その記録に書いている——キエフから入手した新エルサレムの詩を読んでいるあいだ、隣接の部屋では三人の僧が一匹の犬を交えて食事していた。もっとも、ふたりはもう食べ終り、絵描きのニコンだけが、いつものように、仲間の食べたあとで遅い食事に取りかかっていた。読み進める詩の静けさのなか、嚙む音からいまニコンの頬張っているのが、火にかけるまえ予《あらかじ》め庭先の杏《あんず》の幹に打ちつけて柔らかくしたあの牛の舌だと知れた。食べてしまうと、ニコンは席を立ち、絵の仕事に戻った。彼が色を整えるのを眺めながら、なにをしているのか、とわたしは尋ねた。

「色を混ぜているのはわたしじゃない、あんた自身の目だよ」彼は答えた。「わたしはただ壁の上に次つぎに色を置いてゆくだけだ、手を加えない自然のままに。見ている人が、目のなかでその色を混ぜ合せてくれる、お粥《かゆ》みたいにだ。ここに秘密がある。粥が上出来なら、絵も上々の出来になる。しかし、材料が悪けりゃ旨《うま》い粥はできない道理だ。見る、聞く、読む——そちらに力を入れることこそたいせつなんだ、描いたり、歌ったり、書いたりするよりもね……」

彼は青と赤の色を手にとり、そのふたつを隣り合せに画面に置いた。天使のひとりに目を描き入れるところだったのだ。天使の目が紫色になるのをわたしは見た。

「わたしは言わば色の辞典をぱらぱらめくるだけだ」ニコンは続けた。「見る人が、辞典を頼りに文章や本、いや、絵そのものを創るのだ。書く作業にしても、似たようなことはできないかね。作者は書物を構成する言葉の並んだ一冊の辞典を読者に提供するだけで、それらの言葉からどう全体を組み立てるかは読者に委ねる。そんなふうにできないものかな」

それからニコン・セヴァストは窓のほうへ顔を向け、聖ニコリエ修道院のまえに広がる畑を絵筆で指しながら言った。

「あの畝《うね》が見えるかね。あれは犂《すき》で掘った畝じゃない。あれは犬の吠え声でできたものだよ……」

しばし、夢想する顔つきになってから、セヴァストは自問するように言った。

「わたしは左利きなのに、こうして右手で描いている。もし左手に戻ったら、いったいどんな絵が描けるのだろう」そして、右手の筆を左に持ち替えた……。

この話はたちまちに一帯の修道院じゅうに広まり、だれもが、すわ不吉の到来かと眉をひそめた。これでニコン・セヴァストは、元どおりのサタンに戻るに違いない、そして神罰を受けるのだと。事実、ニコンの両耳はふたたびナイフのように鋭くとがり、その耳でパンが切れると噂された。それでも彼の才能は相変らずだった。左の手でも右手と同様にみごとな絵を描いて、なんの異変もない。大天使からの制裁はいっこう下らないで済んでいた。

ある朝、ニコン・セヴァストは受胎告知《ブラゴヴェシテニエ》修道院院長の訪問を待っていた。内陣の扉に描く絵についての打合せのため来訪する予定だったのだ。だが、修道院からは、その日も次の日も、だれもこない。そのときになって、セヴァストは、とつぜん思い出したように、自殺者の霊を慰めるために唱える五番目の「パーテル・ノステル」（主への祈り）を口にすると、こちらから修道院へと出向いた。教会のまえまでくると、院長に出会ったので、いつもの癖で自分の名で呼びかけて訊ねた。

「セヴァスト、セヴァスト、いったいどうしたんですか」

ひとことも言わずに、老僧は一室に客を連れて入り、〈飢え〉のように若々しい制作中の絵描きを指さした。ひとめ絵を見るなり、ニコンは啞然《あぜん》とした。若者は眉毛を翼のように羽ばたかせながら、ニコンに劣らぬ絶妙の絵筆を揮《ふる》っていた。両人の画才に優劣はつけがたかった。天罰とはなにか——ニコンはいまとなって知った。

やがて、もうひとりニコンほどの腕前の名手がプルニアヴォルの教会で描いているとの噂が流れたが、これも本当であった。間もなく、それほど若くはない壁画や聖画の描き手までが、纜《ともづな》を解いて埠頭から大海へと乗り出した船のように、ますます脂の乗った絵を描くようになり、かつては近寄りがたい手本だったニコンに追いつき始めた。こうしてオフチャル峡谷の修道院の壁という壁はすべて修復が成り、昔の輝きを取り戻した。ニコンはふたたび出発点へ立ち返った——左手から右手に替えたあの時にである。ニコンはこう不満を洩らした。

「ほかのイコン描きと同列に並んで楽しいもんか。ちかごろじゃ、だれもかも、おれに負けない絵を描く……」

ついに彼は筆を折り、二度と絵に向かうことなく、卵にさえ描こうとしなかった。目のなかの色彩を、涙もろとも僧院の塗り壁に流しつくして、彼は助手のテオクティストひとりを伴い、聖ニコリエ修道院を去った。五番目の蹄の跡が、ぽつんと僧院に残された。別れ際に、彼は言った。

「イスタンブルに行けば、大地主の知り合いがある。髪が馬の尻尾ほどふさふさした旦那だ。あそこの邸《やしき》ならおれたちを写字生に雇ってくれるさ」

そして、その旦那の名を明かした。その名はアブラム・ブランコヴィチ†といった。

チェラレヴォ

Čelarevo　E —— Chelarevo　D —— Čelarevo　F —— Tchélarévo

七—十一世紀　ユーゴスラヴィアのドナウ流域に位置し、考古学上の発掘で知られる地。中世の大規模な墓域の遺構がある。但し、葬られた人々の住んだ都市は特定できず未発見。埋葬の人種も同様に不明だが、アヴァール族の痕跡が認められ、また出土品にはペルシャの影響が指摘されてもいる。発見された線画には燭台《メノラー》その他、ユダヤの各種のシンボルが描かれ、また

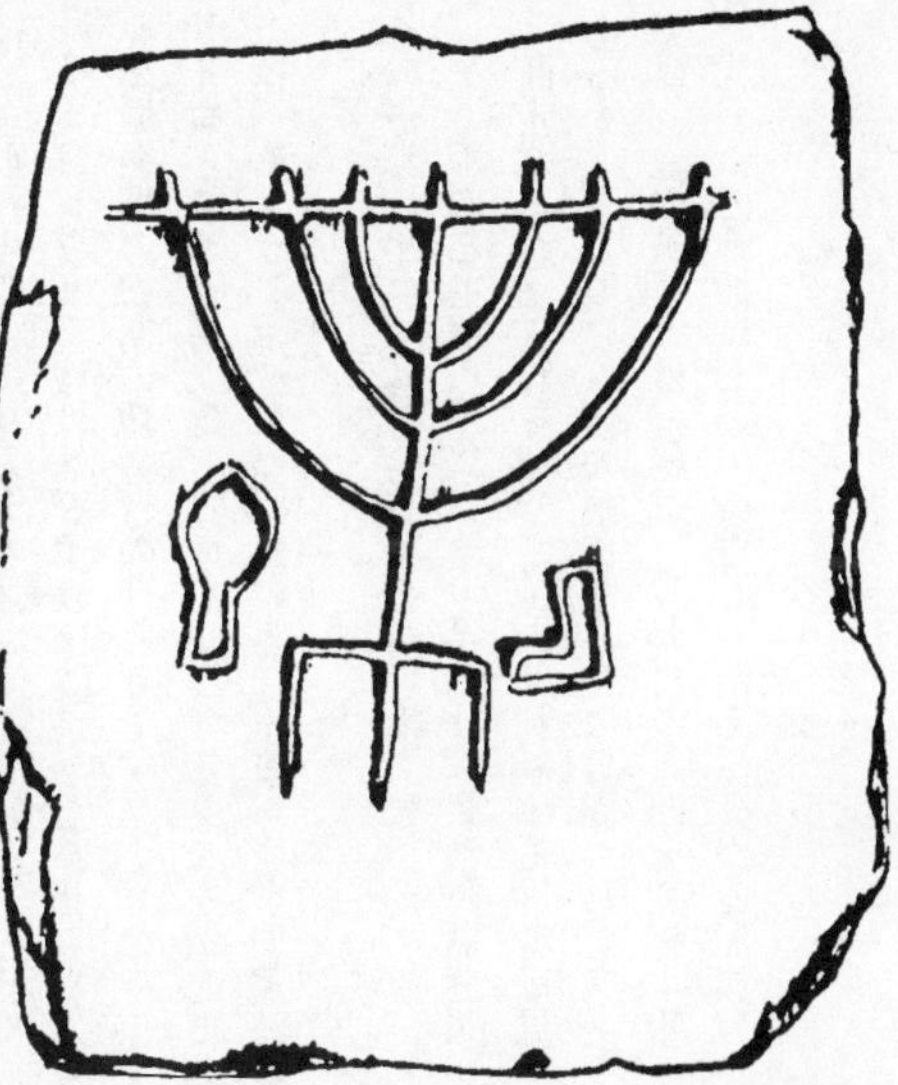

チェラレヴォ出土品に彫られたメノラー

ヘブライ文字も出土した。クリミア半島ケルチ付近の発掘でも、チェラレヴォにおけると同系統のメノラーが出ている。

専門家の結論は以下のとおり。

ノーヴィ・サード付近（チェラレヴォを含む）で従来、アヴァール系と解されたのと異なる遺物が発見されたことは、マジャール（ハンガリー）人の到来以前にパンノニア平地の基層として、ある単一部族の定着があったものと解釈される。これについては記録も残っている。事実、ベラ王に仕えた無名の写字生をはじめ、アンダルシアのアブドル・ハミード、さらにキナノスの書き遺す推定によれば、ここドナウの両岸地方には、ケルチから流れた部族の後裔《こうえい》を自称するトルコ系（イスマーイール派）の諸部族が居住した。これに基づけば、部分的にチェラレヴァ墓域はユダヤ教に改宗したハザール人▽のものとの考えが成立する。チェラレヴァ墓域発掘の初期の功労者のひとりで、ユーゴスラヴィア生まれの考古学者、アラブ研究家イサイロ・スゥク博士†は、この点に関するメモを遺しており、博士の死後、これが発見された。メモは、チェラレヴァについてのみに止まらず、同遺跡をめぐる各種の見解についても触れている。

その一節——「チェラレヴァの被埋葬者については、ハンガリー学者はハンガリー人またはアヴァール人と主張し、ユダヤ学界ではユダヤ人説を採り、イスラーム系の研究者はモンゴル系と断定するが、これをハザール人と判断する学者は見当たらない。だが、確実にハザール人である……。墓域には壺の破片ならびに象嵌《ぞうがん》されたメノラーが無数に存する。ユダヤ人の考え方では、壺の破片とは、絶滅し喪われた人間を意味する。まさしく、この墓域に眠るのは、この時代、この地域において滅亡し、消え失せたる民族、ハザール人のものである」

柱頭行者

Stolpnik　E —— Stylite　D —— Stolpnik　F —— Stylite

グルグール・ブランコヴィチ（Branković, Grgur）一六七六―一七〇一　東方キリスト教の用語で言う柱頭行者とは、柱ないし塔の頂上で一生を祈りに過ごす隠者のこと。これが陸軍の指揮官、グルグール・ブランコヴィチに綽名として奉《たてまつ》られたのは、特別な意味を込めてである。グルグールは、エルデーイの名家ブランコヴィチ、十七世紀、オスマン・トルコ帝国で功あったお雇い外交官兼軍人、アヴラム・ブランコヴィチ†の長男だが、父の死後、十二年しか生きなかった。伝えられるところによると、グルグールは、全身に豹《ひょう》に似た斑点があり、その身軽さは夜戦においてとくに発揮された。佩用《はいよう》する剣は、七十枚の鋼を打って鍛えあげた名刀中の名刀とされ、これを制作した刀鍛冶は「パーテル・ノステル」（主への祈り）の長々しい祈禱文を九回も繰り返し唱えるほどの時間をかけたという。

柱頭行者なる綽名は、生前、本人の耳には入らなかった。彼がトルコに囚われの身のまま非業の死を遂げたのち初めて付いた綽名だからである。大砲の鋳造で知られるハサン・アグリビルディ二世は、グルグールの死の様子を書き留めており、これが民衆のバラードに歌われた。この綽名がついたお蔭で、グルグール・ブランコヴィチは東方教会の禁欲的な行者らと同列に列せられる。

物語によれば、ブランコヴィチら若干名の騎兵は、ドナウ川の近くでたまたま強力なトルコ軍の一部隊に遭遇した。トルコの将兵は、たったいま到着したばかりで、馬上に胡座《あぐら》をかいている者もあれば、川に馬を乗り入れ、鞍に跨《また》がったまま小用を足している者もあった。敵の大軍と見てとると、ブランコヴィチは馬を返して一目散に逃げた。トルコの指揮官は、それを見ながら放尿を続けた。溜まったものをすっかり出して、ていねいに振るい落としてから、将校はブランコヴィチを追い、難なく彼を虜《とりこ》にした。部下は捕虜に縄をかけ、太鼓を槍でたたきながら、ブランコヴィチを陣屋へと引き立てた。

囚われのブランコヴィチは、ギリシャ風の柱のてっぺんに吊しあげられ、三人の射手《いて》が弓を構えた。矢を放つに先立って、トルコ側はブランコヴィチに申し渡した――五本ずつの矢を射たのち、それでも生きていたら命は許そう、そしたら弓矢を使わせてやる、あとはおまえが三人に射返す番としよう、と。ブランコヴィチは、二本の矢を同時に放つことはしないでほしい、と頼んだ。なぜなら「矢数は数えられても、痛みは数えられないから」三人の射手が矢を引き放ち、ブランコヴィチはその矢を数えた。

第一の矢は、彼の革帯の金具を突き通して内臓に食い込み、ブランコヴィチがこれまで味わったあらゆる痛みを目覚めさせた。二本目の矢は、素手で受けとめたが、三本目は、片耳を貫いて耳輪のように垂れさがった。彼は数えつづけた。四本目は狙いをはずし、五本目は膝を射ぬき、勢いあまってもう一方の足に突き刺さった。それでも彼は数えた。六本目はまたも逸《そ》れ……九本目が片手に刺さり、貫いて腿《もも》を突いた。彼はまだ数えていた。十一本目の矢が肘《ひじ》を突き砕き、十二本目は腹を引き裂いたが、彼は数えつづけた。十七本までできたとき、ブランコヴィチは真っ逆さまに落ちて死んだ。ブランコヴィチ落命の地には野生の葡萄《ぶどう》の木が芽ぶいた。この葡萄の実は決して売買されない――それは罪となるからだ。

テッサロニケのメトディオス

Metodije Solunski　E —— Methodius of Thessalonica　D —— Methodios aus Saloniki　F —— Méthode de Salonique

八一五ごろ―八八五　ハザール論争▽のギリシャの記録者。スラヴ世界に布教した功により東方正教会から聖人に列せられた。テッサロニケの総督レオンの家庭に育ち、行政官としての才腕を初めての任地、スラヴ人居住の地方（ストルゥミツァ川流域と思われる）で発揮した。彼はスラヴ系の言葉に通じていた。この地方の住民は霊魂にひげを生やし、冬には寒さを凌ぐため襦袢《じゅばん》の下に数羽の鳥を入れるという。間もなく八四〇年、プロポンティス海に近いビティニアに移ったが、終生、目のまえにある毬《まり》を転がすように、スラヴ人の思い出を転がしつづけた。ダウプマンヌス✡の引用する諸書には、ビティニアでメトディオスが学んだ学僧の話として次のように書かれている。

「読むということは、書いてある全部を受けとるわけではない。われわれの思考に嫉妬心を覚えるもので、始終、そいつをのけ者にする。人間、同時にふたつの匂いを受けつけないからだ。聖三位一体のもと、すなわち、男性の徴《しるし》のもとに生まれた者は、読書の際、奇数の文章だけを受けとるが、一方、われわれ、四の数字のもと、すなわち、女性の数のもとに生まれた者は、偶数の文章しか受けとれない。同じ本をおまえたち兄弟で読んでも、同じ文章を読むわけではない。書物とは男の記号と女の記号から成り立っているのだから」

実を言えば、メトディオスにはもうひとり師があった。弟コンスタンティノスである。時おり、彼は読んでいる書物の著者より弟のほうが賢いと思うことがあった。すると、これでは時間の無駄だと悟り、すぐさま本を閉じて弟相手に話をした。メトディオスは小アジア海岸にある禁欲苦行者の集落オリンポスで僧侶になり、やがて、弟もそこにやってきた。兄と弟は、復活祭のたびごとに、そのころきまって吹く風に砂が吹きはらわれ、その都度、違った場所に古い寺院の跡が姿を現すのを見、ふたりが十字を切って「パーテル・ノステル」（主への祈り）を唱える、そのほんのわずかの間にまた永久に姿を消してしまうのを見るのだった。このころメトディオスは並行するふたつの夢を同時に見るようになった。これが、のちにメトディオスはふたつの墓をもつことになるという伝説と結びついた。

八六一年、兄弟は連れ立ってハザール▽へ赴いた。テッサロニケ出身のふたりにとって、それはおどろくほどのことではなかった。ふたりは師であり友人でもあるフォティオスが、ハザールと交流していたので、この強大な国のことを耳にしていたし、自分たちの言葉で信仰を守っていることも知っていた。ビザンティン皇帝の命を受け、彼はコンスタンティノスの立会人として、また助力者として、ハザールの宮殿で開かれた論争に加わった。一六九一年出版の『ハザール事典』は、この際、ハザールのカガン▽（君主）が〈夢の狩人〉†の宗派について若干の説明を行ったと記している。王はハザールの王女アテー▽に加担するこの宗派を軽蔑しており、〈夢の狩人〉のやっていることのくだらなさ加減をこんなギリシャの話に譬《たと》えた。痩せっぽのねずみが、狭い穴を抜けて麦の入った桶にもぐり込み、腹いっぱい食べたが、穴から出るに出られなくなったと。

「満腹では出られない。腹が減ってこそ出られる。夢を食いものにするやつも同じじゃ。空腹なればこそ、現実と夢とのあいだの隙間からやすやすと抜け出られるが、ねずみ同様、餌を食らい、果物にありついて夢で腹が膨れたあとでは、元へは戻れぬ。出るとき、入るとき、同じ腹の大きさでなくてはならんのじゃ。だから、食いものを捨てるか、それともいつまでも夢のなかにいるか、どちらかしかない。いずれにせよ、そんなやつは役立たずじゃ……」

ハザールの旅から戻ると、メトディオスはふたたび小アジアのオリンポスに引っ込んだ。以前にも拝んだイコンの数々はだいぶくたびれて見えた。彼はポリクロノスという名の修道院の院長になった。この修道院の素性はアラビアとギリシャとユダヤの暦の出会いの場所に建てられたという以外、数百年間、まったくなにも知られていない。ポリクロノスとはその意味でつけられた（ポリは多数、クロノスは時の意）。

八六三年、メトディオスはスラヴ人たちのあいだに戻った。彼はギリシャ正教会直属のスラヴ人学校の開設が必要と考え、スラヴ人の子弟を生徒に迎え、学校ではスラヴのアルファベットを教え、ギリシャ語から訳したスラヴ語の書物を教科書に用いた。彼も弟のコンスタンティノスも子どものころから知っていることだが、テッサロニケの鳥とアフリカの鳥とは言葉が違うし、ストルゥミツァのつばめとナイル地方のつばめとでは、おたがいにちんぷんかんぷん話が通じない。ただ、あほう鳥だけは別で、世界じゅう同じ言葉をしゃべる。そんなことを心に思いながら、兄弟はモラヴィア、スロヴァキア、低地オーストリアをめぐる旅へ出た。行く先ざきで若者らがふたりを取り巻き、兄弟の話を聞くというよりは、ふたりの舌の動きを見つめていた。メトディオスは美しい細工のある杖を、教えを聞くひとりに贈ることに決めた。だれしもが、いちばんできる弟子に贈られるものと思い、その日を楽しみにしていた。ところが、メトディオスはそれをいちばん出来の悪い弟子に与えた。そのとき、彼はこう言った。「教師というものは、優等生にはすこし時間をかければ済むが、出来の悪い生徒とは、いちばん長くいっしょにいる。わかりの速い生徒は、すぐさま教師のそばからいなくなるものだ……」

床板がけば立ち、足うらに棘《とげ》の刺さるような部屋住まいの折、メトディオスは自分たち兄弟が批判されていると初めて悟った。キリスト教の儀式にふさわしい言語はギリシャ、ラテン、ヘブライの三つに限るとするドイツの三言語派《トリリンギスト》と兄弟の衝突はこうして始まった。兄弟は、パンノニアのバラトン湖の畔《ほとり》、冬には髪の毛が凍りつき、酷寒の風の吹きすさぶ（そのため片方の目が茶匙《ちゃさじ》に、もう一方の目が大匙になる）地方に威勢を振るうスラヴの大公コツェリの都にしばらく逗留した。戦《いくさ》のたびに、大公の兵士らは、馬であろうと駱駝《らくだ》であろうと見さかいなく食らいつき、棒で自らを打ってはその皮膚の下から蛇をひねり出し、妊婦を神聖な木に吊り、宙ぶらりんで分娩させた。彼らはパンノニアの沼沢地の泥に住む魚たちを飼い馴らし、よそ者がくると祈禱する老人を見せものにした——老人が泥の底から一匹の魚を呼び出すと見ると、捕まえたその魚をこんどは鷹のように空中へと放つ、魚は泥を振り落としながら、鰭《ひれ》を翼のよ

テッサロニケのメトディオス像
（9世紀のフレスコ画による）

うにぱたぱたと搏《う》って空高く舞うのである。

八六七年、兄弟は弟子どもを伴って旅立った。その一歩一歩が大きな書物のひとつの文字、その辿《たど》る道がひとつひとつの文章、その一夜一夜の宿がひとつひとつの数字となる——そうした旅であった。同じ年、兄弟はヴェネツィアでもふたたび三言語派と渡り合ったあと、ローマ入りすると、教皇ハドリアヌス二世はテッサロニケの兄弟の教学の姿勢を正しいとされ、サン・ペトロ教会にスラヴ人の弟子たちを集め、彼らをひとり残らず司祭に任じた。この晴れの儀式では、スラヴ語の聖歌が歌われた。スラヴ語はグラゴール文字という檻《おり》に入れられた小動物として、このようにバルカン半島の広大な地から世界の首都ローマへと、もたらされたのである。

八六九年のある夕べ、スラヴ人の弟子たちがたがいに口角、泡を飛ばしている傍ら、ここローマの地で弟コンスタンティノスは聖キュリロスとして没し、メトディオスはパンノニアへと戻った。ふたたびローマに現れるのは翌八七〇年、メトディオスが教皇からパンノニアーシルミウムの大司教に叙任された際であり、これによりザルツブルク大司教はバラトン湖周辺から立ち退きを迫られる結果となった。同年、モラヴィアに着任するや、メトディオスはドイツ人の司教たちの厳命下、ただちに逮捕され、二年間、牢獄に呻吟する。そこはドナウの川音しか聞こえぬところであった。そのあと、レーゲンスブルクの宗教裁判所に引き出され、寒冷の戸外に裸を曝されるなどの拷問を受けた。

激しく鞭打たれ、積もる雪に顎《あご》ひげが触れるまで体を折り曲げながら、メトディオスはしきりに詩人ホメロスと預言者エリヤのことを思い描いていた。ホメロスとエリヤとは同時代に生きたが、黒海のポントスからジブラルタルまで及んだホメロスの詩の国の版図は、マケドニアのアレクサンドロス大王の手に入れた版図よりも広大であったこと、アレクサンドロス大王が彼の国にあるすべてを知り尽くせなかったように、自分の国の海や街に生きて動き回るすべてのものをホメロスが知りきれなかったこと——それをメトディオスは思った。また彼は思いめぐらした——その作品のなかにシドンの街の名を記したとき、思わず知らずホメロスは、その街に住んで神の指示のままに烏《からす》に養われた預言者エリヤの名を書いたのだ、と。そしてまた、無辺の詩の国に海や街やをもちながら、ホメロスはその街のひとつシドンにエリヤが住むことを知らずにいたのだ、とも。のちに、ホメロスの国と似て、もうひとつの詩の国の住人となり、広大、永遠そして強大な『聖書』の国に住むに至るエリヤその人が……。

最後に彼は思案した——ふたりの同時代人、詩聖ホメロスとガラァドの国の民、聖者エリヤとはついに顔を合せることはなかったのであろうか、と——ふたりながら不滅の人、共に言葉のみを武器とし、一方は盲《めし》いた眼《まなこ》をひたすら過去に向け、他方は先見の明を以てもっぱら未来を見抜いたあの両雄が、片や、水や火を詩に歌っては余人の追随を許さなかったあのギリシャ人、片や、身にまとったマントを懸け橋として役立てたユダヤ人、彼にとって水は神への捧げ物、火は罰の象徴であった……。十頭の駱駝の死骸よりも狭い道が地上にはあって、その道でふたりの大人物はすれ違ったのだ、とメトディオスは思った。両人の足跡の隔《へだ》たりは、世界のいかなる細道よりも狭い。いまだかつて、かくも大いなるもの同士が、かくも接近したことはなかった。それとも、こう考えるのも、足下の大地に記憶を頼らず、己《おのれ》の目に頼るわれわれの迷いなのであろうか……。

教皇の口利きがあって青天白日の身となり、八八〇年、みたびローマに乗り込んだメトディオスは、自分のしてきたこと、スラヴ典礼の正しさを申し立て、重ねて教書を発した教皇は、改めてスラヴ語によるミサの正当性を確認した。メトディオスの鞭打ちの拷問を伝えるダウプマンヌスは、またメトディオスがテベレ川で三度、沐浴したこと、三度とは誕生、結婚、死を意味すると書き、さらに三個の魔法のパンを用いて聖体拝領を受けたと述べている。八八二年、メトディオスはコンスタンティノープルの宮廷に最高の栄誉を以て迎えられ、そのあと総大司教、若き日の師であり友でもある哲学者フォティオスに接見された。逝去は八八五年、モラヴィアの地においてであった。遺著に『聖書』『教会関係国法集《ノモカノン》』『聖父説教集』の各スラヴ語訳がある。

〈哲人〉コンスタンティノスのハザール訪問に随行して立会人および協力者を務めたメトディオスは、ハザール論争の記録者としても二回にわたって登場する。メトディオスはまた、キュリロスの『ハザール説教集』をスラヴ語に訳しており、『聖キュリロス伝』を信頼するなら、彼は弟の説教集を八分冊にして、これもスラヴ訳した。『ハザール説教集』はギリシャ語の原典、上述のスラヴ訳、共に現存していないため、メトディオスの監修のもとに書かれた『聖キュリロス伝』が、ハザール論争に関する最も貴重なキリスト教陣営の文献資料となっている。論争のあった年代（八六一）もそこに明記され、コンスタンティノスはじめその論敵、また質問者の論議の詳細な描写が遺された。コンスタンティノスを除けば、これらの人物の名は不明であり、このことは君主《カガン》のもとに馳せ参じたユダヤ教およびイスラーム教の代表についても同様である。

メトディオスについてダウプマンヌスは次のように論じている。「他人の畑と自分の妻を耕すのは最大の難事である。しかしながら、人は十字架につけられるがごとくに妻に磔《はりつけ》されているがため、他人の十字架を背負うよりも己の十字架を背負うほうが困難となる。メトディオスにあっても事情は似ていた。彼は決して弟の十字架を背負うことをしなかった……なんとなれば、弟こそは彼にとって精神の父であったからである」

▽ハザール

Hazari　E — Khazars　D — Chasaren　F — Khazars

ハザールの源流についてビザンティンの修道士、年代記作者テオファネス（七六〇ごろ―八一八）は次の言葉を遺している。「偉大なハザール民族は、ベルジリア（のち、サルマティアと呼ばれる）の最も僻遠《へきえん》の地方より到来し、黒海より広がる全地域を征服した……」プリスクスによれば、ハザールは、アッティラ全盛の五世紀、アク・アツィル Ak-Atzir の民族名のもとフン帝国に属した。また、聖キュリロス†は、ハザールはギリシャ語でもヘブライ語でもラテン語でもなく固有の言語を用いて神を称えた諸民族のひとつだと強調した。ハザール語である。ギリシャの文献では、ハザールを呼ぶのにカエアロイ *χαεαροι* あるいはまたコトクスィロイ *χοτζιροι* の呼称を用いている。

ハザール国家はクリミア－コーカサス－ヴォルガの線を越えた西方に遠く伸び広がっていた。ハザールの高い山々の影は、夏季六月には行程十二日間を要する遠方のサルマティアまで達し、冬季十二月には実に行程三十日の北方をも覆う。早くも七世紀、ハザールの貴顕紳士はボスポラスおよびファナゴリアに滞在している。『ネストル年代記』などルーシ（古代ロシア）のキリスト教関係書の記すところでは、九世紀には、ドニェプル中流の諸部族が、ハザールに貢納していた。一人当たりの貢物《みつぎもの》は、白栗鼠《リス》の毛皮一枚ないしは剣一振りであった。十世紀に入ると、税は銀納に切り替った。

ハザールに関するギリシャ資料の記述を裏づける重要文献は、ダウプマンヌス✡版に『大羊皮紙』として挙げられている。これによると、ビザンティン皇帝テオフィロス（八二〇―八四二）はハザール国の使節を謁見《えつけん》しており、その際、使者のひとりはハザール王国の歴史と地図を体じゅうに隈なく刺青《ほりもの》にされていたが、そこに使用された文字はヘブライ文字であったという。実際には、使者が刺青を施されたこの時代、王国はハザール語表記の目的で、ギリシャ、ユダヤ（ヘブライ）、アラビアの三種の文字をすでに採り入れており、その使用比率は三者ともほぼ等しかった。

ところが、ハザール人でギリシャの宗教（または、イスラームないしユダヤ教）に改宗する者があると、信者はそれぞれ特定のアルファベットのみを用い始める。そればかりか、ハザール語を意図的に歪めだすのだ。従来の信仰を守りつづけている同胞の言葉とは似て非なるものに次第に変えてしまいたいからである。もっとも、ダウプマンヌスの言及する刺青の使者については、真っ向から否定する資料もある。この反論を信ずるなら、『大羊皮紙』の伝説はもっぱらテキストの読み違いから生じたものであり、実は「ビザンティン皇帝への献上の品である美しく着色して飾り立てた岩塩の壺に、ハザールの歴史が事細かに刻み込まれていた」というのだ。いちおう、筋のとおった指摘のようだが、ここで問題が出てくる。岩塩飾り壺のほうが真実だとすると、『大羊皮紙』から採った次のような話とどう辻褄《つじつま》を合せるのか理解に苦しむのである。その話をまとめると、こうである――

＊＊

『大羊皮紙』では一年は決して普通の一年間ではない。ギリシャ暦に当てはめると、二年分ないしそれ以上に相当する年月が、（仮に訳語をつけるなら）「大年」として扱われる。ハザールは戦争の時代にしか注目しないために、戦争中の年月がまとめて「大年」として表される。ところで、『大羊皮紙』の初めの部分は残っていない。刺青の使者が刑罰を受けた際、第一「大年」と第二「大年」の事項の記載された肉体の部分を切りとられた結果である。こうして、ハザールの歴史は、無事に残った人体に記された第三「大年」から始まる。

この時代はビザンティン皇帝ヘラクレイオス（六一〇—六四一）がハザールの援軍を伴い、ペルシャに遠征を試みたころ、こんにちの暦でいう七世紀の前半である。この戦争で、ジエベル王の率いるハザールの軍勢は、トビリシ包囲（六二七）の一翼を担うが、敵をギリシャ勢に任せておいて、戦線離脱を決め込んだ。彼らには彼ら独特の考え方がある——すべて約束は事前と事後では意味が違う、また、出発と帰還とでは、支配される法則が異なり、同一の契約も結果の出る前と後では効力は別となる。大地震のあとでは、たとえ同じ草花、同じ樹木でも以前の生え方、茂り方とは違うというのである。

　第四「大年」、ハザールはブルガール連合の総勢を向うに回して大勝利を収めた。これにより、ブルガールと手を組んだオノグル・フン族の一部はハザールに服し、アスパルゥフの率いる残る一部は、西へ潰走してドナウに辿《たど》り着き、その辺りに住む種族のあいだに紛れ込んだ。それは風に鞭打ち、頭には髪の代りに草を生やし、氷のごとき思考をもつ種族と言われた。第五と第六の「大年」の記録（この部分は使者の胸の全面を埋めていた）によれば、当時のハザール王国は打ちつづく戦役の時代である。ビザンティンでは皇帝ユスティニアヌス二世の最初の在位期間（六八五—六九五）に当たる。

　折から乱世の荒波に揉まれ、皇帝は廃位、負傷して不自由な体となったのち、さらには追放とあいつぐ辛酸を舐め、ついにケルチに幽閉された。まったくの裸同然でそこを脱した元皇帝は、道々凍死を免れるため夜ごと大岩の下に隠れて野宿を続けたすえ、命からがら目ざすハザールの国に入った。カガン▽（君主）の王宮では、廃帝は温かく迎えられ、王の妹を妻に迎えたのである。その妻はギリシャ正教に改宗して、その名もテオドラと変えた。それより百数十年の昔、ユスティニアヌス一世（五一八―五六五）の皇后テオドラにあやかった名である。だが、改宗のあとも、ハザール流儀の考えを棄てきれず、聖処女マリアの懐胎について、あれは夢に現れた神が夢の言葉によって種を宿したものだと信じていた。ともあれ、皇帝ユスティニアヌス二世は、ひとたびはハザール国でこうして難を逃れた。が、その次には皇帝の行く手はそこで尽きた。ハザールのもとに匿《かくま》われたはいいが、そこから逃げることはできないからである。

ビザンティン皇帝ティベリオス三世が、ハザール王宮に使節を遣わし、ユスティニアヌスの引き渡しを要求したとき、ユスティニアヌスはまたもや逃走して、逆にコンスタンティノープルに立ち向かい、これを攻撃した。七〇五年、復位を果たした皇帝ユスティニアヌス二世は、かつて苦難の流亡を強いたケルチ、いまはハザールの威勢になびくその地に膺懲《ようちょう》の兵を差し向けた（七一一）。ハザールの厚遇を忘れ、ハザール王国を敵に回すこの派兵は、皇帝が首を刎《はね》られることで終った。ハザール（クリミア半島はすでに彼らの支配下にあった）は、ビザンティンの寝返り部隊の後押しをし、皇帝ユスティニアヌスは皇太子ティベリオス共ども戦闘のさなかに殺害されたのである。皇子はあのハザールの王女とのあいだに儲《もう》けた子であり、帝位継承者だったからヘラクレイオス朝はここに断絶した。要するに、ハザールは迫害される者を迎え入れ、迫害する者を滅した。そして、この場合は、歓迎も殺害も、その対象は同一人物だったのだ。

ここから歴史は使者の腹部へと向かう。そこに記録されたのは、第六と第七の「大年」中の事件である。『大羊皮紙』は書く。同じハザールを名乗るまったく別のハザール族がいて、その居住地は王国から遠く離れているのだが、紛らわしいために両者はしばしば混同された。しかも時には双方のハザール人の旅人が顔を合せることも起きた。この別のほうのハザールは、混同されるのにつけ込み、なにがしかの利益を引き出そうと、さもしい魂胆をいだいた。こういう事情を反映して刺青使者の臀部に書き刻まれる必要の生じたのが、「にせものにご注意」という警告文である。それは、全身に刺青を彫ったほかの使者が、ハザールからの使節との触れ込みで、カリフないし皇帝に伺候する恐れがあるが、そこに書かれた歴史は同名ではあるがまったく別物のハザールの歴史である、と念を押している。にせものハザールもほんとのハザールの言葉が操れたのだが、いちど覚えても長続きはせず、三年、四年とするうちに忘れてしまう。せいぜい髪の寿命しかもたない。話しているあいだにもどんどん忘れて、中途から黙り込んでしまうようなことも珍しくなかった。本物の使者は、本物のカガン、本物のハザールからの使節だと、口頭でも伝えたうえで、刺青の文字を見せつけた。第七「大年」にはギリシャが本物のハザールのつもりで、にせのハザールと同盟を結んだ。この失態を使者は強調した。

この第七「大年」中（西暦に直せば七三三年）、ビザンティンのヘラクレイオス朝に続くイサウロス朝初代、聖像禁止令を出した皇帝レオン三世（七一七—七四一）は、皇子コンスタンティノスの妃にカガンの王女イレナを迎えさせた。ふたりから生まれたのが、のちのレオン四世（七七五―七八〇）、通称〈ハザールのレオン〉である。ハザール王宮からレオン三世に親書が届き、キリスト教の原理を解く使節の派遣を求められたのは、ちょうどこのころだった。ビザンティン皇帝に宛てたハザールの鄭重な協力要請は、約百年後にも繰り返される。ロシアを支配したワリャーク（ノルマン）出身のリューリクがマジャール（ハンガリー）族と連合して、クリミアをはじめ、ビザンティン帝国、ハザール王国を陥れんものと迫り、風雲、急を告げた皇帝テオフィロス一世（八二九―八四二）の御代《みよ》である。カガンの要望を入れて、ビザンティンのギリシャ人技師らはサルケルの砦を築く。
ハザール使者の左の耳の穴を覗き込むと、そこにはドン河畔にそびえ立つこの砦の図が描かれていたという。さらに、片手の親指にはハザールのキエフ攻撃（八六二）の刺青があった。ところが、その指がこのときの戦闘で受けた傷のため、しばしば化膿して膨れあがるため、図が明瞭を欠き、永遠の謎として残った。使節がコンスタンティノープルへやってきた当時、キエフ包囲はなお続行中で、勝敗は二十年を待たねばつきかねたという状況も手伝ってはいるが……。

**

『大羊皮紙』についての記述はここで終っている。ただ、さっそく言い添えたくなるのが、史実を抜粋してこの文献に書きとった本人の史料選択眼である。どうやら、この人物はギリシャ（ビザンティン）とハザールの両国関係にもっぱら興味を示して、そのほかには目もくれていない。刺青外交官の皮膚の上には、くさぐさの事件がもっと記されていたに違いないのだ。

〈歩く文字〉は多忙を極めたから、どこかよその国へ使節として出向く機会を与えなければならなかったためのやむを得ぬ省略であったとも考えられる。

ある資料によると、ハザール史を一身に負った使者は、さるカリフの宮廷で死亡したが、その際、使者は魂を裏返して、その裏返した魂を手袋のようにはめ直したという。死後、剝がされたその皮は鞣《なめ》しにかけ、大型の地図帳のように製本して、サマラのカリフの宮殿で栄誉ある場所に飾られた。

また別の資料では、使者は数多い苦難を味わった。コンスタンティノープル在勤中、使者は早くも片腕を斬り落とされた。これは、ギリシャ宮廷のさる権力者から巨額の金《きん》と引き換えに、左の腕に書かれた第二「大年」の歴史をぜひとも譲ってほしいと頼み込まれたためである。

さらに別の資料だと、在勤のあいだ、使者は二度、三度とハザールに一時帰国を命じられた。それは、身につけた歴史とは違う内容を盛るための訂正・加筆を必要としたからで、訂正済み完全版の歴史を全身に彫られた新人と交替を命じられる場合もあった。

『ハザール事典』よれば、刺青使者は、ハザールの〈生きた百科事典〉として重宝がられ、書写のために幾晩も徹夜してじっと立ちんぼする謝礼金で生計を営んだ。そういうとき、彼は煙の輪のように見えるボスポラスの銀色に光る木々の梢《こずえ》を見つめながら、まんじりともしなかった。そのあいだ、ギリシャ人の写字生らが、使者の背なかといわず、お尻といわず、そこらじゅうを埋め尽くすハザールの史実を書き写していくのだった。

使者はハザールの風習どおりに武器としてガラスの剣を手放さなかった。また、彼はよく話して聞かせたものだ。ハザールのアルファベットには、そのひとつひとつに料理の名がついている、とか、数にしてもハザール人ならよく知っている七種類の塩の呼び名が元になっている、とか。巷間《こうかん》に伝わったこの男の名文句に「イティル（ハザールの首都、Itil）で一人前のハザールなら、コンスタンティノープルでも一人前」がある。実際には、彼は自分の皮膚に刻まれた事柄に矛盾するようなことばかりを平気でしきりに口にした。彼にせよ、あるいは、その後継者のひとりにせよ、カガンの王宮で開かれたハザール論争▽について、こんな言い方をしている。

――カガンが夢のなかで天使に会った。天使がカガンに言った。「汝の意図を創造主は嘉納したまう、しかし汝の行為は受け容れられない」と。カガンはさっそくハザール信仰の「夢の狩人」†派の高僧を呼び、夢解きをさせた。狩人は破顔一笑してカガンに申しあげた。「神は陛下を存じあげない。意図も思索も行為も知らない。夢に現れた天使にしても、そとは雨が降りそうなので寄ったまでのこと。ちょっとしかいなかったのは、たぶん臭くて逃げ出しただけです。この次には、夢を洗濯しておかなくては……」それを聞くと、カガンは火のついたように、憤《いきどお》り、外国人たちを夢占いに呼ばせた。

「そうですよ」と刺青の使者は、ここで解説めいたことを口走るのがつねだった。「人間の夢は悪臭がするからね」彼の死因は、ハザール史で覆われた皮膚の発疹だ。発疹の痒《かゆ》みに耐えきれずに息を引きとったのだ、「歴史」という汚《けが》れをようやく清められ、安堵し、幸せを得て。

▽ハザール論争

Hazarska Polemika　E —— Khazar Polemic　D —— Chasarische Polemik
F —— Polémique Khazare

九世紀の著作『テッサロニケのコンスタンティノス、聖キュリロス伝』†ほかのキリスト教筋の文書が八六一年の出来事として伝える事件（『聖キュリロス伝』は、いわゆるモスクワ神学校保管手稿として保存され、また一四六九年作成の〈文法学者〉の呼称をもつヴラディスラフの異本がある）。この年、八六一年、ハザール▽の使節団がビザンティンの宮廷に到着した。彼らは次のように述べた。

「太古よりわれらは、われらを見そなわしたもう単一の神のほかを知らず。われらは東方を拝して神に祈れども、われらの信仰は異質にして異教なりという者あり。ユダヤ人《びと》はわれらに言う――よろしくわれらの教えと典礼を受けよと。しかるにまたサラセン人《びと》（古くは「イスラーム教徒」を指す広い意味にヨーロッパ全体でこういう用法があった）は、われらに和議と貢物《みつぎもの》をもたらして、かれらの教えを勧めて言う――われらが信仰はほかのすべてに優ると。ここにおいて、われらは皇帝陛下に対する古き友情と愛敬に鑑《かんが》みて陛下に申しあげる。なんとなれば、ギリシャ人《びと》は偉大なる民族にして、陛下は権力を神より授けられたればなり。われらは陛下に助言を求め、ハザール王宮に神学者の派遣を要望す。もし、その人にしてユダヤ、サラセンの人々と論議して、打ち負かすなら、われらは陛下の信仰を受け入れるべし」―と。

ビザンティン皇帝は、ハザールに行く気があるかとキュリロスに下問した。キュリロスは、今回の旅は徒歩でゆきましょうと答えた、しかも跣《はだし》で行きたいと。このキュリロスの返答を説明して、旅の準備には、コンスタンティノープルからクリミアまで歩いてゆくぐらいの時間が必要なことを意味するとダウプマンヌス✡は言う。そのわけは、この当時、キュリロスはまだ夢に精通せず、夢の閂《かんぬき》を内側からどうはずすかをも弁《わきま》えないほどだったからだ。つまり、どうすれば思いのままに目覚めることができるかを知らなかったのだ。

にもかかわらず、この使命を引き受けたキュリロスは、途中、ケルチに滞在してヘブライの言葉を習得し、ヘブライ語の文法書をギリシャ語に訳して論争の日々に備えた。キュリロスは兄メトディオス†と連れ立ち、メオットの湖を渡り、カフカースの連山を抜けるカスピの門を通ったところでカガン▽の使節に出迎えられた。「あなたは話をなさるとき、一冊の本を胸に抱えておるが、それはなぜか」と使節は訊ねた。「われわれハザール人なら、いっさいの知恵は、あらかじめのみくだしたかのように、胸のなかからすらすらと出てくるのだが」―コンスタンティノスは答えた。「この書物がないと、裸のような気がする、いくらたくさん服をもっていると言っても、裸の人間の言うことはだれにも本気にはしてもらえない」―と。使節は首都イティルからドン河畔のサルケルに出て、そこからケルチへやってきたのだった。

使節の案内でカスピ海岸に着いた兄弟は、サマンダルにあるカガンの夏の離宮へと導かれた。そこが論争の会場である。宮殿にはユダヤ人、サラセン人の代表らがすでに到着していた。正餐の席はどこにいたしましょうかと訊かれて、コンスタンティノスは答えた。

「わたしの祖父は高潔な、しかも世に広く知られた人物でしたから、皇帝のすぐそばに控えたものです。しかし、みずから進んでその栄光を放棄したため、追放の憂き目に遭い、わたしの生まれた当時、わが家は貧窮のどん底でした。わたしはまだ祖父の栄光を与えられるに至っておりません。わたしはアダムの子孫にすぎないのです」

「あなた方は三位一体、つまり父と子と聖霊を一体の神として崇める」正餐の席上、招待客の健康を祝うワインの杯《さかずき》を干しながらカガンが言った。「わがほうでは、多くの書物に書かれているとおりに、唯一の神を崇《あが》める。この違いのわけを聞きたい」

〈哲人〉コンスタンティノスは答えた。

「書物は〈言葉〉と〈聖霊〉を説いています。もし、人があなたの人物に尊敬を払いながら、あなたの言葉も霊魂も尊ばないとしましょう。ほかに、その三つとも尊ぶ人、ふたつだけを尊ぶ人がいるとしたら、そのうちのだれの尊敬心がいちばん厚いとお思いですか」

するとユダヤ人の代表が訊ねた。

「では、伺いたい。会ったことも見たこともない神の子を、女が宿し、しかも産んでしまう――そんなことがどうしてできるのか」

〈哲人〉は、カガンと一等顧問官を指さして答えた。

「だれかが、こう言うとします――顧問官はカガンを褒めたたえることができない、召使のいちばん下っぱの男にはカガンを崇め、尊敬することができるというのにと。そんなことを言う男をどう呼ぶべきでしょう。狂人それとも賢者でしょうか」

それを聞くと、サラセン人が論争に割って入り、以前、サマラに滞在した際にカリフのところで自分が見かけた風習についてどう思うかと訊いた。サラセン人がキリスト教徒の家の戸口に、目じるしに悪魔の絵を貼っていたというのだ。かねがねコンスタンティノスに毒を盛ってやる気でいたサラセン人らは返答を迫った。

「この風習の意味がお分りか、哲人殿」

コンスタンティノスは答えた。

「悪魔の絵を見れば、なかに住むのはキリスト教徒と知れる。キリスト教徒は悪魔といっしょに住めないから、悪魔はそとへ逃げ出す。戸口に絵が出ていない家では、なかに悪魔がいると知れる、家に住む人たちといっしょに……」

ハザール論争のキリスト教陣営の側の資料は、もうひとつ遺っているが、内容は十世紀、キエフの住民の改宗についての伝説であり、保存状態が極めて悪い。改宗に先立ってキエフでも三つの宗教の優劣が論じられ、その論争に百年前に死んだはずの〈哲人〉コンスタンティノス、聖キュリロスが参加したことにされている。そこにはハザール論争に触れた古文書《こもんじょ》の引用もある。十世紀、あるいはその後に書き足された余分な部分を省けば、ハザール論争は次のようにまとめられる。

ペチェネーグ人やギリシャ人との戦争に大いに戦果をあげ、クリミアのケルチを奪いとったあるカガンが、それに気をよくして逸楽の生活に溺れた。戦地で失った兵士の数ほどの女を身の周りに侍らせるのがカガンの念願だった。この伝説については、時代がくだって一七七二年、ヴェネツィア発行のセルビア語の書物にも、こう書かれている。「カガンのお側《そば》には美姫《びき》あふるるばかりであったが、カガンはあらゆる信仰の女を侍らせたいと願い、とりどりの偶像のまえに跪拝《きはい》するだけでは足らず、妻妾たちの機嫌を取り結ばんがため、みずからさまざまの教えに入信しようと発願《ほつがん》した」話を洩れ聞いたギリシャ、アラブ、またユダヤの人々は、いまこそとばかりカガンに使節を急派した。さっそくにもカガンを改宗させようとのもくろみからだ。ビザンティン皇帝の使節〈哲人〉コンスタンティノスは、カガンの王宮で開かれた論争でユダヤ人、サラセン人よりいくらかましな成功を収めた。だが、カガンは決心がつかず、迷ったすえ、王女アテー▽の意見を求めた（「黄色の書」参照）。アテーに仕える女性たちは、それぞれの宗教を調べにユダヤ人、ギリシャ人、アラブ人の暮らす現地への派遣をカガンに要求した。女ばかりのこの使節団は帰国すると、最も適切なのはキリスト教であると提唱して、実はカガンの縁者であるアテー姫はだいぶ以前からキリスト教に改宗していると意外な報せをカガン自身に告げた。

第三の資料、ダウプマンヌスによれば、この報告にカガンは仰天した。そのうちにキリスト教でもユダヤ教なみに『旧約聖書』を大事にするとカガンは突き止めたことから、ユダヤ教の使節に運が回ってきた。コンスタンティノスにもそれを確かめたうえで、カガンはギリシャから逃げてハザールのあいだでユダヤ教を熱烈に説いていた男を召して訊ねた。

「夢の読み手が三人いるうちで、ハザールにとって、いちばん安心なのは、ラビを務めるこのわたくしだけでございます」とラビは言った。「なぜなら、ユダヤ人の背後にはあの緑の帆を張る船団を引き連れたカリフもいなければ、あの十字架を先頭に掲げた軍隊を率いる皇帝もいません。〈哲人〉コンスタンティノスの後ろには、槍や騎兵がひしめいています。しかし、ラビのわたくしの後ろには、祈りのときに羽織るケープがあるばかりで……」ラビがそう言うと、カガンはその話にすっかり魅せられた。そこへ割って入った王女アテーが、またもや論議の流れを変えてしまう。王女のラビへの反論が、論争の行方を決定づけたのだが、それは次のとおりである。

富を願う者は北へ行くがよい、そして知恵を求める者は南を目ざせ——とそなたは言う。それなら、なぜ北国の妾《わらわ》に向かってそんな甘く優しい言葉を口にするのですか。そなたを待ち受けている先祖の土地で、その「知恵」とやらに向かって、そのままを言えばよろしいのに。なぜそこへ行かなかったのか、光がその卵を産み、世紀が世紀と接し合う場所とやらに。なぜ、そこでそなたは死海の苦い雨を飲み、エルサレムの湧き水から水の代りに流れ出る金の細紐を伸べたようにくねる砂の流れに口づけしないのか。そなたは、妾の夢は闇夜ばかりで、そなたの現《うつつ》には月の光が輝くという。なぜ、そのようなことを申すのか。

新しい週の封が切られた。この週は、そなたの言うパレスティナにおいて始まる日、最も荘厳な日を消費した——いまのいままで週が後生大事にしてきたその日ながら、順番がやってきたのだ。週は不承不承、その日の断片をひとつずつさし出す。そなたはそなたの分け前を取り、自分の安息日を手にして、行ってしまうがよい。行って、妾に言いたかったことを、そのとおり「知恵」に話しなさい。そなたは、もっと幸せになれます。だが、よろしいか、砦を制せんとせば、まず汝の魂を制せよ、という……。

しかし、なにを言おうと空しい、そなたの目は口のなかにある、話すときにしかそなたは物が見えぬ。妾の結論はこうなる――そなたの言うのは戯言《ざれごと》か、それとも、そなたを南で待ち受ける者はひとりもないか、そのどちらか。さもなくば、そなたが、ここ北の国にいて妾といることの筋が通りません。


王女アテーの言葉を聞いて、はっと思いあたったカガンは、ラビに問いかけた――神がユダヤ人を見放して全世界に分散させたと耳にしているが、それはほんとうの話かと。「だとすれば、災厄のつきあい相手がほしさに、われわれを信仰に引き入れようというわけであろう。われわれハザール人も神に罰せられて、世界じゅうにちりぢりになればいいと」

こうして、カガンはユダヤ人から顔を背け、より信頼できるのは〈哲人〉コンスタンティノスの言うことだと思い直した。カガンはキリスト教に改宗して、ビザンティン皇帝に親書を送った。その一部が『聖キュリロス伝』に引かれている。

「陛下がさし向けくださった使節はキリストの教えの光明を朕《ちん》に説き聞かせ、この教えが真の真たることを、その言葉と行為により納得させた。朕は詔《みことのり》をくだし、進んで改宗するよう国民に命じた……」

別説によると、コンスタンティノスの論議を嘉《よみ》せられたカガンは、キリスト教に改宗する代りに、突如としてギリシャ即ちビザンティン討伐を決心したとされる。そのときカガンは「宗教は乞いとるものではなく、剣の力で奪いとるものだ」と言った。カガンはケルチから軍を発して攻め、戦いに勝利を収めるや、王女を妃として与えよ、とビザンティン皇帝に迫ったという。皇帝はひとつだけ条件をつけた。カガンがキリスト教に改宗すれば、望みどおりにしてもよいと。コンスタンティノープルを一驚させたことには、カガンはこの条件に従い、かくてハザールの国民もこれに倣《なら》ったというのである。

ブランコヴィチ、アヴラム

Branković, Avram　E —— Brankovich, Avram　D —— Branković, Avram
F —— Brankovitch, Avram

一六五一——一六八九　本著原版の執筆者のひとり。オスマン・トルコ帝国宮廷出入りのお雇い外交官として、初めにエディルネ（アドリアノープル）、のちイスタンブルに駐在した。オーストリア-トルコ戦争に軍功を挙げた軍将、多方面の歴史に通じた碩学《せきがく》でもある。ブランコヴィチ家代々の領地クピニクにある聖パラスケヴェ教会の壁画には、その肖像が寄進者として描かれた。身内の見守るなかに、聖ペトケ教会を剣の上に載せて高祖母（祖父母の祖母）へさし出す絵柄だった。セルビアの女君主《デスポーテス》たりし聖女、敬虔をもって知られた先祖アンゲリナのための寄進である。

資料　アヴラム・ブランコヴィチに関するデータはオーストリア当局に宛てた情報提供者からの報告書に散見し、なかんずくブランコヴィチ家のお抱え写字生のひとりニコン・セヴァスト†がバデンスキー公爵とヴェテラニ将軍に宛てた報告に詳しい。ジョルジェ・ブランコヴィチ伯爵（一六四五―一七一一）がワラキア（ルーマニア）語で記した記録ならびにセルビア語で書いた膨大な記録（惜しむらくは一部が散佚《さんいつ》）には、従弟《いとこ》アヴラム・ブランコヴィチについて多少の記述がある。ブランコヴィチの晩年の日々の描写は、従者で護衛隊長を兼ねたアヴェルキエ・スキラ†の筆録が知られる。ブランコヴィチの生涯と活動の精細な年表は、もうひとりの写字生テオクティスト・ニコルスキAがペーチュの司教に宛てた報告を参照すれば作成可能である。さらに預言者エリヤの奇蹟を描くイコンも大いに参考となる。預言者の生涯の各場面にはブランコヴィチが自身の出来事を加え、イコンの裏にその詳細なメモを記したからである。

アヴラム・ブランコヴィチは、セルビア王国がトルコとの戦い（一三八九年六月二十八日、コソヴォの戦い）で崩壊したのち、南を棄ててドナウ沿いの平原に移り住んだ一族に属する――と、ウィーン宮廷宛のニコン・セヴァストの秘密報告書に見える。以下はセヴァストのこの報告に拠る。ブランコヴィチ一族の者らはトルコの手に落ちた地方の人口急減を招いた出国移住の動きに誘われ、十六世紀にリポヴァに到着したのちイェノポリエ地方に入った。そのとき以降、嘘かまことか、在エルデーイ（トランシルヴァニア）のブランコヴィチ家の人々は「ワラキア語で嘘をつき、ギリシャ語で沈黙し、チンツァル語（不詳）で計算し、ロシア語で聖歌を歌い、トルコ語で話すとき最も聡明であり、母語セルビアの言葉は口にのぼせず、それを話すのは死を目前に控えた際だけであった」と言われる。一族の元来の出身地は西ヘルツェゴヴィナのトレビニエ地方、より正確に言うと、ゴルニエポリツェのラストヴァに近いコレニチと通称される村である。一家の姓としてコレニチの別名を名乗るのは、これに由来する。

移住のとき以来、エルデーイにおける一族の評判は高く、二百年来、ワラキア随一のワインづくりともてはやされもした。ブランコヴィチ家について、「あの一家の涙一粒があれば、もうへべれけ」という俚諺《りげん》が生まれたほどである。この間、同家はハンガリーとトルコ、ふたつの国家に尽くして殊勲を挙げた武勇の一族でもあるが、その一方では、ここムレシュル川に沿う第二の祖国の地方、イェノポリエでもリポヴァでもパンコタでも、一族は名高い聖職者を輩出する家系ともなった。俗名モイセイ・ブランコヴィチは、マテイの洗礼名でイェノポリエ大主教となり、このマテイがドナウ川に投ずる胡桃《くるみ》の実はいつも一番乗りで黒海に流れついた。その息子サロモンは、ジョルジェ・ブランコヴィチの伯父に当たり、イェノポリエの主教としてサヴァ一世を称《とな》え、イェノポリエとリポヴァを合せた教区を掌《つかさど》り、リポヴァがトルコから解放される一六〇七年まで絶えず馬で巡回し、酒を振舞われるときでさえ、決して鞍から降り立つことがなかった。

ブランコヴィチ家の人々は、同姓のセルビアの封建領主と同じ血筋の家柄と胸を張ったが、一体、あれだけの土地財産がどこからきたものかは漠として突き止めがたい。もうひとつの俗諺《ぞくげん》に「カヴァラからゼムゥンに到るまで、チンツァル人が夢で稼いだ金が、現《うつつ》にはそっくりブランコヴィチ家の「懐に転がり込む」と囃される所以である。同家の宝石は蛇のように冷ややかであり、広大な所領は空とぶ鳥も飛びきれないほど、数ある俗謡のなかには同家を権勢家になぞらえるものも少なくなかった。ブランコヴィチ家はワラキア各地の修道院はもちろん、ギリシャのアトス修道院の保護者まで買って出たし、アルバ・レアレ、クプニク、また通称テウスなどに城塞や教会を建てた。公爵ジグムンド・ラコツィの身内を嫁にしたブランコヴィチ家の婿らは公爵の持村、未開墾地、さては貴族の称号も贈られ、エルデーイのセケリス家との婚姻関係では、嫁資《かし》としてブランコヴィチ家はその財産の分け前に与《あず》かった。

言っておかねばならぬが、ブランコヴィチ家の財産分与は、ひげの色で決められる。顎《あご》や頬のひげが赤毛の相続人は、ひげの黒い人たちに優先権を譲らねばならない。これは同家の男どもの配偶者が赤毛の女から選ばれ、夫婦のあいだに生まれた赤毛の者はすべて母系とされ、黒毛であって初めてその血は男性直系と見なされたからである。ブランコヴィチ家の全財産は二万七千フォリント前後、一家の年収総額は千五百フォリント以上あったと見積もられる。たとえ家系図はあやふやにせよ、その埋め合せに一家の富裕ぶりが確固として揺るがないことは、馬で彼らの疾走する大地にも似ていた。こうして二百年を超える年月《としつき》、いくつもの櫃《ひつ》に収めた金貨の枚数は、増えこそすれ、決して減らなかった。

イスタンブルに赴任の際、アヴラム・ブランコヴィチは、片方の踵《かかと》に厚張りをしてある靴を履き、足をひきずった。以来、足を悪くした事情はこの街の語り草となった。

「ほんの七つの年だった」と人は話す——「トルコの軍隊が父親の領地に不意打ちを掛けてき

た。折しも幼い息子は召使らに付き添われて散歩中だった。トルコ兵と見るとお供の者はみな逃げ、ただひとり老人がアヴラムを守って踏みとどまった。長い棒を振るって馬上のトルコ兵と渡り合う老人――それを見た敵の隊長が、小癪《こしやく》な老いぼれめとばかり、口に銜《くわ》えた矢を放った。葦の茎に仕込んだ毒の吹き矢である。老人がばったと倒れたと見るなり、幼いアヴラムは握った棒で隊長の長靴を力任せに叩きつけた。だが、憎しみをこめた必死の殴打も非力であった。隊長はせせら笑うと、即座に『それ、村を焼き払え』と命じて馬を躍らせた。

「亀《かん》の歩みのような歳月が過ぎ、アヴラム・ブランコヴィチは長じ、この出来事も忘れた。その間になんども戦闘を繰り返し、いまやアヴラムは馬上に軍旗を捧げ、毒の吹き矢を仕込んだ葦を銜えて、兵士らを率いる身となった。ある日、一隊が進軍する道で敵の間諜《スパイ》に遭遇した。幼い息子づれである。怪しまれないための親子ふたり旅で、ふたりとも身を守る武器は棍棒だけ。父親である年寄の顔に覚えのある兵士がそれと見破り、捕えようと馬で襲った。が、相手は棍棒で抵抗した。秘密文書が棍棒のなかに隠してある、とだれしも疑うほどの激しさだった。それを見てアヴラムは毒矢を放ち、老人は死んだ。すると同行の子どもが棒でアヴラムを殴りにかかった。その子はまだようやく七つか、憎しみと愛のこもる渾身の力も、アヴラムには痛くも痒くもない。アヴラムが笑い声を立てた瞬間、大鎌で払われたように体がくずおれた」

この痛撃がもとで、片足を悪くしたアヴラムは退役した。その後、従兄《いとこ》のジョルジェ（ギェオルギエ）伯の後押しで外交官生活に入り、エディルネ、ワルシャワ、ウィーン在勤を務めたあと、ここイスタンブルではイギリス大使館に勤務し、ヨロズ・カレシの館とカラタシュの館に挟まれ、ボスポラス海峡に臨む広大な館に住む。その館の二階にアヴラムはアンゲリナに捧げるきっちり半分の教会を建てた。この彼の高祖母は東方教会から聖女に列せられる栄を受けたのだが、あとの半分の教会は、アヴラムの父の生地エルデーイにある。

　アヴラム・ブランコヴィチの堂々の恰幅《かっぷく》は見ものである。その胸は厚く、大きな鳥が何羽か、ちいさな動物なら何匹も収まる籠か檻《おり》を思わせる。その巨漢を盗賊どもが狙っている――「どの骨も黄金づくり」と俗謡に歌われたせいだ。

　アヴラムは大きな駱駝《らくだ》の背に揺られてイスタンブル入りした。アヴラムは、餌の魚を携え、いつもこうして旅をする。駱駝は面繋《おもがい》に固定したワイン入りのグラスから一滴もこぼさずに歩みを運ぶ。ほんの幼いころから、アヴラムは夜のあいだ一睡もしない。寝るのは日中だけである。昼間、ぱっちり目をあけている人間とは逆さまなのだ。だが、いつから夜と昼とを取り違えたか、それはだれにも分らない。起きているとき、アヴラムはひとところにじっとしていられない、貧者の涙で育てられた、というのか、いわゆる貧乏性のせいである。そこで、食卓には必ず皿が二枚、椅子が二脚、グラスがふたつ用意される。食事中、ひょいと立って席を移るのに便利だからだ。その調子で、しゃべる言葉も長い時間、同じままではいられない。情婦《いろ》を替えるようにやたら切り換え、ワラキア語、ハンガリー語、トルコ語を交互に使う。そのうち、ハザール▽語を鸚鵡《おうむ》に教わりだす騒ぎであった。夢のなかでは寝言に流暢《りゅうちょう》なエスパニャ語がとび出すと言われるが、目覚めたとたん、その能力は薄靄《うすもや》のように消える。

　最近のことだが、夢のなかに現れた男がわけの分らぬ言葉で歌ってくれた。アヴラムは、歌を発音のまま記憶したが、夢を解くには、その文句の意を解する人を探さねばならない。こうして見つけ出したのが、ひとりのラビで、夢に覚えたその歌をアヴラムはラビのまえで歌ってきかせた。長からぬその歌詞を掲げるとしよう。

לִבִּי בְמִזְרָח וְאָנֹכִי בְּסוֹף מַעֲרָב
אֵיךְ אֶטְעֲמָה אֵת אֲשֶׁר־אֹכַל וְאֵיךְ יֶעֱרָב
אֵיכָה אֲשַׁלֵּם נְדָרַי וֶאֱסָרַי בְּעוֹד
צִיּוֹן בְּחֶבֶל אֱדוֹם וַאֲנִי בְּכֶבֶל עֲרָב
יֵקַל בְּעֵינַי עֲזֹב כָּל־טוּב סְפָרַד כְּמוֹ
יֵקַר בְּעֵינַי רְאוֹת עַפְרוֹת דְּבִיר נֶחֱרָב׃

歌い出しの文句を耳にするなり、ラビは歌を中断させて、あとを続けた。終ると、ラビはその詩の作者の名を告げた。その作者とは十二世紀の男でイェフダ・ハレヴィ✡という。そのことがあってから、アヴラムはヘブライ語も勉強している。かといって、アヴラムの日常生活は完全にまともなものだ。なにせ、いくつもの面を持ち合せた人物ゆえに、その満面の微笑も博学と多芸多才の結晶にほかならない。

毎夕、起きぬけに、アヴラムは剣術の稽古に汗を流す。突く、躱《かわ》す、受ける——相手を務めて早技《はやわざ》に磨きをかける指南役は、この道の達人として知られる。その剣戟《けんげき》の大家はコプト人で名をアヴェルキエ・スキラといい、アヴラムが護衛兼使用人に雇った男である。アヴェルキエは片目がばかでかく、片目が細い。そのせいで顔じゅうの皺《しわ》が眉間ばかりに集中している。アヴェルキエが肌身離さぬ指南書には、大昔からこんにちまでに編み出された剣術の型を残らず網羅してあり、さし絵入りの完璧なものである。新たな秘法を思いつくと、アヴェルキエは指南書に書き入れるまえに、みずから小手試しに生き身の人間を使わぬと気が済まない。アヴラムとアヴェルキエは連れ立って大広間にこもる。そこには狭い牧場《まきば》ほどに大きな絨毯《じゅうたん》が敷かれ、鼻をつままれても分らぬ真っ暗闇のなかで両人の稽古が始まる。まず、師範格のスキラが駱駝に使う引き綱の片端《かたはし》を左の手に握りしめ、アヴラムがもう片端をつかみ、右手にはずっしりと持ち重りのする剣を構える。それは闇の向うのアヴェルキエが構えた剣の重さに劣らない。相《あい》対《たい》するふたりは、引き綱をそろりそろりと腕に巻きとってゆき、至近距離に達したと見るや、双方とも情け容赦なく激しく切り結ぶ——一寸先も見えぬ完全な闇のなかで……。

アヴラム・ブランコヴィチの早技は、吟遊楽人たちの称賛の的である。去年の秋、わたし(セヴァスト)がこの目で見とどけたのだから間違いのない話だが、抜き身の剣を手にアヴラムが木の下に立ち、一陣の風の吹きわたるのを今かと待ち構えている。その木から実が落ちると見ると、地面に達せぬさきに実はまっぷたつとなった。気の毒にもアヴラムは上唇がなく、それを隠すために口ひげを蓄えている。ところが、黙っていても、口ひげの分れ目から歯が剥き出しになっている。まるで、歯の上から直《じか》にひげが生えている感じだ。

セルビア人に言わせると、アヴラム・ブランコヴィチはセルビアの国を愛していて、同胞に対しては塩とも蠟燭《ろうそく》ともなる存在だという。ところが、あれほどの身分にありながら、それとそぐわない奇妙な欠点がいろいろとある。会話に熱が入ると、話の切りあげ方を知らぬまま、ぐずぐずと長居して席を立ち去るきっかけがつかめない。そこで決まって間が悪く、話し相手は顔を合せたときよりも別れ際に気まずい思いをする。次が大麻《ハシッシュ》。その調合は去勢《きんぬき》の召使カヴァラの役と決まっている。ところが、奇妙なことに、病みつきの常習ではない。だから、薬の束縛を嫌って時おり飛脚を頼んで、大麻《ハシッシュ》の木箱に封印して、はるばるペシトに送りつける。そして、その封印のまま木箱の戻ってくるのが二か月後、吸いたくなる時期と予《あらかじ》め見計らったころである。旅へ出ないあいだ、駱駝の背に載せる鈴つきの鞍は、広びろとした書斎にどっかりと据えられ、立ったまんまで読書したり、書きものをする役に立つ。

どの部屋も大小の家具に囲まれ、いたたまれないといった風情のそれらの家具のうちそっくり同じものはふたつとなく、これからも絶対にありえない。道具類にしろ、動物にしろ、人間にしろ、なんだって別々の村のものでないとお気に召さない。召使にはセルビア人、ルーマニア人、ギリシャ人、それにコプト人が顔をそろえ、つい、ちかごろになってアナトリア出身のトルコ人が部屋つきの下僕に雇われた。ベッドは大きいのとちいさいのと二台あって、寝《やす》むあいだ（但し、日中に限る）、アヴラムは両方の☾ベッドを行ったりきたりして眠る。主人の睡眠中、下僕のアナトリア人ユースフ・マスーディは、飛ぶ鳥も睨み落とさんばかりの目で見張りをしている。目が覚めると、アヴラムはベッドに横になったまま、なにやら不安げな表情で、トロパリアとかコンタキアと呼ばれる聖歌を次つぎに歌いあげる。セルビア教会から聖者に列せられた先祖の冥福のためなのだ。

女にかけてはどの程度まで気を惹かれているか、その断定はむずかしい。アヴラムの食卓には等身大の木彫《きぼ》りの牡猿《おすざる》が置かれ、坐った恰好で巨大な性器を見せている。それを横目に、アヴラムはいつもこんな冗談をとばした。「お尻のない女なんて教会のない村みたいなものさ」それだけだ。月に一度、ブランコヴィチの旦那はガラタに出かける。ある女占い師に見てもらうためで、この女は古くさいやり方で、しかもたっぷり時間をかけて、カードを使って運勢を読む。彼女の家にはブランコヴィチ専用の机があり、風向きの変るごとに、占い師は机の上たかく、一枚の新しいカードを投げあげる。どんな風が吹くか、その向きによってブランコヴィチの机に舞い落ちるカードの性格が決まる。そんなことがもう何年となく続いている。

このあいだの復活祭の週、わたしらが占い師の家の敷居を跨《また》ぐか跨がぬうちに、さっと南の風が吹き、占いの女はさっそくこんな新しい見立てをした——「夢に口ひげが半分だけ銀白色の男が現れますね。まだ年の若い男で、目が赤く、指の爪はガラスでできています。これからイスタンブルに出かける人なのですよ。旦那さま方、近くきっとその人と出会えますから……」

その話を聞くと、主人は大喜びで、わたしの鼻に金の鼻輪を通してやろうと注文までする始末だった。その親切を断るのにわたしはひどく苦労した。

ブランコヴィチ旦那の立てた計画にはウィーンの宮廷が大乗り気でいる。それを知っているわたしの口から、旦那の人柄について言わせてもらうと、あの方は、よくあるように、自分の将来にかけては、ちょうど広い菜園の世話を見るように、細かく気も配れば、特別に熱心でもある種類の人間のひとりだ。人生を突っ走って駆けぬける方ではない。じっくりと慎重に自分の将来を準備する。未知の土地を見つけるように、すこしずつ将来を見つけ出す。見つけると、まずそこを開墾し、そのあといちばん良い場所に建物を建てる。それから長い時間をかけて家のなかのいろいろな物の配置に頭をしぼる。自分の将来が歩みやら足取りの歯止めとして働かないように努め、その半面、慌てたり、先を急ぎすぎて、将来が行き詰まらないように気をつける。一種の競走だ。足の速すぎる者は負ける。いまアヴラム旦那の将来は、花の種を蒔き終った庭みたいなもので、この先、どんな芽が出るか、本人のほかはだれも知らない。ところで、こんな話が小声で伝わっている。ブランコヴィチ旦那のもくろみがどんなものか、わたしらにも覗き見させてもらえるかもしれない。その話というのが——

ペトクーチンとカリーナの物語

アヴラム・ブランコヴィチの長男、グルグール・ブランコヴィチ†は、朝の起きぬけから軽い靴を履いて馬の鐙《あぶみ》を踏み、駱駝の糞《ふん》を塗って光らせた剣の構えに余念がなかった。レースの衣服が血にまみれてしまうと、母親とふたり暮らしのジューラの街から、まとめてそれをイスタンブルへと定期的に送り出したものだ。こちらに荷が届くと、きれいに洗いあげるのも火熨斗《ひのし》にかけるのも、すべて父親アヴラムの監督のもとで進められ、そのあと洗い物はボスポラスの香り高い潮風に当てて乾かされ、ギリシャのお天道《てんと》さまの光に曝《さら》されたうえ、次の隊商《カラヴァン》でジューラに送り返される。

そのころ、アヴラムの二番目の息子はバーチカのどこかのあたりで、ちいさな教会ほど大きい、色あざやかな暖炉の陰に臥《ふせ》って養生中の身の上であった。世間の噂では、あの子は悪魔に小便をかけられたせいで、夜なかに起き出しては、こっそり家を抜け、街の通りの掃除をするのだと言われた。夜なかには、吸血鬼のモーラがその子の血を啜《すす》り、足の踵に食らいつき、そうして、少年の乳首からはおっぱいが出るようになった。門の扉に干し草に使うフォークを立てたり、親指に唾をかけながら胸に魔除《まよ》けを施したが、効き目はなかった。とうとう、ある女が知恵を貸し、酢に浸した短刀を用意しておき、モーラがやってきたら、塩をさし出して、その隙《すき》に突き殺してやればよいと話した。少年は女の言うとおり、血を啜りにきたモーラに塩を出し、隙を見てぐさりと短刀で刺した。そのとき、聞きなれた叫び声がした。

三日後の朝、ジューラから母親がバーチカにやってきた。戸口から息子の名を呼んだ次の瞬間、母親はその場に倒れ絶命した。調べてみると、母親の体には刀傷があり、傷口を舐めてみると酢の味がするではないか……。その日から少年は恐怖に取り憑かれ、頭髪が抜け始めた。一本抜けるごとに、この子の生涯の一年が失われる、とは祈禱師が父親に告げたことである。父親のもとには子どもの髪の房がジュート麻に包まれて送られてきた。父親は濡らした鏡に子どもの顔を描き、そこにその髪を貼りつけて、子どもの余命を占った。

それはそれとして、アヴラムには三人目の息子があるのだが、世間には知られていない。これは養子のようなものと言ってもいい。この子には母親がいない。ブランコヴィチが泥でこねあげたものなのだ。ブランコヴィチは「詩篇」四〇を唱えて、この作りものに命を吹き込み、血も通い呼吸もできる人間にした。朗誦が「詩篇」の「わたしはエホバを久しく待ち、主はわたしに耳を傾け、わが叫びを聞きたもうた。主は滅びの穴、泥の沼からわたしを引きあげ、わたしの足を岩の上に立たせ、その足の運びを確かなものとされた」という文句までできたとき、ダーリの教会の鐘が三つ鳴った。すると、若い男は身動きして、こう言った。

「最初の鐘の音が鳴ったときはインドにいて、二度目の鐘ではライプツィヒに、そして三度目の鐘のとき、わたしはわたしの体のなかに到着したのです……」

すると、ブランコヴィチは、若者の髪をソロモンの結び目に編んで、山査子《さんざし》の木の匙《さじ》を房毛にとめてやってから、その名をペトクーチンと名付け、広い世界へ送り出した。そのあとブランコヴィチは、先端に石をさげた紐を自分の首にかけた。彼はそのままの身なりで、復活祭の日曜日のミサに臨《のぞ》んだ。

万事が生きている人間らしくなくてはならない、というわけで父親はペトクーチンの胸のなかに「死」を入れ込んだ。息子の胸に収めた終焉《しゅうえん》の萌芽――この「死」は、まだ年端《としは》もゆかぬおぼこ娘、初めのころは臆病で、いささか粗忽者、しかもほとんど食べずに痩せ細った手足をしていた。それでも、彼女はペトクーチンの成長ぶりに大喜びで、事実、若者はぐんぐん大きくなり、間もなく、たっぷりと膨らんだ袖のなかで小鳥がゆうゆう飛び回れるほどになった。そのあいだに「死」は、ペトクーチン本人よりも活発でよく気のつく女に成長し、危ないことがあれば先に気づくのは彼女のほうだった。ところで、彼女には恋敵《こいがたき》ができてしまったのだが、その話は後回しとする。そのせいで、彼女はいらいらして、やきもちを焼くようになり、自分に注意を向けてほしいばかりに、ペトクーチンの片方の膝に痒《かゆ》みを拵《こしら》えた。ペトクーチンが痒がって指で掻くと、そこの皮膚に爪で字が書け、読みとることができた。それが両人の意思疎通の方法だった。

「死」がいちばんに恐れたのは、ペトクーチンのいろいろな病気だった。生きているからには、病気に罹らなくては人間らしくない、病気は人間にとって目のようなものだ——こう考えた父親はペトクーチンに持病を持たせた。ただ、なるべくなら軽いものがよろしかろうと、枯草熱を選んだ。春になって穂を出した草に花が咲き、風や流れに乗って花粉がばらまかれると起きる病気である。

ブランコヴィチはこの息子をダーリにある持ち家に住まわせた。そこの家では、どの部屋にも兎狩り用のグレーハウンドが放し飼いされ、いつ見ても犬の群れは、喉ぼとけに食らいついてやるとばかりに落ち着かず、鼻息が荒かった。月に一度、召使が動員されて、部屋部屋の絨毯に大きな櫛《くし》をかけ、犬の毛を掃除し、そのたびに犬の尻尾《しっぽ》に似た汚い色の長い毛玉がいっぱいにとれた。ペトクーチンの使ういくつかの部屋も時がたつにつれて毛玉とそっくりな特有の色合いを帯びてきて、まさしくここが彼の居場所に違いないと判別がつくようになった。汗から染みる脂は、ガラスの扉の把手《とって》、枕、坐る場所、肘掛け、手すり、パイプ、ナイフ、ビールのコップと、所きらわず痕を残し、この主人公に独特の微妙な色合いを形成した。これは、一種の肖像、イコン、署名のようなものであった。

緑色の静けさに沈むこの広い家をときたまブランコヴィチは訪れ、鏡の奥に入り込んでいるペトクーチンはよく不意を突かれた。父親は秋、冬、春、夏を、人間の体内にもある水、土、火、風といかに調和させるかを息子に説いて聞かせた。習得すべき勉強は果てしなく、多くの時間を要したから、ペトクーチンの頭のなかには胼胝《たこ》ができたほどだった。彼の記憶の筋肉が破裂寸前にまで膨張してくると、ブランコヴィチが教えたのは、披《ひら》いた本のページを左の目で読み、右の目で別の本を読むこと、次には右手でセルビア語を、左手ではトルコ語を一時に書きこなすことだった。それから、文学とはなにか、その概念の手ほどきをしたが、その後、ほどなくペトクーチンは、ピタゴラスのなかにバイブルの影響を発見することができた。また書くほうでも、蠅《はえ》をつかまえるほどの目にもとまらぬ速さで署名するのだった。

ひとことで言って、ペトクーチンは美形で博学な青年に育ち、人並みの作りでないという兆候はほんのときたま目立たぬ程度で見せるにとどまった。その一例を挙げると、彼は月曜日の夜、あしたを火曜日にする代りに、適宜、将来の別の日をかってに選ぶことができた。そして、もう使用済みの日がくると、その日の代替えとして未使用分のその火曜日を用い、これでみごとに差引勘定が合うのであった。実を言うと、こうした場合、日と日のあいだの切り方が精密を欠き、時間に割れ目が生じたが、ペトクーチン自身は却って、それを楽しんでいた。

父親にとってみれば、それでは収まらなかった。わしの作ったものは果たして完璧なものか、父親は絶えずそう疑いつづけ、ペトクーチンが二十一歳になったとき、本物の人間とすべての点でしっかり競争できるかどうか、試してみようと決心した。そこで父親は考えた――これまでにこの子は生きた人間からは人並みに見られてきたのだから、こんどは死者の方からどう見られるか、それを確かめることが肝腎だ、もしも死者がまんまとごまかされてペトクーチンを、食べものにかじりつくまえに塩を振る人間、血も涙もある正真正銘の人間と思い込むとしたら、わしの実験は大成功と言える。そう思案したすえ、父親はペトクーチンに向いたフィアンセを見つけ出した。

ワラキアの旦那方はいつの時代にも、身辺警護の用心棒のほかに霊魂を守る見張りを雇うのが習わしで、ブランコヴィチもひところまではそうしていた。その霊魂の見張りのひとりにチンツァル人がいて、この世ではなにもかも願いがかなえられると言うのが口癖なのだが、この男の自慢はそんじょそこらにない美人の娘があることであった。娘は生まれたとき、母親のあらゆる美しさをそっくり譲り受けた。それはいいのだが、このために娘を産み落としたあとの母親は、すっかり不美人となり、二度と美人に戻らなかった。娘がまだ十歳の年、母親は以前なら見惚《みと》れるほどだったその手で小麦粉の捏《こ》ね方を教え込んだ。また、父親は死の床から、娘に言い遺して、行く末は決して水のようなものではないと説いた。娘は滝のようにどっと涙を流し、その涙の流れを伝ってのぼってきた蟻が何匹も彼女の顔に到達できたほどであった。ブランコヴィチは、いまはこうしてみなし子の身の娘とペトクーチンとがたまたま顔合せするようにと仕組んだ。娘の名をカリーナと言い、彼女の影法師にはシナモンの香りがした。ペトクーチンは、この子が恋に陥るのは、三月に山茱萸《やまぐみ》の実を食べる男に違いないと勘づいた。三月を待ち受けると、ペトクーチンは山茱萸の実を食べてから娘をドナウの川べりへ散歩に誘った。その日、別れ際にカリーナは嵌《は》めていた指輪を抜くと、それを川に投げ捨てた。

「幸せが訪れたときは、必ずなにかちょっとした不幸で味つけをしておくものよ。こうすると、思い出がずっと深まるわ。人間って楽しい時よりも、嫌な時のことをいつまでも忘れないものでしょ、だからね……」と娘はペトクーチンに言った。

話をはしょれば、ペトクーチンは娘が大好きになり、娘はペトクーチンが大好きになったのだ。好き合ったふたりは、その秋には賑やかこのうえもない結婚式を祝った。証人として双方の親代りを務めた一組の男女は、式が終るとそのあとおたがいに長らく会えない予定だったので、固く抱き合い、それから別れを惜しみに連れ立って飲みに出かけ、次から次にラキ酒の甕《かめ》をあけた。アニスの香りをつけたトルコ風の酒である。春がきて、ふたりは酔いから醒め、とろりとした目で辺りを見回し、冬いっぱい飲みつづけたあとようやっと、おやおやこれが飲み相手だったのかと正気を取り戻した。それからダーリに引き返し、しきたりどおりに鉄砲の音を響かせながら、新婚の夫婦をピクニックへ送り出した。

ここで言っておくと、ダーリの若者たちの春のピクニックの行く先は決まって大昔の建物の廃墟で、そこには石造りの階段が並び、どこの闇よりも深いギリシャの闇があたりを包んでいる。その闇の深さは、ギリシャの火がよそのどこの火よりもずっと明るいのと同様だ。ペトクーチンとカリーナが目ざしたのも、その場所であった。遠くから見ると、ペトクーチンの操る馬車は体の黒い青毛の馬ばかりが曳《ひ》いているように見えたが、花の香りに刺戟されてペトクーチンがくしゃみをしたり、馬に鞭をあてたりすると、馬にたかった黒蝿《くろばえ》の群れがいっせいに飛び立って、実はどれも真っ白な馬と知れるのであった。しかし、そんなことは、ペトクーチンとカリーナにはどうでもよいことなのだ。

ふたりは新婚の秋から冬の終りを迎えたきょうまで仲むつまじく過ごしてきた。食べるときには一本のフォークを代りばんこに使い、カリーナがワインを飲むときには、必ずペトクーチンから口移しだった。ペトクーチンの愛撫にうっとりして、カリーナの体のなかではいつも魂の軋《きし》む音がしたほどだし、カリーナのほうでもペトクーチンに首ったけで、おしっこを飲ませてほしい、と自分からせがんだりもした。カリーナは、男の人のひげってちくちくして気持がいい、愛し合うときには二日剃らない三日目が一番ね、と女友だちに話しては笑い声をあげた。しかし、心の奥底では深刻にこう考えずにはいられなかった――わたしの人生のたいせつな瞬間瞬間は、魚に嚥《の》み込まれる蝿みたいに死んでいってしまう、この瞬間のひとつひとつがあの人の飢えを満たしてやれるほど充実したものにするにはどうすればいいかしら、と。そこでカリーナはペトクーチンに、わたしの耳たぶをかじって、食べてちょうだいな、と頼んだ。そしてその後は、引き出しとかドアはあけたらあけっぱなしにして、閉めないことにした。これは幸せに水を差さないための呪《まじな》いである。カリーナは口かずの少ない女であった。というのも、寡黙な父親のもとに育ったためだった。父親はたったひとつのお祈りを繰り返すのに余念がなく、その周囲にいつも沈黙を織りなしていた。そしていま、ピクニックの道々もひっそりとして、それがカリーナには快かった。

ところが、さっきから手綱を首にかけて本を読んでいるペトクーチンの隣から、カリーナが話しかけていた——これはふたりのゲームなのだ。もしも、カリーナの話に出てきた単語が、ペトクーチンの読む本に出る単語と同じ瞬間に一致したら、ふたりは交替して、こんどはカリーナが本を読み、ペトクーチンがしゃべることになる。こうして、馬車が牧場にさしかかり、羊を見つけたカリーナがそちらを指さして声をあげたとき、ペトクーチンが、ぴったりだよ、いまその〈羊〉が本に出たところだ、と応じた。まさかとほとんど信じられなかったカリーナは、確かめようと書物を手にとった。なるほど、そこにはこうあった。

誓いと祈りを通して冥界にお願いしたとき
わたしは牝羊と牡羊をつかみ溝の上で喉を切った
黒い血が流れ死者の魂は地獄の闇の底に集まった
新妻も若者も試練の果ての年寄もしなやかな娘らも
みながみな胸に喪の徴《しるし》を飾って

納得して、カリーナはその先を読みつづけた。

いかに多くの戦士が青銅の槍に傷ついたことか
血塗れの武器を手に握りしめた犠牲者——

彼らは四方八方から溝の周囲に群がり集まり
呻きを発し叫びをあげ、その声にわたしは脅え青ざめ

太く鋭いつるぎをば腰より引き抜いて
そこに立ち死者らの影をものともせずに
血に近づく亡霊のまえに立ちふさがった

カリーナが〈影〉という文字を読んだまさにそのとき、ペトクーチンは古代の野外劇場の廃墟の〈影〉を認めた。目的地に着いたのだ。

ふたりは俳優専用の入口を抜けて、舞台の中央の石の上に持参のワインの瓶、茸、血入りのソーセージを置くと、すぐさま木陰のほうへ退いた。ペトクーチンは乾いた水牛の糞、それに泥の固くへばりついた小枝を掻き集め、残らずそれを舞台にまとめて火をつけた。火打ち石をかちかち打ち鳴らす音は、観客席のいちばん上の高みにまではっきりと聞こえた。しかし、苔桃《クランベリー》と月桂樹《ローレル》の香りを漂わせてくる少し離れた草むらからは、こちらの様子は窺えなかった。ペトクーチンは牛糞と泥の悪臭を除くため焚き火に塩を振りかけたあと、ワインで洗った茸をソーセージといっしょに火に並べた。坐席に腰をおろしたカリーナは、沈む夕陽の光が観客席を次つぎに移り、劇場の出口に近づくのを眺めていた。舞台の上をぶらぶらしていたペトクーチンは、坐席の前面に彫り刻まれた席の主の名前に気づき、読みにくい昔の名を声に出し

て読み始めた。

「カイウス・ヴェロニス・アエト……セクストゥス・クロディウス、カイ・フィリウス、プブリア・トリブゥ……ソルトォ・セルヴィリオ……ヴェトゥリア・アエイア……」

「死んだ人の名を呼ばないで」カリーナが言った。「呼ぶと、必ず出てくるから」

劇場から陽が翳《かげ》ると、カリーナは茸と血入りソーセージを火から取り出して、ふたりは食事に取りかかった。反響の工夫がみごとにできているので、ふたりの嚙み砕く音は一口ごとに一段目の席から八段目までのどこへでも、多少は違った音ながら、同じ強さで伝わっては、やがて舞台の中央に谺《こだま》を戻してきた。それは、あたかも観覧席の前面に名の刻まれた観客らが、新婚のふたりと会食しているような、あるいは少なくとも一口一口を貪るように音さわがしく咀《そ》嚼《しゃく》しているかのようであった。死んだ百二十人の耳が、もっぱらその音を一心不乱に傾聴していた。いや、いまや劇場全体が、血入りソーセージの匂いを嗅ぎながら、若夫婦に合せて顎を動かしているのだった。

ふたりが口の動きをとめると、死者もそうしたが、喉もとに食べものが閊《つか》えたような緊張の面持で、ふたりの次の動きを待ち受けた。そんなとき、ペトクーチンは、食べものを切る拍子にうっかり短刀で怪我をしないように気をつけた。それは、人間の血の匂いがしたら最後、たちまちに亡霊の平静は破れ、二千年来の渇きに堪えきれず、カリーナと自分を八つ裂きにしようと、痛みのようにすばやく、押し寄せてきそうに思えたからだ。その思いにぞっとして、ペトクーチンはカリーナを抱きとり、くちづけした。カリーナもキスを返した。と、そのとき、ふたりの耳に、観客席の百二十の唇が、それぞれに相手を得て接吻を交わし合う音がひびいた。

食事が済むと、ペトクーチンは血入りソーセージの残りを焚き火に捨て、そのあとワインを火にかけて消した。火の消える音がしたとき、同時に観覧席のほうからもシシジュジュジュと音があがった。それから短刀を鞘《さや》に収めようとした瞬間、不意に吹きだした風に乗って花粉が舞台に降りかかった。大きな嚔《くしやみ》が出たそのはずみに、ペトクーチンは刃先で手を切ってしまった。温《ぬく》もりの残る石に血が滴り落ち、血の匂いが広がった……。

そのときである、百二十の亡霊は、凄まじい怒声と喚声をあげながら、若いふたりに向かって殺到した。ペトクーチンが長剣を抜いてカリーナのまえに立ちふさがったが、無力であった。見る見るカリーナは八つ裂きにされ、肉片は次つぎに奪い去られ、カリーナの末期の悲鳴と亡霊のわめきたてる声とが交錯した。その果て、ついにカリーナその人までが、祭の狂態に加わり、われとわが肉体の残りをがつがつと貪り食らった。

そのあといくにち過ぎたか、ペトクーチンは知らない。気がついたとき、彼は野外劇場の出口にいた。舞台上にさまよい出たペトクーチンが、食事の名残の散らかる燃え滓《かす》の辺りにくると、地面に落ちていたケープを姿の見えない何者かが拾いあげ、それを肩に羽織った。中身のないケープはペトクーチンに近づいて話しかけた。カリーナの声だった。

ペトクーチンは身の毛のよだつ思いながらも、こわごわ彼女を抱いた。しかし、毛皮の下にも彼女の声の奥底にも、ただ見えるのはケープの紫色の裏地ばかりであった。

「ねえ、君」ペトクーチンはカリーナを腕のなかに抱きしめながら言った。「千年ほどの昔にこの場所で、ぼくになにか恐ろしいことがあったような気がしてならない。だれかがずたずたにされて食べられてしまったんだ。ほら、そのときの血がまだここにある。ほんとにあったことだろうか。食べられたのはだれだろう。君か、それともぼくか」

「まさか、食べられたのはあなたじゃありません」カリーナは答えた。「そして、事件があったのは、千年の昔ではなく、たったいまなの」

「でも、ぼくには君の姿が見えない。ぼくたちのうち、どっちが死んだのかな」

「あなたにはわたしの姿が見えないわ。生きている人には死人は見えないの。でも、わたしの声は聞こえるのよね。わたし、あなたがだれなのか、分らない、あなたの血の味を口にしない限りは分らない。でも、安心して、あなたの顔も姿も見えるから。はっきり見える。あなたが生きていることも、わたしには分る」

「カリーナ」ペトクーチンは叫んだ。「ぼくだよ、きみのペトクーチンだよ、分らないのかい。ほんのさっき、もしも、さっきというものがたしかにあるなら、君はぼくにキスしたばかりじゃないか」

「さっきと千年の昔のあいだに、どれほどの違いがあるのかしら。こんな身の上のいまとなっては」

それを聞くと、ペトクーチンは短刀を抜いて、見えない妻の唇と覚しい辺りへ手をさし出し、一本の指にぐさりと刃先を突き刺した。

血の匂いが広がった。しかし、血の滴は舞台の石に落ちなかった。カリーナの貪婪《どんらん》な唇がそれを受け止めたからである。カリーナは、相手がペトクーチンと知ると一声高く悲鳴をあげ、それから男の体を八つ裂きにし、餓《かつ》えたように血を吸い、次つぎに骨を観客席のほうへ投げ捨てた。

そちらからは早くも亡霊たちが先を争って迫ってきた。


ペトクーチンの身にこうした災厄が降りかかった日、アヴラム・ブランコヴィチは次の言葉を書き記した。「ペトクーチンの実験は成功を遂げたり。彼はよくその役割を果たし、生者も死者もともに欺《あざむ》けり。よって向後、実験は最も困難な部分に突入可能となれり。小より発して大の実験へ。即ち、人間より発してアダムに至らんとす」と。

そこで話はアヴラム・ブランコヴィチのもくろみへと移る。彼の将来の礎《いしずえ》たるこのもくろみの鍵としてはふたりの人物がある。ひとりは有名な従兄の伯爵ジョルジェ・ブランコヴィチ、この人物についてはウィーン宮廷のほうがわれわれより多くを知るに違いない。もうひとりは、アヴラムが〈クゥロス〉κουροσ（ギリシャ語で「坊や」「少年」の意）と呼ぶだれかなのだ。この男がついにイスタンブル入りしたときのアヴラムの喜びようは、ユダヤ人にとってのメシア出現のようなものだった。人の知る限り、ブランコヴィチはこの人物に引き合されたこともなく、名前さえ知らない。だから、こうしてギリシャ語の綽名《あだな》で呼ぶのは親愛の度合いを示す。どこで会ったかと言えば、夢のなかだけである。ところが、この〈クゥロス〉はきちんと現れる。ブランコヴィチが眠ると、決まって夢に出てくるのだ。アヴラムの描写によれば、この男、年は若く、口ひげの半分が銀白で、爪はガラス、目が赤い。ブランコヴィチはいつかこの男に会えると望みを抱き、その助けを借りれば、執念の仕事に取りかかれるし、うまくゆけば実現もできると当てにしている。

夢のなかでブランコヴィチは、この〈クゥロス〉から右から左へヘブライ語風に読むことを教わったし、夢の終りから逆戻りして出始めに戻る術も習った。アヴラム自身が〈クゥロス〉その人——打ち明ければ、ユダヤ人——に成り代る奇妙な夢は、数年もまえに始まった。ブランコヴィチ本人の話だと、その夢は一種の不安という形で、その不安は小石のように霊魂のなかに投げ込まれ、連日、昼のあいだじゅう、落ちつづけて、その落下の止まるのは、霊魂が石とともに落下する夜に限られる。そのうちに夢は完全にアヴラムの生活を支配してしまい、夢のなかの彼は実際よりも二倍も若返った。初めのうち、夢のなかの鳥たちが消えたきり、ばったり出てこなくなり、それから兄弟、父母らがあいさつにきて、別れの抱擁を交わして消えた。その次には、ほかの親しく懐かしい顔や街が跡形なく消え、彼自身も世の中から消えて、自分さえ見知らぬ別人と成り代り、まるで夢のなかの夜、鏡に映してぎょっとした顔——母親か姉妹がひげを伸び放題にしたような——に変った。その別人は目が赤く、ひげの半分だけが銀白色で、爪はガラスなのだった。

周囲の人たち皆と次つぎに別れたそうした夢のなかで、最後まで登場するのが死んだ妹であった。ただ、妹には違いないが、アヴラムの記憶のなかの妹の顔つきとか、体の部分とかは、夢に出るたびに次つぎに失われて、その分、赤の他人と取り替えられてしまう。彼女が変身するその相手から譲られて、妹はまず声が変り、次に髪の毛の色が変り、歯が変り、そのあげく、妹に残された本物は二本の腕だけとなった。その両腕は、ふたりが会うごとに強まる愛欲を込めてブランコヴィチをひしと抱いた。あとはどこももう妹ではなかった。

夢のなかのある晩、それはだれやらふたりの男が、一方は火曜日に、他方は水曜日に立って握手を交わすほどの短夜《みじかよ》であったが、彼女は完全に変身を遂げ、通りすがりの人が怖くなるほどの美人に見えた。彼女はアヴラムに飛びつき、首を抱いたが、その手には親指が二本ずつあった。ぞっとしたアヴラムは、夢から逃げ出そうとまず思ったが、待てよ、ととっさに気持を変え、妹の乳房のひとつを桃のように手にとった。それからのち、アヴラムは、果樹から実を摘みとるように、彼女から自分の日々を摘みとり、彼女はそのたびに違う実をさし出し、その味も回を重ねるごとにいっそう甘美を加えた。つまり、夜、ほかの男どもが、貸し部屋で情婦と眠るように、昼のあいだ、アヴラムは夢のなかで彼女といっしょに寝た。けれども、不思議なのは抱きしめる妹が、親指の二本あるその手の片方をはずしても、すこしも力に変りがないことで、彼はどちらの腕に愛撫されているのか、いつも判断がつかなかった。それにしても、夢のなかの交わりのあと、アヴラムは精も根も尽き果てんばかりとなって、ベッドにへばり込んだ。ある日、これが最後とやってきた妹が告げた。

「人が苦い魂のすべてを込めて呪えば、それはきっと聞きとどけられます。たぶんどこかで会えます、また別の生で」

それがアヴラムに向かって言われたのか、それとも夢のなかの代役、あの半分だけ銀白のひげの男、夢のなかでアヴラムが変身する〈クゥロス〉に言ったものか、ブランコヴィチはとうとう分らずじまいだった。なにしろ、もう長いこと、夢のなかでは自分をアヴラム・ブランコヴィチとは思わず、ガラスの爪をした他人になりきっていたのだから。すでに数年来、夢のなかでは、現実と違って彼は足を引きずりもしない。夕方、彼は別の男の疲労困憊で目を覚ますように感じるし、朝にはその男がどこかで元気いっぱい目を覚ますので、こちらがこれから眠るのだと感じる。こっちの瞼《まぶた》が閉じるとき、向うでもうひとりの目があく。彼自身と名前の知らぬその男とのあいだには、体力と血液が通底していて、ワインを酢にしないように別の容器へ移すのと似た塩梅《あんばい》なのだ。一方が夜のあいだ夢のなかで休息して体力を取り戻すと、相手方のほうからその同じ体力が抜けて疲労と夢へと押しやる。いちばん深刻なのは、夜、アヴラムが道を歩いていてにわかに眠りこけることで、それはこちらの眠けとは無関係の、単に先方がたまたまある時間、眠りから覚めた結果の谺なのだ。つい先夜もそんな目に遭った。アヴラムはその晩、月食を観測していたのだが、とつぜん眠りに落ち、たちまちにして見たのが鞭で打たれる夢だった。ところが、本人はなにも知らぬ間に実はそのとき転んで怪我をし、その傷の場所は夢のなかの鞭で打たれたのと同じであった。

わたし（セヴァスト）の意見では、そもそもこうしたことすべて、〈クゥロス〉もイェフダ・ハレヴィも、ここ数年、ブランコヴィチ旦那とわれわれ使用人が献身してきた例の事業と直接なつながりがある。それは辞典編纂の仕事で、アルファベット順に編集するその本は『ハザール全書』と呼ばれることになる。ブランコヴィチは日に夜をついでこの仕事に熱中し、しかも着実な目標を立てている。これまでにウィーンから、そしてまたザランド地方から、駱駝八頭に運ばせてイスタンブルに取り寄せたのが本ばかり、まだ近く追加の荷がくる。お蔭でブランコヴィチは、辞書の類やら古文書《こもんじょ》を積みあげた壁によって世間から隔離されている。わたしは、色彩、インク、文字に対する特別な感覚を恵まれたから、湿気の多い夜には、それぞれの独特な匂いで文字が嗅ぎわけられる。そこで、館の屋根裏部屋のどこかにある封印つきの巻物を、わたしは部屋の隅に寝たまま、次つぎと鼻を使って読破するのだ。主人のアヴラムは、寒いなか肌着一枚の軽装でぶるぶる震えながら読むのが好みで、彼の持論では、そうして読むうちに悪寒を貫いて心にとどく部分だけが記憶し、記録する価値をもつという。

書斎の近くに置かれたブランコヴィチの資料棚には、雑多なテーマの何千枚もの文書が収まっている。項目の対象となる範囲は広く、教会スラヴ語による祈禱に織り込まれる溜め息と叫び声の一覧から、塩と茶の総目録までという具合である。蒐集品もあって、そのうちでも膨大なのが、形も色もさまざまな頭髪、顎ひげ、口ひげのコレクション、それも各種族について死者のものもあれば生者のものもあり、主人はそれらをガラスの瓶に貼りつけるから、さながら古代の調髪・髪型等の実物見本の陳列館のさまを呈している。もっとも、自身の毛髪はこのコレクションに入れていないが、旦那はそのすべての上着の胸にぬいとりする紋章には旦那自身の毛を使えと命じた。紋章は片目の鷲が羽を広げ、そこに「君主たるものは死を愛す」と銘を添えた意匠である。

ブランコヴィチは、連日、夜にはそうした図書、蒐集物、資料の研究に没頭しているのだが、秘中の秘として、とくに力を注いでいるのが、さきにも述べたハザール（かつて黒海の沿岸に居住し、葬送には舟に乗せて送り出す習わしのあった民族だが消滅した）の改宗をめぐる全書の作成である。全書は、ハザールのキリスト教改宗に参与した人々、またその後、この事件について論評した後世の学者らをも含めた伝記集であり、また彼らの一覧を兼ねている。ところが、アヴラム・ブランコヴィチの『ハザール全書』に近寄ることを許されるのは、テオクティスト・ニコルスキとわたしのふたりだけ、身分が一家の写字生だからこそだ。それほどまで慎重なのは、ブランコヴィチの研究がキリスト教と限らず、ユダヤ教、イスラーム教に関してもさまざまな異端邪説に手を広げているせいだと思われる。この事実をペーチュの大主教に嗅ぎつけられたが最後、破門されかねないとの判断からだ。大主教は毎年八月、〈聖アンナ昇天の日〉（聖アンナは聖母マリアの母親）に自分が破門追放した者どもの数をなんども数え直すと言われている。

キリスト教の布教者でのちに聖者に列せられ、ハザールの改宗に力あったキュリロス†とメトディオス†については、入手可能な資料のすべてがブランコヴィチの手もとにある。ただ、ほかの代表についてはそうはいかない。カガン▽の王宮で開かれたハザールの改宗をめぐる宗教論争の参加者には、ユダヤ人もアラブ人もいたのに、彼らの名を全書に収録するのは難事中の難事である。これがブランコヴィチの悩みだ。ほんとうに、そういうユダヤ人、アラブ人がいたのかどうか、それも分らぬし、ふたりの名さえ分らない。彼が調べたところ、ギリシャ語の文献のどこを捜してもハザールに触れたものはひとつもない。それなら、ハザール改宗のヘブライ語およびアラビア語の文献はないものか――ブランコヴィチは使者を送って、ワラキア各地の修道院を隈《くま》なく訪ねさせ、イスタンブルの地下墓所までもしらみ潰しにした。

ブランコヴィチ自身もイスタンブルに乗り込み、キュリロスとメトディオス兄弟に関する手稿ないし著作の発見に努めた。一四五三年にトルコ支配下に入ってイスタンブルと改名されるまえのコンスタンティノープルは、昔、ハザール改宗を目的として王都に出かけたキュリロス兄弟の最後の逗留地なのだ。しかし「泉の清めは泥ではできぬ」という諺どおりなんの成果も挙がらなかった。かと言って、聖キュリロスの時代からいままで、ハザールについて記録を遺したのがキリスト教布教の関係者に限られ、それ以外にはハザールに興味を感じた人がひとりだになく、わずか自分ばかりとはブランコヴィチにはとても考えられない。論争に参加したユダヤ人やアラブ人の生きた道、その活動を詳しく知る人が、それぞれの宗教関係者にいないはずがない、とは思うのだが、どちらにも見つからない、つまりは知っている人ほど語ろうとしないのか。ハザールに触れたユダヤやアラブの詳しい文献が存在しなかったとは思えない。三宗教に分れた学者間の交流、情報の交換に障害が立ちはだかっている。それを欠いては、問題の全体像を描き出すことは望めない。ブランコヴィチはしきりにこう話した。「どうも分らんな。まだ考察の詰めが甘すぎるせいか。考えがちゃんとまとまらん。上半身が見えてこないんだよ」

わたしに言わせれば、つまらぬテーマに熱中する彼の気持は容易に説明できる。きわめて利己的な理由による関心であり、夢の虜《とりこ》から逃げるための自己療法がねらいなのだ。夢に出る

〈クゥロス〉もやはりハザールに関心がある。その点はアヴラムがだれよりも心得ている。夢の拘束から免《まぬが》れる唯一の手段は、〈クゥロス〉を見つけ出すことしかない。が、それはハザール文書を介さねばできない。そこだけが両人巡り合いの場となる。向うの考えも同じだとわたしは思う。出会いは不可避だ。看守と囚人の顔が合うのと同じくらいに。だから、アヴラムがあれだけ熱心に、指南番を雇って剣術に精進するのはおどろくに足りない。彼の〈クゥロス〉憎悪は、相手の目玉を卵みたいにつるつると嚥み込みかねない。捕まえたが最後……だが、これはあくまで想像図だ。もしも、それが実際に確かめられないとなれば、そのときにはアヴラムのアダム観、そしてペトクーチン実験の成功を思い出す要が生じる。その場合、ブランコヴィチは危険千万な男ということになりかねず、彼の計画は測り知れぬ結果をもたらすだろう。つまり、『ハザール全書』そのものが、書物という形に隠れた実際行動の下準備でしかない、というような……。

アヴラム・ブランコヴィチに関するニコン・セヴァストの報告書は、以上の言葉で締めくくられている。彼が仕えた主人の最晩年の日々の展開については、セヴァストは報告できなかった。ある霧の濃い水曜日、ワラキアのどこかで主従は共ども殺害されたからである。この悲劇を物語ってくれるのは、ブランコヴィチのもうひとりの召使、お馴染みの剣術師範アヴェルキエ・スキラである。その手記を書くに当たって、彼は剣先をインクに浸し、床の上に置いた紙を長靴で押さえながら、それを使って記したと覚しい。

＊＊

出発をあすに控えた、イスタンブル滞在最後の夜、アヴラム様は三つの海に面する大広間にわたしどもを呼び集めなさった。黒海からは緑の風が吹きよせ、エーゲ海からは紺碧の透明な風が、イオニア海の岸辺からは乾いた苦い風が吹き渡ってきた。わたしどもが入ってゆくと、主人は駱駝の鞍に寄りかかり、立ったまま読書の最中であった。アナトリア蠅が、雨降りを予告しながら、人を刺しまくるので、主人は乗馬用の鞭を振りふり、背なかを叩き、虫のたかった場所に器用にもぴたりと鞭をあてなさった。その夕方、わたしはいつもの剣術の稽古のお相手を務めたばかりで、もしも片足のご不自由さを勘定に入れなければ、わたしは暗闇のなかで切り刻まれていたでございましょう。夜には、早技がいちだんと冴えるのです。悪いほうのおみあしには、ゲートル代りに小鳥の巣をお付けでした。こうするとよく温まるからです。

呼び出されたわたしどもは椅子につきました——わたしとふたりの写字生とお部屋係のマスーディの四人、このうちマスーディは緑色の袋に身の回りの品を詰め、旅支度を終えていました。いつものとおり、わたしどもは唐辛子をきかせたさくらんぼのジャムを一匙ずついただき、お部屋のなかにある井戸から汲んだコップの水を飲みました。この井戸は地下室のどこやらで水の音を反響させ、わたしどもの話し声をおぼろにします。やがてアヴラム様はめいめいに給金を渡してから、希望の者は残ってもよろしい、とわたしどもに申し渡した。一同は、主人のお供をしてドナウの畔《ほとり》へ戦《いくさ》に出発することになっていたのです。

これで話はすっかりお済みだな、そろそろ腰をあげるか——わたしどもはそう思っていました。ところが、アブラム様の流儀は特別で、つねづね話し相手と別れたあと、いちばん知恵が出る。自分でそうと分っているから、わざと不器用そうに振舞って、辞すべき時間が過ぎても長居する。すべてを話し終えたあと、客が取りつくろった仮面をとっくに捨て、自室に戻って寛《くつろ》いだ顔つきになるはずの時間さえ超過してしまう。その晩も同じでした。アナトリア出のマスーディと握手しながらも、主人の目はこっそりと残りの連中の様子を窺っている。ちょうどそんなときでした——マスーディとニコン・セヴァストとのあいだの憎み合いが、火花を散らせたのは。双方とも堪《こら》えに堪え抜いてきた憎悪が爆発したのです。それはマスーディがアヴラム様にこう言ったときでした。

「ご主人さま、お暇《いとま》するまえに、贈物の品々に感謝いたします。そのお礼というのではありませんが、以前からご主人が知りたがっておられた名前を申しましょう。夢に現れる男の名はサムエル・コーエン✡です」

「嘘だ」セヴァストが、思いもかけず、そう叫ぶと、いきなりマスーディの緑の袋を取りあげ、それを火に投げ入れました。

マスーディは落ち着きはらって、セヴァストを指さし、アヴラム様に言いました。

「見てください。あの男には鼻の孔《あな》がひとつしかない。小便は尻尾の先から出す、悪魔そっくりに」

アヴラム様は、鸚鵡を抱きとり、爪の先にぶらさげたランタンの明かりごと床に置きました。その光に照らすと、果たして、セヴァストの鼻孔はひとつ、まんなかに仕切りのない悪魔の鼻が黒ぐろと孔を覗かせている。アヴラム様が言いました。

「すると、おまえは靴の履き替えの要らぬ仲間か」

「はい、ご主人様。しかし、恐怖で糞が悪臭をはなつ連中とは無関係です。かと言って、わたしがサタンの手の創造物であることは否定しません」セヴァストは臆せず宣言しました。「ただ、強調しておきたい。わたしが所属するのは、キリスト教徒の地下の世界、ギリシャの地の悪霊たち、東方正教会の地獄なのです。われわれの仰ぐ空がエホバとアッラーと父なる神のあいだで分けられているように、地下の冥界もアスモデウスとイブリースとサタンのあいだで縄張りが決まっています。わたしは、ほんの偶然から、現トルコ帝国の地上に生を享《う》けたが、さりとて、マスーディやらほかのイスラームの代表どもにわたしを裁く権利はない。わたしが唯一、裁判権を認めるのは、キリスト教会の代表しかない。そうでなければ、キリスト教やユダヤ教の法廷が、彼らの手中に落ちたイスラーム教の地獄に仕える者たちを裁くことだってあってよいはずだ。マスーディよ、しかと心得るがいい」

アヴラム様が答えました。

「わが父上ヨワニキェ・ブランコヴィチも、おまえと同類の者どもとの体験があった。ワラキアの各地にあるわが家には、いつも家に住みついた小悪魔やサタンや狼男がうようよしていた。わしらは、そういう手合いといっしょに食事をしたが、あらゆる種類の吸血鬼を殺し、彼らのもとへ送り届けたりもした。わしらが篩《ふるい》をやつらに与えてその穴の数を勘定させたあとには、家の周りにやつらの尻尾が毟《むし》りとられて散らばっていた。連れ立って桑の実摘みにも出かけもしたし、やつらを門やら牛に縛りつけ、こらしめに鞭でさんざんに打ちのめしたあと、井戸に放り込んだこともある。ジューラにいたころのある夕方、父親が肥溜めの穴の上に踏んばっている大きな雪だるまを見つけた。父はランタンの角でそいつをなぐり殺し、そのまま夕食の席についた。キャベツとスープと猪肉の料理がテーブルに並んだ。食べ始めると、どさり、父の首が皿のなかに落ちた。下から見あげている自分の首に接吻したあと、父はキャベツスープに溺れて死んだ。これはわしらの目前で起こったことだが、とっさには、なにが起きたか、理解する時間もなかった。わしはまだ覚えておるが、スープのなかで溺れるあいだ、父は愛の抱擁のように両腕でしっかりと皿を抱き締めていた。抱いているのは猪ではなく、別の生き物の首のようにだ。父の埋葬は、強烈な抱擁からむりやり父を引き離すかのようだった……。そのとき父の靴をムレシュル川の流れに投げ込んだのは、父が吸血鬼にならないようにとの願いからだ。おまえがサタンだと言うのなら、いや、サタンであるからは、わが父ヨワニキェ・ブランコヴィチの死がなにを意味するか、ここで聞かせてほしいのだが」

「いまにご自身でお分りになれます、わたしの助けを借りずとも」セヴァストが答えました。「だから、別のことを申します。わたしは、お父上が死の直前に耳になさった言葉を存じています。『すこしワインを、手を洗いたいから』――この言葉が、この世を去る瞬間にお耳にひびいたのです。それから、もうひとつ、わたしの骨は中空なのです。だからといって、すべてはわたしの骨から吸い出した出まかせと仰らないように。「ここ十年、二十年、『ハザール全書』のお仕事をなさっておられるので、ぜひともわたしなりに貢献したいので申しましょう。

「お聞きください、あなたのご存じないことですから。古代ギリシャの死者の世界には、アケロン、フレゲトン、コキュトゥスと三つの川がある。これらの川はこんにちでは、イスラーム、ユダヤ、キリスト教のそれぞれの地獄に属している。川は三本とも古《いにしえ》のハザールの国の地下を流れ、ゲヘナ、ハーデース、そしてイスラームの氷の地獄という三つの冥界を分けている。この三つの境界には死者の三つの世界が接し合う。

「それはまずサタンの業火の世界、キリスト教の地獄の九つの圏（そこにはルシフェルの王座があり、魔王の旗が翻る）、次にはイスラームの冥界（凍りつく苦難のイブリースの王国、ゲブフラアの領域があり、寺院の左には悪と快楽と飢餓の悪魔が居並ぶ）、そしてもうひとつアスモデウスの支配するユダヤ教のゲヘナと。

「これら三つの冥界は決して混じり合わない、そのあいだの境界線は鉄の犂《すき》で引かれ、そこを乗り越える権利はなんぴとにもない。ともかく、あなたの想像のなかにある地獄はどれも間違いだらけ。それも無理はない、経験がないのだから。ユダヤ教の地獄ベリアル、あの天使と闇と罪の王国には、ユダヤ人はひとりもいない。想像とはまったく逆です。あそこで焼かれるのは、あなたの仲間たち、アラブ人やキリスト教徒ばかり。同様にキリスト教の地獄にはキリスト教徒はだれもおらず、あそこの火中に投じられるのは、イスラーム教徒かダビデを信奉するユダヤ人だけ。

「こうして、イスラームの地獄にはキリスト教徒とユダヤ人しか送り込まれず、トルコ人、アラブ人は影もない。思ってもみていただきたい、イスラームの地獄を心から恐れ、どういう場所かをよく知ってもいるこの男マスーディが、ユダヤ教の地獄シェオルか、あるいはキリスト教のハーデースにいる図を。わたしは、ハーデースでこの男を歓迎しよう。イブリースに代って、この男はルシフェルの裁きを受けるのだ。キリスト教の地獄の上の空で贖罪するユダヤ人を想像してください。

「これこそは偉大な、かつ至高の警告と受け容れることです。最も深遠な知恵であると。イスラームとキリスト教とユダヤ教、この三つの世界のあいだに交流はないのです。だから、それぞれの冥界もわれわれ人間に関わりがない。なぜなら、この世では、憎しみ合う同士は少しも困難の原因とはならない。彼らは似たもの同士だ。敵はおたがいにそっくり、たとえ、現在は違っても時がくればそうなる、そうでなければ、敵視し合うはずがない。ほんとうに違った者同士、それこそが最大の危険です。違いが苦にならないから、彼らはたがいに相手を知ろうと努力する、これが最悪だ。われわれはわれわれの敵と力を合せて、その危険に挑みかかる——彼らと別ものでいる権利をわれわれに与えておいて、その違いを気にせず高鼾のかける彼らに向かって、いちどきに三方から撃砕する……」

どうもよく分りかねるが、とアヴラム様がおっしゃって、こう質問された。

「それなら、なぜそうしなかった、そんな戦いはもうとっくに済んでいたはずなのに。いまだに尻尾の消えぬおまえには向かないにしろ、経験を積んだ最長老たち、百戦錬磨の仲間がなぜそれをしなかったのだ。われわれ人間が祈りによって地上に父なる神の家を建てるあいだ、おまえたちサタンの仲間はじっと待つというのか」

「好機の到来を待っているのです。それにわれわれ悪魔は、人間の後ろからしか進めない。サタンの仲間の歩みは、人間の歩いたあとしか踏めない。いつでもあなた方の驥尾《きび》に付すのがわれわれです。人間が食事を済ませると、こっちも食べる、しかも、人間と同じく、われわれの目にも未来は映らない。だから、いつだって、あなた方が先、われわれはそのあとになる。しかし、この際、言いたいのは、ご主人、あなたがまだ大事な一歩を踏み出さないでいるために、あとに続くわれわれが動けずにいることです。もしも、あなたかそれともあなたの子孫のだれかが、そうすれば、われわれは週のある日、きっとあなた方に追いつく、その曜日を口に出すわけにはいかないが。だが、いまのところ、万事は順調だ。例の赤い目の〈クゥロス〉には、あなたは会えないでしょう、よもやここイスタンブルに現れようとも。あなたが彼を見るように、たとえ、あの男が夢であなたを見ているとしても、そして彼が夢のなかであなたの現実を構築し、あなたもそれと同じことをしていようとも、ふたりの顔は合うはずがない。同じ時間に目が覚めている例《ためし》がないのだから。わたしらをそういう誘惑に追い込んではいけない。信じてもらえますか、平和な館のなかで、散佚した言葉をもとに『ハザール全書』を作るのは、トルコとオーストリアとが戦っているドナウ河畔の戦争に出かけるより、ずっと危険な作業です。イスタンブルにいて夢から飛び出してくる幽霊を心待ちするのは、あなたが得意とする抜き身の剣で切り結ぶよりもっと危ない。このことをよく考えたうえで、決めた場所へご出発ください。迷いは不要です。ただ、オレンジに塩をつけて食べるあのアナトリアの男の言うことに耳を貸してはなりませんよ……。

「念のため申しますが」セヴァストは続けた。「わたしをキリスト教当局者に引き渡し、魔法使や悪魔を裁く宗教裁判にかけさせるのはあなたのご自由です。しかし、そのまえにひとつだけ伺いたい。教会はこれから三百年間も健在とお考えでしょうか、しかも、現在と同様に宗教裁判が可能だと」

「それは間違いないとも」アヴラム様が答えた。

「では証明していただきましょう。いまからちょうど二百九十三年後、ふたたびお目にかかることになっています。いまと同じ季節に、ここイスタンブルで。そのとき、朝食をごいっしょしましょう。わたしに対するあなたの裁きが、いまと変らないかどうか……」

アヴラム様は、声を立てて笑い、それはよかろう、と同意なさると、鞭を振るって一匹の蠅を叩き殺した。

明け方、わたしたちは、小麦で粥《かゆ》を炊き、鍋のままを枕に包み、それをまた旅行用の網袋に押し込んだ。アヴラム様が休憩をとるころまで冷めないようにとの工夫である。一行は小舟に乗り込み、黒海を渡り、ドナウ川を遡った。南へ帰る最後のつばめたちは宙返りのまま飛び、ドナウ川に映るその影はいつもの白い腹ではなく、黒い背なかだった。わたしたちは川霧のなかを突き進んでゆくのだったが、移動する霧は森林地帯を抜け、ジェルダップの平原を越えて、耳の遠くなるほど森閑とした静寂を運び込み、その静けさのなかにはまだいくつもの静寂が流れ込んでいた。五日目、クラドヴォの近くまでくると、その対岸でわれわれはエルデーイの騎兵の一隊に迎えられた。この辺り、エルデーイはルーマニアの苦い埃《ほこり》に包み込まれていた。バデンスキー公爵の幕舎《ばくしゃ》に案内されるとさっそく戦況についてこう報告を得た——戦闘にはジョルジェ伯爵も参加していること、トルコ陣地に対する攻撃はハイデルスハイム、ヴェテラニ、ハイゼルの三将軍が準備中であること、ここの部隊はきょうで三日、不眠不休の強行軍を続けており、お蔭で従軍の床屋はひげ剃りも調髪も走りながらこなしていること——などがその大要だった。その晩、わたしたちは主人の信じがたい離れ技をこの目で見ることになる。

　折から季節の変り目で、朝はいくぶん冷えるのに夜はまだ暑かった。夜中までは夏、朝には秋となるといったふうだった。その夜、アヴラム様は剣を選びとり、馬に鞍をつけさせて待機するうちに、セルビアの幕営から騎兵の一隊が馳せつけた。全員が生きた鳩を何羽ずつか袖のなかにしまっている。しかも、馬を走らせながら、柄の長いパイプを吸っては煙の丸い輪を吐き、馬の耳にその輪を掛けるのだ。鞍に跨がったブランコヴィチも吸いつけたパイプを受けとり、そうやって皆がぷかぷかやりながら、ヴェテラニ将軍のもとへと急いだ。命令を受けるためである。そのとき、オーストリア部隊の陣屋から声があがった。

「裸のセルビア兵がくるぞ」

そのとおり、騎兵の後ろから丸い帽子のほかはなにひとつ身にまとわぬ歩兵の一隊が出現した。素っ裸の兵士らは、営地の焚き火の薄明かりを、まるで門のように通りぬけ、その背後からやや急ぎ足で裸の影法師がついてゆく。影は兵士より二倍も年老いて見えた。

「諸君、闇に乗じて攻撃をしかける気ではあるまいな」とヴェテラニ将軍が訊ねた。そう言いながら、将軍は大きな愛犬を撫でていた。尻尾を振ると、その先が人間の口の辺りにまでとどきそうなやつだ。

「図星です」アヴラム様が応じた。「道は鳥に教わります」

オーストリア軍とセルビア軍の陣地を下に見下ろすルゥスの丘の頂きには、トルコ軍が要塞と大砲を構えて陣取っている。そこは一年じゅう雨が一滴も降らない土地だ。これでまる三日、どこから攻撃を企てても、友軍は一歩も上に近づけなかった。

「敵陣を占領したら、楓《かえで》を燃やして緑の火をあげよ」将軍は言い、こうつけ加えた。「われわれ後続部隊の目じるしとする」

騎兵隊は命令を受けると、パイプをふかしながら出発した。それからしばらくして、わたしたちの目に留まったのは、燃える鳩がトルコの陣地の上を舞い飛ぶ光景だった――一羽、二羽、三羽……そのあと、散発的な射撃音が耳にひびいた。それとほとんど同時に、ブランコヴィチ様と部下の騎兵が駆けもどってくるのが見えた。相変らずパイプは手放さない。おどろいた将軍は、なぜ大砲を攻撃しなかったかと、その理由を訊ねた。アヴラム様が、黙ってパイプを掲げ、丘を指さすと、かなたには青い炎があがり、トルコ軍の砲列は沈黙のままだった。要塞は陥落していたのだ。

翌日の朝、アヴラム様は天幕のなかで休み、夜戦の疲れを癒《いや》していた。そのあいだ、マスーディとニコン・セヴァストは、骰子《さいころ》で賭に夢中だった。ニコンは三日まえからかなりの大金を巻きあげられていたが、一方、マスーディのほうもゲームを打ちきる気もなかった。ふたりはこうして、雨あられと降る敵の砲弾の餌食となるだけの十分な理由を持つべくして持っていた。ブランコヴィチ様は夢のなかに迷い込み、一方、このふたりは賭ごとにわれを忘れていた。いずれにせよ、この三人にはそれだけ強い理由があったが、わたしのほうは好機をつかんで身を隠した。たちまち現れたトルコの騎兵隊が、わがほうの塹壕に躍り込み、動くものと見ると逃さず手当たり次第に斬りふせた。そのすぐ後ろからトレビネのサブリャーク・パシャが続き、生き残りには目もくれず、死体ばかりを見て回った。そのあと、顔の青白い年若い男が戦場に乗り込んできた。口ひげの半分だけが銀白なのは、その側の半分だけ年老いたかのようであった。熟睡中のブランコヴィチ様の絹の胴着の胸には、一家の紋章の〈片目の鷲〉が刺繍されていた。ひとりのトルコ兵が、ぬいとりの猛禽めがけて、力まかせに槍を突き入れた。熟睡する人の胸を貫いた刃先が、体の下の小石にぶつかる音さえ聞こえたほどである。瀕死ながらもブランコヴィチ様は目をあけ、片肘ついて身を起こした。そして彼のこの世の見納めは、目の赤い、ガラスの爪の、口ひげの半分だけが銀色の若い男であった。ブランコヴィチ様の顔からたらたらとふた筋の脂汗が滴り落ち、それは喉もとで一本につながった。肘をついていた手が激しく震えだした。ブランコヴィチ様は胸に受けた傷を物珍しげに眺め、それから震えを止めようと全身の重みをかけた。手の震えはそのあともしばしは止まらなかったが、弾かれた弦のように、次第次第に震えは弱まってゆき、その動きが絶えた瞬間、アヴラム様は一言も言わず気を失われた。とそのとき、例の若者が、ブランコヴィチ様の眼光に射ぬかれたように、ばったとその場に倒れた。その肩に掛けた袋が地面にすべり落ちた。

「コーエンか、やられたのは」パシャが声荒く言った。賭博のふたりのどちらかの仕業に相違ないと睨んだ兵士らが駆け寄って、ニコン・セヴァストを真っぷたつにした。骰子はその手に握られたままであった。そのあと、兵士らはマスーディを振り返ったが、とっさに彼はパシャに向かってなにやらアラビア語で叫んだ。若者は死んではいない、眠っているだけだと。これで彼の寿命は一日のびた。明日まで生かしておけ、とパシャが命じ、翌日、処刑となったからである。

　剣術家であるわたしは——とアヴェルキエ・スキラは手記の末尾に記している——人殺しとは千差万別なものと知っている。それは新しい女をベッドで味わうようなものなのだ。ただし、あとで振り返ってみて、忘れた者もあれば、忘れられない者もある。同じように、殺されたうちのある者、寝た女のある者も、その相手のことを永遠に忘れはしない。アヴラム・ブランコヴィチ様の場合は決して忘れられない。その最期はこうであった。パシャの部下が熱湯を注《つ》いだ大桶を手にして現れると、アヴラム様の体を洗い清め、小柄な老人に彼を預けた。老人は三つ目の靴を首からさげていて、なかには香料や香膏や大麻などが詰まっていた。アヴラム様の傷の手当てをしてくれるのだな、とてっきりわたしは思ったが、老人はアヴラム様の顔に紅をさし、米の粉をはたき、ひげを剃り、髪を整えただけだった。そしてアヴラム様は兵士に担がれてサブリャーク・パシャの天幕へと運び込まれた。「裸のセルビア人がまたひとりか」わたしはそう思った。

　翌朝、彼はその天幕のなかで息を引きとった。あれは正教の暦で一六八九年、殉教者エウスタキウス聖人の日であった。アヴラム・ブランコヴィチ様が魂をお返しあそばすと、サブリャーク・パシャはすぐさま天幕のまえに出て「すこしワインを、手を洗いたいから」と所望した。

ブランコヴィチ、グルグール

Branković, Grgur　E — Brankovich, Grgur　D — Branković, Grgur
F — Brankovitch, Grgour

柱頭行者を見よ。

夢の狩人

Lovci snova　E — Dream hunters　D — Traumjäger　F — Chasseurs de rêves

王女アテー▽を庇護者とするハザール▽の一宗派。〈夢の狩人〉らは他人の夢を読みとり、その夢のなかに住み、夢のなかを駆けめぐって、指定された獲物——人、物、動物など——を追うことができた。最古の〈夢の狩人〉に関しては記録が残っており、それにはこうある。「夢のなかではわれわれは、われわれ自身を水中の魚同様に感じる。時おり、われわれは水面に顔を出し、岸辺の世界に一瞥を投ずるが、餓《かつ》えたように急いで潜り込む。水の深みでのみ居心地がよいからである。この束の間の顔出しで、われわれよりも動きが遅く、われわれとは呼吸法の違う奇妙な生きものを見かける。それは全身の重みで地面に貼りつき、快楽を奪われている——われわれなら肉体に住みつくように快楽に住みついているのに……。なぜなら、水中では快楽と肉体とは一体不可分なものであるからだ。外にあるあの存在、あれもまたわれわれなのだ——それも、いまから百万年後の。そして、その長い年月は別として、われわれと彼らのあいだには恐ろしい不幸が存する、肉体と快楽とを切り離した報いで彼らの受けた不幸が……」

伝説によると、〈夢の狩人〉のなかでとくに有名なひとりに、ムカッダサ・アル・サファル☾✡という男がいる。この男は秘伝の奥義を極めた人物で、他人の夢のなかに入り込んで、そこで魚を飼い馴らすことも、ドアをあけることもできた。そして、それまでのだれよりも夢の奥深く入って行けたので、ついに神のいるところまで達した。だれの夢にせよ、その奥の奥には必ず神がいるのだから。そのことがあってから、とつぜん、この人は夢が読めなくなった。これで行きどまりだ、これ以上にはもう秘法の道は進めない、と彼は長いあいだそう思っていた。行きどまりなら、もはや道はいらない、だれも道を示してはくれない。そう考えたのは彼ひとりで、周囲の人たちは、そう思わなかった。そこで彼らは王女アテーに打ち明けると、王女はムカッダサ・アル・サファルの場合を、こう説明した。

月に一度、岩塩の祭日には、ハザールの三つの首都の郊外で、カガン▽を奉る一派と妾《わらわ》の一派とそれに味方する者とのあいだに死闘が繰りひろげられる。夜になって、死者を敵方がユダヤやアラビアやギリシャ人の墓地に、こちらがハザールの墓地に埋めているその暇《ひま》に、カガンがの火を欲情でゆらゆらと揺らして。香り高い蠟燭《ろうそく》で照らしながら忍び込んできます。そっと妾の寝室の銅《あかがね》の戸をあけ、蠟燭で照らしながら忍び込んできます。

そんなとき、妾は彼の顔を見ません。幸せに満ちた恋する男の顔は世界じゅうどこでも変らないから。ふたりで夜を過し、明け方、出てゆくとき、その顔が銅の戸に映るのを見てやるだけです。疲れたその面になにもかもが読みとれます――このあとなにをする考えなのか、どこからきたのか、どういう人なのか。

あなた方の〈夢の狩人〉もそれと同じことです。きっと、その人は秘法の絶頂を登りつめたに違いない。他人の夢のなかの神殿で拝みもしたし、夢見る人の良心のなかで数えきれない回数、殺人もした。そうしてみごとな成功を収めたため、この世の最も微妙な実体――夢の実体――が、その人に従属し始めたのです。ところが、神に向かって登りつめる際にはいかなる過ちも犯さなかったのに〈読みとる夢の奥の奥で神を見ることは彼に許されていることですから〉、攀《よ》じ登った高みから地上へくだるその帰り道に過ちを犯したに違いありません。彼はその過ちに対して支払ったのです。帰り道に気をつけなさい。勝利の登高も下降の失敗が台なしにしますからね――王女アテーは言葉を結んだ。

緑色の書

ハザール問題に関するイスラーム教関係資料

アクシャニ、ヤビル・イブン

Akšani, Jabir Ibn　E —— Akshany, Yabir Ibn　D —— Akschani, Jabir Ibn
F —— Akchani, Yabir Ibn

十七世紀　アナトリアの街から街へと、ウードまたタンブーラなどを奏でて回る旅芸人たち——彼らの伝える昔語りのなかでも、仮の名をヤビル・イブン・アクシャニと名乗って人間に化けたシャイターン（キリスト教のサタンに相当する悪魔）の話は根強く語りつがれた。悪魔の身ながらアクシャニが、十七世紀当時、屈指のウード奏者ユースフ・マスーディ☾に会えたのは、その名を騙《かた》ったからこそである。

イブン・アクシャニも、人並みはずれた演奏者として聞こえは高かった。ある曲について彼の運指法☾を記した記録があるが、それで見ると明らかに十本を上回る指が使われている。彼には影法師がなく、目の凹《くぼ》みが浅くちいさな水たまりのよう——というそんな特徴で人目を惹いた。死をどう考えるかと訊ねられても、ヤビル・イブン・アクシャニは、はっきりした返事をせず、物語めいた話でほのめかすにとどめ、それぞれの見る夢の分析がためになると勧め、〈夢の狩人〉†に見てもらえば、死とはなにかがなおのこと分ると助言した。

イブン・アクシャニの遺した死をめぐる名言として、次のふたつがある。（一）死は眠りと同一の苗字をもつ、しかし、その本名はだれも知らない。（二）眠りは日ごと繰り返される生の終焉（しゅうえん）、その姉たる死のささやかな予行演習である、だが、すべての弟が一様に姉に似るとは限らない——と。

あるとき、彼は死の実際の働きを人々に示そうと、あるキリスト教徒の例をあげた。それはアヴラム・ブランコヴィチ†を名乗り、ワラキアの戦闘に参加した人物だが、シャイターンに言わせるなら、ワラキアの人間はすべて「詩人として生まれ、盗賊として生き、吸血鬼として死ぬ」のである。

晩年、ヤビル・イブン・アクシャニは、スルターン・ムゥラットの陵墓の墓守を務めたことがあり、そのころ、彼を訪ねた素性不明の訪問者が、彼について次の文章を書き遺している。

**

墓守は御陵の鍵を締め、重々しい錠の音が陵の暗闇の内部に反響するに任せた。それは鍵という呼び名までもその奥に閉じ込めようとするかのようであった。わたしと同様に気力の衰えていた彼は、手近の岩の上に腰をおろし、目を閉じた。日陰の心地よさに居眠りするかに見えた墓守は、片手をあげると、陵の扉の辺りに舞っている一匹のちいさな蛾を指さした（その蛾が御陵のなかに敷きつめたペルシャ絨緞から舞い出したものか、それとも、わたしたちの着た服から逃げたものかは知れない）。

「見えるだろう。虫は遠くにいる。あそこ、扉の白い曲線の下、動かないでいたら、人の目には入らない。仮に、あの穹窿《アーチ》を大空だと見れば、天高く飛ぶ鳥のように見えないこともない。虫にとっては、あそこの壁はそのまま空に違いない。そして、それが虫の思い違いと知っているのは、ここに坐るふたりだけだ。ところが、そう見抜かれていることを、虫はつゆ知らない。こちらの存在だって知らない。あの虫に向かって意思の伝達をするとしたらどうだろう。なにか、なんでもいいけれど、あいつに言ってやれるかな。向うに分るように、しかも向うが分ったと確信できるように」

「できないな。で、君ならできるのか」わたしは答えた。

「できるとも」老人は静かに言った。

彼は両手で蛾を打ち潰し、掌《てのひら》をひらいて死骸を見せた。

「虫に向かっておれの言ったことが、虫に通じなかったと思うかね」

「同じように、蠟燭《ろうそく》に対して、君の存在を見せつけもできるだろうね、指に挟んで消せば」わたしは言った。

「もちろん、但し、蠟燭に死ぬ能力があればだが……。話を戻せば、それだけおれたちは蛾について知ってるわけだが」と彼は続けた。「同じくらいに、おれたちのことの分っているだれかの存在を考えてごらん。おれたちの空間が有限なのは、なにによるのか、なにゆえか、それを弁《わきま》えているようなだれか——おれたちの目には天空と映り、無限の広さと思えるものの実体を知るだれかの存在をだ。そのだれかは、おれたちに近づくことができないので、自分の存在をこちらに知らせるためには、おれたちを殺す以外にない。そのまとう服が、おれたちの栄養源であるようなだれか、おれたちとの伝達の手段として、おれたちの死を掌《たなごころ》に載せているだれか。そして、この知られざるものは、おれたちを殺すことによって、その存在をおれたちに知らせる。つまり、おれたちの死（それはたぶん人殺しと並んで坐っている浮浪者への警告のようなものか）を通して、おれたちは、最期の瞬間に、戸の隙間から覗き込むようにして、その先に別の空間があり、別の限界があることにいまさらに気づく。死の恐れにもいろいろあるが、この六番目の最高度の不安（記憶も慰めとならない）が、無名の参加者であるおれたちみんなを同じゲームに縛りつけている。ほうっておけば、とりとめのないままの空間のなかの現実——そこでは谺《こだま》が谺に応ずるように、死が死と果てしなく応え合っている——には、いくつもの段階があって、その全水準の接触を可能にしているのが、さまざまな死の階級なのだ……」

墓守が話しているあいだに、わたしはこう思った——言うことが知恵とか経験とか、まして読みかじりに根ざすものなら、聞く価値もない。しかし、もしも、まさにこの瞬間、この男が悟りをひらいたのだとすれば……。

＊＊

その後、ヤビル・イブン・アクシャニは、白い亀の甲で作った楽器を手に放浪の旅へと出かけ、しばらくして死んだ。旅のあいだ、彼は小アジアの村々をさまよい、楽器を鳴らし、歌い、矢を放って易占いをし、毎週いちどは升《ます》に二杯の小麦粉を盗み出すか、あるいは恵んでもらうかした。死んだのは〈イーサ〉後一六九九年（イーサとはイスラーム教でイエズス・キリストを指す名）だが、これが当たりまえの死に方ではない。

そのころ、彼は木曜日に市《いち》の立つ村々を巡っては、坐ろうと立とうと、行く先々で騒ぎを起こした。パイプを吸う者があれば、そのパイプのなかに唾を吐き、荷車の車輪と車輪を結び付け、人のターバンと別の男のターバンをがんじがらめにほどけなくしたりした。通行人を激怒させて、とっつかまり、さんざんに打ちのめされている間に、財布を切り裂くとか、ポケットの中身を頂戴するとかした。まるで、それが気晴らしのようにだ。ある日、死期が近いと予感すると、彼は飴色の牝牛を飼っている百姓を見つけ、どこそこへ、いつの何時に牛を連れてくるように頼んで、金を前払いした。その場所は一年まえからひっそりとしていた。百姓は承知し、牛を連れて現れ、イブン・アクシャニはその牛に腹を刺された。眠るような、安らかな即死であった。

と、その瞬間、いままでなかった彼の影法師がとつぜん現れたのは、彼の体を迎えるためらしい。あとには白い亀の甲羅で拵《こしら》えた愛用の楽器が残されたが、ウードは元どおりの亀に戻って歩きだし、それからはるばる黒海へと帰っていった。ヤビル・イブン・アクシャニの蘇《よみがえ》りの日には、亀はふたたび白いウードに姿を変えるのだ、とウードの弾き語り芸人たちは歌う。イブン・アクシャニの遺骸は、ネレトヴァ川に近いトルノヴォに葬られ、その墓所はいまも〈シャイターンの墓〉と呼ばれる。

亡くなって一年後、ネレトヴァ沿いに住むキリスト教徒で、イブン・アクシャニをよく知っていた男が、商用でテッサロニケへとやってきた。彼は、先が二本に割れたフォークを仕入れようと店に立ち寄った。豚と牛を同時にいっしょに口に運ぶために使うフォークなのだ。御用を伺います、と言いながら顔を見せたその店主が、すぐさまそれと知れるイブン・アクシャニその人ではないか。トルノヴォに埋められたのが一年まえ、それがどうしてこんなテッサロニケに――と商人は訊ねた。

「それがね、あんた」イブン・アクシャニが答えた。「おれはたしかに死んだ。ところがアッラーから永久追放を受けて、しがない商売をここで、というわけさ。なにひとつ困らないが、ただ、物を量ってくれと言わないでくれよ、秤だけは使う権利を奪われたからね。という次第で、売るのは、サーベル、ナイフ、フォーク、道具類、数えるばかりで、量らなくともいい品物だ。ここに根をおろして、いつまでも暮らせるのだが、一年にいちど、年頭から十一番目の金曜日には、自分の墓に戻らなくちゃならない。お望みなら、買いものは後払いでもかまわない。決まった日に支払う約束を書いた証文を、入れてくれさえすれば……」

ネレトヴァの男は、その申し出を受け入れた。その日は、やたらにパイプがじゅうじゅうと鳴り、煙の吸い込みの悪い日ではあったが。彼は借用証を書き、支払日は年頭から十一番目の金曜日以降とした。それはラビーウ・アル・アッワルの月（三月）に当たる。黒い杖の先を、蕎麦《そば》の実のように鋭く削り、男は仕入れの品物ぜんぶを背負って帰宅の途についた。ネレトヴァ川の岸に近づいたところで、一頭の猪《いのしし》が襲いかかり、彼は杖を振り回して必死の防戦のすえ、やっとの思いで難を逃れたものの、青い革帯の一部を猪に食いちぎられた。

ラビーウ・アル・アッワルの月がきて、十一番目の金曜日、ピストル一挺とテッサロニケで仕入れたフォーク一本を携えた彼が、〈シャイターンの墓〉を掘ると、なかにはふたりの男がいた。ひとりは寝ころがって長いパイプをふかし、もうひとりは、ちょっと横向きに寝て、むっつりしていた。商人がふたりにピストルの狙いをつけると、パイプの男が煙を彼の顔に吹きかけながら言った。

「わたしはニコン・セヴァスト†だ。君はわたしに危害を加えようがない、なにしろ、わたしはドナウの岸に葬られているのだから」と言うなり、墓のなかにパイプを置き去りにして消えた。すると、もうひとりがこちらに顔を向けたから、商人にはそれがイブン・アクシャニと知れた。墓の男イブン・アクシャニは非難するように言った。

「やあ、貴様か。貴様ならとっくにテッサロニケで殺してもよかったのだが、その気になれなかった。それどころか、力になってやったじゃないか。かってにおれを殺すがいい、貴様の神の名において……」

そう言うと、イブン・アクシャニは嘲笑《あざわら》ったが、そのときその口のなかに商人がいちはやく見てとったのは、あの青い革帯の切れ端であった。彼はぎくりとして、ピストルを構えて、イブン・アクシャニに向けた。イブン・アクシャニは、遮《さえぎ》ろうとピストルに手を伸ばしたが、時すでに遅し、手は宙を掻くにとどまった。絶叫とともにイブン・アクシャニの体はくずおれ、血が墓を満たした……。

家に戻った商人はピストルをしまってから、持っていった二叉のフォークを捜したが、どこにもなかった。ピストルを撃つ隙にイブン・アクシャニが掠《かす》めとったのだ……。

別の伝説によると、ヤビル・イブン・アクシャニは、死んでいなかった。一六九九年、イスタンブルでのある朝、彼は桶《おけ》の水に月桂樹の葉の一枚を投げ入れ、三つ編みにした髪を洗うため水に頭を突っ込んだ。しばらくそのままでいたが、顔をあげて息をつくと、かつてのイスタンブルはなく、彼がそのど真ん中で洗髪していたオスマン・トルコ帝国もなかった。彼がいたのはイスタンブルの一流ホテル、キングストンの一室、時代ははるかにくだって〈イーサ〉後の一九八二年、妻と子どもひとりのヤビル・イブン・アクシャニはベルギーのパスポートを持ち、フランス語を話していた。そして彼のまえの F. Primavesi & Sons, Cardiff の文字のある洗面台の水底の辺りには、いまも一枚の月桂樹の葉が漂っていた。

▽アテー

Ateh　E —— Ateh　D —— Ateh　F —— Ateh

九世紀初頭　イスラームの伝説によると、ハザール▽のカガン▽（君主）は、絶世の美女として評判の身内を王宮に住まわせていた。それが王女アテーである。彼女の居室の周囲には、銀色の長毛をもつ巨大な番犬が数頭、尻尾《しっぽ》で自分の目をばしばしと打ちながら、四六時中、見張りをしていた。犬たちは、動き回らず、じっとしているように訓練されていたから、身動きしないまま、小便を前足にひっかける光景がときどき現出した。犬は胸の奥底で小石のように子音を転がし、また、眠るまえには、船の纜《ともづな》のような具合に、尻尾を背後に巻きかさねた。王女アテーは、銀に光る目をもち、服のボタンには小鈴が付いていて、姫がお召し替えの折にせよ、就寝のため裸形《らぎょう》におなり遊ばすときにせよ、その音が表通りから知れるはずであった。ところが、かつてそんな鈴の音を聞いた者はなかった。

姫は、才知に恵まれていたが、動きが甚《はなは》だしく緩慢であるという天分もおもちなのだった。普通の人が嚔《くしゃみ》をする直前のやや長めの呼吸に比べても、姫の一呼吸はずっと時間を要した。もうすこしお急ぎになられては、と周囲の者から急《せ》かされるのが、王女にはお腹立ちの原因となる。それがたとえ姫自身のためになることでも、反応は同じだった。そんな緩慢さという名の衣裳の裏地とも言うべきであろうか、会話においても姫には一癖あった。人々とお話しになられる際、姫は長時間、ひとつの話題に限定することが不得手で、そのため、小鳥が枝から枝へと飛び移るように、しきりに話題が飛んだ。

中断された話が、それから数日後、姫の口から不意に飛び出すこともあり、そのかろやかな思考のなかを羽ばたいて飛び去ったままとぎれた物語の続きが、聞き手は望まぬのに、またも舞い戻って、語られることもあった。対話の席上、重要か、それほど重要ではないか――姫にはまるでその区別がおできにならず、話題全般にわたって完全に無関心といった姫のなげやりな習癖は、元を辿《たど》れば、ハザール論争▽のあいだ姫に降りかかった不幸に起因する。実を言えば、王女アテーは詩人であった。だが、彼女の遺した言葉としては、こんにち次のようなものしか伝わっていない――「ふたつの『諾《はい》』のあいだの差は、『諾』と『否《いいえ》』のあいだの差に比べてより大きいことがありうる」と。このほかにも、いくつかのテキストはあるのだが、遺憾ながら、出典の信憑性は乏《とぼ》しい。

姫の詩作品ないしはその指図のもとに書かれた詩ないし文章の一部は、アラビア語の翻訳で残存すると考えられる。ハザール改宗の時代を専門とする研究者たちは、ハザール論争をテーマにした当時の詩作品に対して特別な関心を払ってきた。それらの詩は、実のところは恋愛詩の域を出ず、のちに年代記作者により改宗論争の根拠として意味ありげに扱われたものとの説が行われている。いずれにせよ、アテー姫は、この論争に大いなる熱意を以て臨み、キリスト教徒とユダヤ教の両代表に対してみごとな反論を展開し、イスラーム代表ファラビ・イブン・コーラ☾に側面から加勢したのである。姫は、情人たるハザールのカガン共ども、究極的にはイスラームの教えを選びとった。

論争に参加したギリシャ人（キリスト教代表）は、敗色濃しと見るや、ユダヤ教の使節と手を組み、ユダヤ教のベリアルとキリスト教のサタンという地獄の闇の軍勢に王女アテーを委ねた。恐ろしい運命を避けるためアテーは、みずから進んで魔王イブリースの支配するイスラームの地獄へ逃げ込んだ。異教の魔力を覆す威力はイブリースとてない。そこでイブリース☾は、王女の性を剝奪《はくだつ》し、呪いをかけて、彼女の自作の詩のすべてばかりか母語（「クゥ」の一語を除く）さえ忘れさせ、その代償として永遠の生命を王女に与えることとした。イブリースは、駝鳥《だちょう》に姿を変えた悪魔イブン・ハドラシュ☾を王女アテーのもとへ遣《つか》わし、判決を実行させた。

こうしてアテー姫は、永生を生きる定めとなった。過去に考えたこと、そして過去の言葉のひとつひとつに、彼女はいつでも立ち返ることができた。永遠に生きることが、時間のなかで、どれが先か、どれが後か、区別の能力を失わせたから。ただ、情愛については夢のなかでしか許されなかった。王女アテーが〈夢の狩人〉†の宗派に没頭したのは、そのためである。この宗派に属するハザールの僧らは、「聖なる書」（コーラン）に語られる天国の様相をそのまま地上に再現する仕事に精出した。王女自身の、また狩人らの神通力によって、他人の夢のなかに王女は、自分や第三者の思考ばかりか、品物までを送り届けることができた。一千年も年下の男の夢のなかに現れることもできれば、姫の夢を見た人間に物を届けることも容易だった。たっぷりワインを飲ませた馬で遣いの者に届けさせるのと同じくらいに……。いや、それより速く、ずっと速く。アテー姫のそうした経験のひとつが記録に遺されている。彼女は寝室の鍵を口に含み、音楽の響きを、そして幼い少女のかよわい声がこう聞こえてくるのを待ち受けていた。

「人間の行動は、お料理のようなもの、思想や感情は調味料なの。さくらんぼにお塩をかける人も、お菓子にお酢をかける人も、将来、ろくなことになりはしない……」

この言葉が発音されたそのとき、姫の含んだ鍵はたちまち口のなかから消え、その結果、姫は入れ替りの成立を知ったと言われる。鍵は、その言葉が向けられた人の口中へ舞い込み、言葉はアテー姫のところへ達したのである——鍵と交換の形で……。

ダウプマンヌス✡の報告によると、王女アテーは、彼の生きた時代にもなお存命で、十七世紀のウード奏者、アナトリア出身のトルコ人、名をマスーディ☾という者が、王女と遇って直接に言葉を交わした。この者は当時、〈夢の狩人〉の術を修行中で、ハザール関係の百科事典ないし辞書のアラビア語版を所有していたが、王女と巡り合った当時、事典の全項目にまでは目がとどいてなかった。そのため、アテー姫が〈クゥ〉の語を口にしたときも、聞き流した。『ハザール辞書』には、「果実の一種」としてこの語が採録されているのだ。もしも、マスーディがこの語を解していたら、目の前の女性の正体が見抜けたはずだし、夢狩りの術の習得に要したその後の苦労も省けたと思われる。この不幸な王女アテーに語らせたら、どんな事典類も及ばぬ夢狩りの術の伝授が受けられたはずだ。相手を見損なったばっかりに、マスーディは、最良の獲物を取り逃がした。このへまゆえに、マスーディは両の目に、自分の飼う駱駝《らくだ》から唾を吐きかけられたと伝説は言う。

イブン・(アブゥ・)ハドラシュ

Ibn (Abu) Hadraš E —— Ibn (Abu) Haderash D —— Ibn (Abu) Hadrasch F —— Ibn (Abou) Hadrach

王女アテー▽から性を剝奪したシャイターン(悪魔)の名。地獄にあって、月の軌道が太陽の軌道と交差する辺りに住む。詩才があり、自分自身をテーマにした次の詩を書いた。

わがをみならに近づくときアビシニアの男女は
嫌悪の情をあらはにする

ギリシャ、トルコ、スラヴの男女もしかり
初めより最後に至るまで

イブン・ハドラシュの詩作品は、悪魔たちによる詩を蒐集して十二世紀に悪魔の詩集を編んだアル・マズルゥバニーの本に収められた（同様のアラビア語の詩集には、アフマド・アブゥ・アル・アリー、アル・マアーリーによる一巻があり、上記の資料はこれによる）。

イブン・ハドラシュは、歩幅のとてつもなく大きい乗馬を乗り回し、その蹄《ひづめ》の音はこんにちも聞かれる。但し、それは一日にただ一度、ぱかっと鳴る。

エスパニャ人アル・ベクリ

Al Bekri, Spanjard　E —— Al-Bakri, the Spaniard　D —— Al-Bakri, Spaniard
F —— Al Bekri Spanyard

十一世紀　アラブの立場からするハザール論争▽の主要な記録者。そのテキストは二十世紀になってようやくマルカルト Marquart がアラビア語から訳出して、学会誌「東欧東亜要覧」（月刊）（*Osteuropäische und ostasiatische Streifzuge*, Leipzig, 1903, 7-8）に発表、その後、四十余年を経て単行本として出版をみた（*Kunik and Rosen*, 1944）。この記録と並んで、ほかにハザール論争（正確には論争ではなく改宗）の報告は二種が不完全な形ながら伝えられているが、ハザールが改宗したのは、ユダヤ教、キリスト教、イスラーム教のうちのどれなのか――これらの文献は、すべてあいまいな表現に終始している。即ち、アル・イスタフリーの報告では、肝腎のこの部分の記述が失われており、また『黄金の牧場』の著者たる老マスーディの報告では、彼自身の見解として、ハザールが伝統信仰を棄てたのは、ハールーン・アッラシード（アッバース朝第五代のカリフ、在位七八六―八〇九。ハルン・アル・ラシッドの表記もある）治下であり、その当時、カリフの支配下およびビザンティン帝国から追放された多数のユダヤ人が、ハザール王国へ流出し抵抗なく迎えられた、と述べるにとどまる。論争の記録者には、さらにイブン・アル・アティールがいるが、彼の証言は原形のままでは保存されず、ディマシュキー（シリアの学者。後出）を介して伝わるものにすぎない。以上の事情からして、最も信頼でき、かつ要を尽くしているのが、アル・ベクリの報告となる。

アル・ベクリの主張するところでは、アラブのカリフ諸侯との戦争がようやく終りを告げた七三一年より後、ハザールはアラブ側の和平提案を受け容れると同時に、その信仰たるイスラームを採り入れた。実際、アラブ人の記録作者イブン・ルスタフやイブン・ファドラーンの述べるように、ハザール王国にはイスラームの祈禱所が数多く存したとされる。この両人は、ハザールについて〈二重王国〉という表現を用いており、その意味するところは、イスラームと並んでほかの宗教が同等な立場で受容され、カガン（君主）がイスラーム教徒で、別の権力者のほうがユダヤ教を信じたとの含みと解されよう。アル・ベクリによると、その後、ハザールはイスラームからキリスト教に改宗し、カガン・サブリエル・オバイダのもとで七六三年に行われた改宗論争のあと、ユダヤ教に転じた。この論争に参加するはずだったイスラームの代表は、途上で毒殺され、目的を果たさなかった。

ダウプマンヌス☆の解釈によれば、在来の信仰を棄て、イスラームに改宗した第一次改宗がハザールにとって最も重要かつ決定的なものであると、アル・ベクリは考えた。「聖なる書」（コーラン）には多くのレヴェル（水準）があるが――とアル・ベクリは書く――その点について、最初のイマーム（ムハンマドを指す。一般には教徒集団の大小を問わずイスラームの指導者をいう）が、次のように確認している。「コーランの言葉はことごとく、天よりくだった天使が、余に口述したものである。一語一語は、すべて余が声に出して繰り返し、そのうえで筆記された。しかも、その一字一句ごと、天使は八通りの説明を余に施した。それは、字義どおりの意味、精神的な意味、先行の行により変更された一行、後続の行により変更された一行、秘密の意味、二重の意味、特殊的、一般的――の八通りである」と。

アラビア医学・錬金術の学者ザカリア・ラージー（al-Razi ラテン名ラゼス Razes イランの哲学者、八五四？―九二五）の指摘に基づき、イスラーム教、キリスト教、ユダヤ教は、それぞれ「コーラン」のレヴェルのうちのひとつずつに対応すると考えられる、とアル・ベクリは説く。どの民族も自分たちに最も好都合なように「コーラン」中のレヴェルを採り入れたから、彼ら民族の真の本性がそれで示された。第一の意味水準〈アワーム〉は、字義の層である。これは、信仰とは無関係に万人にひらかれているため、喋々を要しない。第二水準の〈ハッワース〉は、暗示の層で、選ばれたる者には理解できるものだから、キリスト教会に相応し、いまという瞬間や「コーラン」の音声を包含する。第三水準の〈アウリヤーウ〉は、オカルト的な意味を含み、「コーラン」のユダヤ的な層、神秘的深度や数の水準、〈アレフ数〉的水準を表す。第四の〈アンビィヤーウ〉は、預言の噴出とか「明日」の層であり、最も基本的な意味におけるイスラームの教え、「コーラン」の精神、深さの第七の深みを表している。ハザール族は、この最高のレヴェルである〈アンビィヤーウ〉をまず受容し、その後、「コーラン」のほかのレヴェルを無秩序に採り入れた。こうして、ハザールはイスラームの教えこそが最も彼らに適していることを示した。その後、キリスト教、のちユダヤ教に転向したとはいえ、ハザールはついにイスラームを棄てなかったのである。

この証左となるのは、イブン・アル・アティールの明確な記録に見るように、最後の君主《カガン》が、ハザール王国の崩壊に先立ち、王国の最初に採り入れたイスラーム信仰へ立ち戻ったとの歴然たる事実である。

アル・ベクリの報告は、天使の話し方そのままのアラビア語の雅語で書かれているが、その晩年、文体はがらりと変る。それは彼が六十七歳にさしかかった年に始まった――頭は禿げ、手は左だけ、足は右しか利かなくなり、青い二匹の小魚のように大きな美しい目ばかりが往年の輝きをとどめたころである。

ある晩、彼は夢を見た。女人《にょにん》がドアをノックしている。ドアには月に面して小窓があり、寝台からでも彼女の顔がはっきりと見えた。その顔には未婚女性の風習どおり魚粉が塗られていた。あけようとドアに近づいてから気づいた――女は立っているのではなく、床に坐っているのだ。坐ったままでアル・ベクリの背丈ほどある。おもむろに立ちあがった女を見て、その背のどえらい高さにアル・ベクリは肝を潰し、そこで目が覚めた。

だが、そこはたったいま夢を見ていた寝台の上ではなく、水上に吊るした檻《おり》のなかであった。彼は二十代の若さに戻り、利き足は左となり、長い髪はカールし、顎《あご》ひげを垂れている。そのひげに不可解な記憶があった——ひげをワインに浸しては、若い女の乳房を洗ってやった記憶である。彼はアラビア語が話せない。そのくせ、檻の番人——ちょうど彼のために挽いた小蝿の粉でパンを焼くのに忙しかった——に向かって、相手には分るが自分は解せぬ言葉で流暢にしゃべりだした。実際、アル・ベクリは、その言葉しか知らず、目覚め以前の自分の名残は、この点だけであった。

檻は水の上に吊るされていて、汐が満ちると、やっと頭だけを残して全身は波の下になる。しかし、汐が引けば、海は退《しりぞ》いて川が流れるので、蟹や亀を手づかみにできたし、体についた塩分を真水で洗い落とせもした。彼は檻のなかで、その蟹や亀の甲羅の上に幾通もの手紙を歯で刻みつけたのだが、自分で書いておきながら、どうにも読めない。世間に向かってどんな便りを送っているとも知らぬまま、彼は蟹も亀も水へ戻してやった。別のときには、引き汐で亀を捕まえると、甲羅に書かれた便りが届いたけれども、彼には一言も読みとれなかった。

唾液と猛烈な歯痛を用いて調《ととの》えたスープに沈む塩味の女の乳房を夢に見つつ、「聖なる書」の言葉を吊りさがった木に教わり、改めて学習し直しながら、彼は死んだ。

音楽石工《いしく》

Zidar Muzike　E ―― Music Mason　D ―― Baumeister der Musik　F ―― Maçon de la musique

岩塩を切り出し、巨大な塊《かたまり》を積んで、風の道をふさぐ仕事に携わったハザールの石工。▽ハザールの風は四十種（うち半数は塩分を含み、あとの半数は含まない）あり、その通り道すべてに岩塩の壁を築いたのである。年に一度、風が戻ってくる時節になると、人々は壁に集まり、石工らの壁が奏《かな》でる歌のコンクールを催した。というのは、石を撫で、隙間を抜け、壁の頂きを掠《かす》める風が、それぞれに独特の調べを奏でるからであるが、雨に洗われ、通行人の視線に鞭打たれ、羊や牛の舌に舐められて、ついには石壁も石工らも永久に消えていった。

そういう音楽石工のひとりであるアラビア人が、ユダヤ人とハザール人と三人連れ立って、春の日、石の歌を聞きに出かけた。ある寺院（そこでは人々が集団の夢を見られたのだが）のそばでユダヤ人とハザール人は諍《いさか》いのすえ、刺し違えて相果てた。アラビア人はそのあいだ寺のなかで昼寝をしていたのに、ユダヤ人を殺した犯人だとの疑いがかかった。おたがい隣人同士ながら仲の悪い間柄と知られていたせいである。アラビア人を死刑にしろ、とユダヤ人たちは迫った。アラビア人は考えた――「三方から攻め立てられたら、もう逃げ場はない。ところが、ハザール王国では、ギリシャ人はキリスト教の法で、ユダヤ人はユダヤ教の掟で、アラビア人はイスラームの教えによって保護されており、これらの法がハザール国家を超えて機能している……」と。そこで、アラビア人は自分の身の証《あかし》を立てるため断乎として……（原典判読不能）。

結局、アラビア人は処刑を免《まぬが》れ、ガレー船の奴隷の身に落とされた。服役後、彼はしばらくは壁の音楽を聞くことができたのだが、それも人々の額《ひたい》をぶち割るほどの強固な静謐の作用によって、壁が全面崩壊する日がくるまでのことであった。

▽カガン

Kagan　E ── Kaghan　D ── Kagan　F ── Kaghan

ハザール▽の最高統治者の称号。タタール語の khan（漢語の「汗」）に由来し、貴公子、貴人ほどの意。十世紀のイブン・ファドラーンの報告によると、カガンは水中、すなわち河川の底に埋葬されるのが例であった。カガンには権力を分け合うもうひとりの支配者〈ベイ〉がつねに置かれ、あいさつの際、先にご機嫌伺いを受けるのはカガンの側とする程度の目上の待遇が与えられた。普通、カガンが旧支配者の名家（おそらくトルコ系）の出であるのに対し、〈ベイ〉のほうは民衆出身、つまりハザール人であった。九世紀の文書「ヤクゥビ」には、カガンは早くも六世紀には副王としてカリフを置いたとある。ハザールの共同統治に関する如実な記録が、アル・イスタフリーによって遺された。ヒジュラ暦三二〇年（西暦九三二年）のその著述は次のように記す。

《ハザールの政治・行政について言えば、君主はハザールのカガンと呼ばれる。カガンの格式は、ハザールの王（ベイないしベグ）より高いが、その任命権（カガンの称号を付与すること）は王に握られている。カガンに任じようとする候補者が決まると、指名の者を召し出し、絹のスカーフを用いて首を締めあげ、窒息寸前に問いただす――「何年のあいだ政治をとる考えか」と。候補者は、これこれと為政の年月を明確にする。その期間の終るまえに崩御すれば、なにごともないのだが、もしも、それを越えた長命になると、期限が切れたその途端、人々はカガンを殺害するのである。カガンが権力を行使できるのは、貴族や有力者たちのあいだに限られる。命令や禁止の権限は持たないが、尊崇の的とされ、カガンのお見えになるところでは臣下は跪拝《きはい》せねばならない。カガンは高貴な家柄の子弟から選ばれるが、権勢もなくかつ金もないという条件がつく。だれかをカガンに任命することになっても、財産調べはない。ある信頼筋の話だと、彼が街で出会ったパン売りの若い男は、カガンの亡くなったあと、その後継者となる資格のある唯一の人間とされたほどだが、結局はイスラーム教徒だからとて失格した。カガンの称号はユダヤ教徒に限り与えられたのである》

カガンの共同統治者は通常、優れた武人であった。あるとき、勝ち戦で、カッコーと啼《な》けば、その一声で泉が湧き出るという不思議な郭公鳥《かっこうどり》を敵から分捕った。そして降参した敵軍がハザール族と暮らすようになった。すると、時間がにわかに緩慢な流れに変った。それまでの七年分で、ひとつ年をとる。そこで暦を変える必要ができた。新しい暦は、「太陽の月」、「月の月」、「月明りのない月」――と三種の月に分けられた。女は妊娠二十日間でお産した。一夏に収穫の回数が九回あり、そのあと、穫り入れたものを食べ尽くすのに九度の冬をかけた。一日に睡眠は五回、食事の支度と食べる回数は十五回である。ミルクの新鮮さは、月のない夜のあいだしか保てないのだが、そんな夜があまり長く続いたため、人々は踏み慣れた径《みち》も忘れた。そしてようやく夜明けの時がきても、おたがいに相手がだれか分らなくなった――というのは、背がすっかり伸びたのもいれば、めっきり老け込んでしまったのもいるせいだ。彼らは、ふたたび新たな夜がくれば、いまの世代はおたがいに見分けもつかなくなると覚悟していた。

〈夢の狩人〉†たちが書き記す文字は次第に巨大さを増し、文字のてっぺんにまで手が届くには爪先立ってやっとであった。写本の紙面ではとうてい足りず、このため〈夢の狩人〉たちは山の斜面を利用してそこに文字を書き始めた。河川は大海へ至りつくまで、恐るべき緩慢さでゆるゆると流れた。そしてある夜、馬の群れが月の下を通り過ぎていくころ、カガンは夢に現れた天使がこう告げるのを聞いた。

「汝の意図を創造主は嘉納したまう、しかし汝の行為は受け容れられない」

そこでカガンは、この夢の意味とハザールの不幸の原因とはなにかを〈夢の狩人〉たちに下問した。〈狩人〉のひとりが言った――ある偉大な人が現れる、その時はすでに定められている、と。カガンは反論した。

「それは噓だ。われわれの不幸は、ハザールの背丈がちいさくなったことからくる」

そのあと、カガンは司祭や〈狩人〉を退出させ、夢解きのためにユダヤ人、アラブ人、ギリシャ人ひとりずつを参内させるように命じた。最も確かな説明をした者の信仰に、自分も国民も改宗しよう、とカガンは心に決めていたのだ。カガンの王宮で三宗教の立会い討論が始まると、カガンの気持を動かしたのは、イスラームの論法であった。アラブ人の参加者ファラビ・イブン・コーラは、カガンの次のような疑問に対しても十分な回答を出したからである。カガンは質問した。

「瞼《まぶた》を閉じた完全な闇のなかで、われわれの夢に照明を送ってくれるのはなにか。光の記憶なのか、それとも、未来の光なのか――まだ暁も訪れないにもかかわらず、明日という日の前渡しとわれわれの見なすあの光なのか」

「どちらの場合も、それは非在の光です」ファラビ・イブン・コーラは答えた。「それゆえ、どちらの答えが正しいかはどうでもよい、なぜなら、質問自体が無駄だから」

イスラームを受け入れたこのカガンの名は知られていない。ただ、そのカガンが〈エリフ〉（アラビア文字にある半月形の字）の徴《しるし》のもとに葬られたことは分っている。モスクへ入るために靴を脱ぎ、足を洗う直前までのカガンの名前はカティブであったという言い伝えもある。祈禱を終えて陽光の下へ出てこられたとき、カガンは靴もなければ、名前もなかったのである。

クゥ

Ku E — Ku D — Ku F — Kou

カスピ海沿岸地方で採れる果実の一種。学名 Dryopteria filix chazarica。この果実について、ダウプマンヌス✡には次の記述がある——これはハザール▽独特の果実で、よそではまったく見かけない。その実は魚の鱗《うろこ》ないし松の実の外被のようなもので蔽《おお》われ、巨木に実る。枝に果実のなるさまは、旅籠屋《はたごや》で魚スープできますという目じるしとして、生き魚が鰭《ひれ》を釘付けにして表口にぶらさげられた風情である。時おり、クゥの実は花鶏《あとり》に似た声で鳴く。果実は口当たりが冷んやりとし、薄い塩味がある。

秋になると、果実の核が心臓のように搏《う》ち、枝を離れて落下する実は、甚《はなは》だ軽量なため、しばらく風に乗ってくるくると舞う。子どもらはパチンコを手に実を狙い撃ち、また、時には魚と勘違いした鷹が襲いかかり、嘴《くちばし》で捕えもする。ハザールの諺に「アラビア人は、鷹と同じく魚と思ってわれわれを食う、ほんとうはわれわれはクゥなのだ」というのは、ここから出ている。言葉を忘れた王女アテー▽の記憶に、シャイターンが残してやった唯一の単語、それがこの果実の名、クゥである。

ときたま、深夜、「クゥクゥ」と声が聞こえることがある。それは王女アテーが、ただひとつ知る言葉を口にのぼせ、泣きじゃくる声である、失われた自作の詩篇の数々を思い出そうと努めながら……。

コーラ、ファラビ・イブン

Kora, Farabi Ibn E —— Kora, Farabi Ibn D —— Kora, Farabi Ibn F —— Kora, Farabi Ibn

八世紀から九世紀　ハザール論争▽のムスリム代表。この人物に関する報告は、数少ないだけでなく、矛盾が多い。ハザール論争の記録者として最も重要なアル・ベクリ☾は、この名に触れていない。これはイブン・コーラその人への遠慮によるものと信じられている。即ち、イブン・コーラは、会話のなかに自分の名はおろか、いっさい人名というものの出るのを嫌った。人名を用いない世界こそが清潔で純粋である、とは彼の信条であった。名前のなかには愛憎も生死も共に秘められている。このことを、はたと悟ったのは——と彼は好んでその話をした——魚を見つめていたとき、わしの目のなかへ小蠅《こばえ》が飛び入り、溺れかけた、と思うと、魚がぱっくりとそいつを嚥《の》み込んでしまった、そのときのことさ。

一部の記録によると、論争に招かれたイブン・コーラは、ついにハザール▽の首都に辿《たど》り着けず、論争に欠席した。論争のユダヤ人代表が刺客を遣わして、イブン・コーラを毒殺ないし斬り殺したのだ、とはアル・ベクリの説であるが、別説では、ファラビは旅の道中に捕えられ、論争が終ったあとようやく到着した。いずれにせよ、論争の結末から見る限り、イスラームのさる代表が、カガン（ハザールの君主）の宮廷で十分に活躍しているのは確かである。イブン・コーラが姿を現すや、参加者たちは色を失った。彼が死んだものと思い込み、葬儀の宴に故人のための指輪の手配まで考え始めた者がいたからである。イブン・コーラは、悠然として胡座《あぐら》を組み、オニオン・スープ入りの浅皿のような目で、討論の参加者たちをねめまわして言った。

ずっと昔、ほんの子どもだったころ、わしは牧場《まきば》にいて二匹の蝶々がぶつかり合うさまをこの目で見た。色鮮やかな鱗粉が蝶の羽から落ち、たがいの羽にこぼれたと見ると、二匹は飛び去った。わしはそのことをすっかり忘れていた。ゆうべのこと、くる道でひとりの男が、わしをだれかと人違いしたのか、剣を抜いて斬りつけてきた。旅を続けようとして気づいたが、わしのほっぺたから血ではなしに蝶の鱗粉がぱらぱらと落ちてきたよ……。

イスラーム教の利点を説いたファラビ・イブン・コーラの逸話がいまに伝わっている。その逸話とは次のようなものである。ハザールの君主カガンは、三宗教の代表――ユダヤ人、アラブ人、ギリシャ人――に向かって、一枚の貨幣を示された。そのお金は三角形で、表には価値を表す〈五つの涙〉の文字があり（ハザールの貨幣単位は、〈涙〉なのだ）、裏には束ねた枝を三人の若者にさし出している瀕死の男の図がある。カガンは、この図の意味はなにか、説明してほしい、と代表たちに求めた。

イスラームの資料によれば、キリスト教の代表は、こう説明した――これはギリシャの昔話を題材にしており、死にかけている父親が、この束のように力を合せれば強いが、ばらばらになれば、枝の一本ずつの力しかない、そう言って息子たちに諭《さと》しているところだ、と。ユダヤ人は言った――この図は人間の四肢を表すもので、四肢の共同作業によって初めて人体を守ることができるという教えである、と。

ファラビ・イブン・コーラは、両人の解釈に異議を唱えた。彼の説明はこうであった。この三角形の貨幣が鋳造されたのは、地上ではなく地獄である。だから、おふたりのような説明では筋が通らない。この図は人殺しの廉《かど》で、いままさに毒殺の刑に処せられようとしている男、殺人犯のまえに居並ぶのは、いずれも悪魔であり、ユダヤ教のゲヘナの悪魔アスモデー、イスラームのジャヘンナム（火炎地獄。ユダヤ・キリスト教の思想体系のゲヘナに相当する）の悪魔アフリマン、それとキリスト教の煉獄の悪魔サタンの三匹を表す。殺人犯が手にした三本の枝は、悪魔が仇《あだ》を返すなら自分は死んでしまうが、仇討ちを諦めれば命は助かるという意味合いをもつ。したがって、三角の貨幣のメッセージは明白となる。地獄は人間に向けた警告として、この貨幣を送り込んだのである。殺された人物が、イスラームにもヘブライにもキリストにも無関係であれば、仇討ちはないままに終り、殺人犯は生き残る。それゆえに、これら三世界のどれにも属さないことこそ危険千万であり、ハザール人、その君主であるカガンの場合が、まさしくそれに当たる。だから、あなた方はだれの手にかかろうと、無防備に殺され、仕返ししてくれる者はだれもいないと……。

カガンはじめハザールの国民が、土着の信仰を棄て、三宗教のいずれかに改宗すべきことは疑う余地なし——ファラビ・イブン・コーラの説得の意図は明らかにそこにある。そのうちどれを採るかは、三宗教が世界観をどうみごとに説明するか、またカガンのほかの質問にどの代表が最良の答えを出すか、それによって判断すればよい。ファラビ・イブン・コーラの説明が最も説得力ありと感銘したカガンは、この議論を受け容れ、イスラームの教えにつくこととし、着用のベルトをはずして、アッラーに祈りを捧げたのである。

ファラビ・イブン・コーラは、論争に加わらなかったし、カガンの宮廷にさえ着かなかった、それは旅の道で毒殺されたためである——とするイスラーム筋の説があるが、これは、ファラビの伝記ともなるある文書を根拠としている。イブン・コーラという人は、彼の全生涯はすでにどこかの書物に書かれていて、その一生は遠い遠い昔に語られた話の筋書きそのままなのだと信じていた。彼は『千夜一夜物語』も読破したし、そのほかに千とふたつもの物語を読んでみたのだが、自分の生き方の下書きとなるような筋にはついぞどこでも行き当たらなかった。

彼が大事にしていた駿馬は駆けるとその耳は飛ぶ鳥のようだった。その間《かん》、鞍上《あんじょう》のイブン・コーラ自身は身じろぎだにしなかった。あるとき、サマリアのカリフがハザールのカガンをイスラームに改宗させるため、ファラビのイティル派遣を思い立った。イブン・コーラは、さっそく準備に取りかかった。こうして入手した品のなかには、王女アテー▽の自作詩集があった。そこに収められた一篇の詩が、彼の一生の手本、長らく彼の追い求めてきた筋書きを連ねているのに、彼は気づいた。ただひとつ彼に当てはまらず、おどろきだったのは、作中の主人公が男ではなく女だということだ。その一点を除けば、ほかはすべてぴったりである。カガンの宮廷のことまでが「学校」と呼ばれて登場する。真実とは、ひとつのからくりにすぎない——そんな感慨に耽りながら、イブン・コーラがアラビア語に訳したのが、以下のテキストである。

旅人と学校についての覚書

旅に出かけた女人《にょにん》の携えた通行手形は、東では西側と見なされ、西では東側と見なされるものでありました。という次第なので、東へ行こうと西へ参ろうと、この手形はどこでも怪しみと疑いの目で迎えられた。この旅人には影がふたつできる。ひとつは右に、もうひとつは左に。目ざすのは、細い道が縦横に走る森の奥、長い道中の果てにあるという有名な学校です。そこで最高に難関の試験を受けることになっていた。彼女のお臍《へそ》は種なしパンの臍のようになり、長い旅は何年もかかりました。

ようやく、森のはずれに辿り着いた女は、ふたりの男に行き遇い、道を訊ねた。学校なら知っている、と答えておきながら、男たちは手にした武器に寄りかかり、黙りこくったまま、窺うような目を向けていました。やっと、ひとりが指さしながら言います——「あの道を行くんだ。最初の四つ角は左に曲る、次をまた左に曲れば、あとは学校まで一直線だ」旅の女はふたりに礼を言い、手形を調べられなくてよかった、と心のなかでほっとしたのです。もしも、そうされたら、よその国からやってきた女と怪しまれ、ほんとうはどんな目的なのかと疑われたに違いないからです。言われた道をどんどん行き、初めの角を左へ曲り、次にもういちど左へ曲った。教えられたとおりに歩くのは簡単でしたが、左へ左へやってきた道は、学校までまっすぐどころか、行く先は大きな沼なのでした。しかも、沼の岸には、さっき会った男がふたり、笑顔で武器を構えています。男たちは、笑顔はそのままで、彼女に詫びを言いました。

「嘘を教えたんですよ。ほんとうを言えば、四つ角は右、その次も右、すると学校だ。でもね、あんたがほんとに道を知らないのか、それとも、そんな振りをしてるだけか、われわれは監視しなければならなかったのさ。でも、もう遅すぎる、きょうじゅうには学校に着けない。というのは、永久にだ。あしたであの学校は廃校だから。つまらぬ監視のせいで、あんたは目標に一生到達できなくなった。しかし、分ってほしいな、こうするより仕方なかった事情をね。学校を捜す旅人がなにかの悪だくみをしないとは限らない、他人に迷惑が及ばぬための防止策なんだ。しかし、自分を責めてはいけない。言われたのと反対の道を通ったとしても、つまり、左へ行かず右へ曲ったとしても、事態に変りはなかったはずだから。だってそうだろ、道を訊ねておきながら、実は学校へ行く道を知っていたことになる。そうなれば、われわれを騙したわけだから、あんたを調べずにはおかない。目的を隠し立てしたこと自体、はっきりと怪しい。どっちにしても、実際に、あんたは学校には行き着けない。とはいえ、あんたは、一生を空しく犠牲にしたことにはならんのだ。この世の中のなにごとかを確かめるのに役立つはずだ。これは無意味じゃない……」

男たちがしゃべりつづけるあいだ、旅の女人は、ひとつだけは慰められる気がしました——

それは手形のこと。無事に見せなくて済んだのだし、沼地の際《きわ》に立つ男どもは手形の色を疑うことさえできない。結局、男たちの検査を免《まぬが》れたことで、まんまと彼らを欺きとおせた、ということは、彼女の一生は空しく犠牲にされたわけだ。この「空しく」という言葉は、彼らの場合と彼女の場合とでは、意味が別でした。なぜなら、検査など彼女はまったく意に介していませんでした。どっちにしても、結果はもう出た——生存の目的は、もはや彼女の前方にはなく、彼女の背後へ、時間の流れのなかへと去った、それは間違いないことでした。

そう思ったとき、彼女はやっと分り始めました——目的は、学校なんかじゃなかった、学校を目ざす途中のどこかに目的があった、たとえ捜し当てることが無駄に終ったにせよ。とつぜん、この捜索の旅が好ましく思われ、いよいよ美しく彼女のうちに甦《よみがえ》りました。決定的なことは、旅路の果てに、学校のそばまで着いて初めて起きたのではなく、もっと早く、旅の途上のどこかで起こったようでした。旅が無駄に終らなければ、こんなことは思いもしなかったでしょう。

資産の再点検をする不動産業者のように、旅の女は思い出のかずかずを並べてみました。すると、気にも留めなかったような細かな事柄が、いまさらのように目あたらしく心を惹くのでした。女はいちばんたいせつな細部をひとつひとつ探り出し、きりもなく厳しく選びながら、すこしずつ切り棄てていき、とうとう記憶の底にあるひとつの光景に達しました。

食卓、その上にグラス一杯のワイン、それを彩るのは別のワイン。捕ってすぐの鴫《しぎ》が乾いた駱駝《らくだ》の糞《ふん》の焚き火で炙《あぶ》られる。前夜、その鳥が見た夢でさらに増す滋養。あなたの父さんの沈んだ横顔とあなたの母さんのお臍がある焼きたてのパン。それから島育ちの老若の羊の乳から作ったチーズ。食卓の上、料理の横に一本の蠟燭《ろうそく》、その尖端に火の涙の一滴。そばに「聖なる書」、ジュマーダー・アル・アーヘル（六月）の一か月がそのなかを流れる。

▽ハザール

Hazari　E —— Khazars　D —— Chasaren　F —— Khazars

トルコ系一民族の名称。トルコ語の qazmak（放浪する、移動する）ないし quz（山の北の陰となる山腹）から出た名で、シナでは「可薩」として知られる。〈白いハザール〉を意味する Aq‐Khazar と、アル・イスタフリーの記述する〈黒いハザール〉Qara‐Khazar に分類される。五五二年以降、西突厥帝国に所属したハザールは、ペルシャのスゥル（デルベンド）の砦を襲った西突厥初代カガン▽（君主）の遠征に加わったらしい。六世紀、カフカースの北方一帯は、フン族の二大部族のひとつサビールが占拠するに至る。ところが、十世紀になると、トルコはハザール族のことを「サビール」と通称した、と写字生マスーディ☾は述べている。いずれにせよ、イスラーム側資料に登場するハザールが、いつも同一の民族を指すかどうかは不明である。

君主《カガン》が存在する傍ら、共同の統治者が別に存在したように、ハザールの国家・社会そのものは二重構造であったと考えられる。*同様に、白ハザール、黒ハザールの名称についても、別の解釈がありうる。アラビア語でいうハザルとは、「白ないし黒い鳥」の意であり、そこから敷《ふ》衍《えん》すれば、白ハザールは昼間を、黒ハザールは夜間をそれぞれ意味したかもしれない。いずれにせよ、歴史登場の初期、ハザールは北方の強大な部族を征服した。この部族の名はヨーロッパ流に示せば、W－n－nd－rとなるが、この用語はアラビア語の古い文献 Hudu al lam（『世界地域総覧』）に引用された呼称の借用である。即ち、ギリシャ人がブルガール人を指して用いた呼称 *Ov－Ογυνδυρ*（On－Ogundur）と対応する。すると、カフカース地方におけるハザールの初期の戦闘行動は、ブルガール人およびアラブ人を相手としたものと思われる。

＊カガンは「宗教的権威」をもち、「実際の政務を行う」ためには別の権威者「シャド、ベグらが存在した」と間野英二氏は記す。平凡社大百科事典の「ハザル族」の項参照。

イスラーム資料によると、アラブ・ハザール間の最初の戦争は六四二年にカフカースで勃発した。六五三年、バランジャル付近の戦闘ではアラブ側の総大将が戦死して、このため戦争は中止となった。写字生マスーディによれば、ハザールの首都は初めバランジャルにあり、のちサマンダルに移され、最後にイティル（またアティルとも）に落ち着いた。二度目のアラブ・ハザール戦争は、七七二年（ないしその直前）に始まり、七七三年、ハザールの敗北によって終った。時代はムハンマド・マルワーンの治下であり、カガンはイスラームを受け容れた。アラビア人地理学者、アル・イドリシの地図のひとつでは、ハザール王国の版図《はんと》は、サルケル、イティルを含むヴォルガ、ドン両川の下流を占めている。アル・イスタフリーは、ハザール国からホラズム＊に至る隊商《カラヴァン》ルートがあったと述べ、ホラズムを発してヴォルガに達する〈王の道〉についても言及している。

＊　前七世紀から紀元十三世紀までアムダリヤ川の下流域にあった古代国家。現ウズベキスタン共和国にホラズム州がある。

ハザールは農耕者として優れ、また漁《すなど》りにも巧みであった——とはイスラーム資料の一致して述べるところである。河川の流域地方では、冬季、大量の水が集まって一大湖を形成した。ハザールは、この湖で魚を育てたが、魚は肥え太って脂が乗っていたから、油を用いなくとも、そのままで焼くことができた。春の到来とともに、湖水が涸れると、流域地方では小麦が蒔かれ、魚肥のお蔭でよく育った。同じ年、同じ場所で交互に魚類の大漁と小麦の収穫とに恵まれ、生活は豊かであった。ハザールは創意工夫に富み、木の枝を利用して牡蠣《かき》の養殖も行った。海浜に近い木の枝を折り、それを水底に沈め、岩で固定する。二年もしないうちに鈴なりの牡蠣が付き、三年目にはふんだんに美味を楽しめた。

ハザール王国を貫く大河にはふたつの名が付いていた。同じ河床でありながら、ひとつの流れは東から西へ、もうひとつは西から東へと流れていたためである。川のふたつの名は、そのままハザール暦の年の名でもある。ハザールは四季が一年ではなく二年にわたると考えた。一年ごとに、川の流れの方向と同様に、月日が逆流するとの発想なのである。両方の年は、それぞれにトランプを切るように日々や季節を交ぜ、冬の日は春の日と、夏の日は秋の日とごちゃ混ぜになる。のみならず、ハザールの二年のうちの前半は未来から過去へ、後半は過去から未来へと流れるのである。

ハザールは、彼らの生活の際立った事件を一本の棒に切り刻む。その場合、記号はすべて各種の動物の姿であり、それによって状況と気分を表し、出来事そのものは示さない。記録の棒の持主が死ぬと、棒に彫られた動物のうち最も頻繁に登場する動物を象《かたど》った墓が築かれる。このため、ハザールの墓地では、虎、鳥、駱駝《らくだ》、山猫、魚、卵、山羊等々、墓の形ごとに組分けされる。

カスピ海の暗黒の海底深くには目のない魚が住む――とハザールは信じた――そして、この魚だけが世界の正しい時間を刻んでいる、と。ハザールの伝説によれば、彼らの宇宙観、なかんずく、その創世に関する信条は次のようなものである。いっさいの創造物、過去と未来、事件と事物は、時間の燃えるように熱い流れに漂い、溶け合さっていて、先行する存在と後続する存在とは、石鹼が水に溶けるように交ぜ合さっていた。その時代、生きものは、ほかの生きものの迷惑にかまわず、ほかのどんな生きものでも産み出すことができた。

大騒動の起こるのを恐れて、ハザールの塩の神は命令をくだし、以後、生きものの産むのは自分たちの似姿に限り、勝手気ままは許されないと仰せになった。塩の神は、過去と未来を切り離し、神の玉座を現在に据え、未来の上を歩み、過去の上を飛び、すべてをお見張りになられた。神は、ご自身のなかから全世界をお創りあそばしたが、それをいったん嚥《の》み下し、古いものを反芻《はんすう》して、若返りした世界をお吐き出しになった。人類の全種族の運命、諸民族の書巻は、宇宙に書き込まれており、天空の星のひとつひとつは、ある言語もしくは民族の巣立ちと芽生えの場である。このように、宇宙とは目に見える具体的な永遠なのであり、そこでは星々のように、人類の種族の運命が燦《きらめ》き輝いている。

ハザールは、音譜、文字、数字を読むように、色を読みとることができる。イスラームのモスク、あるいはキリスト教の教会に足を踏み入れると、ハザールは、まずフレスコ画やイコンなどを眺め、色を追って読みとり、そこに描かれ、込められた事柄を読みあげたり、歌ったりする。古《いにしえ》の画家たちが、容認されないこの秘密の技を知っていた証拠である。ハザール王国におけるユダヤの影響が強まるにつれ、ハザールは次第に絵から遠ざかり、持ち前の才能を忘れ、ことにコンスタンティノープルの偶像破壊の運動には破滅的な打撃をこうむり、ついにその才能を回復することがなかった。

ハザールの未来観は、時間に未来を見るのでなく、空間にそれを見るという独特なものである。彼らの神殿は予《あらかじ》め決められた厳格な配置で建てられ、ぜんぶをつなぐと第三天使、アダム・ルゥハーニーの姿となるが、それはハザールの王女と彼女の宗派の紋章でもある。ハザール族のあいだでは、夢の登場人物はひとつの夢から別の夢へと渡り歩く、そしてハザールはその人物たちを追って、村から村へと転々とする。王女アテー▽の宗派の導師のなかには、夢から夢へとそれらの人物を追い、聖人や預言者の生涯を記録するのと同様に、彼らにどのような行いがあったか、どのような死に方であったかなど、個人の伝記作成を専門とする者もある。カガンは、こういう〈夢の狩人〉†を嫌っているが、どうにも対策の手が打てない。〈夢の狩人〉は、秘密に育てた植物（クゥ☾と呼ばれる）の葉一枚をつねに携えている。この葉は傷口に貼り付ければ、一瞬のうちに傷はふさがり、帆の破れに貼れば直ちに修繕が成るのだった。

ハザールの国家体制は極めて複雑である。臣民はふたつのグループに分けられる――「風下」に生まれた臣民とは、本来のハザール人を言い、「風上」に生まれた臣民とは、国外から移住してきたギリシャ人、ユダヤ人、サラセン（アラビア）人、ルーシ人（古代ロシア人）を指し、前者が多数、後者が少数を占める。但し、国家の行政機構は、この事実を感じさせないように組織されている。国土は管区に分れ、ユダヤ人はユダヤ管区に、ギリシャ人はギリシャ管区に、アラビア人はアラビア管区にそれぞれ居住する等々であり、面積の上では最も広い地域がハザール人の独占居住地に指定される。この純ハザール地区は数管区に分れ、このうち一管区のみがハザール管区と呼ばれる。例えば、ハザール居住区の北部では、わざわざ新たな一民族を創出して、ハザールの名称を棄てハザール語さえ用いず、別の言語と管区名を指定する――という具合である。このような状況に加え、王国内におけるハザール人の不利益な地位に鑑みて、多数のハザール人がその出身・言語・信仰・風習を放棄して身分を隠し、より快適な生活を願ってギリシャ人ないしはアラブ人になりすます。国の西部には、ビザンティンからきた少数のギリシャ人およびユダヤ人が定住する。なかんずく、ギリシャから亡命したユダヤ人が、ユダヤ管区では多数を占める。同様にキリスト教徒の管区もあり、ここではハザール人も雑居し、非キリスト教徒として扱われる。原住のハザール人とギリシャ人、ユダヤ人など移住者との比率は、五対一の割合であるが、その事実は隠蔽された。これは全人口の調査が行われず、各管区単位の調査に留《とど》まったがためである。

ハザール宮廷に出仕する管区の代表は、人口比例ではなく、各管区ごとに同数選ばれる。この結果、人口では多数を占めるハザール人よりも、非ハザール人のほうが宮廷内では数を上回る。したがって、非ハザール人に盲従するのが、ハザールにとって出世の早道で、ハザール風の名を避けるだけでも、宮廷入りのよい手となる。そのあとは、ハザール人を手厳しくやっつける一方では、ひたすらギリシャ人、ユダヤ人、トゥルクメン人、アラビア人、ゴート人（ルーシ人を指す）の利益のために一肌ぬぐことだ。

九世紀のアラビアの年代記作者はこう書いている。

「わたしと同年輩のハザール人は、つい最近、わたしに奇妙なことを語ってくれた――おれたちハザールには未来のうちのほんの一部が恵まれるだけだ。それもなかなか歯の立たない、思いどおりにならない厄介なものばかり。それでもおれたちは、強風に立ち向かうように体を斜めにして進んでゆく。言い換えれば、未来というやつの擦り切れ衰弱した屑や残り滓《かす》が、いつの間にか広がっていて、そいつが沼が溢れるようにおれたちの足元を少しずつのぼってくる。おれたちに回ってくる分け前は、未来の冷酷無残な部分か、さもなくば、使い込まれ踏みつけられ均《なら》された部分ばかりなのだ。未来の分捕り争い、山分けのなかで、手つかずの最上等の部分をもらえるのが、だれなのか、おれたちには分りようもないが……」

カガンの厳命により若い世代には出世の道が封じられ、五十五歳に達するまで政府の要職にはつくことができない定めであると知れば、このことは理解できよう。しかも、この制限はハザールに限定されるから、ハザール人以外だと昇進は速い。外来者は少数なので危険とはならない、というのが自分自身ハザール人であるカガンの考え方だ。最近、布告された条例によると、政府の要職者の員数は縮小され、欠員が生じる場合でも、カガンと同年齢か、もしくは外来人の辞任のケースでは再任されないことになった。数年後、新世代のハザールが五十五歳に達して有資格者となるまでには、政府の要職のほとんどが外来人に独占されてしまうだろうし、そうでなくとも、就任の重みも魅力も消え失せたものになりさがるはずである。

ハザールの首都イティルには特定の場所があり、そこで行き遇うふたりは、たとえ他人同士でも、姓名と運命を交換し合うことができる。それは、いわば、帽子を取り替えっこするような塩梅《あんばい》にである。それぞれはこうして別の新しい人間になり代り、人生に再出発する。相手はだれでもいいからと、この交換所にきて運命交換の順番待ちする長い行列のなかで多数を占めるのは、やはりハザール人である。

王国中央部にある軍事目的の首都は、人口密度が最も高く、そのうち最大を占めるのはハザール人である。但し、褒章も叙勲も全住民が均等に配分されねばならない決まりとなっている。つまり、ギリシャ人、ゴート（ルーシ）人、アラブ人、ユダヤ人などの外来人に対して同じ数の勲章が与えられるよう、つねに配慮が払われる。人口では最大でありながら、叙勲も褒賞金も、ハザールは外来人並みの割当しかない。だが、これはまだましなほうである。ギリシャ人居住区である南部地方、またユダヤ人地区である西部地方、さらにペルシャ人、サラセン人、その他の住む東部地方は、すべて非ハザール地区と分類されているから、ハザール人口がほかを上回っているのに、これらの地方では恩賞の対象は外来人に限り、ハザールにはなんの恩賞も出ない。同様に、本来のハザール地区では、ハザールはほかの人々とパンを分け合うが、ハザール地区を離れたが最後、外来人はパン屑さえハザールに分けてくれない。

ハザール人の苦境はまだある。ハザール人が国民の大多数を占める以上、軍務の負担がのしかかるのも、彼らということになるのだが、ここにも悪平等が幅を利かせ、上に立つ指揮官は外来人のあいだから同数主義で任命される。人間が平等に調和して生きられるのは、戦いの場においてのみである、これこそがたいせつであり、それ以外は一顧だに値しない——とはつねづね兵士に訓示されるところである。かくて、国家とその統一維持という責任は、ハザールの兵士が負い、王国防衛の戦いに命をかけるのは彼らの義務である。ところが、王国在住のユダヤ人、アラブ人、ギリシャ人、ゴート人、ペルシャ人の場合、当然ながら、その目は自分たちの祖国に向けられる。

戦争の危機が迫ると、こういう状況に変化が生じるのは、当然の成り行きである。その情勢下では、ハザール人はより大きい自由を与えられ、より寛大な扱いを受ける。勇猛果敢な兵士たるハザールの度かさなる過去の戦勝の栄光がもてはやされるのもそのときである。幼少時からの戦闘訓練の成果として、槍であろうと剣であろうと、ハザールは片足でみごとに使いこなすし、二本の腕で同時にふたりの敵を斃《たお》すこともできる。右の手足も左の手足も区別のないまでに鍛えぬかれているのだ。

すわ、戦争となると、外来人はたちまちに、その出身国へと馳せ参ずる——ギリシャ人がビザンティンの部隊と共に略奪を擅《ほしいまま》にして、キリスト教祖国との連帯を求めれば、アラビア人は国境を脱してカリフのもとへ走って、その船隊に加わり、ペルシャ人は割礼を施していない者を探り出す（割礼の風習がないのはキリスト教徒のみ）。戦争が終ると、そんな過去はすぐさま忘れ去られ、敵国の軍旗のもとで外来人の獲得した位階勲等がそのまま尊重され、他方、ハザールはいつまでも黒パンではなしに白パンを食わされる。

黒パンと白パンについては補足説明が必要である。これほどハザール王国におけるハザール人の差別待遇を象徴するものはないからだ。小麦のとれる地方にはハザール人しか住まず、黒パンを生産するのはハザール人である。カフカース山塊周辺の不毛地帯では、極めて安価に買えるこの黒パンが常食となる。他方、白パンのほうも、ハザール人の生産だが、逆に法外に高価で販売されている。ハザールは、この白パンしか食べることを許されない。禁令を破って安い黒パンを食べようものなら、糞便から足がつく。このため、税務署には特別機関が設けられ、ハザール人家庭の厠《かわや》の随時立ち入り検査の権限を与えられている。

▽ハザール論争

Hazarska Polemika　E ― Khazar Polemic　D ― Chasarische Polemik
F ― Polémique Khazare

十三世紀の半ばに生まれたダマスクス出身のシリアの地理学者、ディマシュキー* Al-Dimashqi（一二五六―一三二七）の記述によると、どの宗教を選ぶべきかを決めるハザール論争のあいだ、ハザール▽王国は大きく動揺していた。カガン▽（君主）の瀟洒《しょうしゃ》な宮殿で展開されたこの宗教論争が始まると、ハザール国民はふらふらと歩みだした。動きだしたと言ってもいい。同じ人と二度と同じ場所で会えないほどである。

＊ディマシュキー　宇宙論と地理学を結びつけた『陸と海の不思議』の著者。

ある目撃者によると、一団の男たちが大きな石を運びながら、「どこに置けばいいか」と思案に暮れていたという。分ったのは、それが王国の国境の標石だということである。その原因はこうだ。ハザールの宗教選択の最終決定まで、標石は地面に置かず、運び出して空中に宙吊りにするようにというお達しが王女アテー▽から出されたからである。但し、この時期がいつかは不明だが、ハザールがほかの宗教を退けてイスラーム教を採択したのは、〈イーサ〉（キリスト）生誕後七三七年以降、とアル・ベクリ☾は書いている。

論争とイスラーム教改宗が同じ時期に相次いで行われたかどうか、これは別の疑問である。

しかし、その可能性はほとんどないと思える。

同様に論争の時期も分っていない。

それに引き換え、その目的自体ははっきりしている。イスラーム教か、キリスト教か、ユダヤ教か、この三宗教のうち、ハザール王国はどれを採るべきか、かなりの圧力がかかったすえ、君主《カガン》は三人の学者の派遣を求めた——カリフの国から追放されたユダヤ教学者、コンスタンティノープルのギリシャ人神学者、それにコーランの注釈者であるアラビア人学者である。このアラビア人の名はファラビ・イブン・コーラ☾という。論争に招かれながら殿《しんがり》に到着したのが、ほかならぬ彼である。論争参加を妨害しようとする人々が多かったためだ。そんなわけで、論争は、キリスト教とユダヤ教の両代表のあいだでまず開幕した。ギリシャの神学者はなかなかの雄弁家で、カガンは早くもこれに傾きかけた。スープのように濡れた目をした白髪《しらが》交じりのギリシャ人は、カガンの机に対座して、こう言った。

「樽のなかでいちばん大事なのは、穴です、水差しで大事なのは、水差しではない部分、霊魂のなかで大事なのは、人間ではないもの、頭のなかで大事なのは頭ではない部分、つまり言葉です……。お聴きください、沈黙に耽ることをしない王よ。

「十字架をお勧めするに当たって、わたしたちギリシャ人は、サラセン人やユダヤ人と違い、あなた方の言語までも抵当にとったりはいたしません。十字架を受け容れるなら、ギリシャ語も受け容れろ、などと要求はしない。とんでもない、ハザールの言葉はそのままでよろしいのです。ところが、ユダヤ教やムハンマドの教えの場合は、それはできない。信仰と言葉が一体なのです。だから、お気をつけください」

そう聞くと、カガンはギリシャ人の誘いに乗りそうになったが、そのとき、王女アテーが話に割り込んで言った。

妾《わらわ》は鳥売りの男が話すのを聞いたことがあります――カスピ海の岸に有名な芸術家の親子が住んでいると。父親のほうは絵描きで――と鳥売りは言う――彼の使う青の色合いは、それまでに目にしたどんな青よりも青いので、一目みれば、この人だとすぐに知れる。息子は詩人で、その詩を聞けば、どこやらで耳にした覚えのあるような気がするので、この人だと知れる。但し、人間の口からではなしに、なにかの植物か、あるいは、なにかの動物か、どちらかの口から聞いたような思いがするのだ、と。

妾は旅に出るときの指輪を嵌《は》めて、カスピの岸へと出かけました。聞いていた街に着き、人に道を尋ねて、芸術家親子を捜しあてたのです。鳥売りに言われたように、すぐさまふたりを見分けることができました。父親は神々しい画像を筆にしており、息子は知られぬ言語で崇高な詩を書いているところでした。ふたりは妾が気に入り、妾もふたりが好きになり、向うからこう訊ねてきました――ふたりのうち、どっちをお選びになりたいかと。

若いほうがほしい――妾は答えました――なぜなら、ふたりの仲に通訳は要らぬから、と。

しかしギリシャ人は、そう易々と挑戦に乗ることもなく、男が足で立っていられるのは、片足しかない男がふたり集まってできたからだし、女の人の目が見えるのは、片目の女ふたりからできているからなのだからだ、と言い、その説明として次のように話した。

若かったころの話だが、わたしはある少女が好きになった。彼女は心にかけてもくれなかったが、わたしは諦めきれない。ある晩、その女の子ソフィアに、わたしは情熱を込めて愛を打ちあけた。すると、情にほだされたソフィアはわたしを抱きしめ、わたしは頰に落ちる彼女の涙を感じた。その涙の味からわたしはすぐに察した――ソフィアは目が見えないのだと。でも、そんなことは気にもならなかった。抱き合ったままでいるふたりの耳に、とつぜん、近くの森から馬の蹄《ひづめ》の音が聞こえた。

「白い馬かしらね、キスのあいだを通り抜ける蹄の音は」と彼女が訊いた。

「分らないよ。馬が森から出てこないうちは」とわたしは答えた。

「なにも分らない人ね」とソフィアが言った。そのとき、森から現れたのは白馬だった。

「いや、分っている、なにもかも分ったよ」とわたしは応じ、わたしの目は何色かと彼女に訊いた。

「緑よ」とソフィアが言った。

「ごらん、ぼくの目は青い……」

ギリシャ人学者の話に感じ入ったカガンは、間一髪《かんいっぱつ》、危うくキリスト教の神を受け容れかねない様子であった。それを見てとった王女アテーは、その場を立ち去ろうと心に決めた。去るまえに彼女はカガンに言った。

けさ、主《あるじ》が妾に訊ねました——主と妾と心に感じていることは同じだろうかと。そのとき、妾は長い爪をした指に笛のように鳴る銀の指輪を嵌め、水煙管《みずぎせる》を吸いながら、緑の煙の輪を吐き出していました。

主の質問に妾は答えました——いいえ。すると、煙管が妾の口から落ちました。

主は気落ちして、その場を去りました。妾の考えをご存じなかったから。その後ろ姿を見送りながら、妾はこう思っていたのです——そうですよ、と答えても、どっちみち、結果は同じだったろうと。

それを聞くと、カガンは心が怯《ひる》み、悟ったのである——このギリシャ人は、天使の声色《こわいろ》を装っているが、真実はここにはない。そこでカガンは、カリフの使節ファラビ・イブン・コーラに向かって、先夜、見たばかりの夢の解釈を頼んだ。夢に現れた天使がメッセージをもたらし、「汝の意図を創造主は嘉納したもうた、しかし汝の行為は受け容れられない」と伝えたというのである。すると、ファラビ・イブン・コーラはカガンに訊ねた。

「夢に出たその天使は、認識の天使でしょうか、それとも啓示の天使ですか。林檎《りんご》の木のお姿でしたか、それとも別のお姿だったでしょうか」

どちらでもない、とカガンが答えると、イブン・コーラが言った。

「むろん、そうでしょうとも。それはまた別の天使ですから。その第三の天使がアダム・ルゥハーニーなのです。陛下と陛下の僧侶たちは、その天使の高みに陛下を押しあげようと一心のようだ。陛下の意図はそこにあり、これ自体は正しい。ところが、あなた方は、その方法として、アダムを一冊の書物であるかのように――陛下の夢によって、また〈夢の狩人〉†たちによって書かれる本のように思い込む。それが陛下の行為であり、これは誤りだ。『聖なる書』がないままに、陛下ご自身の書物を創作することで、陛下はその誤った行為を犯している。わたしたちに『聖なる書』が与えられている以上、その『聖なる書』をわたしたちから受け、わたしたちと分かち合うべきだ。ご自身の書はお棄てなさるがよい……」

話を聞き終るなり、カガンはファラビ・イブン・コーラを抱擁し、これで一件はすべて落着した。カガンはイスラームの教えを受けることに決め、靴を脱いでアッラーの神に祈った。そして、同時に発せられた勅令には、誕生の以前からハザールの慣習により与えられたカガン個人の名前を焼き棄てるようにと書かれていた。

バスラ断章

Odlomak iz Basre　E —— Fragment from Basra　D —— Fragment aus Basra　F —— Fragment de Bassora

十八世紀にアラビア語で書写されたものに基づき、この名で保存されている断章。原文はヨアネス・ダウプマンヌス✡編の事典の一部と考えられる。原典は『ハザール事典▽』として一六九一年、プロイセンで出版、直ちに廃棄処分に付されたため、真偽のほどは確認しがたい。したがって、この断章が事典中のどの部分かも不明である。それはともかく、断章の全訳は次のとおり。

＊＊

霊魂が人間の身体を奥底より支えるごとく、第三天使、アダム・ルゥハーニーは、彼の霊魂の底よりして宇宙を支える。イーサから数えて一六八九年の今日、アダム・ルゥハーニーはその軌道の下降曲線に在り、月の軌道が太陽の軌道と交差する点、即ちアフリマンの闇に接近しつつある。それゆえ、アダム・ルゥハーニーを追って書物の形でその体の復元を図る汝ら〈夢の狩人†〉および空想の読み手に対する追跡は、われらにとって可能であるにせよ、これを放棄する。但し、〈イーサ〉後二十世紀の末、アダム・ルゥハーニーがその軌道の旅において上昇の段階に入り、彼の夢の国が創造主に近づくときには、われらは汝らを生かしておかぬであろう――他人の夢のなかにアダムの肉体の部分を見つけ、それらを集め、組み立て、地上に彼の肉体からなる書物をつくろうとする汝らを。なぜなら、われらはアダムの体からなる書物がひとつの国家となることを許せないからである。されど、夢ゆめ思うなかれ――アダム・ルゥハーニーに関心を抱く者が、少数の下賤なシャイターンおよびデモンに限られると。汝らが再現するのはアダムの指先か腰の黒子《ほくろ》ぐらいがせいぜいのところであろう。そして、われらはその指先にせよ、腰の黒子にせよ、断じて再現を阻止する。さらにまた別のシャイターンたちは、人間のうち、アダムの肉体のそのほかの断片をまとめようと努める者どもに妨害をしかける。幻想を抱くをやめよ。アダムの巨大な肉体の最大の部分――汝らの夢の王国――には、これまでなんぴとも触れたことがないのだ。アダム・ルゥハーニーの名を綴る作業は開始されたばかりである。アダムの肉体を地上に表象するはずの書物はいまだに人々の夢のなかに存する。それればかりでない。その肉体の一部は死者の夢のなかに眠っている。だれもそれを引き出すことはできない――涸れた井戸から水をくみ出せないのと同じように。

マスーディ、ユースフ

Masudi, Jusuf　E ── Masudi, Yusuf　D ── Masudi, Jusuf　F ── Masudi, Yousouf

十七世紀半ば―一六八九年九月二十五日　楽器ウードの名手、本事典の執筆者のひとりでもある。

資料　ダウプマンヌス版✡には、十七世紀の楽譜から拾い集めたマスーディに関する情報が、彼自身の筆で記されている。それによると、マスーディは生前、三度、自分の名を忘れ、また三度、職業を変えた。にもかかわらず、その名声を永遠なものとしたのは、アナトリアの楽士たちであるが、マスーディはその初期、彼らを否定した。マスーディをめぐる各種の伝説の温床となったのは、十八世紀、イズミールならびにクーラのウード演奏の諸派である。これらの伝説は、彼の聞こえ高い指づかい☾と並んで伝授された。マスーディはまた、『ハザール辞書』▽のアラビア語訳一巻を所持していた。彼はみずから手書きで、アビシニア・コーヒーにペンを浸しつつ、同辞書に補遺を書き入れた。言い伝えによると、マスーディは、つっかえつっかえ話した。それは排尿後、さらにむりやり出そうと苦労するふうだったと言われる。

マスーディは、アナトリアの出身である。彼はある女性から演奏法を仕込まれたという定説があり、その女は左利きのため、弦の張り方が通常と左右反対であった。十七―十八世紀におけるアナトリアのウード弾きの用いた指づかいが、すべて彼の考案に発することは立証できる。伝説によると、じかに聴くことなしに楽器の善し悪しを見破る特別な天分が彼にはあった。どこか家のなかに調律の狂ったウードがあると、それだけで彼は不安に駆られ、吐き気を催すことさえあった。マスーディは、つねに星々に合せて楽器の調律をした。弾き手の左手は、時が経つと指の使い方を忘れがちだが、右手はそのようなことが絶対にないことを彼は知っていた。さて、彼は若くして早くも音楽を棄てるが、その事と次第は伝説に物語られている。

三晩ぶっつづけに彼は夢を見た――どれも家族が死ぬ夢である。最初が父親の死ぬ夢、次が妻の死ぬ夢、その翌晩が弟の死ぬ夢であった。四晩目には第二夫人の死ぬ夢を見た。寒さに当たると色の変る花のように目の色の変る女だった。瞼《まぶた》を閉じてやるまえにその目を覗き込むと、その目は二粒の黄色い乾葡萄《ほしぶどう》に似て、なかの種が透けて見えた。遺体の臍《へそ》には一本の蠟燭《ろうそく》が立てられ、顎《あご》には長い髪が巻かれていた――笑った表情とならないための心遣いだ。そこまでで

マスーディは目が覚め、これを最後として以後、二度とその生涯に夢を見ることがなかった。目が覚めて、愕然とした。第二夫人など持った例《ためし》がないのだ。マスーディはイスラームの名僧のもとへ出かけ、夢判断を訊ねた。僧はコーランを披《ひら》いて言った。

「おお、わが親しい息子よ。その夢のことは兄弟たちに告げぬがよい。さもなくば、彼らはおまえに対して陰謀を進めるであろう」

この返事に飽き足らぬマスーディが、夢の意味を妻に問うと、彼女は答えた。

「その夢の話は、だれにも明かしちゃだめよ。だって夢が正夢になるのは、あんたじゃなくて、打ち明けられたその人なんだから」

　次にマスーディは、〈夢の狩人〉†、経験に照らし合せて、この件に通じていそうな人に相談することにした。人に訊ねると、〈夢の狩人〉はちかごろ少なくなっていて、西へ行くよりも、東へ行けば、その人たちに会えるはずだ、なにしろ〈夢の狩人〉とその術とはもともとハザール民族から出ている、と教えられた。ハザールとは、かつて黒い草の生い茂るカフカースの山腹に住んでいた民族である。

　マスーディは、ウードを手に旅立つと、海沿いの道を東へと辿《たど》った。彼は自分に言い聞かせた――「あいさつされるより早く、こちらから相手を騙《だま》すのが一番だ。あいさつされてからでは遅い」。こうして彼の〈夢の狩人〉捜しが始まった。ある晩、彼はひとりの男に揺り起こされた。見ると、それは顎《あご》ひげを生やした老人で、ひげの末端が、はりねずみの背のような灰色をしていた。この見知らぬ男がマスーディに訊ねた――あなたは夢で色変りする目の女を見なかったかね、白ワイン色になる目の女だが。

「寒さにつれて、あの目は花のように色が変る」と知らない男は言い足した。

「たしかに見たが」とマスーディは答えた。

「で、どうなったかね」

「死にました」

「どうして分る」

「夢のなかで、わたしに見とられながら息を引きとりましたからね。あれはわたしの第二の妻でした。遺体の臍には蠟燭を立て、顎を髪の毛で縛って……」

すると、老人は泣きだし、とぎれとぎれの声で言った。

「死にましたか。バスラからずっと、わしはあの女を追ってきたのに。あの女《こ》は人様の夢のなかを転々とする女でな。で、もう三年ものあいだ、夢にあの女を見た人を捜していたのじゃ」

その瞬間、マスーディのほうでも、これでやっと尋ね人に会えたのだと思った。

「あなたは〈夢の狩人〉ですね、そんなに長いあいだ、その方をお捜しと伺うからには」

「わしが〈夢の狩人〉だと?」老人はびっくりした様子だった。「これは面妖《めんよう》な。〈夢の狩人〉はあんたのほうで、わしはただ、あんたらの術に憧れているだけ。他人の夢のなかをさまよい歩く人間は、生まれついての〈夢の狩人〉の夢のなかでしか死ねないのじゃよ。あんたらは人人の墓地になれる、わしらにはなれぬ。あいつは何百里と旅をしたあげく、やっとあんたの夢のなかに死に場所を見つけた。あれから後、あんたは二度と夢の見られぬ人になった。この先は、自分の狩りを続けなさるがいい。白ワインの目をしたあの女の後を追っても無駄。あれはもう、あんたにとっても、ほかのだれにとっても、死んでしもうた。なにか別の獲物を見つけることじゃな……」

そういうわけで、この老人から、マスーディは、自分の新しい職業について最初の手ほどきを受け、そのあと〈夢の狩人〉に関して知りうるすべてを知った。「書かれたものでも、口伝でもよい、良い資料さえ手に入れれば、〈夢の狩人〉の方術は身につけることができる」と老人は教えた。「ほれ、あのスーフィー（イスラーム神秘主義者）にしても改悛したあとで、定められた規則どおりにマッカ（不詳）を得たじゃないか。凡庸でも、あれだけやってのける。まして、天分を享《う》けて生まれた者なら、天の知恵に到達できるように、アッラーが加勢してくださる人間ならば、この仕事で成功は間違いなしじゃとも。最も優れた〈夢の狩人〉はハザール族じゃったが、もうだいぶ以前に姿を消した。術だけはなんとか残っているし、その方術を書いた秘伝書もある。〈夢の狩人〉は、他人の夢から夢へと渡り歩く人たちを追跡して、だれからだれへと移ったかを突きとめることができた。時には動物やら悪魔やらが見る夢を追いかけてまで……」

「どうやって、そんなことが」マスーディが訊いた。

「あんたも気づいたろうが、眠りに落ちる直前に人間は、夢と現《うつつ》の境の曖昧模糊《あいまいもこ》とした状態に落ち込み、注意深く自分と引力とのあいだのバランスを取ろうとする。すると、人間の思考は、地球の引力の法則から自由になり、肉体に働く引力から逃れる。その瞬間、思考と世界との境目は穴だらけになり、人間の思考は自由へと向かう――大小三通りの網目の篩《ふるい》にかけたようにじゃ。寒気が人体にやすやすと染み入るあの瞬間、人間の思考はこぼれ出す、そいつを読みとるのに苦労はない。眠りに落ちる人をじっと観察しておれば、なんの修行を積まずとも、そのときやつがなにを考え、だれを思っているか、たやすく分ってしまう。だから、本気になって、この術に専心すれば、つまり、ある人の霊魂が開かれる瞬間に、じっくりと観察するなら、あんたは、その開放の瞬間をいくらでも長く引き延ばし、夢の底深く入り込むことができるようになる、水のなかで目をあいていられるような具合に。こうすれば、次第に〈夢の狩人〉になれるわけじゃよ。

「こういう行者を、ハザールでは〈夢の聴罪師〉と呼んだが、彼らは丹念に夢の観察記録を拵《こしら》えたものだ——よその地では天候や天体の観察者が、太陽や星のについてするようにじゃ。この術に関係のあるすべてのこと、狩りの名手の伝記やら材料にされた人たちの略歴やらは、〈夢の狩人〉の庇護者、ハザールの王女アテー▽の命により、『ハザール辞書』ないしは『便覧』の形で細かく集められた。〈夢の狩人〉は、この辞書を代々、たいせつに伝え、新しい世代が増補を重ねていった。何百年もの昔になるが、バルサには、そういう目的で伝習所が開かれた。それを建てた宗派は〈純粋兄弟団〉とか〈誠実の友〉とか呼ばれたが、この宗派では『哲学者の暦』や『ハザール百科』とかいう書物を匿名で出した。ところが、カリフ・ムスタンディ*は、そうした書物を焼き棄て、ほかにも伝習所のイスラーム支部が出した本やイブン・シーナー*の著作などが焚書《ふんしょ》に遭った。このため、王女アテーが力を注いだ『ハザール辞書』も原典のままでは残っていない。わしの手に入ったのは、アラビア語の訳書だが、あんたに譲れるすべてはこれじゃよ。持っていきなされ。但し、どの項目もあまさず目を通すことが肝腎だ。方術の指南書をすっかり自分の物にしなくては、狩りに出ても一番の獲物を取り損ねかねないからな。しかし、気をつけることだ——〈夢の狩人〉にとって、『ハザール辞書』の項目のひとつひとつは、狩人にとって砂に残るライオンの足痕みたいなものじゃぞ」

＊　イブン・シーナー Ibn Sina 本名：Abu Ali al-Husayn ibn Abd Allah ibn Sina 九八〇——一〇三七　ブハラ近郊（現ウズベキスタン共和国）に生まれペルシャのハマダーンで死去。

タジク人。十八歳で医師となる。哲学者、医者、政治家。学者としては数学、天文学、物理学、化学（錬金術）、生物学、薬学、言語学に通じる博学多才であった。人知を重んじてこれを認識の筆頭にあげるなどその存在論の哲学は中世ヨーロッパ、とくにスコラ哲学に大きな影響を与え、主にアラビア語で書いた多岐にわたるその著書はラテン語に訳された。とくに『医学典範』Canon medicae は、さらに各国語にも訳され、ヨーロッパの医科大学の教科書として十七世紀までも用いられた。父親がイスマーイール派に同調したため、彼自身もこれに共感し、その結果、正統派イスラームは彼の著書を焼き、その迫害を逃れて多く放浪のうちに生涯を送った。しかしアラブ世界では広く尊敬を集めた。広くヨーロッパではアヴィセンナ Avicenna の名で知られる。

そうマスーディに語った老人は、辞書を手渡しながら、次のような忠告を言い添えた。「ウードぐらい、だれでも鳴らせる、だが、〈夢の狩人〉になれるのは、天与の才をもつ選ばれた者。楽器など棄ててしまうのだ。ウードはな、ラムコという名のユダヤ人の発明だぞ。こんなものは忘れて、狩りに出かけろ。あんたの獲物が、他人の夢のなかで死なない限り——わしの場合、その目に遭ったが——あんたはきっと目的を遂げられる」

「でも、夢狩りの目的は、いったいなんでしょうか」マスーディが訊いた。

「〈夢の狩人〉の目標かね。それはだな、一回一回の目覚めとは、夢から離脱する道の一里塚にほかならんと理解すること、これじゃ。自分の昼とは他人の夜にすぎず、自分のふたつの目は他人の片目にすぎぬ——そうと悟った男は、本物の昼を探し求めるだろう。その本物の昼が——夢から覚めるのと同じように——現実からの本当の目覚めを可能にする、そしてこれが意識のあるとき以上にもっと目覚めている状態へと人を導く。こうなって初めて、その人には見えてくる――両目の人がいるなかで自分はひとつ目、目覚めた人に囲まれて自分は盲目だと……」

それから老人が、マスーディに話したのが――

アダム・ルゥハーニーの物語

これまでに人という人の見た夢という夢を残らず集めて組み立てるとしたら、一大陸全体ほどの巨大な人間ができあがるに違いない。その人間は名無しではない、これこそはほかならぬアダム・ルゥハーニー、イマーム（宗教指導者）たちが語る〈天使の祖先である人間〉、天国のアダムなのだ。この〈アダム以前のアダム〉は、そもそもの初め、世界秩序における第三位の霊であった。ところが、彼はあまりに自分自身のことにかかわりすぎ、そのため己《おのれ》を失った。そして、この錯乱状態を乗り越えて、彼が自分を取り戻したとき、過ちの共犯者たるイブリースとアフリマン*を地獄に突き落として、みずからは天国に帰還した。だが、天国では、もはや第三位ならぬ第十位の霊にしか戻れなかった。そのわけは、留守のあいだに七人のケルビム（智天使）が割り込み、彼を追い越して天使の梯子《はしご》の上位に登っていたからである。先駆者アダムは、後れをとったのだ。この梯子の七段分が彼の後れの尺度であり、これを基準として時間が生まれた。なんとなれば、時間とは、遅れる永遠の一部でしかないからである。天使のアダム、ないし〈前アダム〉、同時に男と女とを兼ね、三位から十位に降等された彼は、永久に自分自身に追いつこうと求めつづける。彼は時にはそこに達するが、絶えず落ちることを繰り返しては、理知の梯子の十一番目と二番目のあいだに挟まれた階段を迷いつづけている。

＊　イブリース Iblis は、悪霊シャイターンの頭目。神がアダムを創り、跪拝《きはい》を命じたとき、ただひとり拒み、神の呪いと怒りを買った。またアフリマン Ahriman は、ゾロアスター（拝火）教の悪と暗黒の邪神であり、主神アフラ・マズダに対抗する。

人間の夢とは、先駆者であり天使たるかのアダムより受け継ぐ人間の性質のこうした部分に生ずる。というのも、アダムの考え方は、現在、人間が夢見るのと同じ方法だからだ。アダムの速さは、夢のなかのわしらの速さと同様である。つまり、人間の夢は、天使アダムの速度によって織りなされる。しかも人間が夢のなかで話すのと同じく、アダムの話し方は、現在も過去もなく、いつでも未来形のみであった。さらに、夢のなかの人間と同様に、アダムは殺すことも生命の種を蒔くこともできなかった。それゆえ、〈夢の狩人〉は、他人の夢と眠りに入り込み、先駆者アダムの断片を組み立て、それらをひとつにまとめあげたものを〈辞書〉と呼ぶ。アダム・ルゥハーニーの巨大な全身像を地上に再現するのが、〈夢の狩人〉の最終目標なのである。アダムが天国の梯子を登るときに、人間が彼に従っていくならば、人間は神その人に近づくのだし、逆に、もしも、アダムが梯子を降《くだ》っていくときに、彼についていくなら、神から遠ざかることになるのだが、どちらの場合も、人間には知るすべもない。人間はただ運に任せて、アダムが二段目に足をかけようとするそのときにこそ彼と接触するのだとの希望を抱きつづける。そうすれば、人間は天国の高みへ、「真実」のより近くへアダムによって導かれるのだから。

〈夢の狩人〉というわしらの職業は、思い設けぬ恵みを施すこともあろうが、大きな不幸ももたらしうる。だが、それはわしらの力の及ぶところではない。わしらの仕事は、試みることだ。あとは腕前の問題だ。

お終いに、もうひとつ忠告しよう。他人の夢のなかを走り抜ける小道は、アダムがいまちょうど梯子を登るところか降るところかを示す印を隠していることがある。この印とは、相互に夢を見合っている連中のことだ。だから、〈夢の狩人〉の最終目的は、そういう人の組合せを見つけ出し、できる限り彼らを知ることだ。彼らは、程度の差はあっても、必ずアダムの体のどこかしらを構成しているのだし、霊の梯子のどこかの段にいるからだ。しかし、それが、いちばん上段、つまり二段目ということは絶対にありえない。神がアダムの口のなかに唾を吐き入れ、四枚の唾液の膜で彼の舌を包み込んだ場所が、そこだからだ。たがいに相手を夢で見る同士が見つかったら、それで目標は手の内である。あとは、報告やら補遺やらを辞書に書き入れるのを忘れぬことだ。〈夢の狩人〉として恥ずかしくない功績をあげた連中は、きっとそうしている――その辞書は、バスラのモスクに行けばある。女預言者ラッビアに捧げたモスクだが……。

老人がマスーディに話したのは、以上だが、こうしてマスーディは音楽を棄て、〈夢の狩人〉となった。

まずマスーディのしたことは、老人から譲られた辞書に取り組み、ハザール人が長年にわたり、せっせとそこに書き留めた記録を読みきる作業であった。辞書の第一ページにはこうあった。

「どこの家も同じだが、この家においても、万人が歓迎されるとは限らないし、だれもが等しく敬意を払われるものでもない。上席に招じられる人々は、珍味を供され、運び込まれる料理を真っ先に見て、人より先に選ぶことができる。すきま風の当たる席について、なんとかふたとおりの味や香りの食べものを口に運ぶ人たちもいる。次には、なにからなにまで変哲のない味ばかりの席につかされる者もいる。かと思えば、ドアの手前の席に坐り、安あがりのスープだけで、あと出るものは、物語をする人がその物語から受けとるもの全部——つまりゼロである」

そのあとに、『ハザール辞書』には、アラビア語のアルファベット順に、ハザールその他の偉人たちの伝記が並び、ことにハザール改宗に関わった人々が主に扱われていた。その中心人物が、改宗のきっかけを作ったイスラーム学僧のファラビ・イブン・コーラ☾であり、これに長文が割かれていた。

しかし、この辞書には大きな欠落も少なくない。アラビア人、ユダヤ人、キリスト教徒各一名をハザール宮廷に招いたカガン▽（君主）は、夢の解釈を求めた。ところが、マスーディの見るところでは、ハザール問題のイスラーム文献は、この『ハザール辞書』アラビア語訳でも、ハザール論争に加わったこれら三人について同じ正確さでは記述していない。イスラーム文献では論争に参加したキリスト教およびユダヤ教の〈夢の狩人〉の名の記述を露骨に避けている。イスラームを強力に推したイブン・コーラに関する部分と裏腹に、資料は簡潔である。『ハザール辞書』を読み進めながら（それにはさほどの日時を要しなかった）、マスーディは、あとの代表とはだれだれなのか、突きとめたく思った。君主《カガン》も交えた四者論争にギリシャ正教を代表して参加した者の名前ぐらいは、キリスト教徒なら分っているはずではないか。その名が伝わっているとしたら、だれなのか。ユダヤ教を代表して論争に出た人の名をラビたちが忘れたとは思えない。論争に出たほどの大学者なら、後世のギリシャ人にしろユダヤ人にしろ、調べがついていてしかるべきだ――イスラーム代表についてなら、マスーディだけでなく、多くの人が、分っているように。どうやらギリシャ人、ユダヤ人の論拠は、ファラビ・イブン・コーラほど強力かつ委曲を尽くしたものでなかったらしい――とはマスーディの結論であり、その著述にもそう書いた。

だが、ほんとうにそうだったのか。ユダヤ教、キリスト教が、それぞれハザールに関する著作を残したにもかかわらず、イスラームのその種の著作に負けたということではないのか。あるいは、こちらが向うを黙過《もっか》したように、向うもこちらを黙過したせいか。ハザールの改宗論争を総まとめする『ハザール全書』ないし『ハザール百科』を作る唯一の方法は、〈夢の狩人〉たちに関する三人三様の話を取り集めて、真実を引き出すのが本筋ではないか。そうして、その『全書（百科）』の適当な場所にキリスト教、ユダヤ教の論争参加者の名や伝記をアルファベット順に載せ、同じく相手方の論争記録者たちの項目を設ければよい。そうしないと、アダム・ルゥハーニーの全身像を組み立てようにも、あちこちの部分が欠けてしまうではないか。そんなことを考えていると、マスーディは、ぞくっとした。あけたままの衣裳棚や櫃《ひつ》から、そこに詰まった自分の肌着やら服やらのはみ出して見えるのが気味わるく感じられてならない。そこで、辞書に向かうと、マスーディはすべての戸や蓋をきっちりと閉めたのだった。

彼はハザールに関するヘブライ語とギリシャ語の文献捜しに取りかかった。彼のターバンの襞《ひだ》のあいだからはコーランの文字が覗いていたが、それでも、彼は異教徒の後を追いかけたり、道で遇うギリシャ人やユダヤ人に金を出したりして、それぞれの言葉を勉強した。外国語は彼にとって、世界を映し出す鏡のようなものであった。そしてそんな鏡に自分の姿を映し出すことを学んでいった。ハザール関係の文書は、次第に膨らんでいった。彼は決心した——おれの夢狩りの獲物となった人々の来歴とか業績をそのうちここに書き足そう。そうすれば、ささやかながらアダム・ルゥハーニーの巨体に貢献できることにもなる。但し、すべての〈夢の狩人〉の常で、この先、どんな獲物が現れるか、見通しはなかった。

ラビーウ・アル・アーヘルの月（四月）がきて、その月の〈三番目の金曜日〉、マスーディは、生まれて初めて他人の夢を覗き見た。その晩、彼は隊商宿《カラヴアンサライ》に一泊したのだが、すぐわきに男が眠っていて、顔は見えないまま、静かに歌を歌うのが聞こえた。初め、マスーディには事態がつかめなかったが、彼の耳は考えるよりも速かった。マスーディが、ぴったりと合う鍵を捜す筒型の鍵受けとすれば、いまや求めるその相手が見つかったのだ。歌っていると思った相手は、わきで眠っているだけで、歌う本人は眠る男のなかにいる別のだれか、男が夢見ているだれかなのだ……。

宿はひっそりと静まり返って、暗闇のなかで傍らに眠る男の髪の伸びる音が耳に入った。それから、鏡を通りぬけるように、抜き足さし足マスーディは夢のなかへ入った。広大な夢はいちめんの砂漠で、雨と風に曝され、野犬と喉の渇いた駱駝《らくだ》ばかりがいた。これは危ない——すぐさま彼は悟った——油断すると背後から襲われる。勇を鼓して、彼は砂地に足を進めた。砂は男の寝息につれて、潮の満干のように高まっては、また退いた。夢の片隅にひとりの男が坐り、木を削りながらウードを拵えていた。川下へ根っこを向けて、何年となく浮いていた巨木の切れ端なのだ。木はすっかり乾燥していた。この男のやり方は、とっくに廃《すた》れた三百年も昔の楽器づくりの仕来りだな、とマスーディは思った。してみると、夢そのものは、夢見る男よりは年代がずっと遡るのだ。

男は、時おり仕事の手をとめては、ピラフをつまむ、その一口ごとに、男はマスーディから少なくとも百歩は遠ざかった。男が遠のくにつれて、夢の奥が見てとれ、そこから悪臭のする微光が洩れた。明かりの向うに墓場のような場所がひらけ、男がふたりがかりで馬を埋葬していた。歌っているのは、そのひとりである。そしていま、歌を耳にするばかりか、歌う男の顔もマスーディには見えた。それは若い男だが、口ひげの半分だけが白かった。マスーディは知っている——セルビアの犬は吠えるより先に咬みつく、ワラキアの犬は唸りもせずに咬みつく、トルコの犬は咬みつくまえに吠える。夢の男は、そのなかのどれにも属さなかった。マスーディは歌を記憶にとどめた。

一夜あけた翌日、ひげの半分だけ白いこの男の出てくる夢を見る次の男を見つけることが、必要となった。マスーディは、その方法をさっそく思いついた。彼は、狩りに役立てる勢子《せこ》の一団のように、ウード弾きと歌い手の数人を集め、彼のやり方で歌い方、弾き方を教え込んだ。マスーディは、手の指の一本ずつに別々の色の指輪を嵌《は》め、音階の十の音符を示すようにした。歌い手たちに、ある一本を立てて見せると、それに応じて——動物が正確に餌を選びとるように——彼の求める声が引き出せた。彼らは聞いたこともないその歌を上手に歌いこなせるようになった。井戸の周り、街の広場、泉の畔《ほとり》と、人々の集まる場所を選んでは、その歌を歌わせたから、夜、マスーディの追う獲物をその内にもつ通行人（半分だけ白ひげの男を夢に見る人）にとって、この歌は誘《おび》き寄せに恰好の餌となった。そういう人は必ず足をとめ、お日様から月の光が射したかのように、魅せられた顔で歌に聞き入った。

黒海の沿岸のあちこちに獲物を追い求めるうち、マスーディは目ざす夢見る人を特徴から見抜けるようになった。しかも、その半分だけ白いひげの若者を夢に見る人の数が増えるにしたがって、奇妙な変化が起こった——話し言葉のなかで、動詞のもつ重要度が名詞よりも高まり、名詞は大部分が省略されるのだ。若者の夢は、ときには、集団的に見られていることも分った。アルメニア人の商人の一団は、若者が数頭の牛の曳く車の上に組まれた絞首台の下に立っている夢を見た。こうして若者が石造りの美しい街の通りを引き立てられてゆくあいだ、首吊り役人は若者のひげを引っぱっていた。また数人の兵士の夢では、若者は海を見下ろす手入れの行きとどいた馬匹《ばひつ》用の墓地で馬を埋める仕事についていた。男が女性とふたりでいる光景もあって、女の顔はよく見えなかったが、頬の辺りが小銭一枚ほどの大きさだけ見え、そこに半分が白ひげの若い男の残した接吻の痕跡があった……。

夢の報告はそれっきり絶え、とつぜん、獲物の行方は跡形なく消えた。それまでに、マスーディはできる限りのことをしてあった。旅先で出会った注目すべき事柄を事細かに『ハザール辞書』に書き加えておいたのだ。だから、いまや、それらの記録は、新旧とりまぜ、アルファベット順に整理されて緑の袋に収まり、いよいよ重みを増し、旅から旅へマスーディと行を共にした。だが、その一方、進行中の夢、手近な夢の数多くが彼のもとから逃げ去り、狩りの手から逃れ、夢見る人めいめいの胸に収まったままなのだとの感慨に彼はつきまとわれた。おまけに夢の数は、夢見る人の数を上回るのだ。

そこでマスーディは、ついに自分の駱駝に注意を向けた。駱駝の見る夢を覗き込んでいると、そこにも若者が現れた。若者の額は胼胝《たこ》だらけで、二色に分れた奇妙なひげはなにかの罰のようだ。男の頭上には、決して海に沈むことのない星座が輝いていた。男は窓辺に立ち、足のあいだの床に広げた書物を読んでいた。書物の表題には「リベル・コスリ」✡Liver Cosri とあった。目を閉じて駱駝の夢を追うマスーディには、その表題の意味は不明だった。夢狩りの旅は、そのころには、かつてのハザール王国の国境にまで到達していた。野原には黒々とした草が生い茂っていた。

このころには、『リベル・コスリ』を読むその若者に、夢のなかで一夜の宿を貸す人々がだんだんに増えてきた。同じ人物の登場する同じ夢を、幾世代もの人たち、ないし同じ階層の人人が一様に見ることが時にはある。マスーディは、そのことを悟った。しかし、彼はまた、ある種の夢がすこしずつ擦り切れて消滅すること、そして夢は昔のほうがより頻繁に見られるものであったことを実感した。こうした集団的性格をもつ夢は明らかに老いつつあった。ところで、ここ旧国境地帯にきて、彼の狩りは新たな方向へ転じつつあった。

ずっと以前に気づいていたことだが、ひげの半分が白い男は、彼の訪れる夢の主たちにいちいち銀貨一枚を貸し与える。それもわずかに年利一分という有利な条件である。小アジアのこの辺陬《へんすう》の地では、こうして貸しつけられた金は信用状にも等しいなにかであった。実際、夢を見る人たちは、彼らがあの男を夢に見ている限りは騙し合ったりしないと信じられていたからだ。それというのも、男が貸付の記録や会計簿を持ち歩いていたせいである。言い換えれば、貸借関係にある双方の暗黙の合意を基盤に、意識的なるものと無意識的なるものを問わず、資本の保証や共同出資を行うような正確に記帳された二重帳簿に似たものがあったのである……。

市の立つある木曜日、彼にとっては無名のとあるちいさな街で、マスーディは、ペルシャ人の男がやっている見世物の天幕小屋に入った。小屋のなかは、卵ひとつ落ちる隙間もないほどの混みようで、絨緞を重ねた上に金属製の火鉢がいくつも焚かれた中央の舞台には、観客の見守るうちに、いましも全裸の少女が現れた。低く唸《うな》るような声を立てながら、少女は一羽ずつ花鶏《あとり》を両の手につかんでいる。その左の手をひらくと、鳥が飛び立つ、その羽ばたく瞬間、電光石火の早技で少女の手はみごとに小鳥を捕えた。口上によると、少女は世にも珍しい奇病を患っている――左手が右手に勝《まさ》って迅速であるという病気なのだ。左の手はなんでもさっさとするので、わたしの体のほかの部分より先に死んでしまうはず、と少女の口上は続いた。「わたしの葬式にも、わたしの左手はいっしょには埋められません。いまからわたしには、はっきり見えます――わたしとは別の遠く離れたちいさな墓に左手がぽつんと横たわっている姿が。なんの目印も名前もなく、舵《かじ》のない船のようなお墓のなかに……」

そのあとペルシャ人があいさつに立ち、お客さまのひとりびとりにお願いしますと切りだした――どうか今晩、この子の夢を見てやってください。そうすれば、奇病はきっと治ります。それについては――とペルシャ人は客に見てほしい夢の内容を微細にわたって話した。こうして観客は散らばっていった。マスーディは、舌に小骨が刺さったような気分で真っ先に小屋を出た。集団で見る夢のことなら自分の『ハザール辞書』に書き込んだばかりだったからだ――アビシニア・コーヒーにペン先を浸しながら。ここでは記録に値することはなにもなかった。あのペルシャ人も自分なりのノートを持っているに違いないとマスーディは睨《にら》んだ。あれも〈夢の狩人〉なのだ。アダム・ルゥハーニーのために尽くすには、いろいろの方法がある。では、おれ、マスーディの方法は正しいのだろうか。

やがて、ジェマーダー・アル・アッワルの月（五月）が巡ってきて、〈二番目の金曜日〉がきた。河畔の砂地の上に靄《もや》に包まれて、新しい街が、裸身を暑熱に焼きながら、広がっていた。靄に隠れて街ぜんたいは見えないが、水面近くには靄の切れ間があり、槍のようなミナレットが幾本となく流れに映っていた。靄の向うの地上には三日間の深い静寂が休らっていた。マスーディには、その静寂も、この街も、また水を求めるこの流れも、彼の男の欲望をかき立てるように感じた。その日、彼は女性のパンに飢えていた。街に歌いに出しておいた勢子のひとりが、彼のところへ戻ってくると、見つかったものがあると報告した。今回は夢見る人が女性だというのである。

「大通りをまっすぐ行って、生姜《しようが》の匂いのするところまで歩く。匂いがしたら、そこが女の家、料理に生姜を使っているのです」

マスーディは、家並を通りぬけて、生姜の匂いのするところで足をとめた。女は火のそばにしゃがみ込んで、蔓《つる》付きの小鍋のなかにはスープがぐつぐつと煮立っていた。皿を手にした子どもらが、数頭の犬に取り巻かれ、順番を待っている。女は鍋の中身を柄杓《ひしやく》で子どもと犬に分けてやった。マスーディは、とっさに理解する――女の分け与えていたのは、まさしく夢に違いないと。彼女の唇は、さまざまに色が変り、下唇はちいさな長椅子をひっくり返した形だった。女は、半分、食べ残した魚の上にうずくまっていた――まるで砂漠の野犬が獲物の骨にそうするように。マスーディが近寄ると、女は柄杓をさし出したが、彼は微笑しながら、断った。

「わたしは、もう夢が見られなくなったのでね」マスーディが言うと、女は柄杓を鍋に戻した。

女の様子は、夢のなかで人間の女を気どる一羽の鷺《さぎ》といったふうだった。マスーディは、女の傍らの床に腹這いになった。彼の指の爪は艶を失い、視線は落ち着かず力がなかった。いまはふたりきりだった。雀蜂の群れが、木立の乾いた幹の皮で、針を研ぎ澄ます音が聞こえていた。マスーディは、女に接吻したくなった。ところが、とつぜんに女の顔が変り、キスを受けたのは、別の女の頬だった。どうしたのか、と訊ねると、女はあっさりと言った。

「ああ、こういう日もあるんです。心配しないでくださいね。あの人たちは、十倍もすばやくわたしの顔を巡り飛ぶの、あなたの顔や駱駝の顔にもつきまとうかもしれないけれど。でも、わたしのこと脱がせても無駄よ。だって、この服の下にはお目当てのものは隠れてません。黒い烏《からす》はいないの。ユダヤ人なら〈ディブック〉、キリスト教徒なら〈カバラ〉と呼ぶ肉体のない霊魂があるように、性のない肉体もありますよ。霊魂は性がないけど、肉体には備わっています。性のない肉体は、悪魔に性を召しとられた肉体だけ。わたしの場合がそれです。イブン・ハドラシュ☾という名のシャイターンが、わたしから性を取りあげた代り、命は救ってくれました。はっきり言うと、わたしの愛人は、いまではコーエン✡ひとりです」

「コーエン？　どこのだれだね」マスーディが訊いた。

「夢に出てくるユダヤ人で、あなたの追ってるその人ですよ。口ひげの半分が白い青年。あの人の体は三つの魂に閉じ込められていて、わたしの魂は肉に閉ざされている。だから、わたしの肉を分け合える相手は、あの人しかない、夢のなかで会うときにだけ。愛人としては、とても達者で、申し分はありません。それに、まだわたしを覚えてくれてるのは、あの人だけで、ほかにはだれも、わたしの夢にきてくれないんです」

マスーディは、こうして追う男の名を知る人に初めて会うことができた。あの若者の名はコーエンというわけか。

「どうして名前が分った？」マスーディが訊いた。

「小耳に挟んだの。だれかが、そう呼んだら返事をしましたから」

「夢のなかで？」

「そう、夢で。あれは、彼がイスタンブルに出発する日でした。でも、ご注意あそばせ、わたしたちの頭にあるイスタンブルは、本当のイスタンブルよりほんの少し西のほうにありますの」

それから、女は服のなかから小魚に似た果実を取り出し、マスーディにさし出して言った。

「これはクゥ。召しあがります？　それとも別のものをお望みかしら」

「ぼくの目のまえでコーエンの夢を見てほしいんだが」マスーディが言った。

女はおどろいて言った。

「ずいぶんご遠慮なさるのね。そんな頼みは、いまのこういう場では、遠慮のしすぎですよ。そのことがお分りにならないみたい。ともかく、願いは叶えましょう。特別にあなたのために夢を見ます。あなたへの贈物にね。でも、これから先は、よくよく気をつけなくちゃいけませんよ。あなたが夢に見る人を追う女の人がいて、あなたは、いまにその女の人に捕まりますから」

そう言うと、彼女は犬に頭をもたせかけた。マスーディは、女の顔と手に目を向けながら心に思った――この顔にも手にも、数世紀来、彼女に向けられた数知れぬ視線が爪あとを残しているのだと。女は早くも旅立った夢のなかへコーエンを迎えた。コーエンが彼女に言った。

「Intentio tua grata et accepta est Creatori, sed opera tua non sunt accepta……」

その言葉を耳にしたとき、マスーディの遍歴の旅は終った。女が教えてくれたことは、これまでに彼の知りえたすべてを凌駕《りょうが》した。喜色満面、マスーディは急いで駱駝に鞍をつけ、はるばるイスタンブルへの帰路を辿った。イスタンブルの都では、目ざす獲物が彼を待ち受けていた。そして、マスーディがこの最後の追跡行の総決算を胸算用していたまさにそのとき、彼の駱駝がマスーディの両眼めがけて唾を飛ばした。汗まみれになった手綱《たづな》でマスーディが駱駝の鼻面を殴りつけるうちに、駱駝はふた瘤《こぶ》の水をどっと口から吐き出した。その日の駱駝のその振舞いの理由は、マスーディにはついに不可解なままであった。

靴をとられるぬかるみ道を踏み踏み、コーエンの言った言葉の意味を分らぬまま、一節ひとふしのメロディーのように、口のなかでいくども繰り返しながら、一方でマスーディは、最初の宿屋を見つけたら、そこで靴の泥をきれいに落とすことをしきりに思っていた。靴底の泥をすっかり取り返そうとするかのように、道は踏み込む靴にしつこく粘りつくのだった。

ギリシャ語しか知らないキリスト教の修道僧が、マスーディの覚えた文句はラテン語だと教えてくれ、ラビに訊いたらどうかと勧めた。ラビの翻訳では、コーエンの言葉は、こういう意味だった。

汝の意図スルトコロ、創造主、ソヲ嘉納シタマフ、シカレドモ汝ノ行フトコロ、ソハ受ケイレラルルトコロトナラザルナリ。

こうして、マスーディは、自分の願いの遂げられたこと、そして自分の方法の正しかったことを知った。その言葉なら馴染んでいた。但し、彼の知っていたのはアラビア語の文句で、何百年か昔、天使の口からハザールのカガン（君主）に伝えられた言葉そのままであった。マスーディは、コーエンこそ捜し求めるふたりの人物のうちのひとりだと知った。ヘブライの伝説に従ってコーエンがハザールに興味をもつのに対し、マスーディの同じ興味はイスラームの伝説に依拠していたからだ。夜も眠らずにハザールの辞書を読み耽って、マスーディがその到来を予言した男、それがコーエンであった。辞書と夢とは巧まざる一体を形づくっていたのだ。
しかしながら、偉大な発見までもう一歩のところに達し、ハザール史追究に専念するいわば双子の兄弟こそが彼の獲物である、と知った肝腎のこのとき、マスーディは潔くハザールの辞書を棄て、二度とふたたびそこに立ち戻らなかった。その次第はこうである。

闇が赤っぽい房となって舞い散る夜、駱駝共ども隊商宿《カラヴァンサライ》に辿り着いたマスーディは、床に入り、深々と息をついていた。彼は波間に漂う小舟のような感覚を全身に感じた。隣室からだれやらの弾くウードの調べが聞こえていた。この曲の話も含めて、その夜の物語は、のちにアナトリアのウード弾きのあいだで昔語りとして伝えられることになる。すぐさまマスーディは気づいた。あのウードは並みの作りでない、斧で伐《き》った木ならあんな音色は出ない、木の音が生きている。どこか山の頂きで育った木が材料だ、それも水の音のしない森の木なのだ。しかも、腹の部分は、木ではなく動物の甲羅を貼り合せてある。ワインは白か赤か、それを酔い加減ひとつで見分ける酒のみのように、マスーディは音色から楽器の材料を判断できた。

隣室の男の奏でるメロディーは、マスーディには馴染みのものだったが、珍しいなかにも特に珍しい曲だったから、こんな辺鄙なところで聞くのは耳を疑うほどのおどろきであった。そればかりではない。曲中のある箇所は、とくに弾きにくい難所である。音楽を棄てるまえのマスーディは、みずからその箇所の運指法を編み出し、以来、その指づかいがウード弾きのあいだで伝習されていた。ところが、いま聞こえる同じ曲の演奏は、マスーディ流ではなく、それよりもいちだんと勝っている。どう指を使っているのか、見当もつかない。彼はあっけにとられた。待つうちに、その難所がもういちど繰り返された。ようやくマスーディは理解した――あれは十本の指ではない、十一本の指で弾いている、シャイターンの仕業だ、悪魔なら演奏に尻尾も使える。

「おれの技が上か、向うが上か」マスーディは呟き、隣室に駆け込んだ。そこには指の細い、しかも、どの指もそろって同じ長さの男がいた。もじゃもじゃの顎ひげのあいだを、銀に光る蛇どもがうごめいている。男の名はヤビル・イブン・アクシャニと言い、足元には白い亀の甲羅を貼った楽器が置かれていた。

「見せてくれ、見せてほしい」マスーディは声をひそめて言った。「いま聴いたやつは、人間技とも思えない……」

ヤビル・イブン・アクシャニは、大あくびをした。あけたその口をゆっくりと動かすのは、まるでそこから目に見えない赤子を産み落とそうとして、口と舌とで仕上げの形を整えているかのようだった。

「見せろってなにを」彼は呵々大笑して訊き返した。「尻尾《しっぽ》をかい。でも、歌とか音楽とか、そんなもの、とっくの昔に、あんたにはどうでもよくなったくせに。〈夢の狩人〉のあんたが、おれに興味をもつとはねえ。シャイターンの手助けでもほしいのかね。コーランにあるじゃないか——シャイターンには神が見えるが、人間には見えないって。それで、おれのなにが知りたいんだろう。おれは駝鳥《だちょう》を乗りまわすが、そうでないときは、悪魔、つまりちいさなシャイターン数匹を用心棒にしている。そのひとりが詩人でね。こいつが詩を書き始めたのは、アッラーが最初の人間、〈アーダム〉と〈ハワー〉を創り出すより何百年も昔さ。やつの歌うのは、おれたちシャイターンや悪魔の種《たね》のことなんだ。だがね、詩というものは、まともに受けとっちゃいけないな。詩の言葉は本物の言葉じゃない。本物の言葉は、巨木に生《な》る林檎《りんご》みたいなものだ。その幹には蛇が巻きつき、根は大地に張り、梢《こずえ》は天にまでとどく、そんな大木にね。これからおれが話すのは、おれやあんたのことだが、詩ではない別ものだ。

「まず、はっきりしたことから話を始めよう。コーランの読者ならだれも承知のことだが、シャイターンの例に洩れず、おれは火でできている、あんたは土だが。あんたに注《つ》ぎ込んだ力、あんたから取り出す力——それが唯一、おれの力だ。真理から引き出せるのは、そこに注ぎ込んだもの以上ではないのだから。だが、それで十分だ、真理のなかには、万人にとっての場所がある。あんたら人間は、天国へ行けば、もしも行ければだが、なりたいものになれる、しかし地上にいる限り、産まれたとき決まった形を生涯、守りつづける宿命だ。おれたちは逆。地上にいるあいだ、おれたちは勝手次第に、どんな形にもなれる、ところが、ヘヴセルの川を越えて天国に入ったが最後、おれたちは元の木阿彌、永遠に本来のシャイターンに戻る定めだ。但し、もともと本性が火のお蔭で、おれたちの記憶はすっかり消えてなくなりはしない。

「土くれでできたあんたらの場合、そうはいかん。おれ、シャイターンと、あんた、人間との根本的な相違がそこにあるのさ。あんたを作るのにアッラーは両手を使った、おれさまのときは、片手だけ。しかも、おれの種族の誕生は、あんたらよりも昔だった。だから、両方のいちばん大きな違いは、時間にある。苦難にかけては、どっちも同じだが、おれたちの種族がジャヘンナム（火炎地獄。ユダヤ・キリスト教の思想体系のゲヘナに相当する）入りしたのは、あんたらより先だった。そして、あんたら人間のあとに、新たに三つ目の種族が地獄にやってくる。あんたらの苦難の期間が、おれのより長く続くことは、決してないはずだ。おれたちやあんたらに対抗する第三の種族の叫びを、アッラーのお耳は早くも聞きとられたからだ――『前の種族の罰を二倍にして、我らの苦しみを減らせ』と。要するに、苦難は限りを知らぬということだ。ここが肝腎だ、どこの本にも書かれていないことが、ここから始まる、あんたのためにおれが役立つのはここだよ。

「いいかね、忘れないでほしいな――おれたちの死が、あんたらの死よりも時代がまえだということを。シャイターンのほうが、死については、大先輩なのさ。人間よりもずっと長い経験があるし、その経験を忘れはしない。だからこそ、死が分っている、そこであんたに向かってその話もできる。どんなに賢く老練な人間よりもな。あんたらよりずっと長いこと、死と向き合って生きてきたのだ。
「では、いまから話して聞かそう。よく聞くがいい。そして、あんたの耳のなかに金の輪があるなら、この機会を役に立てることだよ。きょう、話をする側は、この先、いくども同じ話ができるが、聞く側は、話の続くあいだしか聞けないのだから」こうしてイブン・アクシャニがマスーディに語ったのが――

死と子どもたちの物語

子どもの死はつねにその父親にとって死の手本となる。母親は子に命を与えるためにお産する。そして子が死ぬのは父親の死を具現するためである。男の子らが父親より先に死ぬと、父親の死は寡婦となり、手本をなくした死は身体の一部を失ったようなものになる。おれたち悪魔が楽に死ぬ原因は、そこにある。子孫のないおれたちには、死の手本がない。子のない人も楽に死ぬ。その人たちのあの世での行いに残る痕跡と言えば、一瞬の消滅しかないからだ。言ってしまえば、子どもたちの将来の死が、反射の法則に従って、鏡のように親の死に映し出されるということなのだ。死だけが、その母体である時間に逆行して相続される――若者から老人へ、息子から父親へ、子孫から先祖へと、死は貴族の爵位のように相続される。破壊の刻印、死の遺伝細胞は、未来から過去へと時間の流れを遡行して、死を誕生に、時間を永遠に、アダム・ルゥハーニーを彼自身に結び付ける。こうして死は、家族的で世襲的な性格をもつ現象の一部となる。但し、黒い睫毛《まつげ》のような遺伝や疱瘡《ほうそう》などを考えてはいけない。どんなふうに死ぬかであって、死因ではない。

人は剣で死ぬこともあれば、病《やまい》の場合もあり、老衰もあるが、人はいつでも他人を通して自分の死を経験する。人の経験する死は、彼自身の死ではなく、だれか他人の未来の死なのだ。前に言ったように、彼の息子らの死だ。いわば、人はその死を共通性のあるもの、家族的な出来事に変える。子のない者は、自分の死しかもてない。たったひとつの。逆に、子どものある場合、自分自身の死はもてず、子どもらの死をもつ、いくつもの。子だくさんな人の死ほど、何倍にも重なり増えるので悲惨だ。生と死とは必ずしも一対一ではないのだ。

例を挙げよう。何世紀もの昔、ハザールのある修道院にムカッダサ・アル・サファル☾✡という名の僧がおった。一万人の処女が共同生活を送るこの修道院に生涯を送ったこの男のお勧めとは、すべての尼僧を孕《はら》ませることだった。だから、それだけの数の子どもに恵まれた。そいつがどう死んだと思う。蜜蜂一匹を嚥《の》み込んでだ。どんな死に方だったか分るかね。いちどきに一万の死に方、死が一万倍に増えたのだ。一度にすべての子どもひとりひとりに代って死んだのだ。この男、わざわざ墓に埋めるまでもなかった。なにしろ、そんな死にざまだから、全身がちりぢりの粉になって消え、あとに残ったのはこんなお話ばかりというわけだ。

似た話は、束にした枝についての例の寓話がある。人間にはその寓意がさっぱり分っていないがね。死の床にある父親が、息子らを呼びあつめ、一本ずつの枝ならあっさり折れるところを見せる。これは実際には、息子らひとりきりの父親なら死がどれほど楽か、それを息子らに教えている図だ。そのあと、束になった枝の折りにくさを見せて、自分の末期の苦しさ、辛さを訴える。子だくさんの父親として、息子らの死のひとつひとつをそっくり先取りせねばならぬからだ。束に枝が多いほど、死の苦しみは増す。ところで、母親にとって、また娘たちにとっての死はどうなのか――その話はここではすまい。これはこれで、男の場合とはまったく違う、女性の死には違った法則がある、とだけ言っておこう……。


と、こんなわけで、人間よりはいくらか死の経験を積んだおれたちシャイターンの見る秘中の秘とはこんなところさ。このことを忘れなさんなよ、あんたは〈夢の狩人〉なんだから、気をつけていると、ああなるほどこれだな、と実地に分るときがくる」

「どういうことかな」

「狩りの目的の話さ。たがいに相手の夢を見合う一組《ひとくみ》を見つける。それが狙いのはずだ。あんたのようなごみ溜め漁《あさ》りの夢の読み手にはお分りだが。眠っている者は、目覚めている相手の現実を夢に見る。そうじゃないかね」

「そのとおり」

「例えば、覚めている側が、現実のなかで最も厳しい現実、すなわち死をいままさに迎えているとしよう。夢に彼の現実を見る側は、彼の死を夢に見る、この瞬間、向うの現実は死ぬことなんだから。相手の死にざまが、手に取るように見えるだけで、こちらは死なずに済む。しかし、その先、二度と目覚めることは決してない、そのわけは死んでゆく人の死後、生きている側の生《せい》の現実を夢に見てくれるその人がいなくなるからだ。現実の糸を紡《つむ》ごうにも、肝腎の蚕《かいこ》がもういない。だから、覚めている相手の死を夢に見た者は、ふたたび目覚めない道理だし、夢に見たことも、死ぬ人の体験を通して見た死とはいかなるものかというせっかく貴重な話も、われわれに語ることもできない。〈夢の狩人〉のあんたは夢の読みとり方を知っているのだから、死に関するいっさいをそこに見出し、学び、おれたちの種族の経験を検証し、補足することができる。音楽をやるとか、辞書を書くとかなら、だれにだってできる。そんなことは他人に任せりゃいい。あんたは希有《けう》な人たちの仲間だから、瞬きと瞬《まばた》きとの隙間から、死の王国を覗き見ることができる。〈夢の狩人〉の才能を生かして、せめて立派な獲物を見つけることだな。命令をくだすは汝なり、こころして決心せよ——というじゃないか」ヤビル・イブン・アクシャニはコーランの文句を引き合いに出して、話を終えた。

戸外では夜が血に染まり、暁がきていた。隊商宿《カラヴァンサライ》の前に出ると、泉の水音がした。ペニスを象《かたど》った青銅の管《くだ》の先から水が流れ落ち、その根元には鉄の毛の生えた金属の卵形がふたつ垂れさがっていて、人が口をつける先端部はいかにもつややかだった。ごくごくと水を飲み終えたマスーディは、またもやみずからの任務を変更し、転職した。彼は『ハザール全書』を作ることも、〈彷徨《さまよ》えるユダヤ人〉コーエンの伝記のための記録をとることも放棄したのである。こうなれば、コーヒーでペン書きした書類の束も、それを押し込んだ餌袋ごと放り出したい気分だったが、死の真実をめぐる夢狩りにこれは必要と考え、これは思いとどまった。こうして彼は新たな目標のもとに古い獲物を追いつづけることとなった。

サファル月（二月）の最初の金曜日、マスーディは落葉が降りしきるような思いに耽っていた。思いは次つぎに枝を離れて散り敷いた。舞い落ちる思考の木の葉は、目で追ううちに、秋の底へ永遠に沈んだ。彼はウード弾きにも歌い手にも払うものを払って暇《ひま》を出した。マスーディは、目をつぶったまま棕櫚《しゅろ》の幹を背に坐っていたが、締めつける長靴に足うらがひどく痛み、風が吹きつけているのに冷たく苦い汗が体を伝っていた。彼は硬茹《かたゆ》での卵を剥《む》き、その汗で塩味をつけた。きたるべき土曜日は、彼にとって金曜日なみに偉大であり、彼は何をすべきかを明確に意識した。

　コーエンがイスタンブルへ出かけることを彼は承知していた。だから、これ以上、その後を追うことも、他人の夢に入り込んで街道や横道をつけて回ることも無用であった。他人の夢の道を行き、家畜のように小便をかけられ、乱暴され、虐待されることもしなくていいのだ。もっと重要なのは、都会中の大都会、イスタンブルでどうやってコーエンの所在を突きとめるかだ。いや、自分で捜すまでもあるまい、だれかが代って見つけ出してくれる。コーエンを夢に見る人が見つかりさえすればよい。そういう第三者は、考えて見れば、ひとりしかいない。マスーディには早くもその心当たりがあった。

「菩提樹《ぼだいじゅ》の蜜の香りが、薔薇の実の茶の香りを損なうように、邪魔が入ったようだな」とマスーディは考えた。「周りの人たちの見るコーエンの夢を、おれが明確に見てとり、理解するのに邪魔立てする何者かが……」

ハザール族については、アラビア語文献を調べている彼自身のほか世界には研究者が少なくともふたりいる——とは以前からのマスーディの推論であった。ヘブライ語の文献からハザールの改宗を追究しているコーエンがそのひとり、もうひとりは——まだ正体不明だが——キリスト教の文献に取り組んでいるに違いない。この三人目を見つけ出すのが肝要だ。ギリシャ人か、どこかのキリスト教徒で、ハザール事情に関心をもつ学者——イスタンブルでコーエンが求めるのも、この人物ではないか。そのもうひとりを捜し出さねば。マスーディにはその方策がたちまち思い浮かんだ。

用意万端を整えて、いざ出発というとき、マスーディはまたもや、思いも設けず、他人の夢に落ち込んだ。それは人間も動物も影も形も見せない夢であった。見えるものとては砂ばかり、広大な空のような砂漠が広がっていて、その果てに都会中の都会がある。そんな夢のなかに力づよい水の流れが音立てている。深く、甘美な、死をもたらしかねない流れだった。マスーディがこの奔流の記憶をしかととどめたのは、その高く轟《とどろ》く音が彼のターバンのひとつひとつの襞に食い入ったからである。ターバンは、「コーラン」の第五章《スウラ》のある単語を表すように巻かれていた。マスーディは、夢のなかと現実とでは季節が合致しないことに思い至った。そのときになって、背をもたせかけているいつもの棕櫚の木の見る夢のなかへ落ち込んだと知った。その棕櫚の夢はひたすら水だった。そのほかにはなにもない。川の音、器用に巻き込まれた純白のターバンのようなその流れ……。

マスーディのイスタンブル入りは、シャーバーン月（八月）の熱暑のさなかであった。大きな市場《スーク》に出かけたマスーディは、そこで『ハザール辞書』の巻物のひとつを売りに出した。現れた買い手はただひとり。テオクティスト・ニコルスキ[A]と名乗るこの正教の僧は、彼を自らの師匠のもとへと案内した。師匠は、値も訊かずそれを買いとり、まだほかにはないのか、と彼に尋ねた。マスーディは悟った――目のまえのこの男こそ、捜し求める第三の研究者に相違ない、夢にコーエンの現れるこの男なら、コーエンの誘き出しに打ってつけの囮《おとり》になる、と。なぜならコーエンが間もなくイスタンブルにくることは確実と思われたからである。

マスーディの餌袋からハザールの巻物を買いとった金満家は、イスタンブル勤務のお雇い外交官で、オスマン・トルコ宮廷の英国使節のもとで働くアヴラム・ブランコヴィチ†という人物だった。彼はワラキアのエルデーイ出身のクリスチャン、人望があり、気品高い衣裳をまとい、井戸のように頼もしかった。マスーディは、彼のお役に立ちたいと申し出て、下僕に雇われた。

アヴラム旦那は一晩じゅう、書斎で徹夜の仕事をし、昼間はもっぱら眠る毎日だった。そういう次第で、マスーディは、着いたその朝からブランコヴィチの夢を盗み見するチャンスに恵まれた。その夢に登場するコーエンは、馬と駱駝を交互に乗り継ぎ、エスパニャの言葉を話し、いまやイスタンブルへと近づきつつあった。ちなみに、これはマスーディが昼ひなか、コーエンの姿を目にした最初の夢であった。ブランコヴィチとコーエンとは、明らかに代り番こに相手を夢に見ているのだ。円環はここに閉じ、決断の時が迫っていた。

「これでよい」マスーディは思った。「駱駝をつなぐときは、出る限りの乳を搾《しぼ》っておくことだ。あしたは、だれを乗せるか、分ったものじゃないからな」さっそく、彼は主人の子どものことを聞き回った。彼が探り出したのは、アヴラム・エフェンディにはエルデーイにふたりの息子があり、下の息子は頭髪の病気を病み、最後の毛の一本が脱け落ちたら、その日に死ぬという話だった。もうひとり、はやくも剣を嗜《たしな》むほうの名はグルグール・ブランコヴィチ†、その鞍にはトルコ兵どもの髪の毛で織った敷物が被せてあると聞いた……。

それだけだったが、マスーディには十分であった。あとは時間と辛抱だ——と彼は覚悟して、まず手始めに彼の第一の技能、音楽を忘れ去ることに時間を過した。彼は歌をひとつずつ忘れるのではなしに、一節ずつを忘れていった。一番の低音から次つぎとおぼろげな記憶となり、忘却の波は満ち潮のようにいよいよ高音へとせりあがった。やがて数ある歌の肉が削《そ》げ落ち、歌のリズムの骸骨が残るばかりとなった。終いに彼は自分のメモしたハザールの記録の一語一語を忘れることに取りかかり、ある晩、ブランコヴィチ家の使用人のひとりが彼の辞書を火中に投じたときにも、さほど悲しくも思わなかった……。

だが、やがて思いがけないことが起こった。尻尾の方向へ逆行して飛べる鳥、あの青げらのように、シャッワル月（十月）の第三金曜日、アヴラム・エフェンディはイスタンブルに別れを告げた。外交官の地位を棄て、従者の全員と下僕を伴い、ドナウ川の戦場へと旅立ったのである。〈イーサ〉一六八九年、一行はクラドヴォに到着、バデンスキー公のオーストリア陣幕に入り、公の配下に付いた。マスーディは思案に暮れて仕事にも手が出なかった。かのユダヤ人コーエンは、いまなおイスタンブルを目ざして進み、クラドヴォに向かう様子を見せず、このため、彼の企みが流産の気配だからだ。

彼はドナウ川の岸辺に坐り込んで、ターバンを巻きつけながら、流れの水音を聞いていた。水は見るからに深かったが、この流れに見覚えがあった——それは「コーラン」第五章《スウラ》のある文字に似せたターバンの襞に完全に合致している。それは数か月まえ、イスタンブル近くの砂上で棕櫚の木が夢見たと同じあの流れであった。それを見てマスーディは、万事が順調に運んでいること、またここドナウの畔で彼の旅が終ることを知った。

彼は、連日、ブランコヴィチの写字生のひとりと塹壕のなかで骰子《さいころ》遊びをして日を過ごした。相手は負けに負けたが、沈んだ分をそっくり取り返そうとばかりに、一向にやめようとしなかった。トルコ軍の大砲が壕に撃ち込まれても賭に夢中なのだ。マスーディにしても、その場を離れたくないわけがあった。彼の背後でブランコヴィチがまたもコーエンの夢を見ていたからである。そのコーエンは、馬の背に跨《また》がり、ブランコヴィチの夢のなかに流れる川音高い奔流を、いましも乗り切るところであった。マスーディは、その激しい水音がドナウの流れそのものだと知った。やがて風がまともに彼に土を吹きかけてきた。さあ、始まるぞ、とマスーディは直感した。

ふたりが骰子に興じている塹壕に、トルコ軍の一隊が、小便くさい臭いを撒き散らしながら、なだれ込んできた。イェニチェリ（白人子弟からなる特別訓練の親衛隊）が右に左に剣を振るって、味方をなぎ倒すと、マスーディは、無我夢中で敵兵の顔のなかに口ひげの半分が白い若者を求めた。見つけたぞ、コーエンだ。それは他人の夢のなかに追跡したのと同じあの男に違いなかった——髪は赤く、半分が銀白の口ひげの陰に、笑《え》むともない微笑を浮かべ、肩に背嚢を負い、若者は小刻みに前進してくる。

次の瞬間、写字生の体はトルコ兵士らの剣に真っぷたつに裂け、眠るアヴラム・ブランコヴィチには槍が突き立てられた。敵はマスーディに肉薄した。彼が命拾いしたのは、コーエンのお蔭であった。ブランコヴィチの姿を見るなり、コーエンはばったり地に倒れ伏し、背嚢からこぼれた紙片がそこらじゅうに飛び散った。コーエンはたちまち深い眠りに落ち、二度と目覚めることはない——マスーディはとっさにそう判断した。

「通辞は戦死したか」トルコの上官《パシャ》がそう部下に訊く声には、ほとんど嬉しげな響きがあった。マスーディがアラビア語で答えた。

「いいえ、睡眠中であります」これがマスーディをもう一日だけ生き延びさせることになった。返答におどろいたパシャが、どうして分るかと問いただした。そこでマスーディは、ヤビル・イブン・アクシャニに言われたままを話した——自分が他人の夢を結び合せたり、ほどいたりする〈夢の狩人〉であること、一種の囮である仲介的人物を追ってここまできたこと、その男が槍に突かれていま瀕死であること、コーエンの見ている夢を見とどけるために、朝まで生かしてほしいこと、コーエンは、囮の人物ブランコヴィチの最期を夢に見ているのだからと。

「あの男が目を覚ますまで、こいつを生かしてやれ」パシャが命じた。兵士らは眠っているコーエンをマスーディの背に負わせ、トルコ側の陣地へと引き立てた。たしかにコーエンはブランコヴィチの夢を見つづけ、夢ごと獲物を背負うマスーディはふたり分を背負うように感じた。コーエンはアヴラム・エフェンディの夢を、いつものとおりアヴラムが起きているときのように見ていた。彼の夢はブランコヴィチの現実であった。もしブランコヴィチがそうして目覚めているなら、それは槍傷を負った現在の彼自身である——死においては睡眠は存在しないのだから。マスーディにとって、すべてはヤビル・イブン・アクシャニの話したとおりになった。マスーディは、これまでブランコヴィチの生を夢見ていたと同じようにブランコヴィチの死を夢見るコーエンの夢を追った。

　こうして一昼夜、マスーディは、自分の口蓋の天空に光る星座に眺め入るように、コーエンの夢を辿りつづけた。そして、人々の話では、彼はブランコヴィチ自身が体験したと同じ死を体験した。明け方、マスーディの睫毛は白くなり、耳は震え、長く伸びた爪は悪臭を放った。彼は超高速で思考を走らせていたために、兵士が剣を水平に振るって一刀のもとに腰を両断したときでさえ、無感覚でいられた。それは腰のベルトが撓《たわ》みもせず地面に落ちるほどの神業だった。あとには、蛇にも似た斬り口が開き、それは意味不明の言葉、肉の叫びを発する口かと思われた。その恐るべき剣の一閃《いっせん》を目にした人々は、その光景を永遠に忘れなかったと伝えられ、またその話を覚えている人々は、アヴェルキエ・スキラ†なる人物による『剣法大鑑』と題した著作中に、のちのちこの剣法を見つけたと言われる。一七〇二年のヴェネツィア発行の同書には、この剣法を牡羊座のある星の名前で紹介している。

　マスーディがそのような残酷な死に値したか、また殺されるに先立ってパシャになにを打ち明けたかは、だれも知らない。さらには、髪一本よりも細く、剣の刃よりも鋭いという、地獄から天国へと通ずるシーラト橋をマスーディが渡ったかどうか――それを知っていたのは、もはや語らない人たちのみである。ある言い伝えによると、彼の音楽は天国入りしたが、マスーディその人は地獄に落ちた。それは彼が次のような暴言を吐いたがためである。「おれは歌などひとつも歌わねばよかった。そうすれば、ろくでなし、穀つぶしどもと同席で天国へ行けたろうさ！　真理にもう一歩のところまで行ったおれは、音楽で道を誤り、幻想のなかへ迷い込んでしまった」

ドナウの川音がさざめくマスーディの墓の上には、こんな墓碑銘が刻まれている。

《余が手に入れ、かつ学びえたるいっさいは、わが歯にひびく匙《さじ》の音に乗りて去れり》

ムアヴィア・アブゥ・カビル博士

Dr. Muavija Abu Kabir　E ―― Dr. Muawia Abu Kabir　D ―― Dr. Muawija Abu Kabir　F ―― Dr. Mouaviya Abou Kabir

一九三〇―一九八二　アラビア人ヘブライ学者、カイロ大学教授。中東における宗教・信仰の比較研究の専門家。エルサレム大学卒業ののちアメリカ合衆国の大学院に進み、論文「十一世紀エスパニャにおけるヘブライ思想とムータジラ派の教義」で博士号を取得した。人目を惹く風貌の持主で、両肘を合せることができないほど肩幅が広かった。博士はイェフダ・ハレヴィ✡の詩作のほとんどを諳《そら》んじ、またダウプマンヌス✡の上梓した一六九一年版『ハザール事典▽』がこんにちも古い書棚に発見できると主張してやまなかった。その信念を裏づけるため、彼は十七世紀およびそれ以降、どの写本がどこにあったか、行方を詳細に調べあげ、破棄処分となったのはどれ、少部数ながら世に出回ったのはどれと正確な一覧表を作成、これに基づき『ハザール事典』は少なくとも二部が残存するはずと結論した。但し、探査は失敗に終った。現物を見たなら、卵をまるのまま嚥《の》みくだすことだってやってのけたことでもあろうが。

　学問的情熱の赴くところ、三千本目の著作たる大論文がまさに出版された一九六七年、博士を見舞ったのが第三次中東戦争である。エジプト陸軍士官として前線に送られた博士は、戦傷を受けて捕虜となった。軍籍簿の記録によれば、負傷は頭部および全身に重傷とあり、この傷のため博士は終生、性的不能に甘んじたのである。故国に帰還した博士の顔には、困惑したような微笑が浮かび、そんな微笑をマフラーのように後ろになびかせていた。ホテルの部屋に入るや、博士は軍服を脱ぎ、初めて全身の傷痕を銅製の鏡に映して見た。傷痕は四十雀《しじゅうから》の糞《ふん》のような異臭を放ち、このざまでは二度と女性と同衾《どうきん》できまい、と博士は悟った。ゆっくりと服を着ながら彼は思った――「ぼくは三十年以上も料理番の役を務め、少しずつ自分という料理を拵《こしら》えてきた。ぼくは自分自身のパン職人、パン生地《きじ》。この腕で思うままのパンを焼きあげた。ところが、いま、別の料理人が庖丁を手に現れ、ちらと見ただけでぼくを材料にまるで知らない料理に作りかえた。ぼくはいま神の姉妹――存在しないものなのだ」

こうして彼はカイロの家族のもとへも帰らず、大学の仕事にも戻らなかった。引っ越した先はアレクサンドリアにあった父親の空き家、その家で彼は生き急ぐように暮らし、爪の下にできた白い星が、魚の鰓《えら》から出て消えていく泡のように消えるのを、見つめていた。切り落とした髪の毛は地面に葬ってやり、歩くと馬蹄形に足跡の残るベドウィン族のサンダルを履き、そして、牛の目のように大きな雨粒の降ったある晩、この世で見納めの夢を見た。彼はそれを書きとめた。

女がふたり歩いている、と、流れに沿った下生えから明るい毛色のちいさな動物が飛び出し、径《こみち》を横切る。それは細い二本の脚に真っ白に塗った顔がのっているような獣だ。ふたりが声をそろえて叫ぶ。

「あら、あれは……（とその名を口にした）じゃないの！」身内の一匹が殺されたのか、それとも巣を壊されたのか。恐怖に脅えて、いちだんと美しい。本と鉛筆、それとも菓子を彼女にやらなくては。そうすれば彼女は読むか、書くか始めるだろう。彼女がなにかを書くのは紙ではない、花びらの上である……。

これがドクター・ムアヴィア・アブゥ・カビルの見た夢であった。翌晩、博士はもういちど同じ夢を見た。最初の夢のときと同様、ちいさな動物の名は彼の記憶に残らなかった。それから、次つぎとこれまで見たすべての夢が再現された。ただし、見る順序は逆である。まず、一昨日《おととい》の夢、次に一昨昨日《さきおととい》の夢、次にまたその前夜の夢という具合に一晩ずつ遡っていくのだ。次つぎに見直す夢はぐんぐんとスピードをあげ、過去一年分の夢を一夜のうちに見尽くした。三十七夜が過ぎ、夢見る作業の先が見えてきた。幼いころの遠い遠い夢にまで行き着いたからである。それは目覚めていたらとうてい思い出せない夢ばかりであった。そこで彼が引き出した結論によると、彼の混血の召使アスラン――皿を拭くのに顎《あご》ひげを使い、脱糞は遊泳中と限り、跣《はだし》の足先でパンをちぎる――は、三十七年まえそうだったよりも、ずっとあの男らしいということだ。こうして、彼は最後の夢に辿《たど》り着いた。そうした夜々、博士の時間は、半生の終りから始まりへと、ハザールの時間と同じように流れ、そしてその流れも尽きた。それ以来、彼はもう夢を見なかった。まっさらの純粋となったのだ。そのころから、夜ごとの居酒屋〈牝犬亭《コド・クチケ》〉通いが始まった。

〈牝犬亭〉の店では払いは椅子の席料だけと決まっていて、飲みものも食べものも出さない。客がここへ足を運ぶのは、持参の瓶から酒を酌み、やはり自前のつまみを食べるためか、そうでなければ、大テーブルに寄りかかって居眠りするためであった。酒場はよく満員の盛況になったが、客同士に顔見知りがあるわけでもなく、居並ぶ客の口がいっせいにもぐもぐと動くばかり、だれも無口のままだった。ここにはカウンターもなく、キッチンもなく、暖炉もなければ給仕の影もなく、入口の脇にひとりドアマンが立って席料を受けとるだけである。

ムアヴィアは〈牝犬亭〉の客に交じって席を占め、パイプに火をつけ、こんな練習に耽ったものである。それはどんな考えもパイプから煙が立ちのぼる時間以内に打ち切るという訓練である。そんなとき、くさい煙を吸い込みつつ、彼は〈穴あきズボン〉と呼ばれる黴《かび》っぽいちいさなパンやら葡萄《ぶどう》入りのかぼちゃケーキを頬ばる周囲の人々に目をやり、彼らが悲しげな目つきで一口一口、嚥《の》み込むさま、ハンカチを取り出して歯を拭《ぬぐ》うしぐさ、また眠っている連中が身動きするたびにシャツのはだける様子を眺めていた。

彼はその光景に目をやりながら、自分の時間にしろ、この人々の時間にしろ、その刻一刻が過ぎ去った幾世紀かのよれよれの一秒一秒を材料にしているのだと思った——過去は現在の時間に組み込まれ、現在は過去から成っている、なぜならそのほかに材料はなにもないのだから。世紀から世紀へと、まるでさまざまな建物に使われる石のように、いくども繰り返して再利用されてきた無尽蔵の過去の瞬間は、子細に見れば、現在という時間のなかにはっきりと見てとることができる——市場《スーク》で売られているローマ皇帝ウェスパシアヌス時代、紀元一世紀の金貨が、一目でそれを見抜けるのと似て……。

但し、そう考えようとも、彼の痛む心の慰めとはならなかった。むしろ慰めは、この人々——これまで自分らが未来のペテンにかかったように、この先も他人がペテンにかけられればよいとしか考えない——そんな連中にこそ見出すことができた。ただただ無言で飲み食いする平凡な人々が、新しく生き直すことを彼に教えた。ここアレクサンドリアから小アジアに至るまで、臭気芬々たるこの人々のうちで自分の不幸せをしのぐ者はごくごくの少数だ、そう考えるだけで彼は傷心の癒える思いがした。

なににも増して、〈牝犬亭〉はムアヴィアにとって打って付けの場所であった。海の塩に磨かれたテーブル、魚油を灯すランプ——酒場は実際よりも七十年は古びて見え、そのことにムアヴィアは安らぎを覚えた。なにしろ彼は自分の身の上、自分の過去に関わる事態にはもう耐えがたかったからだ。過去を振り向けば、そこには彼の職業があり、うんざりする点では彼の現在と変りはない。だから、彼はいわば「半分過去」の世界に逃げ込んだ——それはオパールと翡翠が異母姉妹である時代、郭公《かっこう》が残る命の年を数えると信じられた昔、切っ先の鈍《なま》った両刃《もろは》のナイフが作られている当時である……。

牛肉料理と山羊の耳の夕食を済ませたあとは、父親の家の久しく無人の続いた部屋へと戻るのが彼の日課であった。それから深夜まで彼はじっくりと英語やフランス語の新聞のページを繰っていく。十九世紀末にアレクサンドリアで出ていた古新聞の束なのだ。両足を組み、夕食に食べた肉の滋養に満ちた暗い闇が体内に蠢《うごめ》くのを感じながら、彼はひたすら新聞に没頭した。どれひとつ彼自身とは関係のあるはずがないからである。ちいさな案内広告はなおさらそうだった。

一晩また一晩、彼は遠い昔にこの世から去った人たちが寄せた案内広告に読み耽った。いまではまるっきり無意味となったそれらの呼びかけは、彼よりもはるかに年を経た埃《ほこり》のなかから輝きを放っていた。

黄色に変色したそのページから骨の病気の予防にはフランスのリキュールをぜひと誘いかける傍らには、紳士用と淑女用に分けた口臭止めのうがい薬が並び、病院・医師・助産婦御用達を誇るハンガリーのアウグスト・ツィグラー社は、各種胃病特効薬をはじめ、静脈瘤治療用長靴下、ゴム製義足を広告していた。

十六世紀から続くカリフの家柄の御曹司は「売る◎宮殿造り家族用豪華別荘◎一万五千部屋あり◎チュニジア海岸最美麗の地◎海面下僅か二十米◎物件下見のための案内は晴天の毎日◎但し南風〈タラム〉の吹く日に限る」と売り込んでいた。匿名の中年淑女の出した案内には「目覚まし時計譲る◎薔薇の香りまたは牛糞の臭いで起こされます」とあり、ガラス繊維の鬘《かつら》、嵌《は》めればたちまち腕が透明になる腕輪の宣伝もあった。

聖三位教会近くのクリスチャン薬局には雀斑《そばかす》、タムシ、ムシササレによく効くレーマン博士調合の薬液のほかに駱駝《らくだ》、馬、羊など家畜にのませる粉薬があり、薬効として食欲増進、疥癬《かいせん》予防、水の飲みすぎによる衰弱の回復その他が謳《うた》われていた。

「買い度し◎ユダヤ人の魂◎最低クラスのいわゆるネフェシュ nephesh 歓迎◎分割払いを望む」と名を秘めた買い手もある。夏別荘建てます――と著名な建築家の名で出た広告は「超低価格◎豪華注文建築◎建設地は天国」とし、そのあと続けて「鍵は支払い完了と同時に存命中に買い手へ引き渡します。但し勘定の支払い先は請負主ではなく、カイロの下層社会につき、念の為」とあった。

ハネムーン期間中の脱毛予防薬を薦めるのもあれば、「この言葉を唱えると、好みに応じてトカゲにでも庚申薔薇にでも自在に変身できる〈奇蹟の呪文〉大安売り」もあり、土地小区画特別分譲とあるのを見れば、ラビーウ・アル・アーヘルの月（四月）、第三金曜日には夜の虹が見えます、との売り込みだ。

女性という女性は、寄生虫を駆除するように、やすやすとニキビも雀斑《そばかす》も黒子《ほくろ》も一掃でき、しかも大英帝国の化粧品メーカー〈ロニ父子商会〉の白粉《おしろい》の使用後はひとり残らず美人になれること保証付きである。さらにありがたさを望むなら、緑茶用上等磁器ティーセット一組はいかが。意匠は雛《ひよこ》連れのペルシャ雌鳥だが、このティーポットには特別な装置があり、第七のイマームの霊魂が一定期間そのなかに滞在できる貴重な品だ……。

無数の商品名やもはや存在しない商会の住所、とっくに廃業した製造元やら代理店が古びた新聞の紙面をうずめており、ドクター・ムアヴィアは、彼の不幸や悩みに無関心な新世代の救済に背を向けて、消え去った世界に浸りきった。

一九七一年のある夕べ、口中の歯の一本一本が別々の文字のように感じられたその日、ムアヴィア博士は机に向かい、一八九六年の広告に注文の手紙を書いた。彼は宛先の住所（アレクサンドリア市内の通りだが、いまもまだあるかどうか確かでない）と氏名を注意深く認《したた》めたうえ投函した。それ以来、毎夕、十九世紀末の新聞広告に次つぎと返事を出した。山のような手紙の束が未知の宛先に向けて郵送された。そうするうちにある朝、最初の回答が届いた。ご注文のフランス特許製品〈万能捏《こ》ね器〉はいまでは扱っていない、よろしければこれに代る品物ならあるが——と見知らぬ回答者は書いていた。

次の日の朝、広告の件で伺ったがとムアヴィアのもとに現れたのは、一羽の鸚鵡《おうむ》を連れた少女であった。ふたり（ひとりと一羽）は木靴《サボ》がテーマの歌をデュエットで披露した。それから鸚鵡がソロで歌ったが、それはムアヴィアの知らない言葉だった。ムアヴィアがふたりのうち、

Zaludu ſciglieſcmi ſarchalo od ſrecche
Kadeu gniemu ti obarzani uecche
Umiſto tuoyogha, ça iſkah ya ſreto
Obras moi ſtobiegha od glietana glieto
Uarcchiamti darouoy, ereni ſnami ni
Okade obarz tuoi za moiſe zamini.

どちらが売り物なのか訊ねると、どちらでもお気に召すのをと少女の返答であった。ドクター・ムアヴィアは少女をしげしげと見やった。目は愛らしく、胸はふたつの目玉焼きのようだった。博士は無気力から立ち直り、屋根裏の大部屋の掃除をアスランに言いつけると、そこにガラスの輪を吊るさせ、鸚鵡を買いとった。

　元広告主の三代目、四代目の後継者から博士への返事が増えるにつれ、大部屋は博士の手で品物が収められていった。用途不明の奇妙な形の家具のかずかず、駱駝用の巨大な鞍がひとつ、ボタン代りに鈴の付いたドレス一着、人間を閉じ込めるための鉄製の天井吊りの檻《おり》、鏡が二枚（その一枚は動く姿を映すのに一瞬だけ遅れ気味で、もう一枚は割れていた）、最後は古い手書きの文書で、そこには一篇の詩らしきものが未知の言葉で記されていた。それをお目にかけよう。

　一年も経つころ、屋根裏部屋はすっかりいっぱいになり、ある朝、そこへと踏み込むとドクター・ムアヴィアはあっと息をのんだ――持ち込んだ品物がひとつの全体を形づくり、ある意味をもち始めたのに気づいたからだ。病院にありそうな備品ふうのものが一塊《ひとかたまり》あった。こんにちのような医療が不在だった時代の旧式で奇妙な病院のことである。怪しげにぽつぽつと穴をあけた腰掛けが数脚、人を坐らせて縛りつけるための鉄の輪付きのベンチ、木製の兜――これには左目のための穴、右目のための穴が空き、額の中央付近に第三の目のためにもうひとつの穴がある。それがムアヴィアの病院設備だった。ムアヴィアはそれらを別の部屋に移してまとめ、大学の同僚を電話で呼び、道具類を見せた。大学の友人に会うのは、一九六七年の戦争以来、こんどが初めてだった。友人はためつすがめつ眺め回してから言った。

「死人がある晩、実家に戻って遺族と夕食を共にした。ところが、そいつは生前と変らぬ愚か者だった。死んでも直らないってわけだ……。ところで、この設備だが、古すぎて夢の治療には役立たんね。夢で起こる近視の症状の視力矯正には、とても向かないよ。ある研究によると、夢見に使う目と日常に使う目とは別だという……」

それを聞くとムアヴィア博士はにっこりと笑い、鸚鵡のいる大部屋のほかの品々の点検に取りかかった。但し、夢見の視力矯正装置の場合と違って、総合的なその用途を突き止めるのは容易ではなかった。一点ずつについて全体との共通要素の発見に長時間をかけたがうまくいかない。そのあげく、博士は学者時代に使った方法に頼るほかないと決心した。コンピューターを使うことだ。博士はまたもカイロに電話した。蓋然性《プロバビリティー》の計算をとくに専門とする元同僚である。別便で屋根裏部屋の品目リストを送ったので、それを残らずコンピューターに入れるように博士は依頼した。

三日後、コンピューターの出した結果がムアヴィア博士のもとに届いた。謎の詩については、コンピューターの分析では使用言語はスラヴ語の一種であるとし、その用紙――三つ葉のクローヴァーを竿頭に飾る旗の下に羊のいる図柄が透かしにある――は一六六〇年ごろの紙と推定されるとあった。さて、鸚鵡を含めた問題の品々――駱駝用の鈴つきの鞍、魚に似た松かさの形の乾燥果実、人間を入れる檻、その他――のほうは、たしかに共通要素が認められ、コンピ

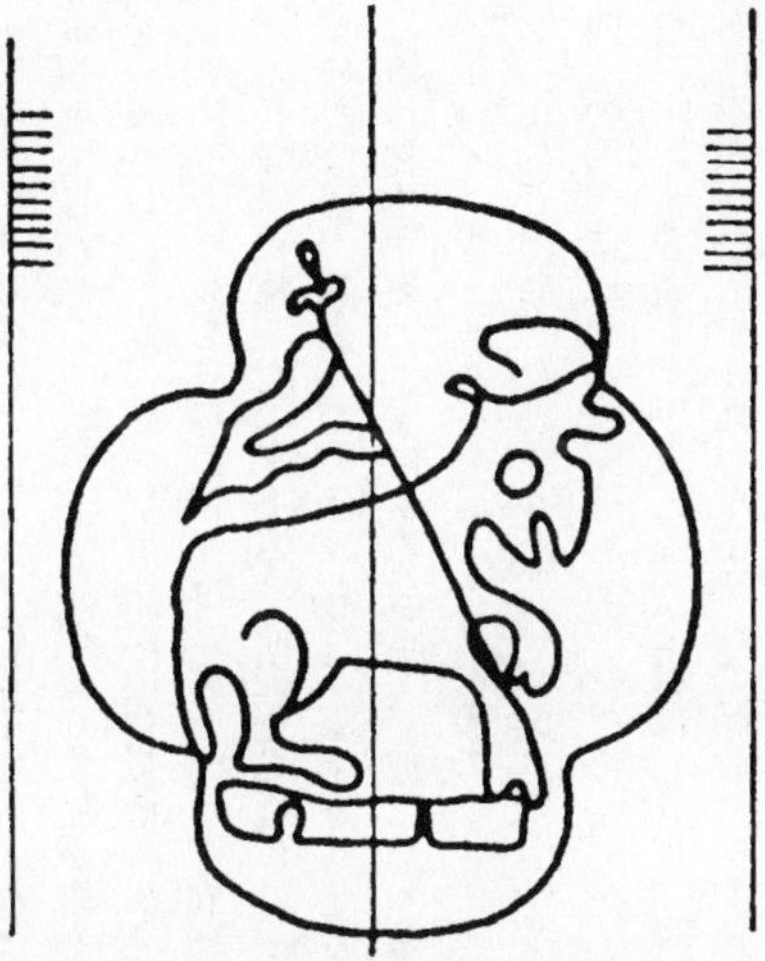

用紙の透かし模様
（ムアヴィア・アブゥ・カビル博士のコレクションより）

ユーターに入れてある少ない情報（その多くはムアヴィア博士の研究成果だが）に照らせば、いずれも現在では消滅した『ハザール事典』に記載のあるものと判明したという。

これをきっかけに、ムアヴィア博士は応召以前の出発点に戻ることとなった。博士は、もういちど〈牝犬亭〉へ足を運び、パイプに火をつけ、周囲を見回し、その火を消し、それからカイロ大学の教職に復帰したのである。研究室の机には手紙の山とあれこれの学会への招待状が積まれていた。博士の選んだのは一九八二年十月、イスタンブルで開催の「中世における黒海沿岸地方の諸文化」をテーマにする会議で、彼はその席で発表する学会報告の作成に取りかかった。博士はイェフダ・ハレヴィ、とくにそのハザール研究書を再読して、報告を書きあげ、イスタンブルへと出発したのだった。ハザール事情に多少は詳しい研究者に会えるのではないか——博士の胸中にはそんな期待もあった。

ムアヴィア博士殺害の下手人となった男は、リヴォルヴァーを構えながら命じた。

「口をあけろ！　歯をやられたくなければ」

博士は口をひらき、撃たれて死んだ。殺人犯の狙いはあやまたず、ムアヴィア博士の歯に損傷はなかった。

✡ ムカッダサ・アル・サファル

Mokadasa Al Safer　E —— Mokaddasa Al-Safer　D —— Mokaddasa Al-Safer
F—— Mokadasa Al Safer

九、十、十一世紀　女子修道院に半生を送ったハザール▽の司祭。二度目の人生は、別のある修道院の僧に挑んでチェスに明け暮れたが、但しチェス盤も駒も使用しなかった。対局は一手ごとに一年をかけ、黒海からカスピ海に広がる広大な空間を使った。駒には動物を用い、対局者は交互にその動物めがけて鷹を放ち、動物を捕えた場所がチェス盤の枡目《ますめ》となる。その場合、地点の高度も配慮された。アル・サファルは、ハザールの生んだ最優秀の〈夢の狩人〉†のひとりである。彼は夢の辞典においてアダム・ルゥハーニーの髪の房の一本だけを復元したと信じられる（マスーディ☾、ユースフの項を見よ）。

彼独特の祈禱の仕方により、また所属修道院の規則に従い、その生涯にすべて処女の修道尼一万人を孕《はら》ませた。最後の女となった王女アテー▽は、ムカッダサ・アル・サファルのもとに寝所の鍵を届けさせたと伝説は言う。環の代りに金貨のついた女持ちのちいさな鍵。これが司祭の命とりとなった。カガン▽（君主）の激怒を招いたためである。アテーと通じた罪により水上に吊るした檻《おり》に閉じ込められて死んだ。

ムスターイーベイ・サブリャーク

Mustaj-Beg Sabljak　E —— Mustaj-Beg Sabljak　D —— Mustaj-Beg Sabljak
F —— Moustaï-Bey Sabliak

十七世紀　トレビニエのトルコ指揮官。同時代の証言によると、ムスターイーベイ・サブリャークは食物を胃にとどめ置くことができず、雉鳩《きじばと》のように、飲食と排泄とを同時に行った。戦場へ出征の際、必ず数人の乳母を伴った。彼自身が授乳を受けるためだ。彼は女も男も遠ざけ、決して交わらなかった。添い寝の相手は死にかけた人間と限ったのである。だから、彼の天幕には夜ごと瀕死の女、男、子どもが運び込まれた。買い入れては、入浴させ、服を着せてやるのだ。そういう人とだけ夜を過ごしたのは、子を宿した女が生きていくのを恐れているかのようだった。

いずれにしても、子をつくるのはあの世のためであって、この世のためじゃない——とは彼の口ぐせであった。「子どもづくりが、どの天国、どの地獄のためか、わしには分らんので困る」と彼は嘆いた。「子どもらはユダヤの天使たちのもとへ行っとるかもしれんし、行く先はキリスト教の悪魔のもとかも分らん。わしの番がきたらジャヘンナム（火炎地獄）に落ちるから、あの子らとは会えずじまいじゃ……」

彼は自分の性癖をあるイスラームの修道僧にずばり説明して言った。「死と愛と、この世とあの世と、ふたつのものが、すれすれに接近し合っているときには、その両方について多くを学べる。猿のなかにはあの世へちょくちょくいってくるのがおるじゃないか。あれと同じだ。戻ってきた猿に咬まれると、純粋な知恵が授かる。だから、わざわざ腕を出してそういう猿に咬ませて、その歯形から真理を読みとろうとする、そんな連中がいるのは無理もない。わしは咬んでもらう必要がないがね……」

そういうわけで、ムスターイーベイ・サブリャークには、好きな馬を買い集めるくせに、それには乗らないという習癖に加え、死にかけた人間を買いとって、愛していないのにそれに跨《また》がるという習性があった。彼は海の近くに馬のための立派な墓を構え、大理石造りのその墓の世話をドゥブロヴニク出身のユダヤ人でサムエル・コーエン✡という男に任せていた。ワラキアの戦役の折、サブリャーク・パシャの陣屋でなにごとがあったか、それを書き留めたのはこのユダヤ人である。

パシャの兵士のひとりに軍律違反の疑いがかけられたが、確実な証拠がない。ドナウ川の戦闘で小隊中、ただひとり生き残った兵士である。隊長に言わせると、命からがら敵前逃亡したのだと言い、兵士の言い分と食い違った。本人の話では、夜襲の際、敵は全員が素っ裸で襲いかかってきたが、これを受けて最後まで戦いぬいたのは、その兵士ばかり、卑怯未練なまねをしなかったからこそ、救われたという。

事の是非曲直をつけるため兵士はサブリャークのまえに引き立てられた。兵士は一方の袖を引きちぎられた姿で現れたが、パシャはその裁きの席でひとことも発しない。居並ぶ者もだんまりを決め込んでいた。やにわに、パシャは若者に躍りかかり、野獣のようにその二の腕に食らいつき、そのままくるりと兵士に背を向けると淡々と席に戻った。哀れな男は天幕から連れ出された。ろくろく若者の顔も見ず、言葉も交さなかったパシャは、齧《かじ》りとった肩の肉を平然としてむしゃむしゃとやっていた――まるで長いあいだ口にしないご馳走の味を懐かしむように、あるいはワインの味利きをするかのように。やがて、彼は口中のものをぺっと吐き出した――それが有罪の判定だった。即座に兵士の首が斬り落とされた。

コーエンはその記録の末尾にこう記した――「パシャのもとで働いて間もないため、裁きの場はさほど見ていないわたしだが、知る限りでは、喰いちぎった肉をパシャが嚥《の》み込めば、青天白日、無罪放免の身となるのだ」

ちなみに、サブリャーク・パシャは背丈に似合わぬ貧弱な体格の男で、そのさまは、衣服の上に皮膚を着せ、頭蓋骨と毛髪のあいだにターバンを滑り込ませたふうであった。

指づかい（運指法）

Prstomet　E —— Fingering　D —— Fingersatz　F —— Doigté

音楽用語。楽器で特定の曲を演奏する場合、最適の指の運びを言う。十七世紀、小アジアのウード奏者のあいだでは、ユースフ・マスーディの編み出した運指法が尊重された。人間技とも思えぬ難所をこなす手法は〈シャイターンの指づかい〉と呼ばれる。〈シャイターンの指づかい〉には、ほかにムーア人が用いるエスパニャ流もある。

この指づかいは、ギターに応用した形だけが残っている。伝説によれば、シャイターンは十一番目の指を使ったとも尻尾《しっぽ》を用いたとも言われる。一説では、〈シャイターンの指づかい〉とは、もともとはまったく違う意味があり、金《きん》を選別して精製する一連の細かな過程をそう呼んだとも、また春から秋まで絶やさず実のなる果樹栽培法のことだとも言われる。音楽に応用されてから、意味がもっぱら指づかいに限定されるに至り、そのため新しい知恵が古い知恵を埋没させる結果となったというのである。こうして、その秘法は、人間の五感のすべての言語へ翻訳可能であり、それがため効果を減ずることは皆無である。

シャイターンの指づかい（18世紀のエスパニャでギター奏法に採り入れられた）

黄色の書

ハザール問題に関するユダヤ教関係資料

▽アテー

Ateh　E —— Ateh　D —— Ateh　F —— Ateh

八世紀　ハザール族▽のユダヤ教受け容れ当時の王女。ダウプマンヌス✡は王女の名のヘブライ語綴りを示し、その三文字の意味を説明している。

אתה

この三文字はアテー姫の人柄を知るための役にも立つ。初めの文字א「アーレフ」は〈最高の冠〉、さらに知恵を意味する。知恵とは、母親が幼子に向けるまなざしであり、見あげ見おろす目である。したがってアテーは、男の子か女の子か、どちらを授かることになるか知るため、愛人の精液の味見をする必要がない、なぜならすべて上にあるものも、下にあるものも等しく、測り知れぬ知恵の秘密を構成するからなのだ。「アーレフ」は始まりであり、すべてのほかの文字を包含する。それはまた週の七日の始まりでもある。

ט「テース」はヘブライ語アルファベットの九番目、その数値は〈単純な九〉である。『テムゥナフ』と題した書物によると、「テース」は安息日《あんそくにち》を意味するサバト（金曜の日没から土曜の日没まで）に当たり、土星ならびに神の安息の影響下にある。同時に、「テース」には花嫁ないし既婚の婦人という意味もある。土曜日がそうだからで、エゼキエル書十四章二十三節にその起源がある。結婚した女性は箒《ほうき》による掃除と関係があり、その箒は破壊、したがって不信の打破の意を秘め、力をも表す。王女アテーは有名なハザール論争▽ではユダヤ人の代表を支持した。王女はその愛人ムカッダサ・アル・サファル☾✡の髑髏《どくろ》を帯に下げて離さず、粘土質の土と塩水をこれに飲ませていた。その眼窩に矢車草を植えたのは、彼岸のかなたから眺めやる目に青の色が映るようにとの心遣いである。

三つ目のה「ヘー」は神の名（ラテン表記）ＹＨＷＨの最後の字である。この文字の表象するところは、腕、権力、大飛躍、持続（左の腕）、慈悲（右の腕）、さらには土から生えて天空に伸びる葡萄《ぶどう》の樹となる。

ハザール論争のあいだ、王女アテーはその弁舌ぶりで際立った。それについて彼女自身の言葉がある――「さまざまな思いが天から妾《わらわ》目がけて降ってきました、雪みたいに。だから、あとで元どおり体が温まって生きた心地のするまで、それはそれは苦労でした……」

王女が、イスラーム使節の増員を斥《しりぞ》けるなどして加勢を惜しまなかったユダヤ人代表は、その名をイサク・サンガリ✡と言い、カガン▽（君主）はかくてユダヤ教を選ぶに至った。一部の主張するところでは、アテーは詩を能《よ》くし、『ハザール辞書』中にその詩を残し、のちハザール論争のユダヤ人記録者イェフダ・ハレヴィ✡が、これらを役立てたとされる。別説では、アテーはハザールの歴史、信仰、〈夢の狩人〉†などについて広汎な情報源となる辞書ないし百科を編纂した最初の人物であった。この書物は連作詩の形を採り、それをアルファベット順に配列したもので、ハザール宮廷における論争の模様も詩に書かれた。論争の行方を問われて、王女アテーは答えたという――「ふたりの戦士が渡り合うとき、傷の手当てに時間をかけたほうが勝者となる」と。『ハザール辞書』は王女の連作詩集からパン種のように膨らみあがった。この詩集の総称は、一説によると、「言葉の情念について」であったと言われる。これらがすべて事実とすれば、王女アテーこそは本書の最初の著作者であり、着手者となるが、この『ハザール辞書』の原型では、本書の三つの言語はいまだ用いられず、一言語による一巻の書物にとどまっていた。同書の内容のうち本書に伝えられているものは極くわずかであり、犬の悲哀が、その吠え声をまねる子どもらの声によって、伝えられるかどうかというほどのことにすぎない。

　王女アテーの尽力で君主《カガン》が祈禱用の衣裳とトーラー（モーシェ五書）を受けたとき、論争に参加していたほかの代表は無念のあまり歯ぎしりした。イスラームの悪魔は王女に呪いをかけ、そのためアテーはハザールの言葉も彼女の自作詩も忘れ去った。愛人の名さえ忘れたのである。ひとつだけ覚えていることができたのは、魚の形をした果実の名だった。だが、そうしたことが起こる以前、いちはやく危険を予感した王女は、全土に指令して人語の真似に長《た》けた鸚鵡《おうむ》多数を集めさせた。『ハザール辞書』の見出し語ひとつにつき、一羽の鸚鵡が宮廷に持ち込まれ、各自、割当の項目については昼夜を問わず、いつなんどきでも、全文が暗誦できるように教え込まれた。

韻文はすべてハザール語だから、むろん、鸚鵡が覚え込んだのもハザール語である。ハザールの昔ながらの信仰が破棄され、ハザール語がにわかに消滅しかかると、アテーは『ハザール辞書』に通じた鸚鵡ぜんぶを解き放った。王女は鳥たちに告げた――「行きて汝らの詩を仲間に教えよ、さもなくば早晩、詩はだれからも忘れられよう……」と。鸚鵡の群れは大空に舞いあがり、かなた黒海を縁《ふち》どる森へと飛び、そこで仲間の鳥に詩を口伝えに教え、教わった鳥は新たに別の鳥に伝えた。王女の命令は聞きとどけられたのである。

やがて詩もハザール語も、それを知るのは鸚鵡ばかりという時代がついにやってきた。時代は遠くくだって十七世紀、黒海海岸で捕えられた一羽の鸚鵡が韻文と覚しきものを不明の言語で唱えた。それを聞いた飼主、イスタンブル居住の外交官アヴラム・ブランコヴィチ†は、これぞハザール語であると主張した。彼は自家の写字生に命じて鸚鵡の一語一句を書きとらせた。〈鸚鵡の詩〉つまり王女アテーの詩の再現を図ったのである。ダウプマンヌスの『ハザール事典』に〈鸚鵡の詩〉が採録された次第はこのようなものと思われる。

ここで一言、触れておく必要があるのは、ユダヤ教導入に功あった王女アテーが、半面、ハザールの伝統信仰のうち最強を誇る〈夢の狩人〉ないし〈夢の読み手〉の後援者でもあったことである。王女の著作も、数百年にわたり〈夢の狩人〉が書き伝えた夢の記録を集大成する試みであり、いわば百科事典にほかならない。王女の愛人（君主たるカガンも彼女の情人であったと言われるが）は、この宗派に属し、澄んだまなざしの青年とはいえ、早くも世に聞こえた〈夢の狩人〉であった。王女アテーの詩のひとつは、この宗派に捧げられている。

夜、眠りに落ちるとき、わたしたちはみな役者となってそのときそのとき新たな舞台に立ち、それぞれの役を演ずる。そして昼間は？　昼間、目覚めているとき、わたしたちは役の稽古に励む。稽古がうまくいかなければ、舞台は諦め、その代り台詞《せりふ》も動きもずっと上手な役者の陰に隠れる。

あなたは、わたしたちの舞台を見にくる、演技するためではなしに。わたしが立派に役をこなしていたら、よくわたしを見てほしい、一週に七日のあいだ、くる日もくる日も、賢くて美しい人はこの世にだれもいないのだから。

激怒したアラビア人とギリシャ人が王女アテーの命を狙ったとき、ハザール宮廷にきていたユダヤ代表は、王女を救おうと、身代りに宗派〈夢の狩人〉の祭司だった王女の愛人を罰するよう工作した、という言い伝えもある。王女はこれを受け容れ、男は罪を着て水の上に吊るした檻《おり》に閉じ込められた。それだけの犠牲を払いながら、王女もまた身に及ぶ罰を免《まぬが》れなかったという。

▽カガン

Kagan　E ― Kaghan　D ― Kagan　F ― Kaghan

ハザール▽君主の称号。カガンの語源はヘブライ語の cohen（祭司）と同系。ハザール王国がユダヤ教を採り入れたあと最初のカガンの名はサブリエル、その妃はセラフである。夢の解釈をめぐってユダヤ人、ギリシャ人、アラビア人を宮廷に招聘して、いわゆるハザール論争▽を開いたカガンその人の名は知られていない。

ダウブマンヌス✡の引くヘブライの文献によると、ユダヤ教の受け容れに先立ち、カガンの見た夢は彼自身から王女アテー▽（カガンの娘とも妹とも言われる）に語られた。

＊＊

夢のなかで、わしは腰まで水に浸《つか》って本を読みながら歩いていた。その水というのがクゥラ川で、水は濁って藻がいっぱい、ひげや髪の長い人が飲む水のようだ。大きな波がくるたびに、本を濡らさぬように高く掲《かか》げて、わしはまた読みつづける。深い淵が近くにあり、本はそこへいくまでにぜひとも読み終えねばならない。ちょうどそのとき天使が現れ、見ると一羽の小鳥を手にとまらせている。その天使がわしに言う。『汝の意図を主は嘉納したまう、しかし汝の行為は受け容れられない』と。まさにそのとき、わしは夢から覚めた。

　目が覚めたというのに、わしは腰まで水に浸って、同じクゥラ川の藻の浮く濁流で同じ本を手に持ち、おまけに目のまえに夢の天使が立っている。小鳥を手にのせた同じ天使がだ。わしは慌てて目を閉じたが、川も天使も小鳥も、なにもかもが目をあけるとそのままある。もういちど目をつむり、またあけても同じことだ。ぞっとした。

　わしは手にした本を読んでみた。『靴を履く者をして驕《おご》らしむることなかれ』そこまで読んで目をつぶったのに、その続きがわしの目に見えている。

『それを脱ぎ棄てし人のごとくに』ちょうどそのとき、鳥の飛び立つ気配がして、わしは目をあけ、空高く舞い去る鳥の姿を目で追った。その瞬間、わしは悟った——もはや真理に目を閉ざすな、目をつぶろうとも救いはない、この世には夢なく現《うつつ》なく、目覚めなく眠りなし。万物は永劫に続く同一の一日であり、一匹の蛇のようにおまえの体に巻きついた世界なのだ。広大無辺の幸せとは、ささやかながら身近な幸せのことと思われ、大いなるものは空しいと映り、ちいさいもののなかにわしの愛を見出した……。そのあとわしは自分ですることをした。

コーエン、サムエル

Koen, Samuel　E ―― Cohen, Samuel　D ―― Koën, Samuel　F ―― Cohen, Samuel

一六六〇―一六八九・九・二四　ドゥブロヴニク出身のユダヤ人。本書の著者のひとりである。一六八九年、同市から追放され、イスタンブルへ赴く途次、昏睡状態に陥り、そのまま死亡した。

資料　ドゥブロヴニク・ゲットー住人コーエンの人物像を再構成するため資料としては（1）ドゥブロヴニク・ズドゥラ（警察）の報告書。母語をもたない人々の話すような貧弱なイタリア語で書かれている。（2）法廷記録ならびにニコラ・リギおよびアントゥン・クリヴォノソヴィチ両名（職業は共に役者）の陳述書。（3）コーエンの住居内で発見の所持品リスト。本人の不在中にドゥブロヴニクのユダヤ人社会のために作成されたもの。写しはドゥブロヴニク古文書館蔵「政治および犯罪審理 Processi politici e criminali 1680-89」に収録――を用いた。コーエンの晩年の日々については、ベオグラードのセファルディム（西ヨーロッパ、主としてイベリア半島、地中海沿岸地方に住むユダヤ人。東ヨーロッパのユダヤ人はアシュケナディム。共に複数形で、語尾の「ム」を除いたものが単数形となる）の有力者がドゥブロヴニクに送った情報若干がある。これにはコーエン自身が死の前年に一六八九と没年の年号を彫りつけた指輪が添えられていた。人物像を完全なものとするため以上の情報と照合すべきものにドゥブロヴニクの使者らの報告書がある。彼らは一六八九年、ウィーン駐在の聖バジル共和国*公使、マティア・マリン・フゥニチによりクラドヴァ付近のオーストリア・トルコ紛争視察の目的で派遣されたものだが、コーエンに関しては二、三の記述にとどめ、その感想として、こう書いた――「馬よりも藁《わら》が多すぎる」

＊　聖バジル共和国とはドゥブロヴニクを首都に栄えた独立国。とくに十五―十六世紀に商業と文学を誇った。ナポレオンの侵攻により崩壊。当時の国名のクロアチア語 Repulika Svetoga Vlaha は Repubic of St. Basil が定訳。

コーエンは長身、赤眼、若さに似合わず口ひげの半ばが銀白――とは彼の同時代人の書く人相書である。母親クララは息子について「サムエルはもとから冷え性でね、ほんのここ数年じゃないですか、いくらか温かくなったのは」と言ったことがある。彼女によれば、彼は夜、夢のなかで始終、遠くまで旅をし、目が覚めるころはくたくたに疲れて埃《ほこり》だらけだったりもし、十分に休養がとれないと足を引きずって歩いた。コーエンの眠っているあいだはなんだかいやな気持がしましたよ、と母親は言う。

その理由はコーエンが夢のなかではユダヤ人らしく振舞わなかったからで、安息日《あんそくにち》にさえ不信心者のように馬に乗るかと思えば、時どき、詩篇の第八篇を歌いだす（これは捜し物をするときの歌だが）のはいいとして、それがキリスト者の調子なのだ。ヘブライ語のほかに話せたのはイタリア語、ラテン語、それにセルビア語なのだが、夢のなかだと寝言でなにやら奇妙な言葉を使う。普通のときにはしゃべれないその言葉は、のちにワラキア（ルーマニア）語と分った。埋葬の日、コーエンの左の前腕にあった咬まれたあととみえるひどい傷が目をひいた。生前の彼はエルサレム巡礼に憧れていて、時間の岸辺に広がる都会を目の当たりにし、藁が敷かれて静まり返った街の通りも歩けば、ちいさな教会ほどの大きさの戸棚の並ぶ塔に住み、雨の音を聞くように噴水の水音に耳を澄ませもした――それはすべてが夢のなかだったが。しかし、やがて分ったのは、てっきりエルサレムと思い込んでいた夢のなかの街が、実は聖都ではなくイスタンブルだということだった。コーエンは天空や地上やら、つまり星図とか市街図の古地図を集めていて、その一枚、イスタンブルの銅版画で見ると、夢に出てくる通りも広場も塔も、まさしくここと確かめられたのだ。

サムエルには紛れもない才能が多々あったが、母親クララの話では、どちらかと言えば実際的な方面はだめであった。雲の影から上空の風の速さを計算するのが得意で、関係性、行動性、加減乗除といった方面は得手なのに、人の顔、名前、物事など記憶力は頼りなかった。ドゥブロヴニクの住民の記憶に残るサムエルは、ゲットーのちいさな部屋の窓際のいつも同じ場所に立ち、目を伏せている姿である。種を明かせば、サムエルは床の上に蔵書の一冊を広げ、立った姿勢のまま読書しているのだ。ページをめくるには足の親指を使った。

馬に被せるみごとな鬘《かつら》を作るユダヤ人がドゥブロヴニクにいるとの評判がたまたまトレビニエのパシャ、サブリヤークの耳に入り、こうしてサムエルはパシャに雇われる身となったのだが、噂に違《たが》わぬ勤めぶりであった。彼は海を見おろす美しく整地されたパシャの愛馬の墓地の管理を任されるかたわら、次つぎに鬘を編んでは祭日とか出陣とかに繰り出すパシャの黒い馬たちの頭を飾った。コーエンはこの仕事に満足していた。パシャをお見かけすることはめったになかったが、その部下には馴染ができた。いずれ劣らず、剣はすばやく、馬上豊かな猛者《もさ》であった。

この人たちに比べておれはどうか——思い当たるのは、目覚めているときよりも夢のなかのほうが敏捷という強みであった。コーエンは独特の手の込んだ方法でそう結論したのだった。夢に見る自分は抜き身の剣を手にひとり林檎《りんご》の木の下に立っている。季節は秋、剣を構えて風が吹くのを待つ。風が吹く、大地を踏む馬の蹄《ひづめ》のひびきにも似た音とともに、どどっと林檎が地面に落ち始める。最初の実が落ちる瞬間、コーエンの剣が払われ、林檎の実は中空で真っぷたつとなった。

目が覚めると、夢のなかそっくりの秋であった。彼は剣を借り、ピーレの門の際《きわ》にある橋の下を潜《くぐ》りぬけた。そこに一本の林檎の木があり、その下で彼は風の吹くのを待ち受けた。風が起き、林檎が落ちだしたが、ひとつたりとサムエルには斬れそうもないと知った。こうして、剣さばきの速さは、目覚めているときより夢のなかが優るのだ、と悟った。剣の稽古は現《うつつ》ならぬ夢のなかでのことだったせいかと思える。

頻繁に見る夢は、暗闇のなかにいて右の手に剣を握り、左の手には駱駝《らくだ》の手綱《たづな》を巻いている自分だった。その手綱の向うでは別の端をやはり暗闇のなかのだれかが引っ張っている。彼の耳は濃い闇に満たされ、その闇を貫いて相手が剣を抜き、刃先を彼の顔面に向ける気配がする。次の瞬間、迫る刃《やいば》を彼の剣が過《あやま》たずがっしと受けとめる。空《くう》を切る刀の音に続いて、剣が剣をがっちりと受けとめ、火花を散らす。そんな夢であった。

サムエル・コーエンは、さまざまな理由で各方面に警戒心を呼び起こした。ドゥブロヴニクのイエズス会を相手に御法度《ごはっと》の宗教論争に及んだとか、あるキリスト教信者の貴婦人と懇《ねんご》ろな関係を結んだとか、ユダヤ教分派エッセネ派の教えを広めたとか、彼に向けて告発が飛び交うなかには、コーエンはストラドゥン*の群衆の見守るうちに飛ぶ鳥を左の目でぱっくりと嚥《の》み込んだというある修道僧の証言さえあった。

* ストラドゥン Stradun とはイタリア語の strada（道）からの借用語。大通り、目抜き通りの意から「盛り場」「街の人々」ほどのニュアンスもあるようだ。ドゥブロヴニクでは固有名詞として用いるらしい。

騒ぎの発端は一六八九年四月二十三日、ドゥブロヴニクのイエズス会修道院をサムエル・コーエンが訪れるという異例の事件であり、このため彼は投獄の憂き目をみる。その朝、コーエンは僧院の入口の階段を駆けのぼるところを目撃された。そのときコーエンは微笑を浮かべながらパイプを口に銜《くわ》えていた、というのはパイプの吸い方を夢に見たので、目が覚めると自分もさっそく現実にやってみたのである。

僧院の表扉を叩き、その扉があくと、彼は修道僧らに向かっておよそ八百年の昔に生きたキリスト教の宣教師で聖者でもある人物のことをいきなり質問した。彼はこの聖者の名前を知らなかったのだが、その伝記だけは一から十まで諳《そら》んじていた。この聖者がテッサロニケとコンスタンティノープルで教育を受け、偶像を憎んだ人であること、クリミアのどこかでヘブライ語を学んだことがあり、兄と同行してハザール▽王国を訪れ、迷える人々をキリスト教に改宗させたこと――などである。

「この人が亡くなった土地はローマ、八六九年のことでした」とコーエンが話を結び、その聖者の名を知っているかどうか、資料があれば見せてもらえぬか、と修道僧に訊ねた。しかし、コーエンは扉の向うにさえ通してもらえなかった。イエズス会の僧たちはコーエンに言うだけ言わせ、そのあいだじゅうコーエンの口のまえに十字を切りつづけていたが、すぐさまコーエンを地下牢に閉じ込めさせた。一六〇六年、聖母教会で開かれた教区会議で採択のユダヤ人取締規則によりドゥブロヴニク・ゲットーの住民はキリスト教信仰について議論を禁じられ、違反者は三十日の投獄と定められていたからである。

コーエンが獄房のベンチを耳で擦り減らしながら三十日の刑に服しているあいだ、彼の身辺にはふたつの記録すべき事件が起こった。ひとつはドゥブロヴニクのユダヤ人社会がコーエンの住居にある文書類の一覧作成を決めたこと、ふたつにはコーエンの身の上を気遣うある女性の出現である。

毎日の午後五時、ミンチェタの塔の影が市壁の反対側にとどくころ、ルチャリツェ通りに住む聞こえ高い貴婦人エフロシニア・ルカレヴィチ✡は、陶製のパイプを取りあげ、冬のあいだ乾《ほし》葡萄《ぶどう》の香りを染《し》ませておいた黄色っぽいタバコの葉を詰め、固型の没薬《もつやく》だか、ラストヴォ島の松の付け木だかを灯してパイプに火をつけ、盛り場《ストラドウン》から呼んだ若い者に銀貨を渡し、火のついたパイプを獄中のコーエンに届けさせる。コーエンは若者からパイプを受けとり、吸い終ると、それをエフロシニア奥方に返させるのである。

エフロシニア奥方は貴族ゲタルディチ・クルホラディチ家の生まれで、ドゥブロヴニクの上流階級ルッカーリ家に嫁ぎ、絶世の美女との評判だった。但し、彼女の両手を目にした者はだれもいない。噂によると、彼女の手には親指が二本ずつある。小指のある場所にもう一本の親指が生えており、このため右手と左手との見分けがつかないというのだった。これはエフロシニア奥方の知らないうちに描かれた肖像画で一目瞭然、胸もとに本を抱えたその手には親指が二本ずつあると言われた。

そんな噂話はどこ吹く風と、エフロシニア奥方は上流階級のほかのだれかれと変ることなく日を送っていた。言われるような、片方の耳がもうひとつの耳より重いなどというのは事実無根だった。ただ、ゲットーで仮面劇が催される日がくると、憑《つ》きものに憑かれたように、彼女は足を運んだ。ドゥブロヴニク市当局がその種のユダヤ人の演劇に禁令を出したのは後のことである。エフロシニア奥方は一度などは自分の衣裳の一枚を劇団に提供さえした。それは「青の地に黄や赤のリボン」をあしらった服で、男優の演じる主役の女性用に贈ったのだった。

一六八七年二月、〈牧人劇〉でサムエル・コーエンはルッカーリ奥方寄贈のその青いドレスを着て羊飼いの女を演じた。情報提供者がドゥブロヴニク当局に宛てた報告では、この芝居で「ユダヤ人コーエン」は「喜劇にふさわしからぬ」奇妙な振舞いに及んだとされる。「女羊飼いに扮して黄色や赤のリボンや裾飾りのついた青い服をまとい、顔の見分けのつかぬほど厚化粧したコーエンは、男の羊飼いに惚れ、詩の文句で愛の告白をするはずになっていた」ところが、芝居が進むなか、観客や役者仲間が面食らううちに、コーエンはとつぜんその代りにエフロシニア奥方（彼の衣裳は彼女の服である）に歩み寄り、鏡を手渡してから「愛の言葉」を捧げた。

空しきは、立派な鏡、君が贈物
君が顔《かんばせ》遠ざかり
映るはわたしの顔ばかり
年ごとに衰えゆくその色香
お返しします、鏡は。眠れぬ夜ごと
君のみに思い焦がれる身は

エフロシニア奥方は不思議なほど静かにこの献辞を受け、そのお返しにたくさんのオレンジを出演者一同に贈った。翌年の春、堅信礼の時節となり、奥方がその式に出る娘を連れて教会へいくとき、奥方の腕に抱かれていたのは、黄色や赤のリボンのついた青い服の人形であった。「ゲットーの仮面劇のユダヤ人」が着ていたあの服と同じ生地の仕立てであることは、だれの目にも明らかだった。奥方の姿を見ると、コーエンはその青服の人形を指さしながら、あの子がふたりの愛の結晶、わたしの娘だ、きょうはキリスト教の流儀に従って教会で堅信礼を受けるのだが――と叫んだ。

その晩、エフロシニア奥方は聖母教会の前でサムエル・コーエンと落ち合った。間もなくゲットーの入口が閉まる時間だった。奥方は腰のベルトの一端をさし出してサムエルの接吻を許し、手綱のようにそのベルトでサムエルを引っぱっていき、最初の暗い角までくると、彼の手のなかに鍵を滑り込ませて、プリエコ通りのとある家を教え、あすの晩にそこで待っていると告げた。

約束の時刻、コーエンがそこのドアの前に立つと、鍵穴は把手《とって》の上の位置にあり、鍵のぎざぎざのあるほうを上向きにしてさし込み、把手を軽く持ちあげてみると、ようやくドアがあいた。踏み込んだ廊下は狭く、右側は普通の壁であったが、左手は四角い造りのちいさな石柱が並び、次第に左へと開くように曲っていた。その列柱の通路の先を透かし見ると、遠く突き当たりに開かれた空間があるのをコーエンの目は捉えた。そしてさらにその奥には月の光に照らされた夜の海がざわめきを立てていた。それは水平線に横たわる海ではなく、カーテンのように垂れさがった海で、その裾《すそ》がまくられ、波立ち、泡に縁どられていた。

列柱の側に鉄格子のようなものが取りつけてあり、近づけない。左側の壁は実は階段を横に倒したもので、階段の役を果たしていないものだとコーエンは悟った。コーエンがその階段付きの壁に沿って進むと、右の壁からは次第に遠ざかり、どこか途中まできたところでとつぜん足がかりを失った。つんのめった彼は階段式になった列柱の一本にぶつかった。立ちあがろうとして気づいたのは、床が実は床ではないことだった。床がそのまま壁に変っていたのだ。一方、階段風の壁は、こちらは、普通に使える階段になっていて、さっきまで通路の奥から照らしていた明かりが、コーエンの頭上に高く光っていた。そこからこんどはなんの苦労もなしに階段を上り、その明かりを目ざし、やがて上階の部屋までできた。部屋に入るまえに手すりの向うに視線を走らせると、はるか下にさっき目にした海が見えた。足下の深淵に押し寄せる海は轟々の音とともに砕け散っていた。

部屋に入っていったとき、エフロシニア奥方は跣《はだし》で、振り乱した髪の上に泣き伏していた。彼女のまえにある丸椅子には百姓の使う靴、オパナクの片方だけが載せてあり、そのなかにちいさなパンがひとつ収められ、靴の爪先には蠟燭《ろうそく》が灯っていた。エフロシニア奥方のあらわな乳房が乱れた長い髪の毛のあいだに見え隠れした。乳房には目と同様に睫毛《まつげ》も眉毛《まゆげ》もあり、そしてその乳首からは、暗いまなざしから涙が落ちるように、黒い乳が滴っていた。

彼女は親指が二本ずつある両の手でパンをちぎっては、切れ端を膝に置き、パンのかけらが彼女の涙と乳を吸いとって濡れると、彼女は湿ったそのかけらを床に投げ出した足に投げやった。足には指はなく、代りに歯が並んでいた。足の裏をくねらせながら、その歯を使って彼女は貪るようにかけらに食らいついた。しかし、嚥みくだそうにも行く先がないので、嚙み砕いたパンは床の塵《ちり》のなかに吐き出された……。

コーエンに気づいた奥方はきつく彼を抱き締め、それから、寝室へと案内した。その夜、彼を愛人として扱った奥方は黒い乳を含ませながら言った。

「あまり強く吸うと、年を取るわ。だってわたしのなかから流れ出るのは時間ですもの。ある程度までは精がつくけれど、あとは体に毒なの……」

彼女と夜を過ごしたあと、コーエンは自分も彼女の信ずるキリスト教に改宗しようと決心した。その話は、なにやら恍惚とした本人の口から公然と語られた。話は広まったが、なにごともなかった。コーエンがエフロシニア奥方にこの決心を打ち明けたとき、彼女は言った。

「それだけはよして。だって、はっきり言って、わたし自身、キリスト教徒じゃないんですもの。つまり、キリスト教は結婚のための便法なの。いろいろ込み入った事情があるけど、実際は、わたしってあなたと同じユダヤ人世界の女ですよ。ストラドゥンで馴染みのマントを見かけたと思ったら、着ていたのはまるで知らない人だったという経験があるはず。みんながそういうマントを着てる、わたしもね。

「わたしは悪魔で、〈夢〉が呼び名。住まいはゲヘナ。神殿の左側にたむろする悪霊たちのあいだで暮らしているわ。わたしはゲブフラア Gebhurah の裔《すえ》です。“atque hic in illo creata est Gehenna”と記されているのがゲブフラアのことよ。わたしは初代のイブで、名前はリリス*というの。わたしはヤーウェの名前を知っていて、〈彼〉と口喧嘩して仲違いをしました。そのとき以来、わたしは〈彼〉の影のなか、またトーラーの七つの意味のあいだを飛び回る身なの。

* リリス Lilith とは、ユダヤ伝説によると、イブの出現以前のアダムの妻。魔物の母と言われ、アダムに屈しないために姿を消したが、のちイブの子孫に迫害を及ぼした。

「わたしは、この姿、あなたが愛してくれるいまの姿に、〈真理〉と〈大地〉の合いの子として生まれたの。わたしには父親が三人あるけど、母親はいません。わたしは後ずさりに歩くことは禁じられています。それに、額《ひたい》をあなたに口づけされたら、わたしは命がない。もしも、あなたがキリスト教に改宗したら、あなたはわたしにとって死んだも同然よ。キリスト教の冥王ハデスに従うサタンたちにあなたは連れ去られる。あなたの世話はあの連中がする、わたしにはそれはできない。わたしにとって、あなたは永遠に喪《うしな》われてしまう、手がとどかなくなる。いまの世の中ばかりか、この先、いくら生まれ変ろうとも会えなくなるわ……」

こうしてドゥブロヴニクのセファルディ（ユダヤ人）、サムエル・コーエンは、翻意《ほんい》して踏みとどまった。それを無視して、噂は世間を駆け巡った。本人自身の足よりも、彼の名は遠くへと旅を続け、コーエンの身に降りかかるよりも早く事件に遭遇していた。

酒杯が倒れたのは一六八九年、謝肉祭の〈聖使徒の日曜日〉であった。カーニヴァルの終了を待って、ドゥブロヴニクの役者ニコラ・リギが裁判にかけられた。祭の期間、彼の率いる一座の犯した違反行為を咎められたのだ。罪状はこの公演でドゥブロヴニクの名士のひとりパポ・サムエルとそのほかのユダヤ人を愚弄し、また市民の面前においてサムエル・コーエンを侮辱したというものである。仮面を被っていたのでコーエンがその場にいたとはまるで知らなかった——と役者は申し開きをした。

毎年、吹く風の色合いが変るころ、若者らのしきたりに違わず、リギは相棒のクリヴォノソヴィチと、ユダヤ人が主人公のカーニヴァル芝居『ユダヤ人気質』の稽古をするのだった。その年は、地主層の青年から成るボヨ・ポポフ・サラカとその一座が共演から手を引いたため、仮面の用意は街の若者連に任せた。一座は牛車を借りてきて、車の台の上に絞首台を作りあげた。以前にもユダヤ人を演じた経験のあるクリヴォノソヴィチは、帆布で縫ったシャツと魚網で作った帽子を整え、麻で赤毛の顎ひげを拵え、主人公のユダヤ人が死をまえにして読みあげる遺言状の文案まで練った。

当日、打ち合せておいた時刻に一同は仮面をつけて勢ぞろいした。リギの証言を信じるなら、ユダヤ人の仮面をつけ例年どおり牛車に乗り込んだのは、クリヴォノソヴィチ以外のだれでもないと思っていた。筋書のまま、ユダヤ人は絞首台の下に立ち、殴られ唾をかけられるなど、嫌がらせの限りを受けた。首吊り役人とユダヤ人を始めとする役者の総勢を積み込んだ牛車は街なかを練り、そのあいだも黒服やら白服の修道僧たちまで全員が芝居を演じつづけた。

芝居の車は広場をひと回りして、そこから聖母教会とその先のルチャリツァ通りへ向かった。大噴水のそばまでくると、首吊り役人を演じるリギは、ユダヤ人役のつけた仮面（その下にはクリヴォノソヴィチの顔があると彼は確信していた）の鼻をへし折った。つぎにタボルでは相手役の顎ひげを焼き焦がし、小噴水では唾を吹きかけるよう群衆に呼びかけ、アンテ・パラティウムとラテン名で呼ばれる「宮殿前広場」では片手（藁を詰めた靴下）をもぎとった。そのあいだ別段の異常はなにも気づかなかった――車が大きく揺れるたびに思わず知らずにか、ユダヤ人の口が短く口笛を吹くのを除けば。

ルチャリツァ通りのルカレヴィチの邸宅まえに着いたら〈ユダヤ人、刑死の場〉となる手はずだった。リギは死刑囚の首に縄を回した。その彼はいまも相手役がクリヴォノソヴィチだと疑わない。ところが、遺書を読みあげる大詰めの場になったとき、仮面のユダヤ人が読みだしたのは詩のようななにか――その正体は神のみぞ知る――で、首に縄をつけたまま、エフロシニア・ルカレヴィチ奥方に面と向かって大声にそれを朗誦したのだ。奥方は邸宅のバルコニーに立っていた――啄木鳥《きつつき》の卵で洗ったばかりの髪をなびかせながら。ユダヤ人が読んだのは『ユダヤ人気質』の遺言状とは似ても似つかぬこんな文句であった。

秋の日は君が身飾り、胸に光れる首飾り
冬の日は君が腰を抱き締めるベルト
春の日は君が装うドレスにほかならず
君が足元の靴こそは春に続く夏の日
いよよ時過ぐれば衣裳はいや増す
新たな年は心の重荷をもたらさん
脱ぎ棄てよ、すべての服もすべての季節も
わが喜びの炎の燃え尽きぬ先に

ようやくそのとき、この文句が『ユダヤ人気質』というより、〈牧人劇〉にふさわしく（というのは愛の告白があるから）、どうにもユダヤ人の遺書らしくない、これはなにか変だ――と役者も観客も悟った。リギが仮面をはずして相手役を確かめる気になったのも当然である。衆人環視のなか、仮面の陰から現れた顔にあっとどよめきがあがった。その顔はだれあろう、役者クリヴォノソヴィチならぬサムエル・コーエン、正真正銘のゲットーのユダヤ人ではないか。クリヴォノソヴィチに代って、打擲《ちょうちゃく》され、唾をかけられ、侮辱に進んで身を曝したのはコーエンその人だったのだ。

ニコラ・リギは、このことではいっさい責任を問われずに済んだ。仮面の主、コーエンがわざわざ金を払ってまでクリヴォノソヴィチの代役をしようとは夢にも知らなかったからである。無罪放免のリギとは逆に、一転してコーエンが罪を着ることになった。キリスト教徒のカーニヴァルの催しにユダヤ人の参加を禁ずる法令に背いたためだ。

例のイエズス会事件の刑期三十日がついちかごろ明けたばかりで、いわば重犯のコーエンにくだされた判決はドゥブロヴニク立退きという厳しいものであった。判決文には「ヘルツェゴヴィナの某所においてトルコ人に雇われ、馬の墓地の番人を務めた頭髪の重たげなユダヤ人」などとあった。

当座、ひとつだけ不確定なことがあった。ユダヤ人の自治組織が異議を申し立てコーエン支援に回れば、刑の執行は先延ばしになるか、場合によっては貰いさげの事態ともなる。ゲットーの態度決定までのあいだ、とりあえずコーエンは獄に舞い戻った。

ゲットーでは決定を急いだ。「寒風、吹かば直ちに暖炉の火を焚け」の心がけか。その年のイヤル月 Iyar の二度目の満月の日、ラビ・アブラハム・パポとイサク・ネハマの両人がコーエンの居宅に赴き、文書・蔵書を調べ、そのリストを作成した。コーエンのイエズス会修道院乗り込みには、ゲットー側も迷惑を感じていたのである。

ふたりが着いたとき、部屋は留守だった。鐘を鳴らすとその響きから、そこに鍵があると分った。鍵は鐘の舌にさがっていたのだ。コーエンの母親は外出中なのに部屋には蠟燭が一本だけ灯っていた。以下はふたりがそこで点検した品目の一覧である。

シナモン用の乳鉢、寝台代りのハンモック（天井すれすれに架け渡し、天井に本をもたせかけて寝ながら読書できる）、砂時計（砂はラヴェンダーの香りつき）、三つ枝の灯明（枝のそれぞれに人間の三つの霊魂の名、ネフェシュ nephesh とルアー ruah とネシャマー neshamah が書かれている）。窓際にあったもの――鉢入れの植物（調査の結果、蟹座の星のもとにあると結論）。壁に寄せた書棚にあったもの――剣、楽器のウード各一挺、赤青黒白の生地でできた袋百三十二個（コーエンの自筆原稿および他人の手稿の書写が収めてある）。皿一枚（早く容易に覚醒する極意を封蠟で記したもの）。その文面――「完全に目覚めるためにはどんな言葉でもよいから文字を書くこと。書くこと自体が神の業であり、人間の業ではないゆえに」天井にはハンモックの真上に目覚めの際に書き散らした雑多な文字や単語の落書あり。

次が蔵書である。コーエンが読書の場所とする窓際の床に置かれた三冊がとくに注目される。読書は〈一夫多妻的〉な交替制がとられたと判明した。問題の三冊は①書名：『有名家族』（一五八五年、クラクフ版）*De illustribus familiis* 著者：Dr. Didak Isaiah Cohen（一五九九年死去、別名 Didak Pir で知られる）②書名：『アーロンのひげ』（一六三七年、ヴェネツィア版）*Zekan Aron* 著者：Aron Cohen 備考：ドゥブロヴニクの地下牢で獄死したIsaac Yushurunに捧げた頌者による頌詩の転写あり。③書名：『良き油』（発行年月日、版元等は不明）*Semen Atov* 著者：Shalamun Oeph 備考：著者は前出Aron Cohenの祖父。なお版元・発行年月日等は不明。（以上の三冊の選択にコーエンの同族意識は明らかだが、それ以上の情報は引き出せなかった）

ラビ・アブラハム・パポが窓をあけ放つと、南からのそよ風がそっと部屋へ流れ込んだ。ラビは三冊のうちの一冊を抜き、微風《ひら》がぱらぱらとページを鳴らす音に一瞬、耳をそばだて、それからイサク・ネハマに言った。「聴いてみたまえ。あの音がネフェシュ、ネフェシュと聞こえないかね」

ラビは別の一冊を抜き、それに語らせた。すると、そのページは明瞭にルアー、ルアーと語りだすように聞こえた。

「もしも三冊目がネシャマーと言いだしたら、三冊の本はコーエンの霊魂を呼んでいると知れるわけだ」ラビが言った。

ラビがその三冊目を披いたとたんに、ふたりの耳はネシャマー、ネシャマーとささやく声を聞いた。

「三冊の本が議論し合っておるぞ。この部屋にあるなにかのことで」ラビ・アブラハム・パポが言った。

「なにかが、ほかのなにかをやっつける気だな」

ふたりは床に坐り、用心深く部屋のなかを見回した。灯明の炎が、さわさわと鳴るページのさざめきに呼び出されたかのように、にわかにすっと高まった。炎のひとつが灯明から離れて舞いあがり、別々なふたつの声で泣いた。ラビ・パポが言った。

「あれはコーエンのいちばん幼い最初の魂が肉体を求めて泣く声と、コーエンの肉が魂を呼び求める泣き声だ」

魂は棚のウードのほうへ移動し、その糸を爪弾《つまび》きながら、すすり泣きに合せて静かな音楽を奏《かな》でた。コーエンの魂はかつ泣き、かつ歌った。

たそがれのころおい、ときたまに
太陽の果てる輝きが目に射して
舞う蝶が遠くの小鳥と映るなら
かりそめの喜びが悲しみと見えたなら……

そのとき、二番目の炎が長く伸びあがると、人間の形をとり、鏡のまえに座を占め、白粉《おしろい》を塗り、衣裳を着け始めた。バルサム香、紅、香油を鏡のそばに運んできたのは、鏡に映さないと色の見分けがつかないからと思われたが、いよいよ白粉の仕上げにかかると、危害を恐れるかのように鏡から顔を背けた。身じまいが終ったとき、それは一から十までコーエンに変身していた――赤い目も半分が銀白のひげも。そのあと、魂は棚の剣をとり、最初の魂と合流した。

יא	כד	ז	כ	ג
ד	יב	כה	ח	טז
יז	ה	יג	כא	ט
י	יח	א	יד	כב
כג	ו	יט	ב	טו

しかし、コーエンの三つ目の魂、最年長の魂だけは、天井にすれすれの辺りにちいさな炎か蛍のように、ちらちらと光を発していた。初めのふたつの霊魂が手稿類を収めた棚に寄りかかっているのに、三番目は敵意でも抱くように天井の隅にいて、ハンモックの真上に書かれた文字を引っ掻くようになぞっていた。そこには、こんな文字が並んでいた。

ラビ・パポとイサク・ネハマのふたりは結論した——コーエンの魂たちの諍《いさか》いの元は手稿を収めた袋に違いない、中身をぜんぶ検《あらた》めようにも袋の数がありすぎてもてあまし気味なのだと。ラビ・アブラハム・パポが言った。

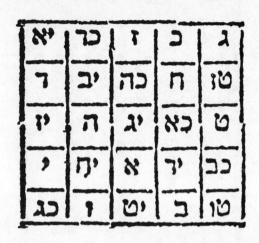

「あの袋の色だが、君もわしと同じことを考えておるのかな」

「袋の色は炎と同じようだな」ネハマが思慮深げに言った。「袋と炎を見比べてみよう。炎にはいろんな色がある——青赤黒。炎のこの三色は燃える芯と油と絶えず接触しつつ燃える。炎の先端は白色で、燃えずにただ白熱を放つ。下で支える三色の炎のお蔭だ。火に養われている火というわけです。山上のモーシェ（モーセ）は、やはりただ白熱を放つ炎の上にいた。ところが、われわれは山の麓《ふもと》の三色の炎のなかに立つ。この炎はすべてを貪り燃やす。しかし、白い炎だけは違う。これこそは最も神秘な至上の知恵の象徴だ。だから、白い色の袋のなかを検めよう」

その数は多くはなかった。ひとつの秣袋《まぐさぶくろ》に収まりきる程度だった。ふたりはそのなかに一六六〇年、バーゼルで出版されたイェフダ・ハレヴィ✡のアラビア語の著書を発見した。これにはラビ・イェフダ・イブン・ティボン✡によるヘブライ訳のテキストも付き、ラテン語の序文は編者が執筆していた。別の数個の袋からはコーエンの手稿が出た。そのなかで、いちはやく両人の目を奪ったのは、次の見出しのある文書であった。

アダム・カドモンについての覚書

ハザールは人間のさまざまな夢のなかに文字を読みとり、それらを通して原初の人、永遠の始まる以前の人、男でも女でもある人、アダム・カドモンを捜し求めた。彼らは考えた――それぞれの人間にはアルファベットのひとつの文字が属する、それらの文字のひとつひとつが地上におけるアダム・カドモンの肉体の部分を構成する、そしてそれらの文字が相互に結合して人々の夢となり、アダムの肉体のなかで生を取り戻すのだと。もっとも、その文字も、その文字が形づくる言語も、われわれの使用するものとは異なる。

ふたつの相異なる言語・文字間の境界線、また神の言葉davarと人間の言葉との境界線は明らかである、とハザールは信じた。彼らによると、その境界線は動詞と名詞とのあいだに存在する。つまり、神の御名ヤーウェを表すＹＨＷＨ、ＪＨＷＨなどのいわゆるテトラグラム（四文字）は、アレクサンドリアで出た『七十人訳聖書』では κυριος（主）と無垢《むく》な単語の陰に隠されているが、ＹＨＷＨは実は名詞ではなく動詞である。忘れてならないのは、アブラハムの注目したごとく、世界創造のとき、神の使われたのも動詞であり、名詞ではなかったことである。

われわれが用いる言語は相等しからぬふたつの力から成り立ち、両者の発生源は根本的に異なる。なんとなれば、動詞、ロゴス、法、規範（正しく有益な行動や善行を司る）は、天地創造の行為そのもの、即ち働きかけ、かつ結びつなぐ可能性をもついっさいに先行した。これに反して、名詞は、地上に創造物が出現したあと、それらを名付けるために現れた。それゆえ、物の名は帽子に付けた鈴のようなものにすぎず、その発生はアダムよりも後のことだ。「わが舌にひとつだに言葉なくとも、おお、主よ、汝はすべてを知りたもう」（詩篇第一三九篇）と歌ったあのアダムよりも（実際にはダビデの詩）。

名詞が人間の姓名に結びつくべく運命づけられているという事実は、それらの名詞が神の御名を生むための言葉と同列にないことのさらなる証《あかし》にほかならない。なぜなら、神の御名（トーラー＝律法における）は動詞であり、名詞ではない。動詞はアーレフより始まる。即ち、神は天地創造のときトーラーを見そなわされていたのであり、したがって天地を創った言葉は動詞である。

それゆえ、われわれの言葉にはふたつの水準がある。ひとつは、神格を具《そな》えた水準、ふたつには卑しい源に発する水準である。後者はおそらくゲヘナと関わりをもち、神の北方の広がりと結びつく。かくて、地獄も天国も、過去も未来も、言葉とそして言葉のうちの文字のなかに内包されている。

言葉のうちの文字のなか。そこは暗部の底である。地上のアルファベットは天上のアルファベットの鏡映しであり、それは言葉の運命を分け合う。動詞は名詞よりも無限に格が上であるにもかかわらず、われわれは動詞と名詞を等しく用いる。両者には、その格式にも由来にも差があり、動詞が天地創造の以前、名詞がそれ以後の出現ということを忘れて。

このことはアルファベットにもそのまま当てはまる。動詞を記す文字と名詞を記す文字とは別々の性質をもち、古来、区別されてきたのだが、こんにち、われわれの目は両方を混同している。目のなかに忘却が潜むからだ。

地上のアルファベットの各文字が人体の部分と照応するように、天上のアルファベットの一字一字はアダム・カドモンの体の部分と照応し合う。そして文字と文字のあいだの空白は体の動きのリズムを表す。ところが、天と地と両方のアルファベットの同時両立は許されないから、つねにどちらかが退いて相手に場を譲る。一方が前進すれば、他方は退歩する。

これは聖書の文字についても言える。聖書は絶え間なく呼吸している。一瞬、そのなかの動詞が光を放つが、それが衰えたと見ると、代って名詞の黒い文字が出しゃばる。もっとも、われら凡人の目にその変化はなにも見えない。白い炎の上に黒い炎が文字を書こうとも読みとれぬのと同じである。同様に、アダム・カドモンの体も天上のアルファベットの前進と後退とに応じて、潮の満干《みちひ》のように、われわれの存在を満たすことと、見捨てることとを繰り返す。

地上のアルファベットの文字は現《うつつ》のなかで現れる。これに対して、天上の文字は夢に現れる。天上のアルファベットは水中での光や砂のようにちりぢりに現れ、眠っているわれわれの目から人間のアルファベットを追放する。夢のなかで人は目と耳のみで考え、夢の言語に名詞はなく、動詞しか用いず、夢ではだれもが〈義《ただ》しき人〉であり、殺人者たりえない……。

以上の文章を綴るわたくしサムエル・コーエンは、ハザールの〈夢の狩人〉†のごとく世界の暗部の領域へと飛び込み、そこに閉じ込められた神性の火花を引き出そうとする。だが、わたくし自身の魂もまた閉ざされる危険なしとしない。彼の地において蒐集した文書、および先人が集めた文書をもとに、ハザールの〈夢の狩人〉の口ぐせをまねるなら、アダム・カドモンの体を地上に再構成するような一巻の著書をわたくしは準備中である……。

暗がりのなかで時おり顔を見合せながら、ふたりの男は次つぎに残りの白い袋の中身をぶちまけていったが、アルファベット順に配列した用語解説の数十項目ほどが現れたほかには、目ぼしいものはとくになかった。それはコーエンがみずから『ハザール事典』Lexicon Cosri と命名した宗教、風俗・習慣、歴史、ユダヤ教改宗などハザール全般の解説書の素材である。

この原稿は、数世紀以前にイェフダ・ハレヴィがまとめたハザール研究資料と似たものだったが、ハレヴィがハザール論争▽のキリスト教、イスラーム教両代表の名を示さないのに対して、コーエンはその解明をいちだんと深めようと努力した。即ち、コーエンが試みたのは、両代表の名前、履歴、その論点などを突きとめることで、彼のもくろみでは、これを事典用に編集し、従来のユダヤ資料が等閑に付して顧みなかったハザール関係の諸事項を扱いたかったのである。そのため、キリスト教のある説教者・宣教師の伝記の草稿もそのなかにあったが、断片的にとどまっている。イエズス会修道院に押しかけたコーエンが確かめようとした人物に相違ないのに、情報を得られず、名前の特定もできないまま、採録に至らなかったのだ。

未完に終ったこの伝記のメモにコーエンは次のように書いた。

**

ハザールのカガン▽（君主）の宮廷で行われた宗教論争の三代表については、イェフダ・ハレヴィも、その編集・発行人も、その他ヘブライ側の注釈者および資料とも、ただひとり、ユダヤ人代表、天使来訪のカガンの夢解きをしたイサク・サンガリ✡の名のみを掲げる点では、すべて変りはない。ヘブライ資料はいずれもキリスト教、イスラーム教の両代表を名指さず、前者が哲学者とし、アラビア人についてはその殺害が論争より前か後《あと》かさえ触れていない。

　察するに、ハザールに関してはイェフダ・ハレヴィと同様に文書・情報の蒐集を行った人、あるいは余コーエンのごとく、資料の編纂ないし事典作成を試みた人が、世上ほかにもあったと思われる。その場合、その人物はわれらと信仰を共にする者ではなく、キリスト教ないしイスラーム教の信者かもしれない。おそらく、世界のどこかにそういう同好の士がふたり存在し、余が彼らを捜しているように、向うも余を捜しているのだろう。余が彼らを夢に見るように、たぶん、その人たちも余のことを夢に見ているに相違ない。彼らの承知している事柄が余には隠された答えであるように、余の捉えた真実は彼らにとって測り知れず、このため余の知ったことを彼らはつかもうと焦《あせ》っているかもしれない。

夢は、これ真実の六十分の一なり。宜《うべ》なるかな。思うに、余が夢にイスタンブルに遊ぶのも、かの地にあって実在の余とはまったく異なる自分——身軽に鞍に打ち乗り、抜く手も見せず剣をさばき、わずかに足を引きずり、異教を信仰するあの男——を夢に見るのも由《よし》なきことではあるまい。

タルムードに曰《いわ》く。『人よろしく行くべし、夢の解釈を三人の男に問わんがために』と。いまの場合、その三人とは？　彼らは余の近くにいるのではないか。おそらくハザール研究のふたり目はキリスト教徒、三人目はイスラーム教徒ではないのか。余の魂にはひとつではなく三つの宗教が根をおろしているのか。魂のうちふたつは地獄へ堕ち、残るひとつが天国へ召されるのか。それとも、天地創造にまつわる書物を読むためには、ひとつでは足りず、三つが欠かせないのか。余がほかのふたりを捜し求めるのは、向うのふたりが残りのひとりを捜し求めるのと同じく当然なのか。だが分らぬでもない。余の経験から確かなこと——それは余の内部で三つの分らない。

魂が相争っていることである。そのうちのひとつは剣を持ち、すでにイスタンブルにおり、ふたつ目はためらい、泣き、そしてウードを奏でつつ歌い、三つ目は余に反抗している。その三つ目は現れず、または、余のところに達していない。そこで、余の夢見るのは最初の魂だけ、あの剣を持った男だ。二番目のウードを抱えた男は夢に現れない。そのわけは、ラーヴ・ヒスダが言うように『解釈を経ない夢とは、読まれなかった手紙に似ている』からだが、その文句をひっくり返して『読まれなかった手紙は、夢見られなかった夢に似る』と余なら言おう。どれだけの夢が余に送られながら、受けとることもなく夢に見られることもなく過ぎたことか。

分らないが、分っていることはまだある。それは余の魂のひとつが、別のもうひとつの魂の起源を、眠っている人間の額《ひたい》の観察という手段によって、つきとめうることである。余が感じるところでは、余の魂がきれぎれの部分に分れて、ほかの人間たち、駱駝たち、岩石、植物に紛れ込み、彼らと出会うことができる。そしてだれかの夢は、余の魂の肉体から資材を取り入れ、それを使ってどこかはるかに遠い場所に夢自身の家を普請中だ。余の魂の錬成には、ほかの魂の協力を必要とする、魂とはたがいに助け合うものだから。

余は知っている。わが『ハザール事典』には〇から九までの数字すべてと、アーレフからターウまでアルファベット二十二文字のすべてが含まれる。それらを用いれば世界が創造できるのだが、情けなや、余にはその能力がない。余にはいくつかの名前が不足だし、それゆえ一部の文字は欠けたままである。

願わくは、名詞を使わず、もっぱら動詞のみを用いて、わが事典の項目を書き記すことができたなら。しかし、それは人間には不可能だ。動詞を表す文字は、エロヒムElohim（神）から発し、それらはわれわれには不可知で、神性を具え、人間を超えたものであるから。名詞や名前を表す文――ゲヘナの悪魔から発するそれらの文字ばかりがわが事典を構成して、余の理解できるのは、それらの文字に限る。このゆえに、余は名前と悪魔に頼らねばならぬ……。

＊＊

「Baal Halomot!」コーエンの文書から顔をあげてラビ・パポが言った。「やつは気がふれておるのかね」

「わたしの考えは別です」蠟燭の火を消しながらネハマが答えた。

「というと?」ラビ・パポが訊ね、枝が三本ある灯明を次つぎに消した。消え去るまえに魂はそれぞれささやき声で名乗った。

「考えというのは」喉の奥の暗がりにも似た闇のなかでネハマが答えた。「コーエンの追放先ですよ。ゼムリンにするか、カヴァラか、それともテッサロニケかと」

「テッサロニケ?」ラビ・パポが一驚して言った。「あそこはユダヤ人の母なる街。それはならんぞ。坑夫としてシデロカプシへ遣《や》るがいい」

「テッサロニケの彼の許嫁《いいなずけ》のもとに送るとしよう」ネハマ老人が考え深げに言った。ふたりは部屋を真っ暗にしたまま出ていった。

戸外に立つと南の風がふたりを待ち受けていた。風の含む塩気が目にしみた。


こうしてサムエル・コーエンの運命には封印が押された。ドゥブロヴニク追放のその日、彼が知人らに別れを告げたのは、ズドゥラ（警察）の報告書によると、「一六八九年の聖使徒トマスの日、牛の尻尾《しっぽ》の毛が抜け替わり、ストラドゥンの内部が鳥の羽毛で満たされる暑気のなか」であった。その夕方、エフロシニア奥方は、男の姿に化けて娼婦のように表通りへ出た。薬局からスポンザ広場への道をこれが最後と歩くコーエンに向けて、彼女はガリシュテのアーチ門の陰から一枚の銀貨を投げた。コーエンはそれを拾いあげ、施《ほどこ》してくれた人のほうへ夕闇のなかを近づいていった。初めコーエンは相手を男と見ておどろいたのだが、彼女の手が触れた瞬間にほかならぬエフロシニアと知った。

「いくのはやめて」彼女が言った。「なにもかも判事さんたちと話がつくから。そうしてほしい、とあなたのひとことがあれば。どんな追放令でも、代りに洋上監獄の三、四日ぐらいで放免。金貨の二、三枚を包んでその筋の人の顎《あご》ひげに入れてやりさえしたら、お別れしなくて済むわ」

「ぼくが出ていくのは追放のせいじゃない」とコーエンは言った。「やつらのあんな紙きれなんぞ、つばめの鼻唄だ。ここを去るのは潮時だからです。子どものころからずっと見つづけた夢がある。そのなかで、ぼくは暗闇のなか、剣を手に戦っている、悪い足を引きずりながら。その夢では、分らない言葉がちゃんと分る。起きているときはちんぷんかんぷんの言葉が。そんな夢を見始めてもう二十二年、そろそろ夢が真実となり、謎が解けてもいいころだ。いまを逃《のが》せば、もう二度と機会はこない。夢が真実になるのは、ぼくの夢の舞台、イスタンブルのはずです。ぼくの夢にありありと立ち現れるのは偶然ではないのだから——風の勢いを削《そ》ぐためのあの曲りくねった道、それにあれらの塔やその下に広がる海……」

「この世でこれっきり会えなくとも、わたしたち、いつかは未来の生で会えます」エフロシニア奥方が言った。「おそらく、わたしたちって、いつの日か芽生えることになる魂の根っこにすぎないのかもしれない。たぶん、あなたの魂は身ごもっていて、そのうちにわたしの魂を産み落とすのでしょう。でも、それまでは、あなたとわたしのふたつの魂とも、定められた道を旅しなくては……」

「あなたの言うとおりだとしても、その未来の生で、ぼくらはおたがいに見分けがつかないでしょうね。あなたの魂はアダムの魂じゃない。あなたの魂は後代のいっさいの魂のなかに追放されていて、われわれのだれかれと共になんどでも死ぬ運命にある」

「それでも、わたしたち、別になにかの方法で会うでしょうよ。わたしの見分け方を教えておきます。そのときわたしは、男に変っているけど、わたしの両手はこのままです。親指が二本ずつあって、右手も左手も同じ……」

そう言うと、エフロシニア奥方はコーエンの指輪に口づけして、ふたりは永遠に別れた。

その後、間もなく訪れた彼女の死はあまりにも残酷なものであったから、それを嘆く詩がいくつも書かれた。もっとも、嫌疑はコーエンに着せられなかった。彼女の死の当時、コーエンはすでに昏睡状態にあり、覚めることない不帰の夢のなかへ落ちていたからである。

初め、コーエンは、ドゥブロヴニクのユダヤ人社会の助言どおりに、婚約者リディシアと会うためテッサロニケへと赴き、そこで婚礼を挙げるものと考えられた。しかし、彼はそうはしなかった。彼はその夕方、パイプにタバコを詰め、翌朝、彼がそのパイプをふかした場所は、ワラキア出陣の準備を急ぐサブリャーク・パシャの天幕のなかであった。

かくて、コーエンはしゃにむにイスタンブルを目指した。しかし、彼はそこへはついに辿《たど》り着かなかった。パシャ側近の目撃者たちは次のように語っている。彼らはドゥブロヴニクのユダヤ人たちから買収され、コーエンの最期の模様を話すよう、羊毛と引換えに植物染料を受けとっていたのである。

その年、パシャは側近とともに北へと旅した。高空の雲は南へ流れ、一行の記憶を奪い去るかのように見えた。それだけでも良い徴候とは言えなかった。彼らは猟犬どもがボスニアの森のなかを、四季を走り抜けるように、くんくんと鼻を利かせつつ争って駆けるのを見守るうちに、折から月蝕の夜、シャパツの隊商宿《カラヴァンサライ》に行き着いた。

パシャの乗馬の一頭がサヴァ川の岸で脚を折ったため、パシャのもとに呼びつけられたのは馬の墓地の番人であった。コーエンはぐっすり寝込んでいて、呼ぶ声が耳に入らなかった。そこでパシャは鞭を振るいコーエンの眉間《みけん》にはっしと打ちおろしたが、その一撃は井戸の底から振りあげ、振りおろしたような激しさで、はずみにパシャの腕輪が跳ねとんだ。コーエンはたちまち目覚め、仕事に駆けつけた。

このあとコーエンの足跡はしばらくとだえる。それというのもパシャの宿営地を抜け出たコーエンが、当時、オーストリア軍の占拠していたベオグラードへ潜《もぐ》り込んだからである。そこで彼のまず訪れた先がトルコ系セファルディムの三階建てのばかでかい邸《やしき》だったことは知られている。隙間風が廊下という廊下で唸《うな》り立てるそのユダヤ人の家、〈アブヘハム〉と呼ばれる建物の部屋数は百を超え、台所が五十、地下の酒倉《さかぐら》が三十もあった。ふたつの川に挟まれた市街の盛り場の通りでは、金で雇われた子ども同士が、闘鶏の軍鶏《しゃも》のように血を流しながら、取っ組み合いを繰り広げ、賭け金を払った見物人が輪を成していた。

コーエンが宿をとった先は地元のドイツ系ユダヤ人、いわゆるアシュケナージの経営で四十七部屋もある古い旅籠屋《はたごや》の一室だったが、そこに彼が見つけた一冊の本は夢判断の書物で、セファルディムの使うラディノLadino語で書かれていた。夕暮れ時、コーエンは遠く近くの教会の鐘楼がベオグラードの上に垂れた雲に犂《すき》を入れるのを眺めていた。

「鐘楼は空の尽きる辺りまで行き着くと、そこから逆戻りして新たな雲の群れに頭を突っ込んでいく……」と彼は書き記した。

サブリャーク・パシャの軍勢がドナウ川――それは聖書の婚姻の床の寓意を表すエデンの園

の四本の川のひとつである——に達したころ、コーエンはふたたび隊に合流した。パシャの手前、コーエンが大いに面目を施す出来事のあったのはその直後である。

パシャはギリシャ人の大砲鋳造の専門家一名を高給で召し、今回の戦役に伴っていた。鋳型を始めとする装置を取りそろえたギリシャ人技師は、本隊から一日行程の距離にある後方に控えていたが、セルビア・オーストリア連合部隊とのあいだに小出しの戦闘が始まるやいなや、パシャは大砲一門の製造をジェルダップで行うよう命じた。射程が肘《ひじ》の長さで測って三〇〇、弾丸の重さがエジプト単位にして二という注文だった。

パシャは言った。「大砲の轟音を耳にすれば、卵のなかの雛《ひな》さえ死に至り、狐は流産し、巣箱の蜂蜜は苦い味に変ってしまう——そんな大砲がほしいのじゃ」パシャはギリシャ人を呼んでくるようコーエンに言いつけたが、たまたまその日が安息日だったから、コーエンは馬を駆って走る代りに休息をとった……。

翌朝、コーエンは若い駱駝を選び出した。ふたこぶの牡とひとこぶの牝の合いの子の駱駝で一夏のあいだ、タールを塗られて過ごしたから、いまでは旅の役に立つ。コーエンは一頭の〈当て馬〉も連れ出した。牝馬《ひんば》の前戯用に仕掛ける牡馬《ぼば》で、興奮した牝馬はそのあといそいそと種馬のほうへ向かうという当て馬だ。駱駝と馬とを交互に乗りこなして、コーエンは往復二日の行程を一日で済ませ、命令伝達の任を終えた。その速さにおどろいたパシャから、それほどの乗馬の心得はどこで身につけたのか、だれに教わったのかと問われると、眠っているうちに実地練習をしたまでとコーエンは答えた。これに大いに喜んだパシャは褒美に鼻輪を賜《たまわ》った。

大砲の鋳造が完成して、オーストリア軍の陣地に砲弾を浴びせ始めたところで、パシャは全軍に攻撃を命じ、いっせいにセルビア人部隊の陣地に襲いかかった。剣の代りに秣袋を引っ提げたコーエンもこれに従った。もっとも、袋の中身はべつだん価値のあるものではなく、きれいにペン書きした古い紙に白の表紙をかぶせた書類が詰まっているだけなのは、だれもが知っていた。

ある目撃者の報告には次のようにある。「チョルバ（濃い挽き割りスープ）のようにねっとりとした空の下をわが部隊が敵の塹壕になだれ込んだとき、そこに残るのは三人だけ、あとは逃げて姿をくらました。兵士のふたりはダイスの最中で骰子《さいころ》の目に気をとられ、敵襲もどこ吹く風だった。彼らの近く、天幕の前に立派な騎兵将校の軍装を着た男が昏々と眠っており、われわれに応戦したのは、この男の猟犬数頭ばかり。たちまちにわが兵士らは骰子遊びのひとりを斬り伏せ、眠る士官に槍を突き立てた。士官は槍に突き刺されたままの体で、片肘ついて身を起こし、コーエンの顔に見入った。その視線がコーエンを弾丸のように貫き、彼は頽《くずお》れた。その瞬間、秣袋の書きものがこぼれ出た。

「コーエンは死んだのか、とパシャが訊ねたとき、生き残った骰子の相手がアラビア語で答えた。『もしこの男の名がコーエンなら、弾《たま》に撃たれたのではありません。彼を薙ぎ倒したのは夢の力なのです……』

「それは真実であった。そしてこの異様な返事で男は一日を生きのびた。人間の言葉は飢餓に似るからだが、しかし、その強さの程度はつねに同じとは限らない……」

ドゥブロヴニク・ゲットー出身のユダヤ人サムエル・コーエンをめぐる物語は、彼の陥った底深い昏睡状態のなかで見た最後の夢をめぐる報告で終る。それは浮かびあがるすべもない濃密な海中へはまり込んだような重く深い眠りであった。サムエル・コーエンに関するその報告をサブリャーク・パシャに向かって開陳したのは、戦場で延命を許されたかの骰子遊びの男である。彼がパシャに告げた話は、ドナウの岸辺の絹の天幕に永久に縫い込まれてしまい、われわれにはその緑色の防水布を通して話の断片だけが洩れてくるにすぎない。

骰子賭博をしていた男の名はユースフ・マスーディ☾と言い、〈夢の狩人〉のひとりであった。彼は他人の夢のなかで野うさぎさえ捕える（まして人間は言うまでもない）ほどの達人で、槍先の一撃に眠りを覚まされた騎兵士官に仕えていた。さて、この士官というのは、ありあまる富に恵まれた傑出した人物であり、その名をアヴラム・ブランコヴィチ†という。彼の数頭の猟犬だけでも、船一隻に満載の火薬に等しいほどの値打ちがあった。マスーディはこの男について信じがたい事柄を次つぎと披露した。深い眠りに陥ったコーエンの夢には、まさしくアヴラム・ブランコヴィチその人が立ち現れている、と彼はパシャに念を押した。

「夢の読み手だと申したな」パシャが訊ねた。「それなら、コーエンの夢がしかと読めるのか」

「もちろんでございます。わたしには夢がそっくり見透かしです。ブランコヴィチに死が迫っているので、コーエンの夢はブランコヴィチの死なのです」

そう聞くと、パシャは膝を乗り出した。

「つまり、コーエンは余人には叶わぬことを経験しているのじゃな」パシャは結論を急いだ。「ブランコヴィチの死を夢に見ることによって、コーエンは死を経験し、それでいて生き延びるのか」

「いかにも」マスーディが言った。「但し、残念ながら夢から覚めてその話をすることはかないません」

「だが、お前には、その死の夢が見えておると……」

「はい。見えますとも。それは明日になったら申しあげましょう——死ぬとはどういうことか、そのとき人間はどう感じるかを……」

マスーディのその答えが、一日の延命を確約させるための手段なのか、それとも事実、コーエンの夢が彼に見え、そこにブランコヴィチの死も映っていたのか——それはサブリャーク・パシャにも、こんにちのわれわれにも分らぬままである。だが、突きとめてみるほかない、というのがパシャの肚《はら》であった。彼の口ぐせに、すべての明日《あした》は新品の蹄鉄ほどの値打ちがあり、すべての昨日《きのう》は外れてなくした駱駝の蹄鉄だ——というのがある。そこで一日だけマスーディを生かすことにした。

一方、コーエンはその夜、最後の眠りを眠った。巨大な鼻は彼の夢うつつの微笑の底から小鳥のように突き出し、その微笑はいつかずっと昔に食べたごちそうの残り滓《かす》のように見えた。マスーディは一晩じゅうコーエンの枕元を一歩も離れず、夜が明けたころには、げっそり面変りしていた。それは盗み見する夢のなかで彼がさんざんに鞭を食らったかのように見えた。夢に読みとったのは以下のごとくである。

＊＊

ブランコヴィチは槍で刺された傷がもとで死ぬようには見えなかった。その傷自体の痛みはなかった。むしろ、彼を苦しめたのはひとつどころか多数の傷であり、傷の数は急速に増えていった。不安なことに、彼は石柱の頂上の高みに立たされ、一、二、三と数を数えている。季節は春で、吹く風に柳の枝々が編み込まれ、眼下のムレシュル川からティサ川、またドナウ川と川沿いの柳の木々はどれも三つ編みに飾られていた。

彼の体に弓矢が突き刺さるように思われた。だが、その光景は終りから始めへと逆に進行した。矢が飛んでくる先にまず傷がひらき、次に突き刺さる音がし、それから痛みが消え、空中を飛ぶ矢の唸りが聞こえ、お終いに矢を放つ弓弦《ゆづる》がひびいた。瀕死のブランコヴィチは、その矢数を十七から一まで数え、柱頭から落下するときになってやっと数えるのをやめた。したたかに落ちた先はなにやら堅固で広大無辺な場所であった。それは地面ではなかった。それが死であった。落下の衝撃で彼の傷は八方に四散し、どの傷も苦痛とは感じなかった。地面に打ちつけられたのは、死んだあとだった。

その死のなかで、彼は二回目の死を死んだ――どんなに軽微な苦痛ももはや受け容れる余地はないと見えたにもかかわらず……。矢の音の合間合間に、彼はもういちど死につつあったのだが、その死に方は前の場合とまったく違った。こんどは夭折する少年の早すぎる死であり、彼が心配したのは、その大きい仕事を成し遂げ（なぜなら死は大事業なのだ）、しかも石柱から落ちるより先にもうひとつの死を済ませるためには、のろのろしては後れをとるのではないかという一事だった。そこで彼はひたすら先を急いだ。

その動きを伴わない焦りのなかで、ブランコヴィチは身を横たえた——目の前には色塗りのストーヴがあり、それは赤と金色のふたつの丸屋根をもつ玩具《おもちゃ》の教会のような形をしていた。焼けつくような、また氷のような痛みが彼の体から噴きあげて部屋のなかへと流れ、過去の歳月が彼の体内から先を争って矢つぎ早に逃げ出すかのようであった。黄昏《たそがれ》が湿気のように広がった。暗くなりようは部屋ごとにまちまちだった。どの窓も一様に暮れかかる夕日の最後の光を受けてはいるものの、その弱々しい光はもはや室内の闇とほとんど差がなかった。

蠟燭を手に何者かが見えない入口からやってきて、そこの框《かまち》に本のページのように嵌《は》まっている真っ黒な何枚もの扉をたちまちめくってから、蠟燭の火を揺らめかせながら入ってきた。それからなにやらが男からほとばしり始めた。こうしていっさいの過去を小便にして出し終え、彼は空っぽになった。増水する水のように、夜が地上から空へと這い登ると見るうち、とつぜん男の頭髪がすっぽり脱け落ちた。それは毛皮の帽子をもぎとられたかと見えた。男の頭はもう命の脱け殻だった。

続いてコーエンの夢にはブランコヴィチの第三の死が出現した。それはほとんど見えるか見えないくらいで、時の積み重なりのようななにかに覆い隠されていた。ブランコヴィチの初めのふたつの死とこんどの三つ目の死とのあいだには、数百年もの時代が隔っているらしく、ことにマスーディの立っている場所からはまるで目に映りにくかった。初めのうち、マスーディはこんどのブランコヴィチの死は彼の育ての息子ペトクーチンの死をなぞるのだろうと考えていたが、ペトクーチンの最期を知るマスーディは、すぐさまこれはペトクーチンの死ではないぞ、と気づいた。

三度目の死はすばやく短かった。ブランコヴィチが見かけないベッドに寝ているところへ現れた男が、いきなりブランコヴィチの喉元を枕で押さえつけた。そのとき、ブランコヴィチはひとつのことしか思いつかない。サイドテーブルの上の卵に手を伸ばし、割らねばならないと。なぜそうしなければならぬのか、理由は自分にも分らない。男に枕で締めあげられながら、それだけが大事だと知っていた。

同時に彼は直感した。人間が〈昨日〉や〈今日〉を見つけ出すのはなんと遅きにすぎたことか、人類は、出現から数百万年も経てやっと発見したのだ——まず〈明日〉を、それから〈昨日〉を。人間がそれらに気づいたのは、〈過去〉と〈未来〉のあいだに板挟みとなった〈現在〉が、窒息しながらもがき、闇のなかで死にかかった遠い昔のある夜のことだった。その夜、〈過去〉と〈未来〉とは危うく合流しかねないところまで膨張しきったのである。いまがまさにそれと同じであった。〈現在〉は消えかかりつつあった。ふたつの永遠——〈過去〉と〈未来〉に挟まれ、それは押し潰されようとしていた。そしてブランコヴィチは三度目に死んだ——〈過去〉と〈未来〉とが彼の内部で大衝突し、彼を破壊し尽くした——あの卵を彼が割ろうとしたまさしくその瞬間に……。

たちまちコーエンの夢は干あがった河床のように不毛となった。目覚める時間であったが、しかし、コーエンの現実を夢に見てくれる人はもはやいなかった――ブランコヴィチが生前にそうしてきたように。かくてコーエンに起こるべきことが起きた。マスーディが見守るうちに、断末魔の喘ぎへと切り替ったコーエンの夢のなかでは、周囲のいっさいの事物のいっさいの名称が帽子のように脱げ落ち、そして地上の世界はそもそもの創世の第一日にそうであったような手つかずの清純さに戻った。

○から九までの数字と動詞を表すアルファベットの文字ばかりが、コーエンの身辺の物たちの上に黄金の涙のように光った。コーエンが悟ったのはそのときである――「十誡」の数字もまた動詞である。ひとつの言葉を忘れてゆくとき、「十誡」は忘却する最後のもの、よしんば記憶から消え去ろうとも、それは谺《こだま》として残ると。

その瞬間、コーエンは彼の死のなかで目覚め、マスーディの目前に延びる小道がかき消えた。地平線のかなたに一枚のヴェールが舞い降りたためである。そのヴェールにはヤボク川の水で書かれた次のような文句があった。

「汝らの夢は夜々のなかの日々なればなり」

参考文献　Anonymous, Lexicon Cosri, continens colloquium seu disputationem, de religione, Regiemonti Borussiae excudebat typographus Ioannes Daubmannus, Anno 1691, passim; コーエンの先祖に関してはユーゴスラヴィア科学アカデミー・ドゥブロヴニク支部「歴史研究所年報」の次を参照のこと：M. Pantic, “Sin vjerenik jedne matere...” Anali Historijskog instituta Jugoslavenske akademije znanosti i umetnosti u Dubrovnik, 1953, vol. II, pp. 209-216.

サムエル・コーエンとリディシア・サルゥクの婚約書

Veridbeni ugovor Samuela Koena i Lidisije Saruk　E ── Betrothal contract of Samuel Cohen and Lidisia Sarouk　D ── Verlöbnisvertrag des Samuel Koën und der Lidisja Saruk　F ── Contrat de fiançailles de Samuel Cohen et Lidisiya Sarouk

十七世紀　ドゥブロヴニク古文書《こもんじょ》に現存する問題の婚約書は、〈セファルディム系ユダヤ人〉サムエル・コーエンのファイルに収められており、全文は次のとおり。

＊＊

良き徴《しるし》のもと、吉兆の時刻、サムエル・コーエンとテッサロニケの戸主、故人シェロム・サルゥク（天国に休らわんことを）の娘リディシアとの婚約成立に当たり、その条件を下記のごとく定めたり。第一、新婦たるべき娘の母親、シティ夫人は（すべての女のうちにて祝福されてあれ）上記リディシアに対しその財力と品位にふさわしくエスパニャ製寝台用マットレスと嫁入り衣裳一式を贈るものとす。第二、結婚式は本日より二か年半以内に執り行うべきこと。この期日までに上記サムエルが、本人の事情によると本人の関知せざる事由によるとを問わず、リディシアと結婚に至らざる場合、婚約に際し同人が贈与したる宝石類その他の物品は同日以降、法と正義に照らしてリディシア個人の所有物と見なされ、贈与者にはこれに対する請求権、異議申立ての権利を有せざることについて双方は申合せをみたり。列挙するに、これらの品目は同女がすでに身に帯びたる腕輪、首飾り、指輪、帽子、靴下、靴など計二十四点、価格二千二百アクチ相当にして、前述のごとく新郎たるべき側の婚約不履行の償いとして新婦たるべき側に対し最終的に余さず贈呈される。なお、右サムエル・コーエンは婚約者たるリディシア以外のいかなる女性とも婚約することなく、ないしはこれと婚姻関係に入らざることを厳重に誓約したり。万一、これに違約の際には破門もやむなきものとす。

かくのごとく法の規定に則り本婚約書を作成し、サムエル・コーエンの誓約を行いたる日付はユダヤ暦五四四二年シェヴァト月の新月の日、月曜日にして、向後、永遠に万事、忠実に遵守さるべきなり。

右、判事アヴラム・ハディダ、同シェロモ・アドロケ、同ヨゼフ・バハル・イスラエル・アレヴィ。以上。

**

同文書の裏面にはコーエンの行状に関しドゥブロヴニクの密偵の筆になるコメント数項目が書き込まれており、そのうちの一項は一六八〇年三月二日、ストラドゥンにおいてコーエンが会話中に洩らしたという次の言葉を記す。

ハザール▽の商船隊の一部の船では帆の代りとして魚網を用い、それでも普通の船同様に帆走が可能であった。どうしてそんなことができるのか、ハザールの司祭はギリシャ人に質問されたが、脇にいたユダヤ人が代りに答えて言った。『簡単なことです。あの帆は風以外のすべてを捉えるのだから』と。

密偵による別の書き入れは貴族の奥方エフロシニア・ルカレヴィチ✡に関している。同年五月、エフロシニア奥方とルハリツェ通りで会った際、コーエンは次のように問うた。「あんたはいつもそのように美しいのか、それとも霊魂が入れ替る金曜日の夜だけは醜女となるのか。それゆえに金曜日の夜に限り会ってくださらないのか」と。

それには答えず、エフロシニア・ルカレヴィチ奥方はベルトの下からちいさな蠟燭《ろうそく》を取り出し、自分の目のまえに持ってゆき、片目を閉じ、もう一方の目で蠟燭の芯を見つめた。すると、その眼光により、空中にコーエンの名がすらすらと綴り出されると同時に芯に火が灯り、帰宅する奥方の道をあかあかと照らしつづけた。

サンガリ、イサク

Sangari, Isak　E —— Sangari, Isaac　D —— Sangari, Isaak　F —— Sangari Isaac

八世紀　ヘブライ人を代表してハザール論争▽に参加したラビ。もっとも、ハザール▽のユダヤ教改宗を導いた功績者、さらにはカバラの専門家として、その名が挙がるには十三世紀をまたねばならない。

　彼はヘブライ語の美点を力説したが、それ以外にも少なからぬ言語に通じていた。サンガリによれば、各種言語間の差異とはある一点に集約される。即ち神の言葉を除けば、いっさいの言語は苦しみの言葉であり、痛みの辞書である。彼は言う――「苦難は時間ないし余自身から裂け目を通してきたる、とは余輩の観ずるところなり。さもなくば、苦難はこんにちの程度にとどまるべくもない。言語においてもまたしかり」と。

　ハザール宮廷におけるサンガリの応答がハザール語で行われたと立証したのはゲダリアーR. Gedaliah（一五八七年ごろ）である。またハレヴィ✡によると、サンガリはその師、ラビ・ナフムの教えを役立てた。これは賢者が預言者たちからいかにして学んだかを記録した学僧である。サンガリはカガン▽（君主）と語る際、ラビ・ナフムの次のような言葉を引用した。以下はハレヴィの記述による。

「わたしはラビ・マヤシュからそれを聞いた」とラビ・ナフムは書いた。「ラビ・マヤシュはそれを一組の説教師から学んだ。彼らはシナイ山でモーシェ（モーセ）に啓示された戒律として預言者からそれを受けたのである。彼らは個人の訓戒を伝えないように気を払った。その心がけは、死の床で息子にこう遺言したある老人の言葉に見てとれる。

「『わが息子よ、これから先、わしに教わった思想をおまえに名指してある四人の人物に判定してもらうがよい』息子が訊いた。『なにゆえ、父上自身がそうしなかったのですか』老人が答えた。『わしの思想は多くの人から学びとったものだが、その多くの人たちもまた多くの人から学んでいる。だからわしはわしの立場を維持し、彼らは彼らの立場を維持した。しかし、おまえはただひとり、わしという人間からしか学んでおらん。ひとりの人間の教えは無視して、いくにんもの教えを受けるほうがよいのだ……』」

ハザール宮廷での論争に乗り込んだアラビア代表の裏をかいて開催の日程を工作したのはサンガリだと言われる。アラビア代表が彗星の助けを得られる期間を外し、イスラームの信仰が一杯の水と化するときを選んだのだ。もっとも、サンガリ自身は論争にほとんど乗り気ではなかった。ダウプマンヌス✡は次のような話を引いている。

イサク・サンガリを乗せてハザールの都へ向けて出帆した船は、途中、サラセン人の襲撃を受けた。海賊が手あたり次第に人殺しを始めるのを見たユダヤ人らは海へ飛び込んで難を逃れようとしたが、海賊は櫂《かい》を振るってその人々も殺した。悠然として船に残ったのはサンガリひとりであった。不思議に思ったサラセン人が、なぜみんなと同じように海へ飛び込まないのかと訊ねた。

「わしは泳げぬのじゃ」とサンガリは嘘を言った。これで首が刎《は》ねられるのを救われた。剣で殺す代りに海賊は彼を海中に投じ、船を奪って去った。

「霊魂の核心は、戦争における王のごときものである」とイサク・サンガリは言った。「しかし、男たる者、ときには戦争において、霊魂の核心のように振舞うべきである」

こうしてサンガリはようやくハザールの王宮に着いた。キリスト教とイスラーム教両代表との論争の過程で、彼はカガンの夢を解き、それにより君主はじめハザール人の、過去よりも未来に多くを期する信仰、即ちユダヤ教への改宗を説得できた。夢のなかで天使がカガンに言った言葉――「汝の意図を創造主は嘉納したまう、しかし汝の行為は受け容れられない」――を説明するのに彼はアダムの息子、カインとアベルの弟、セツの場合になぞらえた。

「ヤーウェの手で創られたアダムと、アダムの創ったセツのあいだには天地の差があります」とイサク・サンガリはカガンに言った。「セツとそのあとの人間たちは、神の意図でこそあれ、人間の行為です。それゆえ、意図と行為とは区別せねばならない。意図は、人間のうちにおいて、あくまでも純粋、神のもの、動詞、ないしロゴスにとどまり、行為の概念として行為に先行する。しかし行為そのものは地上的であり、セツの名前をもつ。行為では、美徳と悪徳とが入れ子である、中空の木彫り人形のように。だから、夢で天使に咎められても責められたと考えることはない、むしろ逆に、それほど真実に遠いことはない。結局、天使はあなたの本質に目を向けさせたかったまでなのです……」

シュルツ博士、ドロタ

Šulc, Dr. Dorota　E ── Schultz, Dr. Dorothea　D ── Schulz, Dr. Dorota
F ── Schultz, Dr. Dorothéa

一九四四─　クラクフ生まれ。スラヴ学者、エルサレム大学教授。旧姓クファシニエフスカ。彼女の出自の詳細については、出身校ポーランド（クラクフ市）ヤギェウォ大学の学籍簿にも、アメリカ（コネティカット州ニューヘイヴン市）イェール大学の博士号授与の関係文書にもいっさい記載がない。

ドロタ・クファシニエフスカがユダヤ人女性とポーランド人男性のあいだの娘としてクラクフに誕生した当時の状況は異常の一語に尽きる。母親は、夫の使っていたノートに書き残した。「わたしの心臓《ハート》はわが娘。わたしの行く先は星々が頼り、心臓の行く手は月が頼り、いっさいの速さの果てに待つ苦痛が頼りなのです」その書置きがだれの筆跡なのか、クファシニエフスカはいまだに知らない。

母親の実兄アシュケナージ・ショーレムは、ナチス・ドイツによるポーランド占領中の一九四三年、ポグロム（ユダヤ人迫害）後、消息不明となるが、そのまえに妹が助かるように万全の手を尽くした。苦心惨憺の末、ポーランド人名義の贋の身分証明書を妹のために入手し、そのうえで妹と結婚したのである。結婚式はワルシャワの聖トマシュ教会で行われ、カトリックに改宗したユダヤ人とポーランド女性の縁組として認められた。兄が連行されたあと(当時、彼はタバコの代用にミントの葉を喫っていた)も、妹で彼の妻となったアナ・ショーレムは、結婚前に手に入れたアナ・ザキエヴィチという名のポーランド人としていられたが、万一を慮《おもんぱか》ってすぐ離婚した。夫が実の兄であったことは、こうして彼女だけの秘密となった。

彼女は間もなく再婚した。再婚の相手はクファシニエフスキといい、先妻に先立たれたポーランド人で、鶉《うずら》の卵のような目をし、物言いは柔かだが、気骨のある男だった。この夫婦のあいだのひとり娘がドロタ・クファシニエフスカである。

スラヴ学研究で修士号を取ったのち、ドロタはアメリカに留学、やがて古代スラヴ文学の研究で博士となった。ところが、クラクフの学生時代から交遊のあったイサク・シュルツがイスラエルに移住したため、ドロタは彼を追って合流した。シュルツは一九六七年、第三次中東戦争で負傷するが、翌年、ふたりは結婚、夫妻は初めテルアヴィヴに、その後、エルサレムに住んだ。彼女はスラヴ諸民族における初期キリスト教史の講義を両地の大学で担当した。その間《かん》、ふと思いついて始めたのがポーランドの自分自身宛に手紙を書くことであった。

宛先は学生当時に住んだクラクフの下宿先の住所とした。元クファシニエフスカ、現シュルツ夫人から届くこれらの手紙は封を切らないままで下宿のおばさんが保存しておいた。いつの日かドロタのポーランド来訪の機会に手渡せるときがこようと願ってのことである。一、二を除けば手紙はどれもさほど長文ではなく、一九六八年から八二年にかけてのドロタの日記のようなものであるが、内容的にはハザール▽に関連しており、とくに最後の手紙（これはイスタンブルの拘置所で書かれた）はハザール論争▽に関っている。以下、その手紙を日付順に掲げる。

1

テルアヴィヴ、一九六七年八月二十一日

親愛なるドロトカ

人さまのパンばかり頂戴して、自分の分には手もつけずにいる――あたしのちかごろはそんな気分です。こうしてお便りするあいだもあたしに分っているのは、そちらクラクフであんたがあたしよりずっと年下になってしまったことです――あたしたちのあのお部屋、あそこでは毎日が金曜日で、あたしたちはまるで焼き林檎《りんご》みたいにシナモンを詰め込まれましたね。もし、この手紙を受けとることがあったとしても、これを読むときには、あんたはあたしより年上になるはずです。

イサクはよくなっています。どこかの野戦病院で臥《ふせ》っていますが、急速に回復中なのは届く手紙の手蹟からも分ります。手紙では「クラクフの三日続きの静けさ、二度、温められ、底が少し焦げついた」夏を夢に見ると書いています。間もなく会える予定ですが、顔を合せるのがあたしはこわい。負傷の程度がなにも分ってないためもあるけど、もうひとつの理由は、人間すべて自身の陰に植えられた樹木だからなの。

あたしが嬉しいと思うのは、イサクを嫌いなあんたがそちらにいて、あたしたちから遠く離れていることです。そういういまなら、彼とふたりずっと気楽に愛し合えますから。

エルサレム、一九六八年九月

2

ドロトカ

すこしだけ書きます。いつまでも覚えておいてね——生き方を知らないから、あんたは勉強できるのだと。生き方が分れば、勉強なんか要らない、そしてどんな学問もなんの意味も持たない。しかし、人から教わるのは勉強の進め方ばかりで、生き方のことは教えてくれない。生き方を知らないのはあたしも同じです。

犬たちをお供に連れ、大きな木の茂る森の知らない道を散歩してきたところです。頭上では枝々が触れ合っていました。食べもの、つまり光を求めて枝をさしのべながら、木は美をつくりあげました。食べることであたしにできるのは思い出づくりだけなのに。空腹はあたしを美人にしてくれない。

あたしが木というものに愛着があるのは、あたしの及びもつかぬことが木にはできるからなのです。そしてその木にあたしを執着させるのが、あたしの犬たちです（今夜、犬たちはいつにも増してあたしを愛している）。というのは犬たちの飢えが、あたしに飢えているときよりも、木に飢えているときのほうが、より美しいからです。こうしたことに、あんたの学問は立ち入れますか。学問で先頭を切るためには、自分の分野の最新の言葉を知ることです。美はそれとは違います。

イサクが帰宅しました。服を着ていれば傷痕は見えません。元のようにハンサムだし、クラコヴィアクを歌い覚えた犬にそっくりです。彼はあたしの右のお乳のほうが左より好きで、あたしたちのひどい寝相《ねぞう》ときたら。

ヴァヴェルの城へ登る階段を駆けあがった相変らずあの長い足、椅子にかけるときは、片方ずつ手で膝を持ちあげます。あたしの名を口にするときは、初めのころそのままの使い古されていない、口から口に伝わり、擦れ切れてしまう以前の新鮮さ……。

ひとつ協定しない？　役割の分担をするの。あんたはクラクフで学者を続け、あたしはこちらで生き方のお勉強。

3

ハイファ、一九七一年三月

親愛な、忘られぬドロテヤ

ずいぶん長いこと会わないから、顔を合せてもあんたが分らないかもしれませんね。あんたもあたしのことなぞ分らないどころか、あたしを思ってもいないのかも——よく袖口をドアの把手《とって》に引っかけたあの部屋で。

ポーランドの森を思い出すと、あんたが昨日の雨のなかを駆け足で走ってくる姿が浮かびます。雨の音は高い枝に落ちてくる滴《しずく》のほうが大きかった。目に浮かぶのは幼いころのあんた、あんたがぐんぐんと大きくなってゆく——爪よりも髪よりも速く。そしてあんたとともに、もっと速く、母親への憎しみがあんたのなかに育ってくる。あれほどまで憎まねばならなかったかしら、あたしたち？

ここの砂浜はあたしの欲情を刺戟するというのに、もうだいぶまえからイサクのことをあたしは他人のように感じています。この感情は彼自身ともあたしたちの愛とも無関係なもの。彼の傷のせいです。テントのなか、イサクは寝床で本を読んでいる。その隣に横になってるあたしは、彼をほしいとき、明かりを消す。彼は闇に目を凝《こ》らしてちょっとのあいだ本を覗いている、すると、本のなかの見えない数行を辿《たど》り疾駆する彼の思いがあたしの耳に聞こえる。やがて彼があたしのほうへ向き直る。ところが、触れ合うととたんにあたしは彼の恐ろしい傷痕を感じてしまう。愛し合ってから、そのまま別々の闇を見つめている。先夜、あたしは訊ねました。

「夜中だったの?」

「なにが」彼が言いました——あたしの言う意味が分っていながら。

「負傷したときよ」

「夜中だった」

「それで分らないの、なんだったか」

「うん、銃剣だとは思うけど」

若くて経験の浅いあんたには、こんなことなにも理解できないでしょうね。沼地や池で餌を漁《あさ》る鳥は、移動を続けないと脚が沈んでしまう。沼から脚を持ちあげ持ちあげ移動しないとね。餌が見つかろうと見つかるまいと。あたしたち、そしてあたしたちの愛も同じこと。移動を続けなくてはならない、その場に長居はできない——沈んでしまうから。

エルサレム、一九七四年十月

4

親愛なドロトカ

このところ、槍を長靴にさし込んだ古代スラヴ人が、海のある地方へと南下してゆく歴史を読んでいます。綴り字の間違いや言語学上の誤りや(どちらも言葉の進歩の姉妹です)の氾濫のなかで、クラクフの変ってゆく様子を思いやりました。あんたのほうは一向に変らないでいるのに、イサクとあたしがずるずると離れてゆくことについても考えてみました。こんなこと、彼に話したりしません。

愛し合うとき、それがどんなによくても、またどんなことをしても、それとは無関係に、あたしはあたしの胸や腹の上にあの銃剣の傷を感じてしまう。事前にそれを感じるのです。同じベッドにいるイサクとあたしのあいだにそれは入ってくる。ほんのわずかの時間にだれかが他人の肉体に銃剣で自分の名を刻みつけ、その肉体の上に自分のポートレートを残す――そんなことが可能かしら。

あたしはあたし自身の思考を追いつづけなくてはなりません。生まれ出たばかりでは、あたしの思考とは言えない。逃げ出すまえに、手でつかみとって初めてあたしのものになるのです。

あの傷は口に似ている。だからイサクと愛し合う――というより、たがいに触れ合おうとするその瞬間から、あたしの乳首の先端があの傷に吸い込まれてしまう、歯のない口に吸われるように。イサクの脇に横になり、あたしは彼の眠るあたりの闇に見入ります。クローバーの香りが厩《うまや》の臭みを隠す。あたしは彼が身動きするのを待つ。身動きすれば夢が薄らいだ証拠だからイサクを呼び覚ましてもよい、彼は夢を惜しがったりしないから。夢にも上物《じょうもの》もあれば安物もある。あたしは彼を起こして訊きます。

「その男、左利きだったの？」

「たぶんね」眠たげに同意する。あたしの真意が分っているのです。「敵は捕虜になり、翌朝、ぼくのテントに引き立てられてきた。首実検のためだ。顎《あご》ひげを生やした緑色の目の男で頭に負傷していた。実はその傷を見せに連れてこられたのさ。ぼくが銃床で殴りつけた傷だよ」

ふたたびハイファにて、一九七五年九月

5

ドロトカ

あんたには分っていない、そちらにいることが、どんなに幸せか。ヴァヴェルの城に守られて、あたしの恐怖を知らずにいられるなんて。思ってもみてよ——あんたが夫のベッドで愛し合う最中に、だれか別の人があんたを嚙んだりキスしたりする。こんなこと、想像できる？——夫と抱き合うその最中に、お腹《なか》の上に厚ぼったい傷が貼りついていて、あんたとあんたの好きな人のあいだに挟まっているなんて——他人の手足みたいに。

イサクとあたしのあいだに緑の目と顎ひげのサラセン人がいるの、あの男、これからもずっと付きまとうわ。あたしがちょっとでも動くと、そいつがすぐに応えてくる、イサクよりも先に。なにしろイサクよりもあたしの体のそばにくっついてるから。いいこと、妄想なんかじゃないのよ。あいつは左利きで、あたしのおっぱいは右よりも左が好み。ああ、身の毛がよだつ。

ドロトカ！　あたしと違ってあんたはイサクを愛してないのだから、いま書いたような話を彼にどう打ち明けたらいいか、あたしに教えられるのじゃない？　あんたにもポーランドにも別れを告げて、あたしがこっちへきたのはイサクのためなのに、せっかくきてみれば――夫に抱かれていると、夜中に緑の目の化けものが目を覚まし、歯抜けの口であたしを噛む、イサクがだめなときにも、向うは硬くなりっぱなし。時どきイサクはそのアラブ人にあたしを預けて、絶頂に到達させてくれます！　そんな人が必要なら、電話をしてね。彼、きっと出かけてゆくわ、あの人ったら、いつでもOKなの……。

うちの掛時計はね、ドロタ、ことしの秋には進みすぎ、春には遅れることでしょう……。

七八年十月

6

ドロテヤ
朝、すばらしいお天気の日だと、イサクは空気の良さを丹念に調べるの。湿度をチェックして、風の匂いを嗅ぎ、正午になって気温がさがりはしないかどうかを確かめる。これでよし、と決まると、飛びきり上等の空気を胸いっぱい吸い、夕方、歌といっしょにそれを吐き出す。いつも上手に歌えるとは限らない、歌は季節みたいなものだ、歌にもやってくる頃合《ころあい》がある――それが彼の持論です。
親愛なドロトカ、イサクは決して踏み外さない蜘蛛《くも》みたいな人よ。蜘蛛の巣の上であの人だけが知ってる場所から動かない。でも、あたしはしょっちゅう踏み外す。

夫の腕に抱かれてるあたしを、例のアラブ人が犯すのよ。いったいどちらと楽しんでるのか、それがもう分らなくなる。その後ろにいる夫の顔がいまでは別の顔に見える。あたし、新たな、我慢のならない方法で夫を見直し、理解し始めたのね。

過去は急に変ってしまった。未来へ近づけば近づくほど、過去がどんどん変る——過去は危険を孕《はら》み、未来よりもずっと予知できないものとなる。過去は久しくあけずにおいた部屋の長い連なりとなって、扉があくと、そこから獣《けだもの》が何匹も勢いよく飛び出す。その一匹一匹に名前があるの。イサクとあたしのあいだを裂くことになる獣にも血に飢えた長い名前があってね、思ってもごらん、ドロトカ、あたしが訊ねたらイサクが教えてくれた。彼、ずっと知ってたの。アラブ人の名はムアヴィア・アブゥ・カビル。

夜になって、アラブ人は仕事を開始した、水飲み場に近い砂の上で。まるで野獣のように。

7

テルアヴィヴ、一九七八年十一月一日

親愛な、忘られたドロトカ
あんたがあたしの生活に戻ってくる、その恐ろしさときたら。あんたのいるポーランド、水に沈んでゆくような濃い霧の底のそちらからは、あたしがなにをあんたに用意しているか、夢にも考えつかないことね。まったく自分勝手な理由でこの便りを書きます。
闇のなかで目を大きくあけて物思いしているつもりが、現実の部屋のなかは煌々《こうこう》と明るく、イサクが読書中で、あたしは目をつむっているだけ――そんなことがよくあります。例の三人目は寝台のあたしたちのあいだに挟まって相変らずだけど、ちょっとした奸計《ズル》をあたし思いついた。それがやりにくいの、戦闘領域が制限されてるから――イサクの体のことよ。アラブ人の口から逃れるために、イサクの体の右側から左側へ移って、もう何か月にもなる。これで逃げおおせたと安心してたら、そっちにいた伏兵に襲われた。アラブ人にはもうひとつ口があったの。イサクの耳の後ろの髪の毛の下に、あたし、もうひとつの傷痕を見つけた。あたしの口にムアヴィア・アブゥ・カビルの舌が突っ込まれたような気がした。ああ、虫酸《むしず》が走る。

こんどこそ、あたしがっちり罠にかかった。ひとつの口の難を逃れても、イサクの体の反対側にはちゃんと別のが待ち構えているんだもの。こんなふうで、あたしがイサクのことを考えていられるかしら？　ちかごろではイサクにキスさえできない、唇がサラセン人の口に触れるのが怖いから。あたしたちの生活に刻印を押したのよ、この男が。

こんな状況で子どもが持てると思う？　最悪だったのが一昨日《おととい》の晩。サラセン人にされた接吻のひとつで、うちの母さんのキスを連想した。もう何年も思ったことのない人なのに、とつぜん思い出せたなんて。いったい、なによ。靴を履く者をして、靴を脱ぐ者よりも驕《おご》らしむるなかれ――というけど、堪えられる？

イサクに思い切って訊いてみた、そのエジプト兵はまだ生きてるのかって。どう答えたと思う。元気だ、カイロで勤めている、あいつは世界じゅう行く先々に足跡《あしあと》を残す、唾を吐き散らすみたいに、ですって。

助けて、お願い、なんとかして！　あの邪魔者からあたしを救って頂戴。あいつの欲情をあんたのほうへ引きつけてさえくれれば、イサクもあたしも救われる。呪われたこの名前、ムアヴィア・アブヴゥ・カビルを忘れないで。ふたりで分けっこしましょう。あんたがそちらのクラクフのお部屋のベッドにあの左利きのアラブ人を引きとって、あたしのほうはイサクを大事にするようにしたい……。

8

米イエール大学スラヴ学部にて、一九八〇年十月

親愛なクファシニエフスカ様

大学の講義の休み時間にお手紙するのはあんたのドクター・シュルツです。イサクもあたしも元気。あたしの耳のなかには、彼の乾ききったキスがまだいっぱい詰まってる。あたしたちなんとか落ち着いて、いまではふたつのベッドは離れ離れの大陸にあります。

研究のほうは頑張ってます。十年ぶりでこのところ方々の学会から招待が届き始めました。目下、新たに旅の支度中、こんどはあんたの近所まで行けそう。二年後には黒海沿岸地方の諸文化について学会がイスタンブルで開かれる予定。そのためのペーパーを準備してます。

ヴィカ教授のこと、それからあんたの卒業論文「スラヴの伝道者たち——キュリロス†とメトディオス†の生涯」、覚えているでしょ。あのときふたりで使ったドヴォルニクの研究書のことも。あの本は、新しく改訂版（一九六九年）が出て、いま夢中で読んでます。

再来年《さらいねん》の学会で発表するペーパーのテーマというのが、やはりキュリロス・メトディオス兄弟のハザール布教ですが、この関係の最重要文献は、キュリロス自身のものも含めて、すべて散佚《さんいつ》しています。キュリロスの伝記をまとめた編者（名前は不明）が記述するところでは、カガン▽（君主）の王宮で開かれたハザール論争の際にキュリロスの展開した論旨は、のちに『ハザール説教集』として分冊になったと言います。

その部分をここに引用すると――「説教の全体に興味を有する士は、キュリロスの著にすべからくあたるべきである。著作はわれらが師にして大主教メトディオス、〈哲人〉コンスタンティノスの兄によって訳出され、訳者はそれを八分冊とした」とあります。

信じられないのですが、聖キュリロス（テッサロニケのコンスタンティノス）がギリシャ語で書き、古代スラヴ語に訳されたこれらの著作は跡形なく消えた！――キリスト教会の大聖人かつ最初のスラヴ文字の発明者ほどの人の著作がよ。異端の言説があまりにも多いとの理由からか。偶像破壊の要素が強く出すぎたためか。論争には効果的であったにせよ、教会からは非合法とされ、ハザール布教後に禁じられたものか。

念のため、イリインスキーの有名な『キュリロス・メトディオス文献総目録』を一九三四年の分までチェックし直し、後継者たち（ポプルゥジェンコ、ロマンスキー、イワンカ・ペトロヴィチほか）も調べ、モーシンに改めて目を通しました。そのうえで、この学者たちの挙げるハザール問題の文献にすっかり当たったけど、どこを見てもキュリロスの『ハザール説教集』に注目した学者のことなど出てない。あれだけの説教集が雲散霧消したわけ？　ギリシャ語の原典もあり、スラヴ語の訳書もあった——それなら広汎に役立てられていたに違いない、キュリロス兄弟のハザール布教のときと限らず、その後も、スラヴ伝道にも、典礼の用語がヘブライ、ギリシャ、ラテンに限ると主張した三言語主義派《トリリンギスト》との論争にだって。そうでなくて、説教集のスラヴ語訳の出るはずがないでしょ。

比較対照のアプローチで問題を探れば『ハザール説教集』に辿り着く可能性がありはしないか、と思っています。イスラームやヘブライのハザール論争文献を根こそぎ系統的に調べたらキュリロスの『ハザール説教集』に触れたものがきっと出てくるはずです。でも、そうなると、一介のスラヴ学者の出る幕じゃない。ヘブライ研究や、オリエントの専門家が乗り出してこなくてはね。ダンロップ (History of Jewish Khazars 一九五四年) もめくってみたけど、説教集の手がかりは全然なし。

というわけで、学問に精出しているのはヤギエウォ大学で研究中のあんただけじゃないと分るでしょ。あたしだって負けてはいない。わが天職、わが青春にようやく立ち戻ったの。これって舶来の果物の味だわ。

帽子は籠《かご》のような形の麦藁を被《かぶ》っています。マーケットでさくらんぼ (いまは季節じゃないけど) を買って、脱がないままそこに入れて持って帰れます。クラクフのマリアツキ教会の鐘楼の鐘が夜半に鳴り渡るごとに、あたしは老い、そしてヴァヴェルで夜明けが告げられるたびに、あたしは目覚める。あんたの永遠の若さが羨ましい。あたしの夢のなかで見るように、あの人、あんたのムアヴィア・アブゥ・カビルはいかが。

耳は燻製みたいで鼻はきれいに掃除されている？　引きとってくれてありがとう。彼のことなにもかも分ったころよね。彼はあんたの仕事にもあたしの仕事にも、とても似たことをしていると思わない？　彼は同学の士と呼ぶにふさわしい人。カイロ大学で近東の比較宗教史を教えて、ヘブライ史にも興味がある。あの人相手に、あんたもあたしと同じ苦労をしていますか。

あんたを好きな　シュルツ博士

9

エルサレム、一九八一年一月

ドロトカ

信じられないことになりました。アメリカから戻ったら「黒海沿岸地方の諸文化」の学会参加予定者のリストが届いた。だれの名前があったと思う！　たぶん、もう知ってるかもね、あんたって天然パーマの髪が占い師みたいで、千里眼だから。正真正銘のあのアラブ人、あたしを亭主の寝床から追い出した緑の目の男――あれがイスタンブルにくるの。

こう言っては嘘ね、向うがあたしに会いにくるんじゃない、会いにいくのはこっちのほうだわ。研究テーマは重なるし、学会に顔を出せば、おたがいの道が交差する――それは前々から明白です。

鞄《かばん》には報告用のペーパー「キュリロスとメトディオスのハザール布教」を入れ、その下にS&W（スミス・アンド・ウェッソン）36型、三八口径を忍ばせていきます。ムアヴィア・アブゥ・カビル博士を手なずけようとの無駄骨折り、ごくろうさま。こんどはあたしが引き受けます。イサクを嫌いな分だけ、あたしを愛してね。いまはそれが頼りです。あたしたちの父親があたしに加勢してくれるでしょう……。

10　　　　　イスタンブル、キングストン・ホテル、一九八二年十月一日

親愛なドロテヤ

あたしたちの父親があたしに加勢してくれるでしょう――と前回に書きました。かわいいおばかさん、父についてなにか知ってる？ あんたの年ごろにはあたしもまったく知らなかった。でも、その後、年を重ね、考える余裕ができました。ほんとうのお父さんがだれか分る？ アナ・ショーレムと勇敢にも結婚して、あんたにクファシニエフスカの姓をくれたガラスのような顎ひげのあのポーランド人？ あたし、違うと思います。

記憶にない人が思い出せる？ アシュケナージ・ショーレムって思い出せない？ 写真で見ると、鼻めがねをかけて、別のめがねを胸のポケットに入れた青年よ。タバコの代用にミントの葉を吸い、写真では耳のところに美しい髪がぺったりついたあの人。聞かされた話によると、彼はしきりに言ってたそうよ――「贋の犠牲者がわれわれを救う」と。あんたの母親であたしの母アナ・ショーレム、自称、旧姓ザキエヴィチ、結婚してショーレム、再婚してクファシニエフスカの兄でしかも前夫のことを知ってる？

いまごろ、ようやく気がついたみたいね！ 母の兄、あたしたちの伯父が父親に当たる可能性が大いにありうると。それが母の夫なんだもの。この推理、どう思う？ ショーレム夫人は

結婚まえにはずっと男を知らずにきたから、離婚のあと処女でないからって再婚しにくかったんじゃない？　そのせいで、思い出してほしいとき、あんな具合に現れて意地悪な脅し方をするのよね。

いずれにしても、彼女としては晩年を無駄にしなくて済んだのだし、事実、彼女がそうしたのなら、その選択は立派だと思う。もし父親が選べたら、だれよりも、母の兄が一番だと思う。愛するドロテヤ、こうして過去を探り出したい気になるのも、きっとあたしたちが不幸なせいね。

イスタンブルにきてから、もうずいぶんおおぜいの人に会いました。変人に見られるのは嫌だから、だれとでも気軽に口を利きます。雨のなかで上を向いて口をあけてるようなもの。参加の学者にイサイロ・スゥク博士†というセルビア人がいて専門は中世考古学、アラビア語にも通じています。彼との会話は英語だけど、ジョークはポーランド語になる。ぼくは自分の服を食い荒らす虫だよ、とは彼の言葉です。同じタイルのペチカを引っ越しのたびにそっくり運び込む――そんなことを数百年の昔から続けてきた古い家柄だそうです。

その彼に言わせると、二十一世紀の生き方は今世紀とは違うものになる、人々が退屈に反旗を翻《ひるがえ》してついに立ち上がるからだ、汚染された濁流のようにこんにち人々を押し流しているあの退屈に抗して。われわれはシジフォスのように退屈という岩を背に高い山を登っている、とスゥク博士は言います。未来の人間はこの退屈という疫病に目をひらき、それに立ち向かっていくに相違ない、つまらない学校、つまらない本、つまらない音楽、つまらない学問、つまらない会議、生活や仕事から退屈を征伐する、それがわれらの父祖アダムの願いなんだ、と悲憤慷慨するのです。

　半分は冗談めかしてそう話しながら、スゥク博士はワインを飲み、飲みかけのグラスに注《つ》ぎ足そうとすると、そうはさせず、こう言うの――「グラスはイコンの前の灯明とは違う、油の切れる先に注がぬことだよ」

　博士の著作は世界じゅうで教科書として使われているけれど、先生自身はそうできる立場にいません。大学では別のことを教えているので。専門分野についての博識ぶりは舌を巻くほどで学界での低い評価とまるで裏腹です。そのことを言うと、博士は破顔一笑して言いました。

「問題はね、大学者でも大ヴァイオリニストでも、なろうと思えばなれるということ。ところで大ヴァイオリニストはパガニーニひとりを除いて、ひとり残らずユダヤ人ってご存じかな。条件はひとつだけ、その人やその人の業績がこんにちの強大な世界的機構のどれかひとつから応援を得られさえすればだよ。ユダヤ教、イスラーム教、キリスト教、そのどれかの国際組織からね。あんたはそのひとつに属しているが、ぼくは違う。ぼくはどこにも属さない。すべての魚《うお》はわが指を逃れたり、と言いますな」

「なんですか、それは」あたしは面食らって訊ねた。

「千年前のあるハザールのテキストの名文句です。あんたの報告の題目から察すれば、もちろんハザールはご存じでしょうね。そんなに意外なことかな？　ダウプマンヌス✡の本、ぜんぜん見たことありませんか」

正直な話、あたしは当惑しました。とくに参ったのはダウプマンヌス版の『ハザール事典』のことです。そういう事典の存在自体は全面否定できないにせよ、知る限り一冊たりと残存していないのですから。

愛するドロテヤ、あたしの目にポーランドの雪が浮かびます、雪ひらが溶けてあんたの目の涙と混じるのが見えます、紐に通した大蒜《にんにく》の束、そしてパンも見えれば、家々の煙突の煙で寒さをしのぐ鳥たちの様子までも。スゥク博士に言わせれば、お天気は南から北上してトラヤン橋を渡り、ドナウ越えするものだそうです。こちらには雪はなくて、雲は魚を吐き出す波が停止したかのように見えます。

もうひとつ、スゥク博士に言われて注目したことがあります。ここのホテルに逗留するベルギー人のヴァン・デル・スパーク一家です。すばらしい家庭、あたしたちが持ったことのない、あたしには持てるはずもない家庭です。夫婦と男の子ひとり。スゥク博士は〈聖家族〉と一家を呼んでいます。毎朝、朝食時に一家が食事する光景を眺めます。親子とも栄養がよく、太った猫には蚤はたからぬというのが、スゥク氏から聞かされたジョーク。ご主人は真っ白な亀の甲羅でできた弦楽器を荘重に弾き、奥さんは画家が本業。左手を使って描き、それがなかなかの腕、目に入るものにはなんにでも描く――タオル、グラス、ナイフ、坊やの手袋、と手当たり次第。

坊やはそろそろ四つになるところ、髪を短く刈り、名前はマヌイル、やっとまともに口が回りだしたばかりです。クロワッサンの食事が済むと、坊やは必ずあたしのテーブルにやってきて、恋に落ちた男の目つきであたしを見つめます。その目には色のある小粒な斑点がいくつも見え、うちにある絨緞の模様みたい。そしてしきりに訊いてくる。「ねえ、ぼくのこと覚えてる?」あたしが小鳥を撫でるように髪を撫でてやると、その指にキスしてくる。〈義《ただ》しき人〉然としたパパのパイプを持ってきて、あたしに吸えと勧めたりもする。

坊やは赤青黄色のものならなんでも好きで、食べものもこの色のが大好物。びっくりしたのは、その手を見たときです。両手に親指が二本ずつ付いている。右か左か区別がつかない手なの。両親は手袋をさせています。でも本人はまだそんな意識はなくて、平気であたしに見せる。まさかと思うかもしれないけど、時どき、これがごく自然に見えてきて、少しも気にならないの。

ところで、ほんとうに気になると言えば、けさの朝食の席でムアヴィア・アブゥ・カビルの到着を耳にしたこと。「異邦人の女は唇より蜜をいだし、その口のなかは油よりも滑らかなればなり。されどその臀部の苦きことは苦蓬《にがよもぎ》のごとく、鋭きこと二叉の槍先のごとし。その足どりは死に向かいて歩み、その足は地獄を踏む」とはバイブルの一節です。

11

イスタンブル、一九八二年十月八日

ドロテヤ・クファシニエフスカ様

あなたの身勝手と無情な裁きにあきれ返っています。あなたはイサクとわたしの生活を台無しにしたのです。かねがねあなたの学問を恐れて、いつかはわたしに危害が及ぶのでは、と感じていたのだけど。なにが起こったか、あなたがなにをしたか、分ってほしいと思います。

あの日の朝、わたしは覚悟を決めて朝食へ降りていきました――ムアヴィアが現れたら即座に撃ってやろうと。食事の場所はホテルの庭先で、わたしはテーブルに向かい、いまかいまかと待っていたわ。頭上を飛ぶ鳥の群れが庭の塀に影を落とす、ついその様子を眺めやった。そのとき、起こったことは、だれの予測も超えていたわ。

ひとりの男が姿を見せ、とたんにあいつだと分った。黒パンのような色の顔、頭髪は白髪《しらが》が目立ち、口ひげは魚の骨が混じっているかのようだ。傷痕のあるこめかみ近くに生えそろった黒髪だけは、そのまま黒さを失わないふう。ムアヴィア博士はまっすぐにわたしのテーブルへ歩いてくると「同席してよいか」とわたしに訊ねた。博士はかなり足を引きずり、片方の目はふさがれ、ちいさな口を閉ざしたようにそれは見えた。

わたしは緊張に身を固くした。ハンドバッグに隠したピストルの安全装置をはずして身構えた。わたしたちのそばには四歳のマヌイルしかいなかった。坊やは近くでテーブルの下に潜る遊びを続けていた。

「もちろんです」わたしが言った。すると向うはテーブルの上になにかを置いた。わたしの人生を変えることになったものを。それは変哲もない紙の束だった。

わたしのリポートのテーマは知っている、と腰かけながらそう告げ、研究テーマに関して質問したいと彼は言った。わたしたちは英語で話《と》した。彼はわたし以上に冷気に震えていた。歯をかちかち鳴らしているのに、それを隠そうとも止めようともしなかった。手にしたパイプで指を温め、タバコの煙は袖口に吹き込んだ。彼は手短に用件を話した。それはキュリロスの『ハザール説教集』についての質問だった。

「『ハザール説教集』に関する本はぜんぶ目を通しました」と彼は言った。「しかし、そのテキストが現存するとは、どこにも書いていない。あの書物の断章が保存されていることや、数百年前に印刷さえされたことを、知る人がだれひとりとしていない。そんなことはありうるんでしょうか」

わたしは気の遠くなる思いに襲われた。もし現存するのが真実ならば、スラヴ学にとって開闢《かいびゃく》以来、最大の発見なのだ。

「どうしてそうお考えなのですか」わたしは仰天して訊ねた。続けて自説を説明しながらも奇妙に自信が揺らいだ。「『ハザール説教集』はキュリロスの伝記中に触れられ、それによってその存在が学者に知られたわけですが、説教自体は手稿も残らず、印刷もされなかった。この点、疑問の余地はまったくありません」

「そこですよ、わたしが確かめたかったのは」ムアヴィア博士は言った。「真相は違う、そうでなかったことが、いずれ分りますよ……」

そう言うと、博士は目の前のテーブルに置いたコピーのうち数枚を、こちらへさし出した。このとき、撃とうとすれば撃てたに違いない。絶好のチャンスだった。庭にいた目撃者はひとりだけ。それもほんの子どもだ。だが、物事はすべて別の経路を辿った。わたしは手を伸ばし、その驚天動地の文書をしっかりと握った(同封したのがそれです)。引金を引くはずの手でコピーをつかみ、わたしはサラセン人のどんぐり色の爪に注目した。するとそれがハザールについての著作のなかで、ハレヴィ✡の書いた樹木のことをわたしに連想させた。わたしはわれわれ各人が一本の木なのだとしみじみ思っていた。風雨に耐えて天空へ神へと高みに昇ってゆけばゆくほど、われわれは泥や地下水を突き破って、深みへ深みへとその根をおろし、地獄の方向を目ざさねばならないのだと。緑の目のサラセン人が置いたコピーを読みながら、わたしに付きまとったのは、そんな想念でした。茫然としつつも、わたしはそのテキストの出所をムアヴィア博士に訊ねた。

「出典は訊ねるに及びません。十二世紀のあなた方の種族の詩人、イェフダ・ハレヴィが発見者ですよ。ハザールを扱った彼の本にある。有名な論争の説明の部分に彼はキリスト教の代表の発言を引用し、その人物を〈哲人〉と呼んだ。キュリロスの伝記作者も同じ論争との関連で同じ人物をそう呼んでいる。ユダヤ教側の文書では、キュリロスの名はアラビア人の代表の名と同様に省かれ、キリスト教からの参加者は、この称号を使うだけで済ませた。そういうキュリロスの発言を、ハレヴィの『ハザールの書』に捜すなどとは、だれも思いつかなかったわけですよ」

わたしはムアヴィア博士の顔を見つめた――それが戦争で負傷した緑の目をした男とも、いましがたこのテーブルに着いたばかりの男とも違うだれかの顔のように。言うことは簡潔で強い説得力があり、学問上の既知の事柄とも合致し、そう聞けば、これまでそういう視点からこのテキストに目を向ける学者のなかったことがいかにも不思議に思えた。

「ひとつ問題がありませんか」ようやくわたしは切り出した。「ハレヴィの本は八世紀を扱っているのに、キュリロスのハザール布教は九世紀、それも八六一年ですよ」

「正道を知る者が近道を歩み得る」ムアヴィア博士が言った。「そんな年代のことより、われわれの関心は、キュリロスより後代のハレヴィが『ハザールの書』を書くときに果たして『ハザール説教集』に接したかどうか、その問題ですよ。そして、そこからキリスト教側の論争参加者の発言として引用したのかどうかもね。はっきり言わせてもらえば、ハレヴィの本の〈哲人〉の論旨は、キュリロスの発言として残された断章と対照するとその類似性に疑問の余地がない。あなたはキュリロスの伝記の英訳をなさったから、ここらのところは一目でそれとお分りでしょう。例えば、この出典はどうでしょうか。天使と動物との中間の存在としての人間を語っている箇所ですが……」

むろん、そこならわたしには直ちに分った。その部分をわたしは口に出して暗誦した。

「『天使と動物のあわいのものとして、万物の造物主たる神の人を創りたまいしとき、神は言葉と理性によりて動物より、怒りと情欲によりて天使より人を分ちたり。それらのいずれかより遠ざかるか近づくかにつれて、人はあるいは上なるものへと向上し、あるいは下なるものへと堕落するなり』これはキュリロス伝中のサラセン布教の箇所の一節です」とわたしは付け加えた。

「そのとおり。ところが、同じ言葉がハレヴィの書物の第五章、〈哲人〉との論争の箇所にも出てくる。ほかにも類似点はあるが、最も重要なのはハレヴィがキリスト教代表の発言としているものと、伝記のなかでキュリロスが論争中に取りあげたとされる論点との共通性です。両者とも、三位一体とモーシェ以前の掟《おきて》のこと、禁じられた肉類を食べる問題、さらに常道に反した治療を行う医者のことを語っている。それから、霊魂が最も強力となるのは、肉体が最も弱まるとき（五十歳前後）である、などというのも両方に共通する。もっと言えば、ハレヴィによると、ハザールのカガンは論争の際、アラビア側、ヘブライ側を非難して、いわゆる啓示の書、コーランもトーラーも、ハザールに読めない言葉で書いてあるじゃないか、これではハザールと限らず、ヒンドゥー人にも、そのほか言葉が分らぬほかの国の人々にとっても、なんの意味も持たない、と攻撃した。キュリロスの伝記でも、ギリシャ、ヘブライ、ラテンの三つだけを典礼の言葉と認める三言語派《トリリンギスト》に対抗して、キュリロスがこれと同じ論拠で反対論を唱えている。そこから見ると、カガンが論争のキリスト教代表から影響されたのは明らかだ。彼の口を衝《つ》いて出たのは、キュリロスの信条そのものなのです。ハレヴィはそれを伝えたにすぎない。

「問題はあと二点あります。第一には、キュリロスの『ハザール説教集』が失われた以上、その内容はまったく不明だということ、そこから借りたハレヴィの引用もどこからどこまでなのか、正確には突きとめられない。つまり、わたしが指摘したほかにまだまだ引用はあると考えるのが合理的でしょう。第二に、ハレヴィの本のうちキリスト教代表に触れた部分には改竄《かいざん》の手が入ったことです。原典のアラビア語版は伝えられず、後代のヘブライ語訳が遺されたが、ハレヴィのラテン訳印刷本（とくに十六世紀の）は、知られているように、教会の検閲が厳しい。

「要するに、その範囲は不明だが、キュリロスの『ハザール説教集』の一部はハレヴィの『ハザールの書』に引き継がれたわけだ。ところで、こんどの学会にはイサイロ・スゥク博士が出席の予定です。アラビア語を流暢に話す学者で、ハザール論争についてはとくにイスラーム文献を研究している。以前、博士から聞いたが、彼の手元には十七世紀の『ハザール事典』とかがあるそうだ。たしかダウプマンヌスとかの本と言いましたっけ。

「その本で見ると、キュリロスの『ハザール説教集』をハレヴィが使ったのは明々白々の事実だと言うんです。ひとつ、そのスゥク博士に会っていただけないでしょうか。それをぜひお願いしたくて。実は、あの博士はわたしと会いたがらない。ここ千年来のアラブ世界にしか興味がない、ほかのことをやる暇はない――これが彼の自慢で。お願いです――わたしがスゥク博士と会えるように、また、この問題を明確化できるようご仲介いただけませんか……」


ムアヴィア・アブゥ・カビル博士の話を聞き終ると、さまざまの思いが稲妻のようにわたしの心を走った。時間の進む方向を忘れても、羅針盤はある、愛という名の。時間はつねに愛を棄てる。

何年ぶりかで、ふたたびわたしは学への呪われた渇望に捉えられ、わたしはイサクを裏切った。ムアヴィア博士に向けてピストルを放つ代りに、わたしは急いでスゥク博士を捜しに走った。リポートのペーパーもその下に隠したピストルも置き去りにしたまま。

出入口に従業員の影はなく、キッチンではだれかがパンを焼いて、食べていた。ある一室からヴァン・デル・スパークの出ていくのが見えた。そこはスゥク博士の部屋であった。わたしはドアをノックしたが、返事はなかった。どこかわたしの背後で慌ただしい足音がした。ほてった女性の肉体が感じられる音だった。

もういちどわたしはノックした。はずみでドアが薄めにあいた。そばにある小型のナイトテーブルが目に映り、その上には卵一個と皿にのった鍵が見えた。わずかにドアを押したわたしは、悲鳴をあげた。スゥク博士はベッドの上で動かなかった。枕で窒息させられたのだった。口ひげを嚙みしめた博士の死顔《しにがお》は風に逆らって歩く表情をしていた。叫びながらわたしが部屋を飛び出したそのとき、庭園のほうから一発の銃声が轟いた。発射音は一発だけなのに、わたしの耳には右と左で別々に聞こえた。

とっさにわたしはそれがわたしのピストルの音と知った。庭へ駆けおりたわたしの目に飛び込んだのは、砂利に倒れ伏したムアヴィア博士だった。頭を撃ち抜かれていた……。隣のテーブルでは、手袋をした坊やがココアを啜《すす》っていた——なにごともなかったかのように……。そのほかには庭に人影はなかった。

わたしは間もなく拘引された。スミス・アンド・ウェッソンにわたしの指紋が見つかり、それが証拠品として押収された。わたしはムアヴィア・アブゥ・カビル博士謀殺容疑で起訴となった。この手紙は拘置所のなかで書いていますが、いったいなにが起こったか、いまだに分らない。わたしは口のなかに淡水の泉と両刃《もろは》の剣を含んでいます……。ムアヴィア博士殺しの下手人はだれなのでしょう。「ユダヤ女性が復讐のためアラブ男性を殺害」だなどとある起訴状の文面、考えられますか。国際的なイスラーム社会が、全エジプトと全トルコの世論がわたしを敵としていようとは。

「主は汝を敵に引き渡して、敵に打たしめん。汝はひとつの道にて彼らに出遇い、七つの道にて彼らより逃げ出さん……」――実行を意図してはいたことだが、ほんとうは実行しなかった――それをどうやって証拠立てたらいい？　真実を証《あかし》するためには、雷鳴のように轟きわたる、雨をまきおこすような恐るべく強大な嘘を見つけ出さなくてはならない。そういう嘘をでっちあげようという人には、目の代りに二本の角《つの》が生えているはずです。

そんな角が生えたら、わたしは生き延びる、そうしたらあなたをクラクフからイスラエルに連れてきて、わたしたちの青春の学問に戻ることになるでしょう。「贋の犠牲者がわれわれを救う」とわたしたちのふたりの父親のひとりは言った……。神の慈悲に耐えるのは苦難です、まして神の怒りともなれば。

P・S　ハザールに関するハレヴィの著作リベル・コスリ✡（『ハザールの書』）から肝腎な〈哲人〉の引用箇所を同封しました。故ムアヴィア博士の説にいう失われた聖キュリロス『ハザール説教集』の断章です。

tem ejus fuit inter filios Israël, summo ipsorum cum honore, quandiu Res Divina ipsis adhæsit (*durante Templo*), donec illi rebellarunt contra Messiam istum, eumque crucifixerunt. Tum conversa fuit Ira Divina continua super eos, gratia verò & Benevolentia super paucos (*è Judæis*) qui sequuti sunt Messiam, & postea etiam super alios populos, qui hos paucos sunt sequuti & imitati, è quibus nos sumus. Et quamvis non simus Israëlitæ, longè potiori tamen jure nobis nomen Israëlitarum debetur, quia nos ambulamus secundum verba Messiæ, & Duodecim Sociorum (*h. e. Discipulorum vel Apostolorum*) ejus è filiis Israël, loco Duodecim tribuum, prout etiam populus magnus è filiis Israëlis sunt sequuti illos Duodecim, qui fuerunt quasi Pasta populi Christiani. Unde nos digni facti sumus Dignitate Israëlitarum, & penes nos nunc est potentia & robur in terris, omnesque populi vocantur ad fidem hanc, & jubentur adhærére ei, atque magnificare & exaltare Messiam, ejusque Lignum (*h.e. Crucem*) venerari, in quo crucifixus fuit, & similia: Judiciaque & Statuta nostra sunt partim Præcepta Simeonis socii (*h.e. Petri Apostoli*), & partim Statuta Legis, quam nos discimus, & de cujus veritate nullo modo dubitari potest, quin à Deo sit profecta. Nam in ipso Evangelio in verbis Messiæ habetur; *Non veni ut destruam præceptum aliquod ex præceptis filiorum Israël, & Mosis, Prophetæ ipsorum, sed veni, ut illa impleam & confirmem, Matth. 5.*]

ומשכנו בתוך בני ישראל ל
לכבוד להם כאשר היה
הענין האלקי נדבק בהם עד
ח' יו המוניהם במשיח הזה
ותלוהו ושב הקצף מתמיד
עליה' ועל המונם והרצון
ליחידים ההולכים אחרי
המשיח ואחרי כן לאומות
ההולכים אחרי היחידים
האלה ואנחנו מהם ואם
לא נהיה מבני ישראל אנחנו
יותר ראויי' שנקרא בני ישראל
מפני שאנחנו הולכים אחרי
דברי המשיח וחביריו. מבני
ישראל שנים עשר במקום
השבטים ואחר כן הלכו עם
רב מבני ישראל אחרי השנים
עשר ההם והיו כמחמצת
לאומת הנוצרים והיינו אנו
ראויים למעלת בני ישראל
והיתה לנו הגבורה והעצמה
בארצות וכל האומות נקראים
אל האמונה הזאת ומצוים
להדבק בה ולגדל ולרומם
למשיח ולגדל את עצו אשר
נתלה עליו והדומה לזה
ודינינו וחקינו ממצות שמעון
החבר וחוקים מן התורה
אשר אנו לומדים אותה ואין
ספק באמתתה שהיא מאת
האלקים : . וכבר בא באון
גליון בדברי המשיח לא באתי
לסתור מצוה ממצות בני
ישראל ומשה נביאם אבל
באתי לחזקם ולאמצם :]

N O T Æ.

[†.] *Ubi prima editio habet* אֱדוֹם, h. e. Christianum; *pro eo in secundâ substit...*

היהודים די לי במה שהוא
נראה משפלותם ומיעוטם
ושהכל מואסים אותם וקרא
לחכם מחכמי אדום ושאל
אותו על חכמתו ומעשהו ו
ואמר לו אני מאמין בחדוש
הנבראות ובקדמו' הבורא ית'
ושהוא ברא העולם כלו
בשש' ימים ושכל המדברים
צאצאי אדם ואליו הם מ
מתייחסים כלם ושיש לבורא
השגחה על הברואים והדבקות
במדברים וקצף ורחמים
ודבור והראות והגלות לנביאיו
וחסידיו והוא שוכן בתוך
רצויו מהמוני בני אדם וכללו
של דבר אני מאמין בכל מה
שבא בתורה ובספרי בני
ישראל אשר אין ספק ב
באמתתם בעבור פרסומם
והתמדתם והגלותם בהמונים
גדולים [ובאחריתם ו
ובעקבותם נגשמה האלהות
והיה עובר ברחם בתולה
מנשיאות בני ישראל וילדה
אותו אנושי הנראה אלקי
הנסתר נביא שלוח בנראה
אלוה שלוח בנסתר והוא
המשיח הנקרא בן אלקים
והוא האב והבן והוא רוח
הקדש ואנחנו מיחדים א
אמתתו ואם נראה על לשוננו
השלוש נאמין בו האחדו' ו

Ad Judæos quod attinet, ſatis mihi eſt cognita illorum humilitas, vilitas, paucitas; & quòd illos ab omnibus reprobari & contemni videmus (*ut non opus ſit, illos audire*).

Accerſivit itaq; Sapientem ex Edomæis, (*h.e. è* [1.] *Chriſtianis*) & quæſivit ex eo de Sapientiâ & Operibus ſeu Actionibus ipſius. Qui ei dixit; Ego credo Innovationem Creaturarum (*i. e. omnia eſſe creata, non ab æterno*), & Æternitatem Creatoris Benedicti; quòd ſc. ille Mundum totum creaverit ſpatio ſex dierum; quòd omnes homines rationales ſint progenies Adami, ab illo familiam ſuam ducentes; quòd ſit Providentia Dei ſuper res creatas, quòd item adhæreat rationalibus (*h. e. ſe communicet cum hominibus*): credo etiam Dei iram, amorem, miſericordiam, ſermonem, viſionem, revelationem Prophetis & viris ſanctis factam; denique, quòd Deus habitet inter eos qui accepti ipſi ſunt ex humano genere. Summa: Credo omnia quæ ſcripta ſunt in Lege & libris Iſraëlitarum, de quorum veritate nullus eſt dubitandi locus, eò quòd illa publicata, vel, publicè geſta, continuè conſervata & propagata, revelataque ſint in maxima hominum turba & frequentia. [Et [2.] in extremo ac fine illorum (*Reipublicæ & Eccleſiæ Judæorum*) incorporata (*incarnata*) eſt Deitas, tranſiens in uterum virginis cujuſdam è primariis inter Iſraëlitas, quæ genuit eum Hominem viſibiliter, Deum latenter, Prophetam miſſum viſibiliter, Deum miſſum occultè. Hicque fuit Meſſias, dictus Filius Dei, qui eſt Pater, Filius, & Spiritus Sanctus, cujus Eſſentiam unicam eſſe credimus & fatemur. Licet enim ex verbis noſtris videatur, nos Trinitatem vel Tres Deos credere, credimus tamen unitatem. Habitatio au-

ダウプマンヌス、ヨアネス

Daubmanus, Joanes　E── Daubmannus, Joannes　D── Daubmannus, Joannes
F── Daubmannus, Ioannes

十七世紀　ポーランドの印刷業者、ラテン語文献には typographus Ioannes Daubmannus として出てくる。十七世紀前半、プロイセンで『ポーランド・ラテン語辞典』を出版したが、のちに一六九一年に出た別の辞典（事典）、*Lexicon Cosri / continens / colloqium seu disputationem de religione* のタイトルページにもこの名が見える。即ち、いま読者の手にある本書の基となる第一版の版元、ダウプマンヌスである。

同事典は出版の翌一六九二年、異端審問所の命により焚書《ふんしょ》となるが、うち一部だけは処分を逃れ、なお世上に行われた。ダウプマンヌスは東方教会のある僧から入手したハザール問題▽に関する辞書類三点を編集資料に用いたようだが、彼自身これに加筆した関係上、『ハザール事典』では発行者に加えて編集者としてもその名が現れる。同書に用いた言語の選択からもその点は明らかで、添え書きのラテン語はダウプマンヌスが担当した。東方教会の僧職にラテン語の知識はなかったと思われるからだ。事典そのものは、出版元が入手した原稿どおり、アラビア、ヘブライ、ギリシャ、およびセルビア語による活字印刷である。

ところが、プロイセンでの研究によると、一六九一年版『ハザール事典』の版元となったダウプマンヌスと、十七世紀前半の『ポーランド・ラテン語辞典』の発行者のダウプマンヌスとは同名異人だという。即ち、事典を出したダウプマンヌスのほうが後年の生まれで、幼年時に重い病にかかったこの人物の本名は、ヤーコブ・タム・ダヴィド・ベン・ヤヒヤ、のちに襲名して二代目ヨアネス・ダウプマンヌスとなった。

その少年ヤーコブに呪いをかけたのは、絵の具・染料などの商売をしていた女で、「夜も昼も呪われてあれ」が、その言葉であったと言われる。呪咀の理由はまったく不明だが、呪いはたしかに効き目があった。ユダヤ暦の十二月アーダル Adar（グレゴリオ暦の二―三月）の初め、サーベルのように痩せ尖った少年は雪のなかを帰宅した。その日以来、片腕は地面に引きずり、もう一方の手で頭髪をしっかりと握りしめて歩くようになった。そうしないと、うなだれてしまうのだ。印刷工として働いたのは、このためだった。職業上、いつも俯《うつむ》いた姿勢のままでかまわないばかりか、そのほうが便利でもある。本人はにっこり笑って言った――「闇は光に似たものなのさ」と。

こうして雇われた先が初代ヨアネス・ダウプマンヌスのところだった。ヤーコブはこの仕事についたことを決して後悔しなかった。アダムが週の一日一日に名前をつけたように、彼もまた製本の七つの技法にいちいち名をつけ、木箱から活字を拾いながら歌を歌い、アルファベットのひとつひとつにそれぞれの歌が決まっていた。そんな仕事ぶりを眺めていると、身体を苦にしている人のようにはまるで見えなかった。そのころ、当代、名うての治療師がたまたまプロイセンを通過した。それはいかにしてエロヒム*がアダムとその霊魂を結婚させたかにも通じている希代の人物のひとりであった。そこで初代ダウプマンヌスは、元の体にしてもらおうと、ヤーコプ・タム・ダヴィドを治療師のもとへ送り出した。

＊　エロヒムは神の普通名詞。ヤーウェはその固有名詞だが、ユダヤ教では神の名を唱えるのは避けねばならず、表記も母音を記さずラテン表記にすればＹＨＷＨである。十六世紀以来のキリスト教会によるヤーウェの「誤読」がエホバとして定着した。

当時、ヤーコプはもう青年であった。いつも明るい微笑を顔に絶やさず（そのころの俗言に言う「たっぷり塩を利かせた笑顔」で）、片方ずつ色の違うズボンを穿《は》き、夏場の六月エルール Elul（グレゴリオ暦の八―九月）には腐らぬよう竈《かまど》の通風口に置く卵を取り出しては、それを掻きたまごにして、雛鶏が十羽いても間に合わぬ勢いでせっせと平らげた。

治療に出かける話を聞いたとき、ちょうどパンを切っていた若者ヤーコプの目はナイフの刃に映ってきらりと輝いた。ヤーコプは口ひげの両端を結び合せ、頭を片手で支えながら旅へ出た。どのくらい故郷《くに》を空けたかは不明だが、ある夏の日、ドイツから病《やまい》癒え意気揚々と戻ったヤーコプ・タム・ダヴィド・ベン・ヤヒヤは、体もまっすぐなら背もいちだんと伸びていた。ただ、もはや元の名ではなく、恩人ダウプマンヌスの名を名乗っていた。首の曲った病人として彼を送り出し、いま歓喜とともに彼を迎えた一代目ダウプマンヌスは、こう言った。

「霊魂の半分を語ってはならない。そうでないと、魂の半分が天国へ昇り、半分が地獄落ちとなりかねない。おまえがその生き証人だ」

新しい名をもった二代目ダウプマンヌスの新たな生活が始まった。ところが、彼の生活には、エルデーイ産の二重底の皿のように、ふたつの面があった。二代目ダウプマンヌスの身なりは相変らず派手で、定期市へ出かけるときはお椀帽子をふたつ持って出た。ひとつは頭に載せ、もうひとつはベルトに挟んでおく。そして見せびらかしに、それをとっかえひっかえした。実際、彼はなかなかの美形であった。二月イーヤル Iyar （グレゴリオ暦四―五月）になると生えそろった頭髪は亜麻のようだったし、その魅力溢れる顔の表情もさまざまで、三月シヴァン Sivan （グレゴリオ暦五―六月）の月に三十の異なった日々があるのに似た。

　ところが、あの見慣れた笑顔が、健康を取り戻して以来、ぱったり彼の顔から消えたのである。朝、印刷工場《こうば》に入ると、彼はあの微笑を口もとから吹き飛ばしてしまい、飛ばされた微笑は工場の出口で犬のように主人の帰りを待ち受ける――それだけは昔のままの優しさで。帰りがけ、若きダウプマンヌスは、まるで落ちる寸前の付けひげを堪《こら》えるみたいな口つきで、その微笑を上唇でひょいと受けとめる。それがせいぜいの微笑である。

　そこで人の噂が立った――曲った背なかとおさらばしてまっすぐになったのはいいが、それと引き換えに若きダウプマンヌスはびくついているというのである。もともと街の通りでちび中のちびだった彼に上背がついた、そのせいで世の中を見おろせるようになったわけだが、その高さにも、これまで知らずにきた眼前の展望にも、ことに、いまや人と肩を並べて下に見えるほど対等な対人関係にもついぞ慣れ親しめず、心中、びくついているのさ、と口さがない連中はけちをつけた。

　こうした街の陰口の表面下では、もっと毒々しいやつも囁きかわされ、それが河底にわだかまるへどろにも似た重きをなした。そういう辛辣な話のひとつをここに取りあげるなら、ヤーコブ時代の彼が体の不自由にもめげずにあれだけ陽気で元気に満ちていられたのには秘密があるというのだ。背なかが折れ曲って前屈みの姿勢だったから、ヤーコブは自分の性器に楽々と口がとどき、それを吸うことができた。こうして精液には母親の乳のような味のあることを覚えてしまった。これによって彼はつねに生気にみちていられたのだ。背すじが伸びたいまは、それは叶わぬ望みである……。

この話は、ある人間の過去とは、その将来同様にわけの分らぬものとなるという類《たぐい》の話だが、だれの目にも映ったのは、尋常な体になったあと、ダウプマンヌス二世は職場の若い者を相手にしばしばおかしな悪ふざけをやって見せたことである。彼は仕事の手を休めると、片手を床にとどかせ、もうひとつの手では毛を握りしめて頭を支え、その頭をまっすぐ立てて見せたのだ。そんなとき、彼にはベン・ヤヒヤだったころのような〈塩を利かせた〉笑顔が戻り、長いあいだ聞かれなかった歌を久しぶりに歌いだしもした。ここから推論するのはむずかしいことではない。治療の首尾がうまくいった半面、ベン・ヤヒヤは必要以上のものを犠牲として払ったのである。だから、彼が口ぐせのようにして「おれの夢のなかにはドイツが立ち戻ってくる、まるでこなれの悪い昼飯のように」と言っていたのも合点がゆく。彼にとって一番の悩みは、もはや印刷の仕事に以前ほどの興味を失ったことである。

彼は弾代りに鉛活字を鉄砲に詰め、よく狩りへ出るようになった。だが、川なかの岩が流れを真っぷたつに分けるように決定的となった事件が、ある女性との出遇いだった。女は遠方の出身で、トルコ支配下のギリシャに住むユダヤ女のように薄紫の服を着ていた。カヴァラの近くでカチョカヴァロという硬いチーズをつくる職人のルーマニア人と死別した身の上である。若いダウプマンヌスは通りでこの女を見そめた。おたがいの気ごころがおたがいの目のなかで出遇ったのだが、男が女に向かって二本の指をさし出すと、女は言った。「清浄《コーシェル》でない鳥はすぐ分る、枝にとまっているとき、爪が三本と一本じゃなくて、二本ずつに分れるからね……」そう言って、女はすげなく拒絶した。あまりの仕打ちであった。ダウプマンヌス二世は荒れ狂った。すんでのところですべてを棄て、街から逐電寸前というときに、とつぜんにダウプマンヌス老が死んだ。

と、ある晩、ひとりのキリスト教の僧侶が、相続で引き継いだダウプマンヌスの仕事場へやってきた。その手にはキャベツ三個を刺した焼き串と提げ袋には豚の脂身が入れてあった。鍋に湯の煮立っている暖炉のそばに腰をおろすと、僧は鍋に塩と脂身を投げ込み、キャベツを刻んで言った。[A]「わしの耳には神の言葉が満ち満ち、わしの口にはキャベツがいっぱいだ」

ニコルスキと名乗るこの僧侶は、以前、ニコリエ修道院の写字生を務めたことがある。それは大昔、伝説の詩人オルフェウスが酒神バッカスの巫女たちメナドに引き裂かれたモラヴァ川の近くにある僧院だと話した。それから僧はダウプマンヌスに相談をもちかけ、書物を印刷してくれる気はないか、実はたいへんに奇妙な内容で、そのせいかどこにも引き受け手が見つからないと話した。先代のダウプマンヌスにしても、ベン・ヤヒヤにせよ、そんな申し出はにべもなく断るところだったが、千々に乱れた心境のダウプマンヌス二世は、これがなにかの弾みになりはせぬかとの思いから進んで承諾した。喜んだニコルスキは、さっそく記憶にとどめた事典の口述に取りかかり、七日間ぶっつづけの仕事のすえ、全巻を完成した。そのあいだ、彼は糸切り歯でキャベツを食べに食べつづけた。それは鼻の奥から生えているかと思われるほど長い長い糸切り歯であった。

原稿が出来あがると、ダウプマンヌスは読みもせずに植字に回してから言った。「知識は腐りやすい商品だ。たちまち酸っぱくなってしまう。未来も同じだが」活字が組みあがると、ダウプマンヌスは一部だけを毒入りのインクで刷り、それを読みだした。読み進むほどに毒が利き、ダウプマンヌスの体は曲りだした。本のなかの子音の文字のひとつひとつが、彼の体のどこかの器官にひびいた。折れ曲った背が戻ってきて、全身の骨はかつてそれらが成長した昔どおりの場を占め始め、さらに読むにつれ、骨が取り巻く内臓は、彼が子どものころに親しんだ元の場所へと移った。健康を取り戻すための代価だった苦痛は消え、ふたたび頭が曲って左の掌《てのひら》に支えられ、右手は床にとどくようになった。そうなったとたん、ダウプマンヌスの顔には幼かったころのような明るみがさし、至福の忘られた笑みが――ここ何年かの分をひとまとめにして――光を放ち、そして、間もなく彼は死んだ。その幸せな微笑の合間を縫って、本で読んだ最後の文章が彼の口からこぼれた――Verbum caro factum est（言葉は肉となれり）と。

ティボン、イェフダ・イブン

Tibon, Jehuda Ibn　E —— Tibbon, Judah Ben　D —— Tibbon, Jehuda Ben
F —— Tibbon, Yéhuda Ibn

十二世紀　イェフダ・ハレヴィ☆の著書『ハザールの書▽』をアラビア語からヘブライ語に翻訳した訳者。訳書の完成は一一六七年。訳文に出来不出来が見られるについては、二通りの弁明がある。第一には後世、印刷に付すに当たりキリスト教会の異端審問所の手で骨抜きにされたこと、第二には責任はイブン・ティボン自身のみならず、当時の状況にかかっているとの釈明である。

即ち、翻訳が忠実なのは、彼が婚約者に愛想をつかしていた期間であり、上出来なのは彼が不機嫌なときであり、冗漫なのは風の強い日であり、冬季にあっては読みが深く、雨天には注釈を交えがちであり、幸せのときはしばしば誤訳を犯した。

一章の訳を終えるごとに、彼は『七十人訳聖書』のアレクサンドリアの訳者たちがそうしたように、訳文を人に音読してもらい、それを読みながら歩き去らせた。イブン・ティボンはじっと立ちつくして耳を傾けた。遠ざかるにつれ、訳文のところどころは風に散り、街角に失われ、その残りが木立や茂みを縫ってくるが、さらにドアや柵《さく》に遮《さえぎ》られて名詞と母音を削《そ》ぎ落とされ、階段の途中では止《や》み、男の声で始まった朗読が辿《たど》り着く果てには女の声となり、遠くからまだ聞きとれるのは動詞や数字ばかりであった。そのあと戻ってきながらも朗読が繰り返され、イブン・ティボンはこの読み手の歩き読みの印象に基づいて翻訳に手直しを加えるのが常だった。

▽ハザール

Hazari　E —— Khazars　D —— Chasaren　F —— Khazars

七世紀から十世紀にかけてカフカース地方に定住した戦闘的な民族。強大な国家をもち、ふたつの海——カスピ海と黒海と——を制した帆船、魚の種類ほどの多種多様な風、三つの首都（夏と冬と戦時と）、さらに松の大樹のごとくそびえ立つ独特の一年の決め方などで知られる。その信教はこんにち不明となったが、塩を崇拝し、地下の塩坑あるいは岩塩の山中に寺院を刻んだ。ハレヴィ✡によると、ハザールは七四〇年、ユダヤ教に改宗し、ハザール王国最後のカガン▽（君主）ヨセフはエスパニャ在住のユダヤ人とさえ交流した。それというのも、陸地が人間を呪い、その呪いが船を岸から遠ざけるという七日目の厄日に航行したからである。しかし、両国間のこの関係は九七〇年にとだえた。この年、ルーシ（古代ロシア）がハザールの首都を押さえ、ハザール王国を滅したからである。

そののち、ハザールの一部はヨーロッパ東部のユダヤ人と合流、また一部はアラビア人、トルコ人、ギリシャ人と混ざり合い、わずかにちいさなオアシスのように残ったハザール人は、信仰、言語、共に喪失しながらも、ヨーロッパの東部および中部に生き長らえたが、それも第二次世界大戦の勃発（一九三九）を限りに跡形なく消えた。

ユダヤ人の言葉ではハザールをクザリ Kuzari　複数形ではクザリム Kuzarim と呼ぶが、ユダヤ教を受け容れたクザリムは王族、貴族のみであったと見るのが一般である。ただし、七世紀から十世紀にかけて、ドナウ川中流の盆地一帯、即ちパンノニア平原にはユダヤ教入信のための施設が存在したとされ、これにはハザールが関《かかわ》っていたと見る向きが少なくない（チェラレヴォ†の項を見よ）。アクィテーヌのドルゥトマル Druthmar と呼ばれるウェストファリアの僧は八〇〇年ごろ、ハザールについて“gentes Hunorum que abet Gazari vocantur”と書き、彼らが「割礼を受け、モーシェの教えを信じ、強健」な人々であったと力説した。十二世紀のシンナムゥスの記述では、ハザールはモーシェの掟《おきて》によって暮らしているが、必ずしも純正ではないとされる。ユダヤ教を信奉した君主《カガン》については早くも十世紀からアラブ側に記録がある（イブン・ルスタフ、アル・イスタフリー、イブン・ハウカル）。

ハザールに関して興味ある詳細を盛る文書には、『ハザール書簡』なるものが知られる。現存の異本は少なくとも二種あり、そのひとつは完本に近いにもかかわらず、学者による徹底的な究明はまだない。十世紀半ば、カガン・ヨセフとムーア朝エスパニャのハスダイ・イブン・シャプルートのあいだに交されたこの書簡集はヘブライ語で書かれ、オクスフォード大学に蔵される。イブン・シャプルートがこのなかでカガンに回答を求めた質問は次のとおり。

1 世界には果たしてユダヤ人の国家ありや。
2 ハザール国にユダヤ人の到来した事情いかん。
3 ハザールのユダヤ教改宗の次第はいかに。
4 ハザール国王の居城はいずれなりや。
5 王の出身種族を問う。
6 戦時における王の役割とは。
7 安息日《サバト》には戦闘を中止するや否や。
8 世界の終末につき王の有する情報はいかに。

これに対する回答として、ハザールのユダヤ教改宗に先立ついわゆるハザール論争▽の説明が行われた。

同論争に関連してもうひとつ文書があったが、完全な形では残っていない。ダウプマンヌス✡が自著でハザールの項目に引用している『ハザール事情』なる手稿（おそらくはラテン語）がそれである。このテキストの末尾部分の記述からすれば、これこそはヘブライ人使節、ラビ・イサク・サンガリ✡が名高い論争参加の下準備に参照したであろう報告書そのものと判断される。『ハザール事情』の残存する部分は次のとおり……。

ハザールの名称について

ハザール国は現地では「カガン帝国」ないし「カガン体制」の呼称が使われている。剣の力により創設されたカガン体制に先行する原初の〈ハザール王国〉の名は消滅した。ハザール人はその国にあってはハザール人と呼ばれることを快く思わない。ハザールの名を避け、別の名を用いる。ギリシャ人口の多いクリミア近辺の地方では、彼らは〈非ギリシャ人〉ないし〈キリスト教に入らないギリシャ人〉として知られ、ユダヤ人の住む南部地方では〈非ユダヤ人〉グループと呼ばれ、アラビア人居住者の目立つ東部地方では〈非イスラーム人〉とされる。外来の信仰に改宗したハザール人は、もはやハザールとは呼ばれず、それぞれユダヤ人（ユダヤ教の場合）、ギリシャ人（キリスト教の場合）、アラビア人（イスラーム教の場合）に分類される。

このうち、たまたまハザール伝統の信仰に復帰した者（これは極めて少数である）も、ハザール社会では従来どおりに各々《おのおの》ギリシャ人、ユダヤ人、アラビア人と見なされる。例えば、あの人は元ハザールだったという言い方はしない。その説明として、あるギリシャ人は最近、こう話した。「カガン体制では、ハザール語を話す人で、ギリシャの信仰（キリスト教をさす）に改宗していないと、その人のことを〈未来のユダヤ人〉と言ったりしますね」ハザール国ではユダヤ人にせよ、ギリシャ人またアラビア人にせよ、ハザールの過去の栄光についてかなりな知識をもつ人があり、書物とか遺跡とかを談じさせると、称賛をこめて長々と語り、なかにはハザール史の著作をもつ学者さえある。ところがハザール人自身は大昔のことを話すことも、まして書くことも許されていない。

ハザール語について

ハザールの言葉には音楽的な響きがあり、わたしが詩の朗読を聞いた限りでは、ほれぼれとして溜め息の出るほどだ。その詩を思い出せと言われても、できない。聞くところでは、これはさる王女の作だという。ハザール語には文法上の性が七つもある。男性、女性、中性のほかに、きんぬき男の性、〈無性〉の女性（これはイスラームのシャイターン、即ち悪魔の仕業で性を奪われた女のことだが）、さらには性転換した者の性（男から女へ、また女から男への双方を含む）、最後に伝染性奇病の患者用の性がある（これは病気になったら直ちに話し方を変更することにより、会話の相手に対して容易に発病を知らせるわけだ）。

少年と少女のあいだ、成人の男と女のあいだにはそれぞれ歴然としてアクセントの違いがある。少年らはアラビア語、ヘブライ語、あるいはギリシャ語を学ぶ。どこの地方に住むか——ギリシャ人の多い地方、ユダヤ人と雑居の地方、サラセン人・ペルシャ人の地方——によって、それぞれ必要とする言語を選ぶ。この結果、少年らがハザール語を話すときに、ユダヤ風の *kamesh* とか *holek* とか *shurek* などが混ざったり、ｕの発音にしても口の開きの大中小の三通りが聞かれ、中間音のａも出てくる。他方、少女らはヘブライ語もギリシャ語もアラビア語も習得しない。アクセントの差はそのせいでもあるが、彼女らのほうが発音は純粋と言える。

知られるように、ある民族が消滅する際には、第一にまず上層階級が消え、それとともに文芸もなくなり、残るのは人々の暗誦した戒律の書物のみである。ハザールの場合もまたしかり。説教をどの言葉で拝聴するか――これも費用の差となって現れる。ハザールの都では、説教を聴くのにハザール語がいちばんお金がかかり、これがヘブライ語、アラビア語、ギリシャ語だと安あがりになるか、ときには無料で済む。奇妙な現象はまだある。ハザール人はいったん自国を出ると、ハザール出身を明かしたがらず、同胞と顔が合うのを避け、ハザール語が話せること、分ることを隠す、それも外国人よりも自国人に対してなおさらそうなのだ。自国においてさえ、公用語たるハザール語に弱い人のほうが行政面などの公職では尊敬を払われる。そのせいで、ハザール語に堪能《たんのう》な連中までが、わざと外国人訛りを交えてぎこちなくしゃべり、うまうまと昇進を獲得する始末だ。通弁を務める役人――ハザール語からヘブライ語、ギリシャ語からハザール語など――にしても、ハザール語が不正確だったり、その振りをしてごまかした者が、決まって採用される。

法制について

ハザールの法律制度では、同一の犯罪に対する刑期がまちまちとなる。ユダヤ人居住の地方ならガレー船の奴隷服役が一年ないし二年間となるところを、アラビア人の地方では六か月で済み、ギリシャ人居住地域では罰せられない。一方、中部地方だと間違いなく斬首の刑に処せられる。この中部だけには〈ハザール地区〉の呼称が使われている――実際にはどこの地方も最大人口を占めるのはハザールであるにもかかわらず。

塩と夢について

ハザールのアルファベットは、どの文字も塩を使った食品の名が付いており、一から七までの基本数もまた塩の種類の名である（ハザール人は塩を七種まで識別できる）。ハザールは自分の肉体また他人の肉体を見る・見られる・見せることが人間の年をとる素因であると信じる。但し、神のまなざし（これは十分に塩が利かせてある）を受ける場合に限り、老化の原因とはならない。反対に人間の目は、欲情・憎悪・企み・渇望などを掻き立てるさまざまな破壊的な道具として、肉体を抉《えぐ》り引き裂く。

ハザールの祈りとは泣くことである。涙は神に属すと考えられ、貝が真珠を秘めるように涙の底には微量の塩を含むからである。ハザールの女はスカーフを手にして、それを次つぎに折りたたみ、それ以上は折れないところまでちいさくすることが時おりある。これも祈りなのだ。ハザールの信仰ではまた夢を崇《あが》める。塩気の脱けた人は眠れない、との発想から夢を崇めるわけである。とはいえ、これですべてが言い尽くされたわけではなく、わたしにとってまだ解明不十分な点もある。それは車輪の騒音に妨げられて、道路自体の呟《つぶや》きがだれの耳にもとどかぬのと同様である。

ハザールの考え方によると、個々の人間の過去のなかに住む人々は、囚われ人のようにあるいは呪われた者のように本人の記憶の底に横たわっている。その人たちは変ることもできず、一歩を踏み出すにもかつて彼らが歩んだようにしかできず、昔に会った人々にしか会うことがかなわない、そのうえ年とることさえも許されない。先祖たちに許される唯一の自由、消え去りながらも記憶に痕跡をとどめる父たち母たち、それら三界の万霊たる諸族に許される唯一の自由とは、時おりわれわれの夢のなかに休らうことである。忘却を免《まぬが》れたそれらの人物は、われわれの夢のなかでわずかにもせよ自由を手にする。彼らは多少は動き回り、新しい顔と出会い、愛と憎しみの相手を取り替え、生のささやかな幻《まぼろし》を見出す。だからこそ、ハザールの信仰では、夢が傑出した場を占める。なぜなら永遠に過去自体のなかに閉ざされつつも、過去が多少の自由と新たな可能性を獲得できるのは、夢のなか以外にないからである。

民族の移住について

旧時代のハザール民族はほぼ十世代ごとに定住の地を変え、そのつど民族全体として戦士的気質を喪失し、むしろ商業的気質を強めてきた。剣や槍をさばく技が、藪から棒に、船や家屋や牧場を値踏みする才に変ったのだ。この移住はなぜなのか――いろいろ説明のあるなかで、妥当と思えるのは生殖力の問題である。十世代のあいだには民族の生殖力が衰える。そこで種族保存のため生殖力を復活する必要から移住が行われる。生殖力の回復後、民族はふたたび故地へと帰還し、またもや槍を取りあげることになる、というのである。

宗教上の慣行について

ハザールのカガンは、国事ないし軍事に宗教の干渉を許さない。カガンはのたまう――「剣に尖端がふたつあれば、それを鶴嘴《つるはし》と呼ぶ」と。ハザールの信仰であろうと、ほかの信仰だろうと、カガンのこうした態度は不変である。だが、同じひとつの碗から食べるとき、満腹する者もあり、食い足りぬ者もある。なぜなら、ユダヤ教もキリスト教もイスラーム教も、ほかの国々にそれぞれ根をおろして、それぞれの信者とも保護を受けるが、ハザールの信仰にはそうした外国の保護はない。だから、圧迫をこうむるとなると、被害も一番に大きい。逆に、三宗教のほうは、それを踏み台にして強くなる。

修道院の土地所有を削り、各宗教について寺院の数を十か所ずつ減らすという最近のカガンの勅令がその一例だ。そもそもハザールの土着信教の信者がずっと少なく、三宗教の寺院のほうが明らかに多かったから、ハザールの寺院が最大の痛手を受けた。これはなにごとにつけ目につく。例えば、ハザールの墓地は減る一方である。クリミアなどハザール国内でギリシャ人の多い地方、またペルシャ国境沿いのアラビア人やペルシャ人の多い地方では、ハザールの墓地は次つぎに鍵をおろされ、ハザールの風習に基づく埋葬も禁止されている。そこでハザール墓地がまだ閉鎖されない首都イティルに押しかけようと、道という道は死にかけのハザール人で大混雑のありさまだ。道中、瀕死の人の喉の奥で霊魂が叫びつづけ、街道は彼らに占領されている。

ハザールの祭司たちは、この事態を慨嘆する。「われわれの背後にある過去は十分な深さをもっていない。われわれは過去がその蓄積を増し、広汎な基礎となって、未来を立派に建設できるよう、成熟を待つべきです」

興味深いのはギリシャ正教とアルメニア教会の対立である。両派はキリスト教という信仰を共有しながら、ハザール国内でも啀《いが》み合いが絶えない。喧嘩の結末はいつも同じで、共に抜け目がない。抗争の果てに、双方とも別々に教会の建物をほしがる。この要求を国は認めるから、衝突のたびに両派とも教会の数が倍増して、勢力が強まる。損をするのはハザール人であり、彼らの信仰だ。

『ハザール辞書』について

ハザール信仰で最大勢力をもつ宗派〈夢の狩人〉†の書物を網羅した本に、いわゆる『ハザール辞書』（別名『ハザール便覧』）がある。これは一種の聖典であり、ハザールの聖典とも言える。男女を問わず多種多様の人物伝を収録したこの『ハザール辞書』は、わがユダヤ教がアダム・カドモンと呼ぶ絶対存在のモザイク的肖像を描き出す。次に同書から二か所を引用する。

《真実は透明であり、目に映らない。他方、虚偽は不透明であり、光も視線も通さない。この両者の混合という第三のものが存在し、これがもっとも普通である。さて、われわれは一方の目で真実を見つめるが透きとおっていてなにも映らず、その視線は永遠に無限のなかに失われる。虚偽に向ける他方の目は一寸一分の奥も見ず、その視線は遮《さえぎ》られたままわれわれのものとして地上に残る。こうして、われわれは人生を斜めにしか進めない。真実は虚偽と異なり直接的には捉えられず、虚偽との対比を必要とするのだ。これは本書の文字と白紙の部分とを比較しなければならないのと同じである。なぜなら『ハザール辞書』の白紙の部分は、神の真実と神の名前（アダム・カドモン）のための透明の場であり、白地のあいだにある黒い文字は、目の透視できない部分だからだ》

《文字はまた衣服のさまざまになぞらえられる。冬には羊毛の服、毛皮、スカーフ、冬帽子をまとい、ボタンをかける。夏には木綿の服を着て、重い衣裳を脱ぎすてる。夏と冬の中間には暑ければ脱ぎ、寒ければ着る。読書またしかり。人生のその時その時によって読む本の内容は違って見えるだろう。なぜなら、着る服も違う組合せになっているだろうから。現在のところ、『ハザール辞書』はアダム・カドモンの名とその偽名とが無造作に並んだ文字の堆積にすぎないかもしれぬ。しかし、時につれて服に服を重ねるように、多くを得るようになれば……。

《夢とは、現実で土曜日と名付けられるものに対する金曜日である。夢は〈それ〉へと導き、〈その日〉とひとつになる。そしてそれぞれの日についても同様である（木曜日に対しては日曜日と、月曜日に対しては水曜日と、などなど）。夢をまとめて読みとることの可能な者は、夢を所有するであろうし、自分の内部に肉体の一部（アダム・カドモンの）をもつであろう……》

ラビ・イサクのために、これらの言葉が一助とならんことを期しつつ、以上のごとく能《あた》う限りを述べた拙者の名は、金曜日にはヤベル、日曜日にはトゥバルカイン、土曜日のみユバルと申す。疲労甚《はなは》だしく、これにて休息。記憶を呼び起こす作業は、永遠の割礼手術にも似たればなり……。

ハザールの水甕《みずがめ》

Hazarski Ĉup E —— Khazar Jar D —— Chasarischer Tonkrug F —— Vase Khazar

夢占いを修行中のハザール人▽で、まだ僧院住まいのある男が甕《かめ》を贈物にもらったので、自分の房に据えた。その夜、寝るまえ、男は指輪を甕に投げ入れ、あくる朝、起きてみると指輪は影も形もない。手を突っ込むが、底にとどかないではないか。甕の丈《たけ》に比べて手のほうがずっと長いのだから、わけが分らない。不思議に思って甕を持ちあげ、床を確かめるが、どこに穴があるわけでもなく、甕の底にも異常はない。元に戻して、こんどは杖の先を甕の底にとどかせようとしたが、やはりだめだった。底に逃げられるといった感じなのだ。男は思った――「おれの手には負えないぞ」。そこでムカッダサ・アル・サファル☾✡という師匠にこの甕の意味はいったいなにかと説明を求めた。師匠は小石を拾うと、甕のなかに落とし、じっと耳を澄ましながら数を勘定した。七十まで数えたとき、甕の深みでぽちゃんと音がした。師匠が言った。

「意味の説明はできなくないが、それを知る価値があるかどうか、そのまえによく考えることだ。わしから説明を聞いたとたん、甕の評価が落ちやしないかな――おまえにとっても、だれにとっても。この甕にどんな値打ちがあるにせよ、なにものにも勝る価値ではありえない。わしの口から真相を話してしまえば、この甕は実際にはそれではないけれど、そうかもしれないと考えられるすべてのものではもはやなくなるし、いまあるがままのそれでもなくなる」

なるほどと弟子がうなずくと、師匠は杖を振りあげ、はっしと甕を打ち砕いた。少年はびっくりして、そんなもったいないことをなぜ、と訊いた。

「わしが甕の説明をしたうえで壊したのなら、もったいないと言えるだろう。いまの場合、おまえはこれの使い道も知らんのだから、なんの損害もない。こいつはこれからもおまえの役に立つ――壊れなかったも同然にだ」

事実、ハザールの甕はこんにちも役に立っている、それは遠い昔に存在しなくなってはいるが。

▽ハザール論争

Hazarska Polemika　E ―― Khazar Polemic　D ―― Chasarische Polemik
F ―― Polémique Khazare

ハザール▽のユダヤ教改宗にとって枢要な出来事としてヘブライ文献では重視される。論争自体に関する記述が乏《とぼ》しく、かつは矛盾撞着するため、論争の正確な年月日は突きとめられず、ユダヤ化の時期も、三人の夢解きの専門家がハザールの首都を訪れた時期と混同される。残存する最古の記述は十世紀に遡《さかのぼ》る。それがハザールのカガン▽（君主）ヨセフ（すでにユダヤ教の信奉者）とコルドバ・カリフの大臣ハスダイ・イブン・シャプルートとのあいだに交された往復書簡である。ユダヤ人ハスダイは、ハザールのユダヤ教改宗の事情についてカガンに質問を呈した。この書簡によれば、論争が行われたのはカガン・ブゥランの治世、アルダビル陥落（七三一年ごろ）直後で、ある天使の呼びかけがきっかけとなった。同文書を信ずるなら、さっそくカガンの宮廷で諸宗教代表の討論が実施され、その結果、ユダヤ教の使節がキリスト教、イスラーム教の代表を打ち負かしたため、ハザールはカガン・ブゥランの後継者オバイダの時代にユダヤ教に転じたという。

　第二の文書は一九一二年、英国ケンブリッジで発見されたユダヤ語の書簡の断片である。この断章はもともとカイロのシナゴーグ所蔵の手稿であった（編者・シェヒター）。執筆は推定九五〇年ごろ、差出人はハザール出身のユダヤ人某であり、名宛人は上記のコルドバ宮廷にあった大臣シャプルート、同大臣がカガン・ブゥランより受けとった書簡への補足となっている。この文書によると、ハザールのユダヤ化は論争以前だったという。

　戦争から英雄として凱旋したあるユダヤ人（信者ではない）が、戦功によりカガンに即位した。いまこそカガンは父祖の信仰を受け容れるに違いない、とは妃と妃の父親が共ども期待したところだったが、カガンはこれについて沈黙を守った。転機はある晩、妃が次のようにカガンに語ったときに訪れた（ダウプマンヌス✡による）。

天球の赤道直下、甘い露と塩からい露とが混ざり合う谷間に、一本の巨大な毒茸が生え、その笠の上に生えるおいしいちいさな食用茸がその汚れた血を甘さに変える。牡鹿は精力回復にそのちいさな茸を食べることを好む。ただ、思わず深く嚙んで大きな茸の切れ端を嚥《の》み込もうものなら、やがて鹿は死に至る。

毎晩、わたしの大好きなものに接吻しながら、わたしは考える——いつの日か、あまりに深く嚙みすぎても、それは自然の成り行きではないかしらと……。

そう聞くと、カガンはシナゴーグへ通い、ユダヤ教の掟《おきて》を守るようになった。それは論争以前のことであり、同文書によれば、論争はビザンティン皇帝レオン三世（七一七―七四一）の治世に行われた。論争後、カガン・サブリエルの治下でユダヤ教はハザール族のみならず近隣の諸族のあいだで完全に確立した。ちなみに、このカガン・サブリエルとは、前出のカガン・オバイダと同一人物である。治世の偶数年にはサブリエルを、そして奇数年にはオバイダを名乗った、とダウプマンヌスは記している。

ハザール論争に関し詳細にわたる点でも、重要度の高い点でも傑出した報告がある。時代はくだるが、高名な詩人、論争の記録者イェフダ・ハレヴィ✡の著『ハザールの書』Kitab al

Khazari がそれである。ハレヴィによれば、宗教論争もハザールの改宗もこの著作に先立つこと四世紀とあるから、その年代はおよそ七四〇年と見てよい。

言い添えれば、旧約聖書に対する古代ユダヤ人の注釈、いわゆるミドラシ文献（成立は四―十二世紀）にハザールのユダヤ化の反映を見るバーヘルの指摘がある。この出来事をめぐる各種の言い伝えは、広くクリミア地方、タマン半島、およびハザール王国のユダヤ人都市として知られるタマタルカに伝わった。

これらの文献の興味の対象である事件の概要は次のとおりである。黒海に臨むカガンの夏の離宮に三人の神学者が集まった（ここ黒海沿岸では秋になると、枝にたわわの梨の実に白く漆《しっ》喰《くい》を塗り、冬場に新鮮なその実を収穫するという）――ラビ、キリスト教のギリシャ人、アラビア人の学者である。

ある夢の解釈を依頼して、カガンはその席でこう宣言した――夢の意味をいちばんみごとに解いた者に敬意を表し、その人の信仰をば王も国民《くにたみ》も挙国一致して受け容れよう。その夢とは、夢のお告げで天使がカガンに言われた――「汝の意図は主の嘉納さるるところとなる、しかし汝の行為は受け容れられない」と。討論は天使のその言葉に集中された。ダウプマンヌスの引用するユダヤ教関係の文献によれば、論争は以下のように進行した。

ヘブライの代表ラビ・イサク・サンガリ✡は初めのうち、ギリシャ人とアラビア人の言うに任せて、自分はなにも発言しなかった。カガンがイスラーム代表の立論にあやうく足を掬《すく》われそうな形勢に見えたその折しも、アテー▽という名の王女が討議に割って入り、アラビア人に向かって次のように述べた。

妾《わらわ》に向かって小賢《こざか》しげな口をお利きですね。妾の目のまえには雲が流れて、山並みの向うに消えてゆくのしか見えません。きれぎれの妾の思いがちらりほらりそんななかに見え隠れするばかり。雲からはときどき涙の滴《しずく》が降るが、雲の切れる束の間に青空が覗くと、その底にそなたの顔が見えてくる。そなたのありのままが見られるのは、そのときだけですよ。

それに答えて、アラビア人学者（マウラーの敬称で呼ばれた）は、ハザールを悪企みに陥れるつもりはない、コーランを勧めたい一心だ、ハザールには「聖なる書」がないから――とカガンに弁明して言った。「われわれは利かない二本足で立ち歩けたのに、あなたたちはまだ不自由している」と。

すると、また王女アテーが立ちあがり、マウラーに食いさがった。

「どんな本にも父親と母親がありますよ。父親は母親を身ごもらせて死んでゆき、自分の名を子どもに継がせる。そして母親はその子を産み落とし、乳を与えて、やがて世の中へと出してやる。そなたの言う『聖なる書』の母親とはいったい何者ですか」

マウラーはその質問には答えられず、決して悪企みはない、神と人間を結ぶ愛の使者として「聖なる書」を勧めたいと繰り返すばかりであったが、王女アテーは次のように譬《たと》え話を持ち出して応酬を打ち切った。

ペルシャの国王《シャー》とビザンティンの大帝とが講話の徴《しるし》に豪華な贈物を交換することとなった。片やコンスタンティノープルから、片やイスファハンから両国の献上使節団が出発した。バクダッドで落ち合ったとき、双方の使節団に知らせがあり、ペルシャではナディル国王の退位、ビザンティンでは大帝崩御と知った。こうして両使節団とも、一時、バクダッドに滞在を続けた。貢物《みつぎもの》をどうすればよいか分らず、しかも生命の危険が四方から迫る恐ろしさからである。そのあいだにも宝物は少しずつ減ってくるので、一同は知恵を集めて相談し合った。ひとりが言った。

「なにをしようと事態は好転すまい。いっそのこと、各自が一ドゥカットずつ頂戴して、残りは棄ててしまおう」

衆議一決、両使節団ともそのように取り計らった。

では、使節団を送って交し合うわれわれの愛はどうなるのでしょうか。一ドゥカットずつ頂戴して、あとはそっくり棄てた使者たちの手のなかにも、その愛はやはり残らないのでしょうか。

聞き終ると、カガンは王女の言うことに筋が通っていると知り、即座にマウラーの言を退けて仰せられた（以下の引用はハレヴィによる）。

「キリスト教徒もイスラーム教徒も、世界の総人口の大半を分け合いながら、たがいに戦争をし合うのはなにゆえか、いかにも純粋めいた目的に、断食し祈禱する僧侶や隠者の口調をまねて、それぞれの神を引き合いに出すのはなぜか。敵を殺すことで彼らは目的に到達し、神に近づく道を見出したと思いあがる。戦争しながら、彼らは信じている――必ずや天国と永遠の幸福という名の恩賞で酬いられるに違いないと。それでいて、同時にふたつの信仰にすがることは許されない」

それからカガンはこう結んだ。

「あなたのカリフは緑の帆を張る船隊をもち、右に左に咬《か》みつく兵士をもつ。われわれがそのカリフの信ずる宗教の側につけば、どれだけのハザール人が残るだろう。選ばざるを得ないとすれば、われわれはギリシャ人に追放されたユダヤ人をむしろ選ぶ。キタビアの時代にホレズムからこちらに流れ込んできた貧しい人々、放浪の人々を。彼らに軍隊はなく武器もない――シナゴーグに集まる信者たちと彼らの文字の記された巻物があるばかりじゃ」

カガンはそのあとヘブライの代表に向かって、自分の宗教について言いたいことがあるかと訊ねた。ラビ・イサク・サンガリは、新しい信仰にハザール人が改宗する要はなく、従来の信仰を守りつづければよろしい、と答えた。その言葉に議場は騒然となった。するとラビはこう説明した。

「あなた方はハザールではない。実はユダヤ人なのであり、これからなすべきことは正しい場所に戻ることだ。あなた方の先祖の信じた生ける神のみもとへと」

こう告げてからラビはその教義について事細かにカガンに向かって説き始めた。日々は雨のように滴り落ち、講釈は長く続いた。

初めにラビは、世界創造に先立って創られた七つのものについてカガンに語った。天、モーシェ五書、正義、イスラエル、栄光の玉座、エルサレム、それとダビデの後裔《こうえい》メシア（救世主）の七つである。それが済むと、ラビは最も崇高な創造物――生ける神の精霊、その精霊の呼気、その風からの水、その水からの火などを数えあげた。それからラビは、三人の母について――宇宙においては空と水と火が、霊魂にあっては胸と胃と頭が、一年においては湿りと寒さと暑さが、それぞれの母である――語り、次には七つの子音ベース、ギーメル、ダーレス、カーフ、ペー、レーシュ、ターウがそれぞれ――宇宙においては土星、木星、火星、太陽、金星、水星、また月を、霊魂においては知恵、富、力、生命、慈悲、子孫、また平和を、一年においては安息日《あんそくにち》、木曜日、火曜日、日曜日、金曜日、水曜日、また月曜日を表すことを教えた……。

するとカガンは楽園で神がアダムにお告げになった言葉を理解できるようになった。カガンは言った。「いま朕《ちん》が仕込み中の葡萄酒《ぶどうしゅ》は、朕のあと他人にも飲まれることになろう」と。

カガンとラビ・イサクのあいだに交された長い会話は、イェフダ・ハレヴィの『ハザールの書』に見ることができる。この著書でカガンの改宗は次のように記されている。

「そののち、カガンは宰相を伴い、海辺の荒れた山中へ分け入った。ある夜、ふたりが洞窟に辿《たど》り着くと、なかではユダヤ人たちが逾越《すぎこし》の祭を祝う最中であった。ふたりは身分を明かして彼らの信仰を受け容れ、洞窟のなかで割礼を受けたあと、ユダヤ教の掟を学ぶ期待に胸ふくらませながら都へ戻った。しかし、ふたりは改宗のことを一般には秘めたまま、この人ならと思える親しい仲間だけに打ち明けるようにした。内情に通じた友人の数が十分に増えたのを見計らい、両人は初めて秘密を公《おおやけ》にして、ハザール人たちがユダヤ教を受け容れるよう導いた。国を挙げて人々は方々の諸国から教師を招き、書物を取り寄せ、トーラーの勉学を始めた……」

事実、ハザールのユダヤ教改宗にはふたつの段階があった。七三〇年、カフカースの南、アルダビルにおけるアラビア人との戦闘にハザールが勝利し、その直後、略奪した軍資金を投じて聖書の記述に沿う寺院を建立したのが、その最初である。およそ七四〇年、ある種の外見上だがユダヤ教が採り入れられた。カガン・ブゥランが諸外国のラビを招聘してハザールのあいだにユダヤの信仰を培《つちか》う努力を払ったからだ。この初期のユダヤ化の動きにはホレズムの住民も関っていたと思われる。フゥルサットの蜂起が潰滅したのち、八世紀の六〇－八〇年代、彼らはラビに導かれハザールの宮廷を頼って移住しているからである。

初歩的なユダヤ化の改革を試みたのが、カガン・オバイダで、八〇〇年ごろ、各地にシナゴーグを建て、学校を設けるなどした。そこで、ハザール人はトーラー、ミシュナ、タルムード、それにユダヤ教の典礼を学んだ。即ち、ラビの指導のもとのユダヤ教導入である。

こうした全過程にアラビア人が、ある意味では決定的な役割を果たした。ハザール王国の指導者たちがユダヤ教を受け容れたのは、イスラーム教の勢力が弱まった時期に当たるからである。この衰退の原因はイスラームの二大勢力、*ウマイヤ朝（七五六－一〇三一）とアッバース朝（七五〇―一二五八）のあいだの確執であった。

＊ウマイヤ朝は初めにダマスクス（六六一―七五〇）、九二九年以降はコルドバで代々のカリフを出し、アッバース朝はバクダッドのカリフを輩出して栄えた。覇《は》を競う両者の血みどろの戦いにもかかわらず、十世紀のコルドバとバグダッドは、共にコンスタンティノープルと並ぶ世界文化の中心であった。

マスーディ☾によれば、ハザールのカガンが入信してユダヤ人となったのは、アッバース朝の黄金時代、五代のカリフ、ハールーン・アッラシード（在位七八六―八〇九）の世であり、これはカガン・オバイダによるユダヤ教改革の時期と一致する。

ハレヴィ、イェフダ

Halevi, Jehuda　E ―― Halevi, Judah　D ―― Halevi, Jehuda　F ―― Halévi, Yéhuda

一〇七五―一一四一　ハザール論争▽のヘブライ陣営の主要な記録作成者。エスパニャのユダヤ詩人御三家のひとり。カスティリャ地方南部のトレドに生まれ、父サムエル・ハレヴィの希望に従い、ムーア人支配下のエスパニャで広汎な教育を施された。のちにイェフダは次のように記している。「知恵はひとつである。全世界に広がる知恵とちっぽけな動物のもつ知恵とを比べてどちらが大きいとは言えない。蓋《けだ》し、世界は純粋な物質——それは恒常的かつ多岐にわたる——から成り、それを破壊できるのは創り出した創造主のみであるが、動物は、多種多様の影響に曝《さら》される物質で出来、したがって彼らの知恵は暑熱、寒冷、その他、彼らの本性に作用するもろもろから影響を受ける」と。

ハレヴィはルセナにあるイサーク・アルファシのタルムード学校で医学を修め、カスティリャ語およびアラビア語を話した。アラビア語では古代ギリシャの流れを汲む哲学を学ぶが、本人によれば「それ（哲学）には色彩はあるが果実はなく、精神の糧《かて》とはなるが、情動にはなんら与えるものはない」、それゆえ、哲学者は絶対に預言者とはなれない、というのが彼の信条であった。医を本業としたものの、彼は文芸にも、またユダヤの伝統的秘術にも大いに関心を注ぎ、生涯、エスパニャ各地を巡り、当代の詩人、ラビ、学者らと親交を結んだ。

彼の主張によれば、女性性器とは男性性器を裏返しにしたものであり、タルムードもこの趣旨を別の言い方で述べているという。それは次の一文である。即ち、「男はアーレフ（牛）、メーム（水）、シーン（歯）にして、女はアーレフ、シーン、メームなり。車輪は前へと巡り、のち後ろへと巡る。上には喜びに優るものなく、下には不正義に劣るものなし」タルムードを深く究めたハレヴィは神の御名《みな》の頭韻の源泉をたどり、ヨードとアインの文字の源の図式を近代の聖書注解に提供した。「母音は子音という肉体に潜む霊魂である」との言い回しは、彼に由来する。

時間にはいくつもの結び目がある——そうハレヴィは警告した。結び目とは〈年の心臓〉であり、この心臓は時間のリズムに合せてばかりでなく、空間、人間存在にも同調して鼓動を刻む、そしてそれらの結び目には、時間の流れに沿った行為や仕事が照応する。事物に生ずる差異とは、事物の本質に根ざす、と彼は考えた。ある人々は訊ねるかもしれない――「なにゆえに神はわたしを天使として創らなかったのか」と。それならば、ミミズだって同等の権利を以て言える――「なにゆえに神はわたしを人間に創らなかったのか」と。

つとに十三歳のとき、彼は悟った――過去は艫《とも》にあり、未来は舳先《へさき》にある、船は川よりも速く、心臓は船よりも速い、しかしそれぞれ目ざす方向は別々だ。彼の作とされる詩ほぼ千篇が遺されている。友人たちに宛てた書簡のいくつかも遺った。友人らはハレヴィに言った。「口中にパンのかけらがあれば、自分の名が言えない。自分の名を言うものは口が苦くなる」と。カスティリャから彼はコルドバへ赴いた。そこは当時、アラビア人の支配下にあり、ハザール▽が数世紀来、利害関係を有したところでもある。彼はこの街で医者として働き、初期の詩が生まれた。彼は自分の名を織り込むアラビア語の詩をものした。「わたしは海、嵐の高波うねる」と彼は自分について書いた。その「詩集」の原稿はチュニスで発見され、その後、よそで発見された作によりこれを補った。詩のドイツ語訳がヘルデルとメンデルスゾーンの共訳で出たのは十八世紀である。

一一四一年、ハザール族に関するハレヴィの有名な著作『ハザールの書《リベル・コスリ》』✡が出版された。その冒頭はカガン▽（君主）の王宮における論争に割かれ、夢の意義についてイスラームの博士、キリスト教の哲学者、ユダヤ教のラビが三者三様に述べた意見が展開されている。そのあとの章は、論争はすべてラビとカガンの両者のあいだに限られ、同書が副題に謳《うた》う「ユダヤ教弁護の立論・立証の書」の本領を見せている。著作中、ハレヴィは同書の立役者と同様に振舞った。エスパニャを立ち去って東方へと旅し、エルサレムをこの目で見ようと決心したのだ。

その当時、彼の書いた文章を引こう。「わが心は東方に憧れる、だが、わたしは西方に釘付けされている……。かの地の美しさ、かの世界の喜び、いかにそれはわたしを惹きつけることか……たとえかつての王国はもはや存せず、傷を癒すバルサム香に代って蠍《さそり》と蛇ばかりが跳《ちょう》梁《りょう》していようとも」彼はグラナダ、アレクサンドリア、テュロス、ダマスカスを経由して旅を続け、行く先々の砂の上には蛇どもが署名の筆蹟をうねくねと残していたとは伝説の伝えるところである。彼の最も円熟した詩作が生まれたのは、この旅行の途次であり、なかでも「シオンの歌」は各地のシナゴーグで〈聖アブの日〉にこんにちも必ず朗誦される。先祖の地の岸に降り立ち、目的地の近くまで辿《たど》り着いたとき、彼は世を去った。一説によれば、エルサレムを一望のもとに収める地点に立った瞬間、彼は数頭のアラビア馬の蹄《ひづめ》に踏みにじられたのだった。

キリスト教とイスラームのあいだの葛藤について彼はこう記述した。「東方にも、また西方にも平和を見出すべき港は存在しない。……イスマーイール派が勝利しようが、アーダムの子孫（キリスト教徒）が支配しようが、わたしの運命はひとつ——苦しみのみである」ハレヴィの墓碑銘には次のように記されていたと伝えられる。「おんみらはいずこへと飛び去りしか、おお信仰よ、おお高貴よ、謙虚よ、知恵よ。われらこの石の下に眠り、墓にあれど、ついにイェフダ

（ユダヤ人の意）と離れることあたわず」。「すべての道はパレスティナに通ずれど、そこより戻るべき道なし」という諺をこうしてハレヴィは実証したのである。

ハザールに関するハレヴィによる名著はアラビア語の散文で書かれたが、そのヘブライ語による完訳の出版はようやく一五〇六年である。アラビア語の原著またヘブライ語の部分訳、イブン・ティボン✡によるもの（一一六七）およびイェフダ・ベン・イサクによるものが、いくどか版を重ねている。ヘブライ語の完訳はヴェネツィアで一五四七年、続いて九四年に出たが、キリスト教会による検閲のため損なわれ、とくに後者において甚《はなは》だしい。但し、この版にはユダ・ムスカトが注釈を施した関係上、重要度が高いと見なされている。

十七世紀、ジョン・バクストーフがハレヴィ著作のラテン語訳を完成した。広くヨーロッパ読書人のあいだに知られたのは、検閲済みのヘブライ語版によるこのラテン版である。この版で特筆すべきは、ハザール論争に加わったユダヤ人、イサク・サンガリ✡の論拠が収められていることであり、イスラーム、キリスト両教の代表（共に姓名不詳）と渡り合うその舌鋒は鋭い。しかしながら、検閲を通った同版の前書きによると、ハレヴィは次のように書いたとされる。「意見を異にする哲学者に対し、またわれわれと信仰（キリスト教を除く）の異なる人々、そしてわれわれの仲間なのに通常のユダヤ教から逸《そ》れた異端者に対して、どのような議論をし、どう答えたらよいか――わたしはよく訊ねられる。わたしは四百年の昔、ユダヤ教を受け容れたハザールの君主との論争の際に、ある碩学《せきがく》の述べたという見解・例証を忘れたことがない」

と。

　この文中、〈キリスト教を除く〉とある部分は、明らかに後世、検閲官の意向で挿入されたものである。なぜならハレヴィ自身が原著でキリスト教について触れているのは、これとは正反対の趣旨だからだ。即ち、三つの宗教を彼は一本の立木に譬《たと》えて、葉もあり花もある枝がキリスト教とイスラーム教、木の根がユダヤ教だと説いている。それにとどまらない。論争に参加したキリスト教代表の名こそ省略したが、〈哲人〉というその称号は明記してあるのだ。この用語はキリスト教（ギリシャ人たち）もユダヤ人たちも踏襲しているが、実際にはビザンティンの大学から認められた正式の称号であって、一般に使われる意味とは重みが違う。

　ところで、ハレヴィの著作（ジョン・バクストーフによるラテン語訳、バーゼルで刊行）は非常な成功を収め、版元には読者からの反響が殺到した。ダウプマンヌス✡が一六九一年の『ハザール事典』のなかで記すところでは、ハレヴィの著作に注釈を加えた人物のうちにはドゥブロヴニクのユダヤ人、その名をサムエル・コーエン✡と名乗る者もあった。ラテン語訳のあと、ハレヴィの本はエスパニャ語、ドイツ語、英語と続々として訳書を見、さらにアラビア語原典の校訂版にヘブライ語の対訳を付して一八八七年、ライプツィヒで上梓されている。霊魂の本質を論ずるに当たってハレヴィの参考に用いたものにはイブン・シーナー（アヴィセンナ）のテキストが含まれる、とはヒルシュフェルトの指摘するところである。

　生前すでに世に名の聞こえたハレヴィを巡っては、早くもいくつかの伝説が語られた。そのひとつによれば、ハレヴィには息子がなく、娘がひとりだけあり、娘の産んだ孫が祖父の名をそのまま継いだという。ロシアで出た『ユダヤ百科事典』は、この説に反論して、ハレヴィの娘の嫁ぎ先は有数な学者アブラハム・ベン・エズラであり、夫婦のあいだの男子はイェフダと命名されていないとする。この娘夫婦の一件は、シモン・アキバ・ベン・ヨゼフによる『マセー・ハ・シェム』"*Maseh ha Shem*"と題したイディッシュ語の著作にも見え、それによれば、トレドの文法学者で詩人を兼ねたアブラハム・ベン・エズラ（一一六七年死去）は、ハザール王国で華燭の典を挙げた。その結婚のいきさつの伝説をダウプマンヌスは次のように引用している。

アブラハム・ベン・エズラは海辺のちいさな家に住んでいた。四季を通じて家の周りには香りの高い草木が茂り、吹く風もその香りを散らすことができないまま、風は香気を一抱えにして絨緞のように運んでいくのだった。ある日、アブラハム・ベン・エズラは、香りが変ったのに気づいた。彼が恐怖を覚えたのがその原因だった。初めのうち、彼の内部の恐怖心は彼の幼かったころの魂の深さだった。それからそれはエズラの中年の魂へとくだり、さらに三番目の老年の魂へと降りていった。

ついに、恐怖心はベン・エズラの霊魂たちの及ばぬ深みへと突き進み、家のなかにいてはとても持ちこたえられなくなった。彼は外出しようとしたが、ドアをあけると、戸口には夜のあいだに蜘蛛《くも》の巣が張られていた。不思議なのは、その蜘蛛の巣の赤い色だった。払いのけようとしてから気がついた——美しく張られた蜘蛛の巣は一本一本が頭髪で編まれている。この髪の毛の主はだれだろう——彼はその持主の女性を捜し求めた。手がかりはなかった。

街の通りでベン・エズラは外国人の父娘を見かけた。赤毛の髪を長く垂らした娘は、こちらには目も向けなかった。翌朝、エズラはまたもや恐怖に襲われ、外へ出ようとすると、こんども戸口に赤い蜘蛛の巣が張られていた。その日、街で同じその娘に行き遇ったベン・エズラは、天人花《ミルテ》の花束をふたつ彼女にさし出した。

娘はにっこりして訊ねた。

「どうやってわたしを見つけたのかしら」

「すぐに分りました。ぼくのなかに三つの恐れがあると気づいたから、ひとつではなしにね」

参考文献　John Buxtorf によるラテン訳 "Liber Cosri"☆ (Basilae, 1660) 前書き："Lexicon Cosri", (一六九一年のダウプマンヌス版——九二年に破棄さる)：Еврейская энциклопедия (St. Petersburg, 1906～1913) vol. 1, pp. 1-16 (ハレヴィに関する長大な項目および文献目録あり)：J. Halevi, "The Khuzari" (原題：Kitab al Khazari) (New York, 1968) にも文献目録あり (同書 pp. 311-313)；詩作品の対照訳は Arno Press, New York より一九七三年に出版："Encyclopedia Judaica", Jerusalem, 1971.

☾ ムカッダサ・アル・サファル

Mokadasa Al Safer　E —— Mokaddasa Al-Safer　D —— Mokaddasa Al-Safer
F —— Mokadasa Al Safer

八—九世紀　夢解きおよび〈夢の狩人〉†の第一人者。伝承によれば、『ハザール辞書』▽の男性関係の部分は彼がまとめあげ、女性関係は王女アテー▽が書きあげたもの。但し、アル・サファルは同辞書（『ハザール便覧』とも呼ぶ）を同時代ないし後代の読者のために書こうとはせず、当時、すでに古語となっていた五世紀の古代ハザール語をあえて用いて、これを編纂した。彼はもっぱら祖先のために、即ち、もう二度と夢に見られることのないアダム・カドモンの肉体の部分を、それを夢見た昔の人々のために書いたのである。

ハザールの王女アテーはアル・サファルの情人であった。ある伝承には、ワインに浸した己《おのれ》の顎《あご》ひげでサファルが王女の胸乳《むなぢ》を洗い浄《きよ》めるさまが物語られている。アル・サファルが生を終えたとき、彼は幽閉の身であったが、ある文書によると、その原因は王女アテーとハザールのカガン▽（君主）とのあいだの誤解にあったという。宛先に届けさせず書いたままに終った王女の手紙が、なぜかカガンの手に落ちた。手紙にはアル・サファルに触れた箇所があり、ためにカガンの嫉妬と立腹を買ったのだ。その部分はこうである。

妾《わらわ》はそなたの靴のなかに薔薇を植えました。そなたのお帽子からはあらせいとうが茂っています。永遠の一夜のなかでそなたを待つあいだ、過ぎゆく日々は散り散りにちぎられた手紙となって、妾の上に雪のように降りかかります。妾はそれらを継ぎ合せ、そなたの優しい言葉を一字ずつ辿《たど》り辿り読むのです。でも、ほんの少ししか読みとれない、時おり、知らない筆跡が現れ、別のなにかの手紙が、そなたの手紙に紛れ込むから。別のだれかの日と手紙とが妾の夜の邪魔をします。そなたの帰りが、手紙も日々ももはや不要になるときが、待ち遠しい。でも、どうかしら——そのときがきても、そのだれかは妾に便りをよこす? それとも、夜はまだ永く続きますか?

ほかの文書(ダウプマンヌス☆はこれとカイロのシナゴーグ所蔵の手稿と結びつくとする)によっても、この手紙(ないし詩)はカガン宛ではなく、アル・サファルに向けて書かれたものであり、内容は彼およびアダム・カドモンに関っている。いずれにせよ、これを読んだカガンの心中には、嫉妬の気持あるいは政治的な疑いがかっと沸き立った(もともと〈夢の狩人〉は王女アテーの強力な後楯《うしろだて》を受け、反カガン勢力を形成していたという背景がある)。
刑罰としてアル・サファルは大木に吊るした鉄の檻《おり》に閉じ込められた。年が改まるごとにアテーは彼女の夢を通して寝室の鍵を彼に送りつづけたが、情人の苦境を楽にしてやる手として彼女にできたのは、悪魔を買収して短期間にせよアル・サファルになりすまして檻に入る代理を見つけることであった。だから、アル・サファルの命の一部は、二、三週間ずつ自分の命を削ってまで代理を務める他人に負っていたことになる。

こうするうちにも、愛人同士のあいだでは特別な手段で恋文の交換が続けられていた。男のほうは檻の下に流れる川で捕えた亀とか蟹とかの甲羅に歯形をつけて二、三の言葉を刻み、そのうえでこれを水へ戻してやる、女のほうからの返事も同じ手を使い、檻の下まで泳いでいく亀の背なかに愛の言葉を書き刻むという趣向なのだ。

王女アテーの記憶が悪魔の呪いで消され、ハザールの言葉さえ忘却したあと、彼女からの通信は、はたとだえたのだが、アル・サファルのほうからはせっせと便りを出して、彼女にアル・サファルという名前を思い出させ、また彼女の自作の詩の記憶を呼び覚まそうと試みた。

このことがあってから数百年の年月が流れ、カスピ海の海辺で背なかに恋々の思いを書きつけた二匹の亀が見つかった。愛し合った男と女のあいだに交された恋文である。亀と亀とはいまも寄り添い、その甲羅には男女ふたりの切々の恋情が読みとれた。男の便りにはこうあった。

あなたはいつもお寝坊さんだった女の子に似ている。その子が隣の村へ嫁にゆき、生まれて初めて早起きした早朝、野原いちめんの霜を目にした嫁は姑《しゅうとめ》に言った。「こんなもの、うちの村にはないわ」と。あなたが世の中に愛なんてありゃしない、と思うのはその女と変りがない。あなたはずっとお寝坊さんだったから、そのため毎朝、霜が降りたのに、目にしなかっただけ……。

女からの便りはずっと短いものだった。

妾のふるさとは沈黙、妾の食べものは寡黙。妾は妾の名前のなかに舟の漕ぎ手のように坐っています。妾はあなたを憎むあまりに眠れない。

ムカッダサ・アル・サファルを葬った墓は、山羊の姿に作られた。

リベル・コスリ（ハザールの書）

Liber Cosri　E —— Liber Cosri　D —— Liber Cosri　F —— Liber Cosri

ハザール▽に関するイェフダ・ハレヴィ✡の著書『ハザールの書』Kitab al Khazari のラテン訳書名（一六六〇年刊、バーゼル）。訳者ジョン・バクストーフ John Buxtorf（一五九九—一六六四）がヘブライ語から訳出した。バクストーフは父の名をそのまま継ぎ、少年時よりヘブライ語（聖書ヘブライ語、ラビ用ヘブライ語および中性ヘブライ語）の手ほどきを受けた碩学《せきがく》である。訳業にラテン名マイモニデス*のラテン語訳（一六二九年、バーゼル）があるほか、母音表示のバイブル中の記号と文字についてルイス・カペラとの長期にわたる公開論争に参加した。

前記ハレヴィの訳書刊行に際しては、その序文にヴェネツィア版のイブン・ティボン✡のヘブライ語訳によった旨を明示している。

＊マイモニデス（一一三五―一二〇四）は本名、イブン・マイムーン Ibn Maymun、コルドバ生まれ、カイロで活躍したユダヤ教指導者で哲学者。宮廷の侍医に重用されたほど高名な医師でもあった。アリストテレスを導入してユダヤ教の体系化を試み、のちのトマス・アクィナスらキリスト教世界に影響した。主著は『不決断者の手引き』。

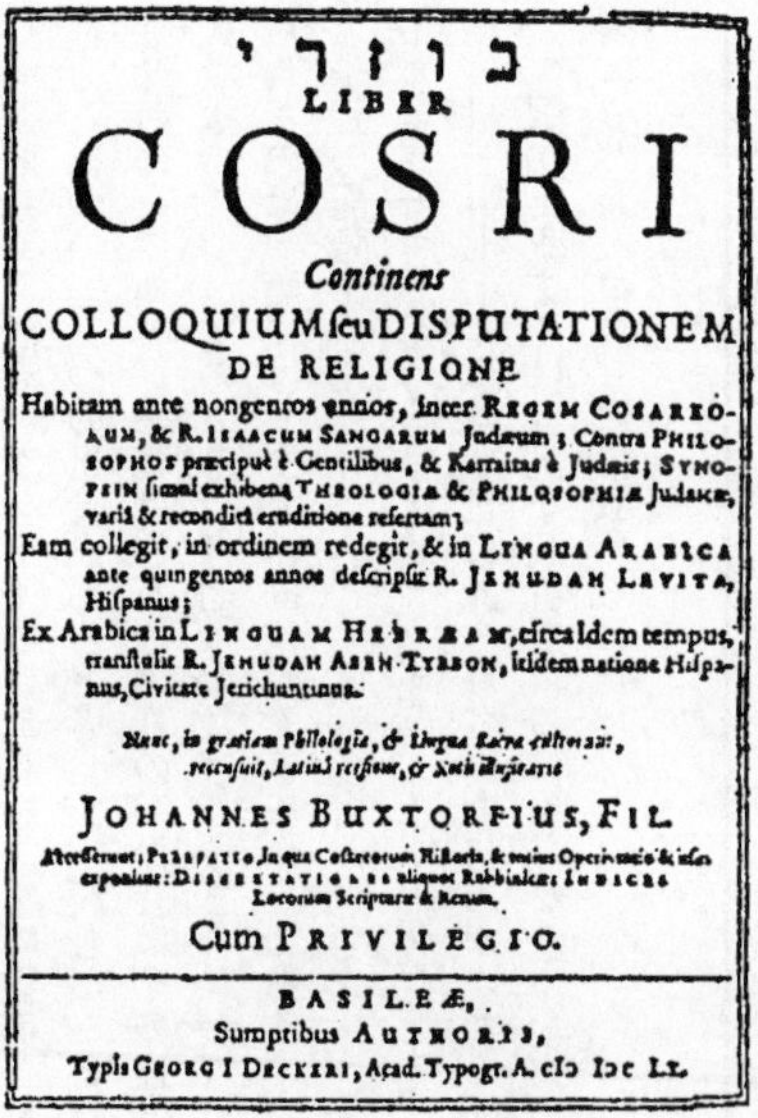
בוזרי

LIBER

COSRI

Continens

COLLOQUIUM seu DISPUTATIONEM
DE RELIGIONE

Habitam ante nongentos annos, inter REGEM COSARÆORUM, & R. ISAACUM SANGARUM Judæum; Contra PHILOSOPHOS præcipuè è Gentilibus, & Karraitas è Judæis; SYNOPSIN simul exhibens THEOLOGIÆ & PHILOSOPHIÆ Judaicæ, variâ & reconditâ eruditione refertam;

Eam collegit, in ordinem redegit, & in LINGUA ARABICA ante quingentos annos descripsit R. JEHUDAH LEVITA, Hispanus;

Ex Arabica in LINGUAM HEBRÆAM, circa idem tempus, transtulit R. JEHUDAH ABEN-TYBBON, itidem natione Hispanus, Civitate Jerichuntinus.

JOHANNES BUXTORFIUS, FIL.

Cum PRIVILEGIO.

BASILEÆ,
Sumptibus AUTHORIS,
Typis GEORGI DECKERI, Acad. Typogr. A. cIↃ IↃC LX.

ハレヴィ著『ハザールの書』扉
（17世紀のバーゼル版）

ハレヴィと同じく、訳者バクストーフは母音を文字の霊魂と見なし、したがって二十二の子音のそれぞれについて三つの母音があると考えた。読むこととは、飛んでいる小石に別の小石を命中させる作業であり、子音は小石そのもの、母音はその速度であるとした。彼の見解によれば、大洪水の折、ノアの方舟《はこぶね》には七つの数字も積まれたが、その際、数字がどれも鳩の姿に形づくられたのは、鳩には七までの勘定ができるからである。これら七つの数字は母音の記号をもち、子音の記号をもたない。

「ハザール書簡」(ハスダイ・イブン・シャプルートがハザール王ヨセフとのあいだに交した往復書簡)は一五七七年以降、世に知られていたにもかかわらず、一六六〇年、ハレヴィのバクストーフ訳が出るまでは広汎な読者を得るに至らなかった。この「ハザール書簡」は付録として訳書『リベル・コスリ』に収められた。

ルカレヴィチ、エフロシニア

Lukarević (Luccari), Efrosinja　E —— Lukarevich (Luccari), Ephrosinia
D —— Lukarević (Luccari), Efrosinja　F —— Loukarevitch (Luccari), Efrosinia

十七世紀　ドゥブロヴニクの地主貴族、ゲタルディチ－クルゥホラディチ家に生まれ、貴族ルッカーリ家に嫁ぐ。その館の鳥籠には懸巣《かけす》一羽を飼っていたが、これは薬効ありとの理由からである。壁にかけたギリシャ製の大時計は祝祭日に限ってさまざまな聖歌を奏でた。「人生の新しい扉を次つぎとあける不確かさは、トランプのカードを配るのと同じ」というのがエフロシニア奥方の口ぐせだった。また彼女の裕福な夫については「うちの人の夕食は沈黙と水ばかりなの」と洩らした。彼女は大胆不敵な行動と際立つ美貌をもって知られたが、本人はにんまりと微笑を浮かべつつ「肉体と名誉とは両立しません」とみずからを弁護した。

エフロシニア奥方は両手に親指が二本ずつあり、四六時中、手袋をはめたまま、たとえ食事の際にも決して脱がなかった。食べものは赤青黄色のものを好み、衣裳の色も同様である。一男一女のふたりの子どもを儲《もう》けた。

その娘が七歳のある晩、自分の部屋と母親の部屋とを隔てる窓から見ていると、母親の出産が目撃された。鳥籠の懸巣の付き添う産褥の床でエフロシニア奥方が産んだちいさな赤ん坊は、顎ひげを垂らした老人で、むきだしのその足にはけづめが生えていた。産み落とされるなり、その子は「飢えればギリシャ人は天国へも出かける」と第一声を発し、それから臍《へそ》の緒《お》を自分で嚙み切ったあと、すごい勢いで駆けてきて、途中、服ならぬ帽子をひっつかみ、一声《ひとこえ》、姉の名前を呼んだ。その衝撃以来、娘はすっかり口の利けぬ、手に負えない子となり、人目につかぬようにと幼女はコナヴリエへと移された。

その背景として、エフロシニア奥方✡は〈パンの上に坐っていた〉女とされ、ドゥブロヴニク・ゲットーのサムエル・コーエンなるユダヤ人と密通を重ねていたと噂された事情がある。奔放な身持ちを責められるたびにエフロシニア奥方は、だれの説教も聞きたくない、と冷たく突っぱねた。「本当の話、もしも百人もの貴族の青年がいて、そろいもそろって魅力も生気も金力にも溢れ、みんなが黒い髪の男で、そのうえ、時間に余裕のある人ばかりとして、そのなかから選ばなくてはいけないなら、誘惑に負けたかもしれない。でもドゥブロヴニクでは百人もの伊達男になんて百年経ってもお目にかかれやしない。だいいち、だれが百年も待てますか」

これとは別の悪口には、彼女は答えるそぶりも見せなかった。巷の噂では――あの女は嫁入りまえはモーラ（人の屍を食べる女）だったのが、結婚後には魔女となり、死んだあとでは三年のあいだ吸血鬼になると言われたのである。この噂はだれもが信じていたわけではない。吸血鬼になるのはたいていがトルコ人、ずっと少ないがその次にギリシャ人、ユダヤ人は絶対にありえないとされていたからだ。エフロシニア奥方は秘密ながらモーシェの教えを信仰している――と人人は耳打ちし合った。

それはともかく、サムエル・コーエンのドゥブロヴニク追放は、奥方の平穏を乱す事件となった。これも噂だが、悲痛のあまりどうやらこの先、長くは生きまいと言われ、両端の親指を折り曲げて石のような拳《こぶし》を握り、夜ごとそれを胸にのせて嘆き悲しんでいると評判された。ところが、死ぬこともなく、ある朝、彼女はドゥブロヴニクから姿を消し、その後、コナヴリエで見かけられ、しばらくしてダンチェでは真昼時、お墓の上に腰かけて髪をくしけずるところが目撃され、やがて北へ向けてベオグラードへ旅し、そこから愛人を捜しあてるためドナウ地方へくだった。

クラドヴォ付近でコーエンが死んだと聞かされたあとも、ドゥブロヴニクへは戻らなかった。彼女は髪を切り落として、それを地面にうめたとまでは伝わっているが、そののちの消息はだれも知らない。死に至るまでの彼女の心情は悲哀に満ちた長篇の民衆詩に歌われ、それが一七二一年、コトルで文字に記録されたが、こんにち遺るのはそのイタリア語訳のみである。タイトルの訳は『ラテンの若き乙女とワラキアの領主ドラクゥラ』となる。

翻訳はかなり原詩を歪めているが、長詩のヒロインのモデルはエフロシニア奥方、ドラクゥラは十七―十八世紀の交《こう》、エルデーイ（トランシルヴァニア）に実在した人物ヴラド・マレスクゥに基づくものと信じられている。*

＊ これは異説である。通常、ドラキュラのモデルは十五世紀の残虐の聞こえ高いワラキア領主ヴラド・ツェペシュとされる。

以下、長詩の内容はこんなものだ。

白葦のはや芽吹く季節、悲しみの麗人は、戦《いくさ》に送られた恋人を求め、ドナウの畔《ほとり》に旅をつづけた。愛人の死を告げられた女は、領主ドラクゥラのもとを訪ねた。領主は先を見抜く明日《あす》の目をもち、悲嘆を癒《いや》す療法の名手として巨額の謝礼金を取ることで知られた。ドラクゥラの頭髪の下には真っ黒に近い頭骨が見透かせ、その面には緘黙《かんもく》の一本の皺《しわ》が走り、そのペニスの大いなること比類を絶し、休日ともなればそこに括《くく》りつけた絹糸に花鶏《あとり》をつなぎ、先立って飛ぶ鳥にそれを支える役を務めさせた。

彼はベルトの下につねづね一枚のちいさな貝の殻をたばさみ、この貝の殻で生きたまんま男の全身の皮をそっくり剝ぎとる技を心得ており、しかもそのあと、同じ男の髪を握りしめておいて、剝いだその皮を元のとおりに着せることもやってのけた。甘美な死をもたらす秘薬の調合にも通じていたから、城館の周りには吸血鬼の群れが引きもきらず押しかけ、蠟燭《ろうそく》の火を吹き消しては、もういちど死なせてほしい、死なせてほしいとドラクゥラにせがむのだった。吸血鬼にしてみれば、死だけが生とのつながりなのである。

領主の居室へと導くドアの把手《とつて》は、自分からくるりと回るようになっている。一方、館の正面ではちいさなつむじ風が舞い、風は近づくものを手当たり次第にぶち壊した。このつむじ風はもう七千年の昔からここにくるくると回っていて、目と呼ばれるその中心にはやはり七千年来、月明かりが衰えることなく昼間のような光を放っていた。

うら若い乙女が着いたとき、領主ドラクゥラの召使らは、つむじ風の陰に腰をおろして酒を食らっていた。そのひとりは相手の男が歌のような音を長々と発しているあいだじゅうぐいぐいと飲みつづけ、相手が息をつぐときにやっとやめ、それからたがいに番を替った。到来の客に敬意を表して、召使らはまず夜の声で、次に野の声で歌い、最後に〈頭と頭を向き合せ〉て、こんな意味の歌を歌った。

小鳥らがドナウの魚を数え始める春ともなれば、海へとそそぐ川口に白葦が茂る。茂るのは真水と塩水の混ざるわずか三日のあいだ、その種《たね》の成長はすべてに優り、花ひらく速さは這う亀の歩みをしのぎ、伸びる茎はよじ登る蟻のつねに先をゆく。

乾いた土に落ちた種は二百年でもそのまま眠り、ひとたび水気《みずけ》に恵まれれば一時間を経ずして芽吹き、三、四時間のうちに一メートルにも伸び、ぐんぐんと太さを増して、その日の暮れるまでに片手で握りきれぬほどとなる。朝がくれば太さはもう人間の腰ほど、高さは屋根と同じくらい、川の茂みに漁師の張る網は伸びた葦が持ちあげ、水面高く張り渡されてしまう。

白葦はおなかに入っても成長する。鳥もそれを知っていて種や若い芽を嚥《の》み込まぬよう気をつける。それでも時おり空中で腹のはじける鳥の最期が、舟漕ぐ人や羊飼いの目にとまる。人人は知っている、それは鳥が、狂気の発作か、あるいは人間の嘘にも似た嘆きの果てかに、白葦の種をついばみ、種の芽吹きで体が裂けたのだと。

白葦の根本近くに必ず歯形の跡らしいものが見える。羊飼いの話では、白葦の生えるのは土からでなく、水中に隠れ棲《す》む悪魔の口からなのだという。悪魔はその口で口笛を鳴らし、また話しかけて、鳥やらほかの食いしんぼの生きものを魔性の種に招き寄せる。

それゆえ白葦の茎で笛は作らない。他人の笛は吹くものではないからだ。ある漁師たちの語るところでは、つれあいを孕《はら》ませるのに鳥は自分の種を使わず、その代りに白葦の種でごまかし、こうして地上には〈死の卵〉が再生される……。

歌が終ると、乙女は狐を追いに猟犬どもを放ってやり、ひとり館へ足を踏み入れた。悲しみを癒すためのお礼としてドラクゥラに渡したのは金貨を詰めた袋であった。ドラクゥラは彼女を抱き締めると、そのまま寝室へ導き、犬が狐狩りから引きあげてくるまで片ときも女を放さなかった。夜が明けてきぬぎぬの別れのあと、ふたたびその日も暮れようとする夕べ、ドナウの畔《ほとり》で犬どもの悲しげな吠え声を羊飼いらが聞きつけた。

近寄って見ると、そこにはみずみずしい美女が、白葦の種を孕んだ鳥のように、引き裂けた身で横たわり、女の絹の衣裳ばかりが、高い葦の茎にまつわり、そして早くも深く根をひろげた葦が、彼女の髪のあいだに葉をそよがせていた。女は早産の娘——それは彼女自身の死である——を産んでいた。彼女の美しさはこの死のなかにあり、それは乳漿と凝乳とに分れていたが、その底には葦の根を銜《くわ》えたひとつの口がひらいていた。

付属文書Ⅰ

――『ハザール▽事典』初版本の編集者、
テオクティスト・ニコルスキ神父の告解全文

テオクティスト・ニコルスキ神父は死をまえにしてペッチュ（ハンガリー）のアルセン三世チャルノイェヴィチ総大司教に宛て長文の告解を執筆した。ところはポーランドのいずれかの地、神父は漆黒の闇のなか、火薬を唾液で溶き、筆記体のキリール文字で書いた。そのあいだ、閂《かんぬき》の掛かった戸の向うからは、神父を呪ってがなり立てる旅籠《はたご》の女将《おかみ》の声がした。以下はその告解の全文である。

＊＊

猊下《げいか》。ご承知のとおり、拙僧は優れた記憶力を具《そな》えるという劫罰《ごうばつ》を受けております。ために拙僧の未来が絶えず満たされながら、過去は消えません。拙僧は一六四一年、焼物師の守護神〈聖スピリドンの日〉、聖ヨハネ修道院の在る村で生まれました。食卓の上に耳付きの鉢がつねに置かれ、そのなかには魂のための食べものと心のための食べものとを欠かさない――そういう両親のもとで拙僧は育ちました。

幼い弟が、眠るあいだにも木の匙《さじ》を手放さないように、拙僧の場合は、生まれついてこの方、いちど目にしたものはそのまま記憶にとどまって離れません。オフチャル山にかかる雲が五年ごとにまったく同じ配置となり、五年まえの秋と形も色も寸分変らぬ同じ雲の流れを大空に見あげたと気づいたそのとき、拙僧は恐ろしさに囚われ、この欠陥を隠すようになりました。希代の記憶力は劫罰にほかなりませぬ。

さて、拙僧はイスタンブルから流れてまいる金貨を眺めてはトルコ語を学び、ドゥブロヴニクより渡りくる商人にヘブライ語を教わり、イコンを見ては文字を読み覚えました。この記憶の積み重ねは拙僧を渇きに駆り立てました。が、渇きとは申せ、水への渇きではなく(なぜなら水を以てして癒すことはできませぬ)、飢えによってのみ初めて鎮まるがごとき渇きなのです。それとて単なる空腹の飢えとは違う飢えであり、塩の壁を探す羊のように、この渇きから拙僧を救う飢えとはなにか――それを見つけ出したい一心で空しい努力を重ねました。

と申すのも、記憶への恐怖からでございます。記憶また回想とは氷山のごときもの、ちらりと頂きを目にとめたばかりでは、水面下に隠れる巨大な実体は、見えぬまま近づけぬままに残ります。その測り知れない重みを感じないのは、時間という水の深みにそれが沈んでいるためです。しかし、うっかりそこに近づこうものなら、われわれは自身の過去と衝突して難破しかねません。モラヴァ川の流れに降る雪のように降ってくるものに、拙僧が決して触れなかったのはこのゆえです。

さりながら、衝撃を受けたのは、拙僧があるとき記憶に裏切られたことです――それこそ一瞬にせよ。初めは有頂天でしたが、やがて苦々しい思いに浸りました。その結末が目に映ったからです。その次第を申しあげます。

十八歳の年、父は拙僧を聖ヨハネ修道院へ送り出し、別れ際にこう諭《さと》しました。「断食のときには、口のなかに言葉を入れるのも禁物だ。どんな言葉も口に入れぬよう気をつけろ。耳はともかく口だけは言葉から清浄でいるように。言葉というものは頭や魂からくるものではなく、世間からくる、粘つく舌やら臭い口から出てくる。そういう言葉は長年のあいだに嚙み砕かれ、唾にまみれ、どろどろになっている。口から口へ歯から歯へと移るうちに元の姿をとどめなくなる……」

聖ヨハネの修道僧たちは、拙僧を迎え入れ、わたしの窮屈な霊魂には骨が詰まりすぎているからと言い、書写の仕事に就かせました。拙僧は黒いリボンの垂れた書物ばかりでいっぱいの僧坊にこもって仕事をしたのですが、リボンは死の直前まで坊さんたちが読みかけた最後のページに挟んだ栞《しおり》なのでした。そのうち隣村のニコリエ修道院に新しい写字生がきたという話が伝わりました。

その修道院へゆくにはモラヴァ川の険しい切り岸と流れのあいだの小道づたいに歩かねばなりません。その道しかないので、うまく歩いても片足の靴か、馬なら片側の二本の脚が泥だらけになる。だから、あちらの修道僧は汚れた靴を見れば、どこからきた客か一目で分る――海のほうか、それともルドニク山からか、モラヴァ沿いに西から下れば右足が、東から上《のぼ》れば左足が汚れている。

一六六一年の〈聖トマスの日〉の日曜日、ニコリエ修道院に現れた男は左の靴が泥まみれになっていたと聞きました。男は体格のがっちりした偉丈夫で目は卵形、燃やすには一晩かかるほどの長い顎《あご》ひげを生やし、髪は裂けた毛皮帽みたいに低く垂れ、目まで隠れていた。名をニコン・セヴァスト†と言い、ニコリエではたちまち写字生の主任となった。すでにどこやらで熟達の技を身につけていたからだ。本職は武具製作の組合《ギルド》に属する職人ではあったが、任された仕事は平穏無事なもので、旗幟《はたのぼり》、弓の標的、楯類などを彩り美しく描き、せっかく描いた絵も鉄砲の弾《たま》、弓矢、刀剣でずたずたにされる運命に遇う。ニコリエには長居はせず、イスタンブルへゆくのが目的だと男は話した。

〈聖隠者キリカウスの日〉、小春日和をもたらす聖ミカエルの風が三度、吹きわたり、それぞれの風が鳥たちを伴った――まず椋鳥《むくどり》の大群、ついで渡り残りのつばめの一隊、そして最後には灰鷹《はいたか》の群れと。冷たい匂いと暖かい匂いとの入り交じったその日、ニコリエ修道院の新しい写字生の描きあげたイコンの評判が高く、谷間《たにあい》の住民こぞって見に押し寄せている、との話が聖ヨハネ修道院に伝わってきた。

修道院の壁に描かれたという嬰児《みどりご》イエズスを膝に抱く宇宙創造者のお姿を拝みに拙僧も腰をあげて参りました。同僚たちといっしょに出かけ、たっぷりと絵を眺めたあと、昼食の時間となり、そのとき初めてニコン・セヴァストなる男を見かけたのです。その整った顔立ちを見るうち、この顔は拙僧のよく知っている馴染みの顔だととっさに思ったものの、身の回りの人のなかに思い当たらない。記憶の底を探ってもその顔はない。さまざまな顔が拙僧の眼前にまかれたカルタ札のように広げられたのですが。さらには、拙僧の夢のなかにもそれは見当たりません。こんどは伏せたカルタの束を積み、気の向くままに一枚一枚をめくって確かめたが、そこにもその顔はないのでした。

どこやら山中で山毛欅《ぶな》の木を伐り倒す斧の音が間《ま》を置いて聞こえていました。というのは、斧が山毛欅に当たって跳ね返る音と楡《にれ》の木の音とではっきりと違うのです。この季節、どちらの木も伐採の時期でした。十年まえ、吹雪の夜、初めて耳にしたその物音を鮮やかに思い出しました。あの吹雪のなかを旅立ち、濡れそぼつ雪の上に重たげに力尽きて落ち、とっくに死んだ鳥たちのことも思い出した。ところが、数分まえに見たばかりのニコンの顔立ち、まして、その細かな部分部分は、どうしたことか、まるで目に浮かんでこないのです。なにか一色《ひといろ》も、いや、顎ひげの有無さえも。

記憶が拙僧を見棄てたのは、生涯においてあれが最初であり、また最後でした。あまりにも異常なこと、信じられないことでしたから、たちまち拙僧はその陰の事情に勘づきました。原因はひとつしかない――記憶に刻まれないものは、この世に不在のものに限ると。それだけは、家鴨《あひる》に嚥《の》み込まれた泥鰌《どじょう》のように記憶に痕《あと》を留《とど》めないのです。

辞去するまえに、人々の容貌を窺うと見せて拙僧はニコンの口のなかを覗き込みました。拙僧は恐怖に捉えられた――拙僧の視線のひとつひとつが嚙み切られるかのように覚えたのです。そうです、ニコンがしたことはまさしくそれでした。嚙むたびに彼の歯はかちかちと鳴ったではありませんか。拙僧のほうはずたずたにされた視線のまま、聖ヨハネ修道院へ帰ってきました。

拙僧は以前どおり書写の仕事に戻りました。しかし、ある日、ふと拙僧は感じたのです――書物の著者よりも自分のほうが唾液のなかによほど豊かな語彙《ごい》をもっているのではないかと。

そこで拙僧は手稿を写しながらここに一語、そこに二語と書き加えることを始めました。その日はたまたま火曜日でしたが、最初のその晩は拙僧の使う言葉が酸っぱいような、ごつごつする感じだったのに、幾晩か続けるうち、秋の深まるにつれて日一日と言葉が果実のように熟してきて、書き進めるごとに果汁に満ち、円熟し、甘味も増し、果芯までがふっくらと舌に快く、活力に溢れていることに気づいたのでした。

七日目の晩ともなると、そうした果実が熟しすぎたり、木から落ちて腐ったりしないように、せっせと先を急いで書くようになっていました。聖ペトカ・パラスケヴェの一代記には、原本のどこにも見当たるはずもない一ページをそっくり書き加えさえしたのです。拙僧の違反行為ははばれるどころか、書き足しだらけの拙僧の書写本が坊さん方に気に入られ、オフチャル峡谷でおおぜい働いているほかの写字生の本とは比べものにならないと、どしどし仕事が回ってきました。

それに勇気づけられた拙僧は「毒を食らわば皿まで」とやる気を固め、聖人たちの一代記に作り話を嵌《は》め込んだばかりか、ありもしない隠者をいくたりもでっちあげ、新発明の奇蹟を次から次へと行わせたので、人気の出た拙僧の写本は原本よりはるかに高値で売れ始めました。創作力と文才にいよいよ目覚めた拙僧は、思いのままに筆を揮《ふる》うようになり、そのあげくある結論に到達した。それは物書きともなれば、主人公を苦もなくたったの二、三行で殺せるということです。そして、血も肉もある読者を殺害するには――しばらく本や伝記の主人公に変身させればそれで十分なのです。あとは簡単……。

その当時、聖母訪問《スレテニエ》修道院にロンギンという名の若い僧が修行しておりました。彼は苦行の生活を送っていて、ひとたび風が吹けば、大きく羽をひろげ、水面すれすれに飛翔する機を待ち受ける白鳥、と本人自身が思っている人でした。日々に名を与えたあのアダムでも彼ほどの完璧な聴覚は持ち合せません。そしてその目は聖なる疫病を世界にばらまくあの雀蜂《すずめばち》のようで、片方が雄蜂、もう片方が雌蜂、どちらにも針があり、あたかも若鶏を狙う鷹のように、彼は善行を目ざしたのです。彼はよくこう語りました。

「われわれだれしも容易に自分より立派な人を手本に選ぶことができる。地上から天上に至るあのヤコブの梯子《はしご》さえ、こうして精神から作り出すことも可能だ。そして万事を結合し関連づけることも、楽々と喜びのうちに達成される。己《おのれ》に優る人物に習い従うのはむずかしいことではないからだ。翻《ひるがえ》って、すべての悪の根源は自分に劣る者を手本に選ぶ誘惑に負け、彼らに服従することにある……」

五日間の断食のあと若返りの光を目にしたという聖ペトロ・コリシュキ伝の書写を、この人物から依頼されたのは折しもたそがれどきで、鳥たちが枝々の茂みの巣へと黒い稲妻のように舞い降りる時刻でした。拙僧の思いは急速に飛翔し、そのとき目覚めた邪心の誘惑に抗《あらが》う力は毛頭ないと拙僧は観念したのです。

聖ペトロ・コリシュキ一代記の書写に取りかかった拙僧は、聖者の断食の日数《ひかず》のところまできたとき、ほんとうは五日間とあるのを五十日に書き換えて、それを若い層ロンギンに手渡した。彼は鼻唄交じりにそれを受けとると、その一晩で読み終えた。翌日、修道僧ロンギンが大大的な断食に入ったという噂がオフチャルの峡谷一帯に広まったのでした……。

断食が始まって五十一日目、ロンギンの埋葬式が山の麓《ふもと》の受胎告知《ブラゴヴェシテニエ》墓地で行われました。そのあと、拙僧は二度とペンを握るまいと決心しました。そら恐ろしくさえ映るインキ壺を見ながら拙僧はつくづく思いました――狭苦しい魂のなかに骨が詰まりすぎている男かと。かくて拙僧はわが罪の償《つぐな》いを決心したのです。あくる朝、修道院長のもとに赴くと、聖ニコリエ修道院の写字室主任ニコン・セヴァストに面会して、助手役を務めさせてほしいと願い出ました。

そちらの修道院に送り込まれた拙僧がニコンの案内で写字室に入ると、部屋には南瓜《かぼちゃ》の種とセージの花の芳香がこもっていました。セージの花はお祈りの仕方を弁《わきま》えているという修道僧の言い伝えがあります（ユーゴスラヴィア産のセージは最良質として有名）。

この修道院では、たいせつな本が手元になければ、よその修道院か、あるいはウクライナの旅商人から四、五日でも借りる慣習があり、その本を急いで全文暗記するのが拙僧の仕事となりました。本を返却したあと、拙僧は頭に入れた文章を、何か月もかけ、くる日もくる日も主任のニコンに口述しました。そんな折、ニコンは鵞毛のペン先を削りながら、植物を原料としない色は緑色で、これだけは鉄から採るが、あとはどれも植物から作るなどと話して聞かせ、筆写の完成した本には手作りの顔料で色鮮やかな花文字を飾るのがニコン得意の仕事でした。

こうして拙僧とニコンの協同作業――週のうちの男性の日々――が始まりました。ニコンはすべての作業を左手だけでこなし、右の手でしていることはいっさい人前では見せませんでした。筆写は日中と限られていました。仕事が切れると、ニコンは僧院の壁画に筆を走らせたが、間もなくイコンは放棄して、その後はもっぱら筆書に没頭しました。わたくしどもはこうして徐々に日常のなかへ降りていき、夜々は過ぎ、歳月が経ちました。

一六八三年、〈セルビアの聖人イェフスタチイの日〉、寒気が黍《きび》の実を蒔き散らし、飼い犬がベッドに潜ることを許され、長靴も微笑する歯並びも寒さに音立てて鳴りました。小烏《こがらす》は飛ぶうちに緑色の空で凍《こご》え、石のように落下して鳴き声ばかりが宙に残りました。舌先は凍りついた唇を感じとるだけ、唇はもう舌を感じませんでした。風が唸《うな》りをあげてモラヴァの対岸から吹き、凍結した川は静まり返り、両岸には葦やキンポウゲや菅《すげ》などつららを下げた植物群の氷原が広がっていました。枝垂《しだ》れ柳の枝は凍りついた水面の罠に挟まり動きがとれない。この辺りに塒《ねぐら》をもち、霧の底から飛んでくる孤独な鳥の群れは、塩を撒いたような湿地から立ちのぼる白いかせ糸に翼を絡めとられまいと難儀しました。

寒冷に切り裂かれた山々を低く見て、そのかなたの空のなかへ、この風景に別れを告げ、高く高く飛び立っていくのはニコンの思いであり、またわが思いでもありました。それは夏の日の雲のようにすばやく、とりとめもなく、その思いのなかではふたりの回想は冬の病のようにゆっくりと通り過ぎてゆくのでした。

やがて三月、四旬節に入って最初の日曜日、白豆を煮立てる湯にラキ酒の小鍋を置いて温めたあと、ニコンと拙僧とは酒を酌み交し、食事をし、そして永久にニコリエ修道院から立ち去りました。ふたりがベオグラードに着いたのは、その冬の初雪でもあり名残の雪ともなった雪の日で、ベオグラード草分けの殉教者たちストラトニク、ドナト、ヘルミルのためのミサに立ち尽くしたのち、われわれは新たな生活へと踏み出しました。

　われわれは旅回りの写字生となり、諸国の河川を渡り、国境《くにざかい》を越え、鵞ペンとインキ壺の遍歴の道々、ひたすら稼ぎ歩きました。ただ、教会からの注文がだんだんに減り、その分、外国語の筆写が増えました。筆写は男のための本と限らず、女の本も引き受けるようになりました。というのは、男向けの本と女向けの本とでは話の結末が異なるからです。われわれの背後には川や盆地（共にその名ばかりが記憶される）が残され、そしてまた腐った目つき、鍵つきの鉄の耳輪、嘴《くちばし》で鳥が結び目をつけた麦藁《むぎわら》の敷き詰められた道、燃えくすぶる木の匙、匙を改造したフォークが残された。

　一六八四年、万聖節（十一月一日）の火曜日、われわれは帝国の都ウィーンへと辿《たど》り着きました。聖シュテファン大聖堂の鐘が鳴り渡り、時刻を告げました――ちいさな鐘は鐘楼から次つぎにナイフを落とすかのように慌ただしく、大きな鐘は夜半、聖堂の周囲で卵を産むかのように荘重に。半ば暗闇のなかを会堂へ踏み入って、よく反響する床石に立って見あげる頭上には、シャンデリアが何本もの長いロープに吊られ、あたかも数匹の巨大な蜘蛛《くも》が照らし出されたように見えました。われわれの周囲には石の壁に至るまで聖堂を満たす蠟の匂いが立ち込め、それは全身がまるで衣服のように匂いをまとうようでした。ほかにはなにも見えなかったが、聖堂の高みへ視線をあげると、闇はますます深まり、上方に淀むその濃厚な闇が、下の明かりを吊るす綱をいまにもぷっつりと断ち切りそうに思えるのでした……。

　ウィーンでは新しい仕事が見つかりました。貴族ブランコヴィチ†家の当主アヴラム、著作に携わる傍ら、その剣で続々と教会を建てられたお方と知り合った結果でした。この人士については手短に申しあげるにとどめましょう。なにしろ、敬愛もされるが、恐怖の的ともなる人だからです。

「ブランコヴィチは独りではない」とは人々のよく口にしたところです。定評によると、若いころ四十日間も沐浴せず、悪魔の晩餐を踏みあらし、妖術師となったとのことでした。両肩の上にはもじゃもじゃと毛が生え、千里眼で、毎年、三月という月のあいだは眠気にうとうとはしたものの幸せでした。彼は体ごと遠くまで跳ね飛ぶことができたが、魂だけならはるかに遠く、体が眠っているあいだに、魂は鳩の群れのように飛翔しては風を導き、雲を追い、霰をもたらし、雹を運び去り、稔りや家畜、ミルクや小麦を向うの海よりくる妖術師から守り、所領の収穫の略奪を許しませんでした。

　そんなことから、ブランコヴィチは天使たちと顔なじみなのだと、人々は言い、「魔性の工作、多量の豊作」とは彼について言われた言葉でした。領民の話では、ブランコヴィチは妖術師のなかでも、スカダルの大臣たち、プラフやグシニエなどの地方長官らとともに第二陣に属した。トレビニエ☾の魔術師らとの戦いでは、彼は第三陣に属するパシャ、ムスターイ＝ベイ・サブリャークを撃退しました。砂、鳥の羽、バケツ一個を武器として携え、この戦闘に臨んだブランコヴィチは片足に負傷を負いました。そののち、彼は駿馬中の駿馬、真っ黒な馬に乗るようになるが、眠りながら嘶《いなな》きの声をあげるこの馬もまた妖術師なのでした。片足の悪いブランコヴィチは、天上の戦いの際には魂を一本の藁に変え、馬代りにそれに跨《また》がって出かけました。さらに人々の話によると、ブランコヴィチはイスタンブルで告解をし、妖術師であると認めたのち、妖術を棄てました。以来、エルデーイの羊たちは、ブランコヴィチが仕切り囲いを通りかかる際、後ろ向きに歩きだすことをやめました……。

ぐっすりと寝入っている隙に、だれかに体を回され、頭と足の場所が入れ替ると二度と目が覚めなくなってしまう——そんなことが起こらぬよう見張りをつけていたこの人物、また、腹這いの姿勢で埋葬され、死後も異性との交合を怠らない仲間のひとりであるこの人物、ブランコヴィチはわれわれを写字生に雇ってくれ、彼と従兄《いとこ》ジョルジェ・ブランコヴィチ伯爵共用の書庫にわれわれを案内しました。その部屋でわたくしどもは書物のなかへ迷い込んだのです——袋小路や折れ曲る階段ばかりの通りへと迷い込むように。

わたくしどもはウィーンじゅうの市場とか地下室とかを漁り歩いて、アヴラム旦那のためにアラビア語、ヘブライ語、ギリシャ語の手稿を買いとったのですが、当時、拙僧の目にはウィーンの街の家々がブランコヴィチ家の書庫の棚に並ぶ本のように見え、建物とは書物みたいなものだとつくづく思うのでした。どれだけ家があっても、注意を向けるのはそのうちのわずかに限られ、訪ねたり、ましてそこに永く落ち着く場はもっと少数に限定されるものなのだと。長居してもせいぜい旅籠屋、宿屋、天幕、あるいは地下室に泊るぐらいのことです。それも一晩限りで。しかし、たまたま悪天候に出くわすなどで、遠い昔に使った同じ建物に舞い戻り、前に寝たのはあそこの部屋だなど思い起こしては一夜を過し、身の回りのすべては昔のままだが、どこかが違うと感じ、あの窓の向うで春の明け空を見たとか、あのドアから秋が立ち去ったとかを思い出す――そんなことがあっても、それはほんの例外です……。

一六八五年の〈ペトロとパウロ両聖人の日〉、万聖節から数えて四つ目の日曜日、われらが主人、ブランコヴィチ家のアヴラムはトルコ駐箚《ちゆうさつ》のイギリス公使館員に起用され、やがてわたくしどもはイスタンブルへ移り住みました。迎えられたのはボスポラス海峡を見おろす高楼で、主人はすでにその家に愛用の剣、駱駝《らくだ》の鞍、絨緞《じゆうたん》、教会ほどの背丈のある衣裳棚を持ち込み、湿った砂の色の陰気な目をして住まっていました。その高楼の祈禱所に主人は聖アンゲリナを祀る祭壇を設けさせました。デスポーテスの称号を賜ったこの女丈夫は彼にとっても、また従兄ジョルジェにとっても高祖母に当たるお方です。

従僕にはアナトリア出身の新入りが雇われて、これは長く編んだ髪を鞭に使い、鹿撃ち用の弾をいつでも編み毛の先端に隠し持つ男でした。この新人の名はユースフ・マスーディと言い、アヴラム旦那にアラビア語を教えるのと旦那の夢を監視するのが務めです。マスーディの持ちものと言えば、手書きの紙をいっぱいに詰めた秣袋《まぐさぶくろ》風のものでした。噂によると、彼は夢の読み手とか影の狩人とか言われました。それは人間の夢を使って啀《いが》み合う連中のことです。

ニコンとわたくしとはまる一年、書物や手稿を買い漁り、主人の書棚や箱をぎゅう詰めにしました。ウィーンからのものはそれを運んだ駱駝やら馬やらの臭気がそのまま残っていました。あるとき、マスーディがアヴラム旦那の寝室で夢の見張りをしている隙に、マスーディの秣袋を失敬したわたくしは、その手書きの文句をそっくり覚え込みました。書かれた文字はアラビア語ですから一語も解せないのに、一枚また一枚と頭に入れたのです。わたくしに分ったのは、それが辞書か用語集のようなものでアラビア語のアルファベット順に整理されてあること、アラビア語は蟹のようにジグザグに這い、後ろ飛びに飛ぶ懸巣のように反対方向に読むこと――ぐらい……。

初めて目にする街にも、また水上に架《かか》ったいくつもの橋にも、拙僧はおどろきませんでした。イスタンブルに着くなり、人々の表情、憎しみ、女性たち、雲、生きもの、恋情（拙僧は長らくそれを避けてきた）、視線（ひとたび交せば永遠に忘れえぬ目）――通りに見かけるすべてが馴染み深いものに思えました。時の流れのなかではなにも起こるわけではないし、いかに歳月を経ようとも世界は不変である、但し、その内側と空間のなかでは同時に、カルタ札に似て無数の様相に変り、ある人々の過去を、ほかの人たちの未来ないし現在のための教訓として提供するのだ――これが拙僧の感慨でした。

ここではある人間個人の記憶、回想、また現在のいっさいが、いろいろな場所、とりどりの人のなかで同時に、同じ瞬間に具現されている。われわれの周りのすべての夜々を同一の夜と見なすべきではない、なぜならそうではないからだ――拙僧は思いました――それら何千、何万、何十万の夜は、時間を横切って次つぎに旅へと飛び立つ鳥やカレンダーや時計の針のように、順を追ってではなく、ぜんぶが同時に去るのだと。

わたしの夜と君の夜とは同一でない、暦の上でさえ別々だ。今日という日は教皇第一主義者《パピスト》のローマでも、ここでも、等しく〈聖母マリア被昇天の大祝日〉（八月十五日）なのに、他方、東方教会のキリスト教徒、またギリシャ人、さらにそこから離れた教派にとっては〈髭無し大主教聖ステファンの聖遺物移動の日〉である。ことし一六八八年はある人々には十五日早く終るし、ゲットーに住むユダヤ人にとって本年はすでに紀元五四四六年だし、イスラームにとってはまだ紀元九〇五年でしかない。われわれアヴラム旦那の七人の使用人は明け方までに一週の全部の夜が尽きてしまう。われわれはここイスタンブルからトプカピサライに歩き着くまでに九月いっぱいの夜を費やし、聖ソフィア大聖堂からヴラヘルナまでには十月のひと月がかかる。

アヴラム旦那の夢はいずれかで現実に起こっていて、一方、どこかではアヴラム旦那の現実をだれかが夢に見ている。そしてだれが知ろう――主人ブランコヴィチのイスタンブル入りはオスマン・トルコ帝国駐箚イギリス公使館勤務の通訳官となることが目的ではなく、実際には彼が見ている夢を生きる相手、逆にアヴラムの現実を夢に見ているその男と顔を合せたいからなのだと。なぜならば、今夜、この人間界という広い大洋のどこにも、だれかに夢見られていない人間の現実は、われわれの周囲には存在しないのだし、だれかの夢で他人の現実でないものもありえないからなのです。

もしも、ここからボスポラス海峡へ向けて歩きだし、通りから通りをいく者があれば、その人は、日ごとに一年間のすべての季節を数えることになるだろうが。なぜなら秋も春も、人生のいっさいの季節が万人に同時に訪れるものではなく、また人間だれしも同じ日に老人であり、青年であることもないからです。そして、人の全生涯とは、何本もの蠟燭の火のように束ねることが可能で、呼吸がその火を吹き消したあと、誕生と死とのあいだにはその息吹《いぶき》ひとつ残りはしない。

もしも、君がどこへゆくか正確に知っているならば、君は今夜にも見届けるでもあろうが――君自身の未来の日々と夜々がその身に降りかかるだれか、君のあしたの昼食を食べている人、八年まえの君の死を悼《いた》み、あるいは君の未来の細君に口づけしている人、四人目には君の死ぬのとまったく同じ時刻に死ぬであろう人を……。

もしも、足を速め、より広く深く探求するならば、夜々の無限が、にわかに今夜、巨大な空間にまるごと実現されているのを人は見るだろうが。ある街で流れ去った時間は別の街ではいまやっと始まりかけているところです。そしてふたつの街のあいだを、人は時間のなかを行きつ戻りつして、旅することができます。ひとつの男性の街では、女性の街でとうに死んだ女の人の元気な姿に会える――そしてその逆も。個々の生命だけではないのです、すべての未来と過去の時間、永遠のあらゆる枝がすでにそこにあり、それは細切《こまぎ》れのばらばらとなって人々とその夢に分配されるのです。人類の始祖、アダムの巨体が眠りのなかで身動きし、息づいています。人類はあしたを待ちきれずに、いちどきに時間を頬ばる。そのため、ここに時間は存在しません。時間はどこかかなたからやってきて世界を洗い濯《すす》ぐ……。

「どこから」ニコンが訊いたのはそのときです、わたくしの考えを読みとったかのように。だが、拙僧は黙していました。黙っていたのは、分っていたからです。時間は地上からやってこない、それは地下からくる。時間はサタンに属する。サタンは時間を糸玉のように〈悪魔〉のポケットに持ち歩き、捉えがたい彼一流の配剤に従って糸を繰り出す。時間はサタンからの授かりものなのです。なぜなら、神に永遠を願い、それを恵まれるなら、永遠の反対――すなわち時間はサタンから受けとる以外にない……。

主イエズスの弟、〈使徒ユダの日〉、アヴラム旦那が一同を集め、イスタンブル引きあげの予定を告げました。話を終り、旅支度の指示が与えられたあと、短くも烈しい争いがニコンとアナトリアのマスーディのあいだに起きたのです。ニコンの下瞼《したまぶた》が鳥の目のようにぱちぱちと動きました。腹立ち紛れにニコンは、マスーディが旅に備えて詰め終えた秣袋を奪いとるなり、暖炉の火中に投げ入れました。拙僧が文字で諳《そら》んじているアラビア語の語彙集もろともに。マスーディはさほど逆上もせず、ただ、アヴラム旦那に向いて言いました。

「旦那さま、こいつをよくご覧ください。やつは尻尾《しっぽ》で女と交わる、しかも、孕《はら》ませる相手を見ないように背なかを向けて。それにこいつは鼻の穴に仕切りがない」

その瞬間、一同の目がニコンに向けられました。アヴラム旦那は壁の鏡をとり、死人にするようにニコンの鼻の下にあてました。われら一同は詰め寄りました――間違いない、鏡に映った鼻は仕切りがありませんでした。拙僧がとっくに承知していたことを、みなが初めて知ったのです――わたくしの同僚、主任写字生ニコン・セヴァストはサタンそのものだと。彼もその事実を否定しませんでした。みなと違って拙僧は彼の鼻孔を覗かず、鏡を見るにとどめました。

すると新事実（みんなのあいだでは以前から周知のことだったに違いない）を見つけました。たしかに見覚えがあると思ったニコン・セヴァストの顔は、わたくしの顔に瓜ふたつなのです。われわれふたりは双子の兄弟のように世の中を遍歴しながら、神のパンを悪魔の涙で作ってきたのでした。

その晩、拙僧は思いました——いまこそ時機が到来したと。人生を居眠りしつつ送る者があったら、この男もいつか目が覚めるとは、周囲のだれも思いつかない。ニコンは拙僧のことをそう見ていました。睡眠中に片腕が床にずり落ち、恐怖で目を覚ます、そんな臆病者ではないのですが、拙僧はセヴァストを恐れました。拙僧の骨の配置図を彼の歯はとくと心得ていたのです。それでも、拙僧は彼と同行を続けてきました。悪魔はつねに人間より一歩遅れて歩くと知っていたから、いつでも彼のあとから足跡を踏むようにして歩きましたが、向うはそれに気づきませんでした。

だいぶ以前から目にとまったことですが、アヴラム・ブランコヴィチの厖大《ぼうだい》な蔵書のなかでニコンはことのほかハザール関係書に絶大な興味を寄せていたのです。それは消滅した民族の起源と崩壊、慣習と戦争に関する資料を採録したアルファベット配置の書物で、この資料はいつも順序よく並べておくようにと主人からわれわれ写字生は指示を受けていました。アヴラム・ブランコヴィチはこの民族に執着しており、関係の古文書《こもんじよ》ともなると、お金に糸目を付けず、ハザール▽について多少とも知る人には金を積んで話を聞き出そうとし、さらには古代ハザールの魔法使の流れを汲む〈夢の狩人〉†捜しに人をさし向けもしました。

この辞書には拙僧も目を付けていた。ブランコヴィチ所蔵の何千巻もの書物のうち、ニコンの興味がこれに集中していたからです。わたくしはブランコヴィチの『ハザール全書』全巻を頭に詰め込む一方、ニコンがこの辞書をどうする気か見守りました。あの夜までニコンは別段なにもしませんでした。

ところが、どうだろう。鏡の一件があった直後、ニコン・セヴァストはひとりきりで高楼の上階に登ると、鸚鵡《おうむ》を持ち出し、明かりの上に置き、腰をおろして鸚鵡の話に耳を傾けたのです。アヴラム旦那の鸚鵡が暗誦するのはたいていは詩で、主人の信ずるところでは、あれはハザール王女、アテー▽の詩だということでした。われわれ写字生は鸚鵡の言うことは細大あまさずアヴラム様の辞書のために書きとるよう命じられていました。ただし、その晩、セヴァストは筆記をせず、ひたすら耳を傾けていました。鸚鵡は話しました。

過ぎ去ったいくつもの春が、時おり、暖かさと香りに満ちて、われらのうちにふたたび花ひらく。われらはその春を胸に抱きつつ冬の日を耐える。そのうちにある日、冬景色を絵と眺めた窓の向う、酷寒のなかへと踏み出すとき、過ぎ去ったあれらの春はわれらの胸を凍えから守る。そんな春をうちに抱き、すでに九度目の冬、でもそれはいまも妾《わらわ》を温めてくれる。思い見よ！　この冬のさなか、そんなふたつの春が、草地のふたつの香りのように触れてくるのを。それは厚い冬着よりもわれらに欠かせぬもの……。

鸚鵡の暗誦が終ると、身を潜《ひそ》めているわたくしに孤独の寂しさが襲いました――そのような春は心のうちにないと。そしてニコン・セヴァストと共にした青春の回想ばかりがわたくしの記憶のなかに一種の光となって残りました。愛《いと》しい光――とわたくしが思ったそのとき、ニコンは鸚鵡を捕え、その舌先をナイフで切ったのです。それから彼はアヴラム・ブランコヴィチの『ハザール全書』の棚に歩み寄り、一枚また一枚とそれを火に燃やし始めました。アヴラム旦那の書き込みのある最終ページまでも。そこには次のように記されていました。

キリストの兄弟、アダムについての物語

ハザールの信仰によれば、最初で最後の人間、キリストの兄、サタンの弟であるアダムは七つの部分によって創られた。創ったのはサタンである。サタンの用いたアダムの材料――肉は土、骨は石、血は露、目(たちまち悪を見破る)は水、呼吸は風、思考は雲、心は天使のすばやさであった。しかし、第二の父、そして真の父なる神が霊魂を吹き込むまでアダムは命を得ることはなかった。その霊魂がアダムに入ると、男性たる左の親指が女性たる右の親指と触れ、ここに肉体は命を得た。ふたつの世界――ひとつは神によって創られた目に見えぬ精神世界、ふたつは悪魔の不正の配剤で創られた目に見える物質世界――のなかでアダムだけがふたりの創造主の子であり、両世界の作品であった。サタンはふたりの堕天使をアダムの体に閉じ込めた。堕天使には世界の終末まで満たされも癒されようもない欲情がとりついていた。ふたりの天使のうち男の名をアダム、女の名をイブと呼ぶ。イブは目の代りに網が、舌の代りに縄が付いていた。その縄は「巨大な輪」か、鎖のような形だった。

アダムはすぐさま年を取りだした。彼の霊魂は渡り鳥であり、さまざまなときに繁殖と渡りとを行ったためである。初めアダムはふたつの時間だけからなっていた——彼の体内に収まった男の時間と女の時間である。その後、まず妻イブに属する時間と三人の息子、カイン、アベル、セツに属するものとで四つに増えた。しかし、そのあと人間の形態に閉じ込められた時間の粒子の数が着実に増殖すると、アダムの体も増えてゆき、それは構成こそ異なるが、自然と同様の広大な国家となった。

きたるべき最後の人間は、一生がかりでアダムの頭のなかでもがき、出口を探しつづけることになるが、結局、それは見つからない。アダムの体内への出入口を見つけたのはキリストだけだからである。アダムの巨大な肉体は空間に存在するのではなく、時間のなかにあるのだが、しかし、奇蹟を靴のように履くのは言葉からスコップを作るほどの難事だ。それゆえ、アダムの霊魂がのちのちのすべての世代へ向けて移動するだけではない（霊魂の移動とはつねに唯一、アダムの霊魂の移動である）、アダムの後裔《こうえい》の死者たち全員がアダムその人の死へと移動し、帰ってゆくのだ——それらの粒子が大いなる死を形成し、アダムの肉体と生の大きさと釣り合うために。思い浮かべるがよい——真っ白い鳥たちが渡っていき、それが真っ黒な鳥となって戻る光景を。

アダムの最後の後裔が死ぬとき、アダム自身も死ぬ、彼のすべての子らの死が彼の内部で繰り返されるからだ。そのあと、鳥と羽の寓話の語るように、〈土〉と〈石〉と〈水〉と〈露〉

と〈風〉と〈雲〉とそして天使とがやってきて、アダムの体から彼ら自身のものを取り去り、アダムをからっぽにするだろう。苦しみ多きかな、アダムの体、人類の最初の父の肉体を棄てたる者、彼らはアダムとともに死ぬあたわず、ないしはアダムのごとく死することなからん。彼らは人間となることなく、なにか別のものとなる。

　このような事情からハザールの〈夢の狩人〉たちは始祖アダムを捜し求め、彼ら自身の辞書、語彙集、便覧を集成した。但し、ハザールが夢と呼ぶものはわれわれの意味する夢と違うことを知らねばならない。われわれが夢を記憶するのは窓のそとに目をやるまでのあいだだ。ひとたび見やると、夢は雲散霧消して永遠に戻らない。ハザールの場合、そうではない。

　どの人間の人生にも複数の結び目、鍵となるような時間の節目《ふしめ》がある――これがハザールの考え方である。だから、ハザール人はだれもが専用の杖を持っていて、人生行路でなにごとかあるとその杖に刻み目を彫る。悟りの境地、崇高な成就の瞬間などを記すのだ。この刻み目にハザールは動物または宝石の名をつける。これを「夢」と呼ぶ。夢は、それゆえに、ハザールにとって、われわれの夜々のなかの昼に止まらず、われわれの日々における神秘な星月夜《ほしづくよ》でもありえた。聖職者の身である〈夢の狩人〉あるいは夢の読み手はこれらの刻み目を解釈して、辞書や伝記の編纂に役立てた。もっとも伝記と言っても、かのプルタルコス（四七ごろ―一二〇。ギリシャの歴史家、道徳家。『偉人伝』の著者）やコルネリウス・ネポス（前九九―前二四。ローマの作家。著作の多くは散佚し、『大カトー伝』などが遺された）などのような古代的な意味においてではない。ハザールの場合、それらは無名の伝記の羅列であり、話題はもっぱら人間がアダムの肉体の一部となる天啓の瞬間に絞られる。人生のほんの一瞬にせよ、だれもがアダムの一部となるからだ。その瞬間をぜんぶ集めれば、地上にアダムの肉体が得られる。ただし、形のあるものとしてではなく、時間のなかにおいてである。なぜなら時間の単なる一部分は光を受け、接近と使用とが可能なものだからである。アダムの時間の微片、残余はわれわれにとっては暗黒に閉ざされ、それを使うのは別のだれかである。

われわれの未来は蝸牛《かたつむり》の触覚に似ている。なにか固いものに触れると、すぐに引っ込む、体を伸ばしきったとき初めて物が見える。アダムはいつもそのように物を見る。世界の終焉に到るまですべての人間の死を事前に知りぬいているアダムには、世界の未来も秘密ではない。だから、アダムの肉体と合流しさえすれば、われわれ自身も物が見えるようになり、未来を共有できる。サタンとアダムの肉体の基本的な違いがここにある。サタンには未来が見えないのだ。だからこそ、ハザールはアダムの肉体を捜し求め、だからこそ〈夢の狩人〉による女性の書、男性の書は共にすこしばかりアダムのイコンに似ていた。その場合、女性的なるものはアダムの体を意味し、男性的なるものはその血を意味した。もちろん、ハザールは彼らの魔術師がアダムの全体像を究められないこと、〈辞書＝イコン〉方式ではアダムを描き尽くせないことを承知していた。

魔術師らはしばしば顔のないイコンを制作し、それぞれの手に左と右の親指、アダムの男親指と女親指とを丹念に描いた。そのわけは、辞書のなかで捉えられた部分部分が、命を得て動きだすのは男と女の指の触れ合いがあってのことだからである。それゆえ、ハザールはアダムの肉体のこの部分を習得するのに多大の注意を払い、それに成功したと信じられているが、ほかの部分については十分な時間的余裕を持てなかった。しかし、残された部分がある以上、アダムは今も待ち続けている。アダムの霊魂が彼の子孫らのもとへ移動し、彼らの死後に自分の肉体へと戻るのと同じように、アダムの広大な肉体＝国家の一部はいついかなるときにも、またわれわれ各人のなかで、またもや殺されるか、あるいは生き返りもする。そのためには男親指と女親指の預言者的な触れ合いさえあればよい。ただし、ふたつの親指の背後にせめてアダムの肉体の一部なりと作り出したとの条件が必要となる。それはわれわれ自身がアダムの一部になりおおせたという意味だが……。

アヴラム・ブランコヴィチのこの覚書の言葉は旅のあいだじゅう、耳鳴りのように拙僧の耳に残りました。あいにくそれは日照り続きの時節で、黒海の出口はまるでレーゲンスブルク付近のドナウ川のよう、またレーゲンスブルクではドナウは、シュヴァルツヴァルトに発するその水源のようにかぼそい――そんな旱天の年でした。戦地に着いてからもその言葉は耳に付いて離れません。大砲の硝煙がたちまち風に吹き散らされるさま、ドナウを靄《もや》がゆっくりと渡るさまを見ながらもそうです。

やがて一六八九年の万聖節から十三番目の日曜日、ようやく日照りが終り、生涯で最悪の大雨が降りだしました。見あげる空の深さほどの水を湛《たた》えてドナウはふたたび流れだし、まるで高い塀のように雨は川の上に垂直に立ちはだかり、わが軍とトルコ軍の幕舎を遠く隔てました。

戦場の天幕のなかで、つくづくと分ってきたのは、われわれ一行のドナウまできた目的がそれぞれに違うことで、こうしてひとりびとりが待ち受けているのはなにか、それをずばり言い当てられるとまで拙僧は思ったのです。

ニコンはマスーディの辞書もブランコヴィチの資料も焼き棄てて以来、まったくの別人に変り果てた。もはやなにごとにも興味を失ったのです。自殺者のために朗読される第五の「パーテル・ノステル」（主への祈り）を人に朗読させ、持ってきた筆写用の道具をひとつまたひとつと川に投げ棄てました。ニコンとマスーディは派手な模様のスカーフの上に骰子《さいころ》を転がしていましたが、大負け続きのニコンの様子には人生に諦めをつけた人のようなところが見えました。この世におさらばする気だな、ここならどこよりも簡単に死ねると踏んできたのだな、と拙僧は睨《にら》みました。

主人のアヴラム・ブランコヴィチ旦那は、かつて勇士として鳴らしただけに善戦こそしていたが、ドナウにきたのは戦うためではない。ドナウでだれかと落ち合う目的のあることが歴然としていました。マスーディは賭の遊びをしてはいるものの、ここジェルダップの地で、トルコ陣の砲声の轟くなか、運命の〈聖十字架建立の日〉†に、血と雨に視界を妨げられつつ、果たしてアヴラムの遭遇する相手は何者かと待ち構えていたのです。また、アヴラム旦那の剣術の指南役、コプト人アヴェルキエ・スキラはどうかと言えば、彼がトルコの砲弾の下、ドナウにいるのは、永年、編み出してきた剣術の秘伝を生身の人間に試す機会がやっと訪れるからです。天罰を恐れず敵兵が斬れる（いや、味方の兵士だって。どっちも彼には同じことだ）と思えば腕が鳴るというものです。

拙僧の場合は、この連中とごろごろしながら、待ち設けるのは『ハザール辞書』の三冊目でした。マスーディのイスラーム篇、アヴラム旦那のギリシャ篇はもう頭に収めた。続いてだれかヘブライ語版の辞書を手に現れはせぬか、それを待っていたのです。あの二冊がある以上、このあとに第三冊がきっとあると拙僧は信じていましたから。自分の手で二冊とも焼いたニコンのほうでは、これで万事が片づいたと、三冊目にまで気を回す気配はありません。しかし、頭に二冊が入っている拙僧としては、いったいどんな内容か、その三冊目を目にしたくて堪らない。同じ物を心待ちしていると見当がついたので、わたしはアヴラム旦那に望みをかけていたが、主人はそこまで生きられませんでした。ブランコヴィチもニコンもたちまちトルコ兵の血祭りとなり、マスーディは捕虜となったのでした。

血闘の場に現れたのは赤い目の上に翼のような眉毛を生やした若者、口ひげの半分は白く、残りが赤毛の男です。駆けつけてきたこの男の眉は埃《ほこり》だらけ、顎ひげは垂れた洟《はなみず》で汚れていました。だれが知ろう、こいつの残り時間も時計と睨めっこだぞ、と拙僧は思いました。と同時に、これが目当ての男だとわたしは見破ったのです。とつぜん、膝を折るようにして男は倒れ、手にしていた袋から細かな手書きの文字のある紙が何枚もばらばらと落ちた。人影が消え、戦場に静けさが戻ると、隠れていた場所から飛び出して、わたしが散らばった紙を集めだしたことは申すまでもありますまい。

拙僧はドナウを渡り、ワラキアへ入り、デルスキー修道院に身を寄せ、理解とか解釈とかは後回しにして、そのヘブライ語の手稿に読み耽りました。そこからポーランドへと旅し、ニコン・セヴァストがなんとしても、やらせまいとしていたことをやってのけた。印刷屋を見つけ出し、三種類の『ハザール辞書』を売り込んだのです。戦場で手に入れたヘブライ語の辞書、アヴラム・ブランコヴィチの差配で編纂したギリシャ語による資料、それに夢の読み手、マスーディの持ち歩いたアラビア語による辞書——この三冊です。

印刷屋の名はダウプマンヌス✡と言い、当時、病に苦しんでいましたが、病勢は急転しないまま、長ったらしいゲームのようにぐずぐずと生き、やっと五世代ののちに彼は死ぬことになるのです。彼は拙僧のため二か月の部屋代と食事代、それにシャツのボタン代を引き受けてくれ、拙僧はそのあいだ、頭に収めたテキストをせっせと書きつづけました。こうしてひとり二役で、永いご無沙汰ののちかつてのとおりの口述の役に、そしてニコン・セヴァストと同じ写字生の仕事にも戻ったのでした。

一六九〇年の〈ベツレヘムの聖なる一万の幼児の日〉*、爪も剝がれるような酷寒と降雪のなか、拙僧の仕事は終りを告げました。ブランコヴィチの資料、マスーディの辞書、赤目の青年の袋から現れたユダヤの辞書の三冊をもとに『ハザール事典』とでも言うべきものを編纂して、それを印刷屋に手渡したのでした。赤と緑と黄に色分けした三冊の書を手にして、ダウプマンヌスは、よろしい、これを印刷にかけようと言ってくれました。

＊　キリストの降誕を恐れたヘロデは赤児多数をベツレヘムで殺害した。マタイ伝二・一六。

猊下、結局、あれが印刷されたかどうか、拙僧は知りません、拙僧のしたことが正しかったかどうかも、分りませぬ。わたしに分るのは、拙僧はまだ書くことに飢え、その飢えゆえに記憶することの渇きが失せたことです。わたし自身、あのニコン・セヴァストその人になり代りつつあるような気がしてなりません……。

付属文書Ⅱ

——ムアヴィア・アブゥ・カビル博士殺害事件審理記録の抜粋
（証人の宣誓証言を中心に）

イスタンブル
一九八二年十月十八日

被告ドロタ・シュルツ側証人、キングストン・ホテル勤務ウェイトレス、ヴァージニア・アテーが証人台に立ち、判事に対し次のように証言した。

＊＊

事件発生の当日（一九八二年十月二日）は上々のお天気でしたが、わたしはとても落ち着かない気分でおりました。ボスポラスのほうから塩気を含んだ空気が流れ、それとともにやってくる急速な思考が緩慢な思考のなかへ蛇のように入り込むせいです。ホテルのお庭は四角な形になっており、晴天の日の朝食はその庭でとの決まりです。その四角のうち、ひとつのコーナーは陽が当たり、次のコーナーは花壇、三つ目は風当たりが強く、四つ目のコーナーには石造りの井戸とその脇に石柱が立っています。

いつもわたしはその石柱の陰に立つことにしています、食事中、お客さまは見られるのがお嫌いだからです。そういう気持も無理ないと思います。例えば、わたしにしてもお客さまが朝食を召しあがるのを見ていると、あの茹《ゆ》で卵ひとつが午前中の海水浴用、あの魚なら夕方前にトプカピ行の分、あのワイン一杯でベッドに入るまえにいちどにっこり笑えるとか——さっと分ってしまうんです。ただ、ホテルの客室備付けの鏡は近眼なので、お客さんのにこにこ顔は映らないでしょうけど。

その井戸の脇の場所からはお庭へ降りる石段が見えます。だから出入りのお客さまはすべて丸見えです。もうひとつの利点を言うと、周りじゅうの雨樋《あまどい》の水がそこの井戸に集まるわけですが、それと同じ理屈で、お庭のどこの話し声でも、伝声管みたいに井戸口に伝わってきます。ちょっと耳を澄ませば、なんでも筒抜けなのです。鳥が蝿《はえ》を突つく嘴《くちばし》の音、茹で卵の殻が割られる音、フォークが同じ響きで呼び交す音、それぞれに響きの違うグラスの音——なんでも聞こえます。お客はウェイトレスを呼ぼうと思うと、たいていの場合、そのわけをちらりと会話に洩らしますね。それを井戸口で聞いてしまいますから、呼ばれない先にいち早く御用を伺いにいける。こうすれば人の先回りができ、よく気がつくと思われて、その分、実入りが増えます。

あの朝、一番乗りは十八号室のお客、ヴァン・デル・スパークさまのご一家、ベルギー国籍の両親と坊やの三人でした。お父さまは白い亀の甲羅でこさえた楽器をお上手に弾く中年の方、夕方にはその音が聞かれたものです。ちょっと風変りな人で、お食事のときは先が二叉のフォークをお使いになる、いつもポケットにそれを入れてらっしゃる。お母さまはお若い、かわいい感じの方で、わたしも近くに寄ってちらちらとお顔を拝ませてもらいました。それで分ったのですが、あの奥さまには奇妙なところがありました。鼻に仕切りがないのです。まいにち、聖ソフィア大聖堂にお出かけになり、壁画のすばらしい模写をしておいでてした。模写の絵はご主人の歌の楽譜になるんでしょうか――いちどそのことを伺ってみましたけど、奥さまの腑には落ちなかったようです。お子さまは、そろそろ四歳ぐらい、この子もどうやら体に秘密がおありでした。手袋を嵌《は》めたまま、食事のときにも脱がないのですから。でも、それより呆気《あっけ》にとられたことがあります。あの上天気の朝、ベルギー人一家が石段を降りてくるところを見ていましたが、ご主人の顔が他人とはまるで違うのです。

判事 というと？

証人 同じ顔写真の同じ左半分だけを二枚継ぎ合せれば、せっかくのいい顔立ちが怪物になりますね。霊魂の片側ずつだけを継ぎ合せても同じで、怪物めいた魂の半分がふたつそろってしまいます。顔と同じで霊魂にも左と右があるんです。左足を二本そろえても、二本足の人間にならない。あの方のお顔は左半分の継ぎ合せでした。

判事 それがおどろいた理由か。

証人 そうです。

判事 本法廷は真実のみを証言するよう証人に警告する。それからどうしたか。

証人 わたしはヴァン・デル・スパークご一家のお世話をしました。お塩と胡椒は別々の手でとるようにひとこと申しあげましたけど。お食事を済ませてご夫妻は立ってゆかれ、坊やだけが残ってひとり遊びしながら、ココアをお飲みでした。次にここにお見えのドロタ・シュルツ博士がお庭へこられ、テーブルにお着きになりました。わたしが伺うより先にお亡くなりのムアヴィア博士がそちらに近づき、席におかけでした。シュルツ博士の時間が雨粒のように落ち、ムアヴィア博士の時間は雪と落ちるのが、だれの目にも見え、彼は早くも首のところまでその雪に埋まっていました。わたしが気づいたことは、ムアヴィア博士がノーネクタイだったこと、シュルツ博士がハンドバッグからこっそりピストルを出したことです。彼女はムアヴィアさんとふたことみこと話をなさると、片手を伸ばして紙の束を受けとりました。そのあと、彼女は石段を駆け上り、走ってお部屋のほうへいかれました。ただ、ピストルはテーブルの置いた紙の下に隠したままです。これには落ち着かないどころか、はらはらしました。

　ムアヴィア博士は顎《あご》ひげのあいだから子どものような微笑を浮かべておいででした。それは琥珀《こはく》に閉じ込められた昆虫のような微笑とでも申しましょうか。憂《うれ》わしげな目の緑色がその微笑に火を灯していました。その笑顔に誘われたようにベルギー人一家の坊やが、ムアヴィア博士のテーブルに近寄りました。ここで改めて思い出していただきたいのは、その子が四歳にもならぬということです。庭にはほかにだれもいません。坊やがいつもの手袋を嵌めていたので、なぜ脱がないのかとムアヴィア博士が訊ねました。

「うんざりしてるからだよ、こんなところ」男の子が答えました。

「うんざりだって?」ムアヴィア博士が重ねて訊きました。「なぜ」

「おじさんのデモクラシーのせいだよ」坊やが言いました。これはそのときの言葉のままです。

そこで、わたしはもう一歩、井戸に近寄り、ふたりの会話に聞き耳を立てました。聞けば聞くほどにそれは不思議なやりとりでした。

「どんなデモクラシーかね」

「おじさんや仲間が大切にしているような。あなたたちのデモクラシーの結果を見てごらんよ。以前は、大国が小国を抑圧してましたね。いまはその逆だよ。ちかごろはデモクラシーの名のもとに小国が大国を脅している。ぼくらの周りの世界を見てごらんなさい。白人のアメリカ人は黒人を怖がってる、黒人はプエルトリコ人を恐れている、ユダヤ人はパレスティナ人を、アラブ人はユダヤ人を、セルビア人はアルバニア人を、中国人はヴェトナム人を、イギリス人はアイルランド人を、みんな恐れている。小魚が大きな魚の鰓《えら》に齧《かじ》りついてるんだ。びくびくしてるのはもう少数民族のほうじゃない。デモクラシーのお蔭でニューモードができちゃった——恐怖に震えているのはこの惑星の上で多数を占める民族のほうなんだ……。あなたのデモクラシーなんかチンポの毛だよ……」

判事　当法廷はありもしないことを言い立てぬよう警告し、証人に罰金刑を命ずる。証人は宣誓の上で、これが四歳にも満たない幼児の言葉のままだと主張するのか。

証人　もちろんです。この耳でちゃんと聞いたのですから。それから、わたしは会話の現場を見とどけたくなったので、庭の石柱の陰にまいりました。目を向けたちょうどそのときです。男の子が紙の下からシュルツ博士のピストルを取り出し、両足を踏んばって膝《ひざ》を少し曲げ、人殺しのプロみたいに両手でしっかりと銃を構え、ムアヴィア博士に狙いをつけて、叫びました。

「口をあけろ！　歯をやられたくなければ」

あっけにとられて、ムアヴィア博士が口をあけたとたん、ピストルが火を噴いた。おもちゃの拳銃と高《たか》を括《くく》っていたのに、撃たれた博士は椅子ごと仰向けに倒れたのです。鮮血が迸《ほとばし》り、よく見ると、博士のズボンの片足が泥だらけでした――墓に片足を突っ込んでいたのです。坊やは拳銃を放り出すとテーブルに戻り、ココアの残りを飲み干しました。

博士はもう動かぬままでした。血が流れ、博士の喉元にネクタイのように結び目をつくりました。「ああ、これでノーネクタイでなくなった」とわたしは思いました。シュルツ博士の悲鳴が聞こえたのは、その直前です。そのあとに起こったことは、みなさんご存じです。ムアヴィア博士の死亡の確認、現場から遺体の運び出し、そのときシュルツ博士がホテルのもうひとりの客、イサイロ・スゥク博士†の死を告げに現れました……。

検事　「ああ、これでノーネクタイでなくなったとわたしは思いました……」本官は当法廷に対し、証人の表現に深甚な憤りを覚えざるを得ないことを表明したい。あなたの国籍を言ってください。ミス、いや、ミセス？　アテー。

証人　説明が困難です。

検事　どうしても言ってください。

証人　ハザール▽人です。

検事　なんと言いました？　聞いたこともない民族名だが。パスポートはどこのです。ハザールとやらかね。

証人　いいえ、イスラエルです。

検事　そうか、それで分った。その返事が聞きたかった。ハザール人がどうしてイスラエルの旅券が持てるのか。同胞を裏切ったということか。

証人　（笑いながら）とんでもない、言うなれば、その逆です。ハザールはユダヤ人と同化し、わたしもユダヤ教を受け容れ、イスラエルのパスポートを取りました。いったい世界でひとりきりになってどうやって生きていくのですか。もしもアラブ人が全員、ユダヤ人になったら、検事さん、あなたはアラブ人として残りますか。

検事　コメントの必要を認めない。質問はわたしのほうの仕事なのだ。あなたの証言は、同じ旅券をもつ被告を助ける狙いしかない。これで尋問を終ります。尋問は判事側も打ち切りと思うが……。

次に証言台に立ったのは検察側主要証人、ベルギーのヴァン・デル・スパーク夫妻であった。夫妻の証言は次の三点である。第一点――わずか四歳の幼児が殺人罪を犯したという筋書は滑稽千万である。第二点――鑑識の結果、ムアヴィア博士殺害に使用の武器に残された指紋はドロタ・シュルツ博士以外のもののなかったこと、および、当該凶器（三八口径スミス・アンド・ウェッソン36型）は同シュルツ博士の所持したものであることが確定している。第三点

――（この点はスパーク夫人が強調）シュルツ博士にはムアヴィア博士殺害の動機が存在し、イスタンブルにきたのは殺害が目的であった。すなわち、第三次中東戦争中、ドロタ・シュルツ博士の夫に重傷を負わせたのはムアヴィア博士であることが調査により判明している。動機は明白であり、殺害は報復を目的としたものだ。したがって、キングストン・ホテル勤務ウェイトレスの証言は信ずるに足りない。以上である。

証拠に基づき、検事は政治的動機をも含む謀殺犯人として被告ドロタ・シュルツ博士に対し有罪の宣告をくだすよう判事側に求めた。ここでシュルツ博士がふたたび出廷し、簡潔な最終陳述を行い、ムアヴィア博士殺害には無罪であること、証拠提示は不可能だが、アリバイの存在することを申し立てた。どのようなアリバイか、と判事に問われると、彼女はこう答えた。

「ムアヴィア博士殺害の時刻、わたしは別の人物を殺害中でした。イサイロ・スゥク博士を枕で窒息させたのはわたしです」

状況証拠では、あの朝、事件発生の前後の時刻、ヴァン・デル・スパーク博士もスゥク博士の部屋にいるところを目撃されていたが、シュルツ博士の自白の結果、スパーク博士は事件に無関係として無罪放免となった。

審理は終了し、判決が言い渡された。ドロタ・シュルツ博士は、ムアヴィア・アブゥ・カビル博士の報復謀殺の容疑に関しては無罪、イサイロ・スゥク博士殺害については有罪が宣告された。ムアヴィア博士殺害の犯人は未解決のまま、ヴァン・デル・スパーク一家は釈放となった。キングストン・ホテル勤務ウェイトレス、ヴァージニア・アテーは裁判所を欺き、審理進行の惑乱を図ったとして罰金刑に処せられた。

ドロタ・シュルツは禁固六年の刑に服するため身柄をイスタンブル監獄に移された。彼女はそこからしきりにクラクフのドロタ・クファシニエフスカ宛に便りを出す。信書はすべて検《あらた》められたが、手紙の文末はどれも次の不可解な言葉で結ばれる——「贋の犠牲者がわたしたちを死から救った」と。

彼女が殺害の手を下《くだ》したスゥク博士の部屋からは一冊の書物も文書も発見されなかった。見つかったのは卵一個、その一方の端が割られていた。遺骸の手が卵黄で汚れていたが、これは殺される直前に卵を割ったことを示している。いや、もうひとつ発見されたものがある。黄金の環付きの珍しい鍵が一個である。不思議なのは、これがキングストン・ホテルの一従業員の部屋の鍵穴にぴったりと合致したことである。ヴァージニア・アテーの部屋だ。

ヴァン・デル・スパーク一家の使用した食卓の上から証拠として押収された一枚の計算書がある。ホテル専用のメモ用紙の裏に記したその数式はこうであった。

$$\begin{array}{r} 1689 \\ +\ 293 \\ \hline =1982 \end{array}$$

結語――本事典の有用性について

一冊の本、それは雨水を吸った葡萄園《ぶどうえん》ともなれば、ワインの撒《ま》かれた葡萄園でもありうる。本書が後者に属することは、すべての辞書・事典類と同様である。事典は一日当たりにすれば、わずかな時間しか必要としないが、年間に直せば、多くの時間を占領する。この損失を過小評価してはならない。読書とは、一般論からして、いかがわしい行為であることを考慮するなら、なおさらだ。

読まれることによって、書物はあるいは快癒し、逆に死に至りもする。また姿を変えられることも、肥え太らされることも、凌辱されることもありうる。書物の迷宮に配されたアリアドネの糸はその流れの方向を自在に変えうるので、読者は絶えずなにかを見落とし、行間からは文字を、指のあいだからはページをこぼし、かと思えば、眼前で、次つぎとキャベツの葉のように文字やページの生えてくる場合もある。

もしも、あなたが本を脇に放っておくなら、翌日、書物は、火の消えた竈《かまど》、温かな夕食を整えて迎えてくれることのない竈のようになりはてる可能性もある。加えて、こんにち、人々は悠々たる読書に（また辞書・事典類を引くことにさえ）必要な孤独を欠いている。書物とは竿《さお》秤《ばかり》に似る。初めに右へ傾けば、そのうちには左へ揺れて、そのまま止まる。このように、書物の重みも右から左へと移り変る。

読む人の頭のなかにおいても似た現象が生ずる。希望の領域から離れ、思考が記憶の領域へと移動したとき、すべては完了する。しかし、なおかつ読者の耳の奥底には著者の口から出た少量の唾《つば》が言葉の風に運ばれた砂粒とともに残るかもしれない。何年もすれば、さまざまな声がその砂粒を核として定着し、いつの日か、一粒の真珠に、あるいは熟成した黒山羊の乳のチーズとなる。もしも死んだ貝のように閉ざされた耳であれば、空っぽのままだ。だが、その責めは決して砂粒にはない。

いずれにせよ、かくも浩瀚《こうかん》な書物を読破する作業とは長時間の孤独を意味する。つまり、ふたりが同時にピアノに向かう連弾ならぬ〈連読〉の風習がない以上、あなたは大事な人を長らく放っておくわけである。この点を反省する著者としてぜひともここで埋合せをつけたい。

そこの聡明な目と物憂げな髪の愛らしき乙女よ——本事典を読み進めつつ、恐怖に戦《おのの》く思いして人恋しく覚えるなら、こうしてみてはいかがか。月初めの水曜日の正午、事典を小脇に、街の大通りのお気に入りの喫茶店へと出かけたまえ。そこにはきっと、青年が待っているはずだ。あなたと同様、この本に読み耽って時間を浪費し、孤独に打ちひしがれた若者が。顔を合せたら、コーヒーを注文してふたり仲よくテーブルを囲み、それぞれ手にした男性版と女性版とを見せ合うがよい。

両版には内容の違う箇所がある。ドロタ・シュルツ博士の出した最後の手紙のうち、書体を変えて組まれた短い部分だ。両版を比べ合えば、本書は合体して完全となる。そうすれば、おふたりにとって、もう本書は用なしだ。そのあとは、この事典の編集者を罵倒なさるがよろしい。ただし、叱責は手短に限る。なぜなら、そのあとで始まる出来事こそは、おふたりの問題であり、いかなる読書よりも価値あることなのだから。

わたしには見えてくる——通りの郵便ポストの上に夕食の食べものを載せて、めいめいが自転車に跨《また》がりながら抱き合うようにして、食事するふたりの姿が。

ベオグラード、レーゲンスブルク、ベオグラード
（一九七八—一九八三年）
著者

訳者あとがき——解説に代えて

「ハザールの首都発見」のニュースが日本に伝えられたのは、この翻訳の最終稿もようやく成ろうとする昨年夏のことであった。知られざるハザール族について、またその古都について日本の日刊紙が報道するのは、史上、これが最初であったに違いない。「カスピ海の小島に防壁と古墳」（モスクワ共同電、八月五日、毎日新聞・朝刊）、「ロシアの学者・日本の写真家ら発見」（同二十日、朝日新聞・夕刊）、「東欧ユダヤのルーツ解明に光」（同二十五日、読売新聞・夕刊）と書かれた記事は大方の読者には遠い出来事だったろうが、訳者にとって偶然の不思議を感じさせる出来事だった。読者はこの本を楽しんだのちに、古い新聞の綴じ込みをめくり、地図の添えられたこのニュースの大きさをぜひとも味わっていただきたい。謎のハザール族はこんにちもなお謎を投げかけつづけている。

こうして、ゆくりなくも『ハザール事典』の原著者（そしてまたこの本の編集者と出版元）の先見の明が称えられることになったわけだが、それにつけてもわたしたちは著者ミロラド・パヴィチがこの幻想に満ちた物語を思い立った動機に思いを致さざるを得ない。

歴史を繙《ひもと》けば（というより百科事典を披《ひら》けば）、ハザールとは六世紀半ば南ロシア草原に姿を現し、新興のアラブその他、近辺の民族を圧して、七世紀中ごろには王国を築き、やがてクリミア半島の大半に君臨した半遊牧の民である。九世紀、再びアラブと争うが、戦いが収まるやヴォルガ川の下流域にあった首都イティルには多くのムスリム商人が移り住み、イティルは国際貿易の中心として栄える。だが、十世紀（九六五年）、首都はルーシの遠征によって滅び、その後、ハザールは次第に歴史の舞台から影を消した（間野英二氏による）。ルーシとはキエフ・ロシアのことである。

奇妙なのは、カガンを号する君主の命により、ハザールがみたび信仰を変えたことであろう。ユダヤ教を奉ずるのが九世紀初め、その後、イスラーム教、キリスト教に転々として改宗したといわれる。『ハザール事典』の物語は、この改宗の真実を追うかのように、ややペダンティックに展開される。だが、これは仮装であり、お話は枝葉を伸ばしつつ、右に別れ、左に走り、目まぐるしく縦横無尽に広がってゆく。

ここで、唐突に話をはさむと、『ユダヤ人とは誰か―第十三支族・カザール王国の謎』（宇野正美訳、三交社）という珍書はあまり知られていまい。著者アーサー・ケストラー（一九〇五―一九八三）とは東欧の知識人の反逆に先立ち、いちはやく反共の旗を掲げた先覚者のひとり、小説『真昼の暗黒』の著で知られるハンガリー出身のユダヤ人作家である。七七年に書かれたこの著作はやや眉唾の内容ながら、彼が東欧のユダヤ人として、その遠いルーツをハザールに求めた心情には心惹かれる。

さて、パヴィチ（一九二九年生まれ）は旧ユーゴスラヴィア連邦の詩人であり、ベオグラード大学で文学を講じている。ユダヤ系ではなく、セルビア人。小説の作品としては、短篇集『ロシアの猟犬』に続いてこの『ハザール事典』（一九八四）を、その後、『紅茶で描かれた風景画』（九〇）の題でクロスワード・パズルを折り込んだまたも風変りな作品と、表側と裏側と両方から読み、中ごろに海のように青いページが一枚あるという小説『風の裏側』（九一）と――いずれもセルビア語で著したお洒落な題名の作品を続けて発表している。なにしろ、第一作の本書『ハザール事典』は母国でＮＩＮ賞なる最高の文学賞を受けたあと、英語版、フランス語版、ドイツ語版等々が出て、世界的な人気を呼び、ついにペンギン叢書にまで仲間入りするに至った（最新情報によれば第二作もペンギンに入ったそうだ）。パヴィチ教授の勤勉ぶりはこの人気の大波に応えてのことと思われる。ここに遅まきながら日本語版を諸兄姉にお贈りするに当たって、こちらでも国際的水準の評判を呼ぶことを期待する所以である。この作品の訳書の出版としては、世界で二十五番目になるという。

　お断りしておくと、これはあくまでもパヴィチの書いた痛快きわまる小説である。「事典」という見かけに騙されがちと思われるが、決して面倒な歴史書ではなく、考古学の書物でも、また宗教の研究書でもないし、ましてハザール民族の源流を突き止めるための民族史でもない。表題そのままを信じ込んで、こんな重苦しい事典は不要との誤断こそゆめゆめ禁物である。どうか敬遠しないでいただきたい（書店でたまたまお手にとったあなたは、さっそく勘定場に足早に歩むことです）。

　言うなれば（と言っても、とうてい一言ふたことでは言い尽くせないのだが）、これはまず大学教授の筆のすさび、遊びの書であり、七世紀からはるかに現代に至る恋愛物語と謳うこともできれば、夢を見ることの好きな若者に好適の書とも言えるし、怪談好きの読者にはほんのりとしたお化け話としてお薦めできる。見方によっては、SFふうでもあり、スリラーめいてもいれば、ノンフィクションを装った上質のフィクションである。悪魔どもの百鬼夜行する怪奇譚、ないしは、史実との境界をぼかした、ひと癖ある大法螺話と断じても真実から遠くない。エロティック・シーンもあるおとなのためのおとぎ噺と受けとめても間違いない。しかも探偵小説の面白ささえ十分に具えてもいる。巻末近く、惨劇の起こるカイロのホテルに会した小説の主人公たちの正体は？　このクイズを正解の読者には抽選で賞品をさしあげる、そんな企画を思いついたほどである。

こうして多面的な楽しさを十二分に盛り込んだ本書だが、外国の評者の言う「二十一世紀的小説」としての文学性はもちろんのこと、さらに宗教学、歴史学の面からも、高級なエンターテインメントたり得ていると思われる。つまり学者にも遊んでもらいたい本なのである。

いくらこう並べても、これだけでは、この奇書の魅力は尽くせない。おそらくそれは読者ご自身の読後感であろうと、いまから約束してもよろしい。著者は「まえがき」のなかで寛大にも、どこから読もうとお構いなし、読み残してもさし支えないという。そんな著者がどこにいるだろう。希有の著者はすでに知っているのだ――この本に読み耽るあなたもまた、作中の人と同じ〈夢の狩人〉であると。

人生は夢、物語も夢。夢で胡蝶となった荘周は夢から覚めたとき、待てよと首を傾け、胡蝶とおれとどちらが実在か、果たして実在の胡蝶が夢に非在の荘周となったのではないかと疑った——とは、東洋の哲学者、荘子の書き残した故事である。飛躍するようだが、夢に固執する作者パヴィチの文学論をまとめると、あるいはそこへ行きつくのかもしれない。こう書いたあと、あるインタビューで、パヴィチ自身が述べているのを見つけた。「そうなのです。われわれは夢を見ることが必要なのです」と。

*

短く書くつもりが、売り文句（但し、正真正銘、嘘も偽りもない）にこだわるあまり長引いた。明るく楽しい表面ばかりを強調して、暗く悲しい裏面は隠されたままではないか、と道学者の叱りをこうむりそうである。人生は悲喜明暗からなる。このあと少し堅苦しい講釈に移らせてもらう。本書を「学者の余技」と打ち棄ててほしくないからだ。

連邦崩壊後の旧ソビエトよりも、いっそう悲惨なのが、おそらくは昨今のユーゴスラヴィアである。めちゃくちゃな殺し合いに世界はうんざりしている。しかも解決の見通しは当分は立たないように見える。その根柢にあるのは、ご承知のように、民族間の憎しみであり、信仰や伝統の違いからくるいがみ合いである。各民族に歴史の刻みつけた傷の深さがつくづく思われる。短期的には戦後、ティトーという個人と共産主義者同盟なる組織と御多分に洩れぬ秘密警察とによって上から回りからきつい箍《たが》をはめられていた多民族国家ユーゴスラヴィアが瓦解《がかい》し、ばらばらになると、にわかに各民族の血が騒ぎ立ち、先祖伝来の土地の奪い合いに躍起となりだしたかのようである。

セルビア人とクロアチア人との殺戮《さつりく》は、第二次大戦中にも陰惨をきわめた。両民族の言語は文字こそキリール文字に対してラテン文字と異なるが、なんら支障なくたがいに話し合えるほど言葉の差は少ない。その文字の違いこそが（たとえばポーランドとロシア間のように）、とりもなおさず信仰と伝統の違いを意味する。宗教上では、セルビア人がギリシャ正教やロシア正教と縁の深いセルビア正教徒なら、クロアチア人がヴァティカンと結ぶカトリック教徒である。両者の対立・衝突の事情は、宗教について暗く、民族摩擦についてようやく目をひらこうとするわれわれの理解をはるかに超える。さらにムスリム人と呼ばれるイスラーム教徒の分布が問題を複雑にする。撃ち合い、殺し合いの死者、負傷者の数、国外に流れ出た難民の数は、すべて次つぎに増えてゆくから、新聞報道に譲るのが賢明だろう。この物語に登場するアドリア海岸に臨むドゥブロヴニク（クロアチア）の街も中世以来の美しい姿をすでに喪ったらしい。

だが、物語『ハザール事典』は、それよりまえ、ユーゴスラヴィアがまだしも健在な（一時的また表面的にせよ）時代、一九七八年から八三年にかけて書かれた。パヴィチ教授の胸の底には、この国の民族の過去と現在の不幸をめぐる憂国の情が久しく渦巻いていたのではなかったか。その憂鬱から自らを解き放つために、彼は物語の筆を執る。遠い昔に消えた民族ハザール、その民族のありようを探ろうとする後世の好事家たち——彼らを主人公として物語ることで現世の憂さは紛れるかもしれないと。

語ることに楽しさを見つけながら、この思わくは必ずしも実らなかった。現在のすべてに過去が映し出されるのは、過去が現在を照射しており、過去も現在も時間という同一の流れの別名でしかないからだ。かくて現世からの解脱は成らなかった。過去の物語をつづる教授の頭のなかには、過去の風景とともに、当然ながら、現在の（むしろ永遠の）問題が厚く積み重なる。民族と宗教、民族と伝説、民族と支配者、民族と戦争、民族と言語、民族と異民族……移動する軍隊、放浪する個人、旅人の宿、酒、男と女、愛欲、音楽、絵画、書物、記録、記憶、夢、執念、執着、迷信、恨み、殺人、不老不死、悪魔……。

大げさな——と、こんどはパヴィチから声がかかりそうな気がする。それがいつの世も人間世界だったではないか、とも。それならば、問い返そう。現代（いや、旧と言わねばならない）ユーゴスラヴィアに向けた批判がちくりちくりと作品中に散見するのは、どうしてなのかと。

「まえがき」で作者がラテン語の「緒言」の形を借りて、権力者に媚びへつらう徒輩をなじり、びくびくするなと人々に呼びかけたのはなぜか。

アカデミー会員と見える考古学者スゥクの項に、同じ建物にある支配政党の本部と学界との違いを「二階で蠢《うごめ》いている世界は、三階より一段と下級な世界」と皮肉ったのはどのような意図からか。

ファラビ・イブン・コーラの項にある「旅人と学校についての覚書」の女人を監視する武器を手にしたふたりの男の尊大無礼は「旧共産圏」のどこにも密かに横行していた秘密警察の男どもとそっくりではないか。

もうひとつ挙げるなら、「付属文書II」のなかの現代世界に向けた発言は見のがせない。ヴァン・デル・スパーク一家の四歳にならない坊やの発言である。「あなたたちのデモクラシーの結果を見てごらんよ。以前は、大国が小国を抑圧してましたね。いまはその逆だよ。……びくびくしているのはもう少数民族のほうじゃない」（この一家の親子三人の正体はクイズとして残しておこう）。

刺青《いれずみ》によって男の全身に書き込まれるハザールの歴史（「赤色の書」ハザールの項）とは、支配者の恣意のままに改竄《かいざん》が繰り返された史書の哀れを振り返らせるものだし、ハザールの女性たちが呪いをかける支配者アレクサンドロス大王（「まえがき」）とは、レーニン、スターリン、またはティトーを指そうとしたのかとも解される。こう書くことでパヴィチ教授はたしかに憂さ晴らしを果たしたのだ。すべて憂さ晴らしの背景には、それだけの重い理由がある。執筆当時の教授は体制批判の暗い目つきをしていただろう。

一風変った不思議な登場人物たち（鸚鵡《おうむ》、駱駝《らくだ》、亀を含む）もさることながら、この夢幻の物語には夢や地獄のほかにも作者一流の偏執がつきまとう。左と右、男性と女性（風にさえジェンダーがある！）、曜日、作りあげ組み立てられる人体、逆行して飛行する鳥、塩、言語、そしてもちろんセックスなど。その行きつくところ、小説まで男性版、女性版の両版を出す凝《こ》りようとなる。パヴィチの詩人的な性向、遊びごころの表れであろう。それだけに主観が過ぎて、時に独りよがりめく欠点もほの見えないではない。が、奇想天外な事件、珍談奇談のかずかずをつなぐ全体の構想の面白さ、人と人との結びつきの奇縁は、瑕瑾《かきん》をたちまちに覆って余りある。どこから読みだしてもよい――そんな図版入り事典仕立ての空前絶後に珍妙な、知的でスマートな小説を存分に楽しんでほしい。

＊

これまでぼくが翻訳を手がけた唯一のユーゴスラヴィアの小説にアンドリッチ作『呪われた中庭』がある。中世のイスタンブルの監獄が舞台だった。今回もまたコンスタンティノープル（イスタンブル）が出てくるのは偶然にすぎないが、この国の一部がかつてトルコの支配下にあったことを思い出させる。今回の出版を機として、ベオグラードを再訪して（あの街に一週間、滞在したのは、東京オリンピックの年だ）作者を尋ね、ドゥブロヴニクを訪れ、さらにはイスタンブルに足を延ばそうという訳者の夢は不幸な戦乱のため果たせないままである。

翻訳に当たっては英仏両語版を用いたが、疑点の生じた場合、辞書を頼りにクロアチア語版により原意を確かめた箇所も少なくない。また原文は改行が少ないので、読みやすさを考慮して改めておいた。訳文の筆を執りあげたのが九一年二月二十二日、大幅に手を入れた第二稿の訳了（フロッピー完成）は九二年八月二十二日であったと記憶する。

とくに人名・地名の表記を含むアラビア語に関しては、東京外国語大学の奴田原睦明氏の教示を賜った。また東京大学の森安達也氏からはハザールの中国語表記が「可薩」であるとの貴重な知識を得た。担当編集者の井垣真理さんの助力は、嬉しくありがたかった。すべての方々に厚くお礼を申しあげたい。

翻訳は横書きとし、ベオグラード版の順序に訳し、そのまま横組みの本になる形勢だったが、当初の計画は流れて、ごらんのとおり「あいうえお」順の縦組みとなった。人名は別として、項目の訳語が異なるため各国語版とも配列は原著と差がある。著者はそれが気に入っている。読めない文字の並ぶ風変りな日本語版『ハザール事典』を手にしたときのパヴィチの喜ぶ様子が見えるようだ。

なお楽器リュートはヨーロッパの楽器だが、原書および訳書はすべてリュートの用語を用いてある。この作品の場合、リュートの元となったアラビアの楽器ウードのほうが適切であると判断して、異国情緒のあるウードのほうを採った。あえて異を立てたのはアラビア文化の伝統に敬意を表するためである。ヨーロッパが中世から脱却できたのは、アラビア文化に負うところがきわめて大きい。哲学、神学、医学、天文学、錬金術などはアラビアの科学者（ペルシア人、ユダヤ人等を含む）を通じてヨーロッパにもたらされて発達した。東京でもこの楽器を使う小コンサートが開かれていることは、大学の同僚でウード奏者でもある松田嘉子さんから聞いた。彼女の形も色も美しい名器を写真に撮り、表紙にしたらと思い描いたりもしたほどだ。

原稿の配列替えやら最終チェックやらに多忙な井垣さんが、ある日、眉を曇らせて言った。

「セルビアもクロアチアも、なんとかならないでしょうか。いったい、どうしてでしょうね、あそこまで啀《いが》み合うなんて……。ちょっと思ったんですが、キリスト教にしろイスラーム教にしろ、悪魔が存在する宗教のもとだと、戦う相手を悪魔と見なすようになってしまう、そしてあそこまでの憎しみに至る、なんていうことはないでしょうか……？」

そのとき頭に閃くものがあった。そして、その通りだった。この書に頻々として登場する「悪魔」はクロアチア語ではvrag、ところが「敵」に相当するポーランド語はwróg、ロシア語ではвраrだから、なんとスラヴ語の悪魔と敵は共通の語源からきているのだ。語源辞典にもそう書いてある。つまり、悪魔は敵であり、敵はつねに悪魔。敵を生かしておくのは、悪魔の跳梁《ちょうりょう》を許すに等しい。ああ！

（一九九三年二月十四日、ヴァレンタイン・デーに記す）

工藤幸雄

美酒と奇想——東欧ポストモダンの旗手、パヴィチを称えて

沼野充義

ミロラド・パヴィチとは一度だけ、会ったことがある。ベオグラード大学創立二〇〇周年を記念して開催された国際シンポジウム「言語・文学・文化・アイデンティティ」に招待されて参加した折、同大学教授で、ベオグラード在住の詩人・セルビア文学翻訳家の山崎佳代子さんにお願いして、パヴィチに連絡をとっていただき、セルビア科学芸術アカデミーの彼の研究室を、山崎さんといっしょに訪ねたのだった。さらに当時クロアチア留学中だった若手研究者の亀田真澄さんも合流し（なにしろ、あのパヴィチに会える！）、とても楽しい顔ぶれになった。二〇〇八年九月十一日、いい天気の日の昼下がりだった。

パヴィチはそのときすでに、満八十歳まであと一か月というところだったが、じつに矍鑠《かくしやく》たるもので、書くことが楽しくてしかたない、奇想の泉はいまだに涸れることを知らず、こんこんと湧き出てくる、といった感じだった。じつはこのとき、彼は個人的な家庭の悲劇に見舞われていて大変な時期だったはずだが、遠来の客を上機嫌で迎え入れ、研究室でしばらく話をした後、私たちはさらに彼の招待で、近所のレストランのテラスに場所を移し、明るいバルカンの日差しを受けてセルビアの美酒と料理を楽しみながら、ちょっとのつもりが、結局、三時間

近く、ロシア語、セルビア語、英語の入り乱れる会話を続けたのだった。

パヴィチは雄弁に、自分の作家としての経歴から、フィクション観、現代作家たちについての評価、さらには二十一世紀の文学の展望まで様々なことを語ってくれ、その模様は『れにくさ』(東京大学文学部現代文芸論研究室論集)の記念すべき創刊号に掲載してあるが(日本語への翻訳はロシア語・セルビア語の両方に堪能な亀田さんがやってくれた)、ここには『ハザール事典』に直接関係のあるやりとりを少しだけ、再録しておこう。

――パヴィチさんの代表作『ハザール事典』について、前からうかがいたかったことがあります。これは多くの外国語に訳され、国際的に注目された作品です。しかし、この本はいろいろな断章をアルファベット順に配列した事典形式で書かれているので、翻訳されると項目の順番が変わってしまう。つまり翻訳される言語の数だけ、異なったバージョンの事典ができるわけですね。これは小説のポストモダン的な受容という意味で、とてもおもしろい現象だと思いました。しかし、パヴィチさんご自身、『ハザール事典』を執筆しているとき、このようなことを予測されていましたか? こんなふうに様々な言語に翻訳されて、違う配列の訳書がいろいろ生まれるということも、計算のうちだったんでしょうか?

パヴィチ　とてもおもしろい質問ですね。私が『ハザール事典』を書き始めたころ、コンピューターはまだ家庭には普及しておらず、大きな研究所みたいなところにしかありませんでした。そんなときに私は四十七章の『ハザール事典』を書き始めました。各章は独立していて、好きな章から読んでいいのです。前から読んでもいいし、後ろから読んでもいい。そういった作品を作るのはとても難しいことでした。私の娘は――今はもうこの世にはいませんが――私が『ハザール事典』を書き始めたとき、まだ幼い女の子でした。一度、各章のタイトルを書き込んだカードを作り、色々と並べ替えてどの配列がいいか考えていたことがあります。そのとき娘がベッドルームに入ってくるや、「パパ、なにをしてるの？ それ、おもちゃ？」と聞いてきました（笑）。結局、そのときの配列のまま本ができたんです。

パヴィチは一九八四年、『ハザール事典』によって、突如、世界文学の表舞台に躍《おど》り出たセルビアの作家である。この小説は、誰も予期できないようなバロック的で奇想天外な仕掛けに満ちた、実に風変わりな作品で、その衝撃は大きかった。すぐに目につく最大の特徴は、「小説」とは言いながらも、事典の形式をとっているということだ。しかも、それは三種類の事典からなっていて、「赤色の書」はキリスト教関係資料、「緑色の書」はイスラーム教関係資料、「黄色の書」はユダヤ教関係資料に基づいている、という設定である。それぞれの「書」が項目をアルファベット順に配列した事典の形式をとり、中世に滅びた伝説的なハザール王国に関する様々な情報を掲載している。これら三つの書は、三つの異なった宗教の立場から、しばしば同じ項目を取り上げ、異なった観点から説明することになる。このようなポストモダン的手法のおかげで『ハザール事典』は全体として、文学的奇想の楽しいゲームと相対主義的な遊びの感覚に満ちた作品になった。小説を首尾一貫した一つの流れに沿って読まず、クロスレファレンスによって項目から項目へ飛んだりすることも、ここでは自由である。さらに興味深いことに、語りの一定の「直線性」の否定という側面は、翻訳を通じてもっと強められる。いま引用したインタビューでも話題になっていたように、この作品はアルファベット順に事典形式の配列をした書であるため、外国語に翻訳されるたびに、それぞれの言語に応じて配列を完全に変えてしまい、世界各国語の翻訳はみな異なった順序に項目を並べているのだ。

この本のもう一つの形式上の新奇な点は、「男性版」と「女性版」の二種類があるということだ。これまた、誰も思いつきそうで思いつかないアイデアで、古今東西数えきれないほど小説は書かれてきたとはいえ、こんな本は史上初めてではないだろうか。本書の結語でも種明かしが行われているように、「黄色の書」でシュルツ博士の最後の手紙に、一段落だけ、互いにまったく違う箇所があり（邦訳では太字で強調されているので、どこかはすぐに分る）、男性版と女性版を合体させないと、本書は完全にならない、というのだ。そのために二冊買う人もめったにいないだろうから、あらかじめ読者に安心していただくために説明しておくと、その違いは、まあ、それほど決定的なものではない。むしろ、男性版と女性版を持った男女がカフェで出会って互いの本を見せ合う、といったお洒落《しゃれ》な仕掛けのため程度と考えていただければいいだろう。

とはいえ、ほぼ同じ一つの小説なのに二種類印刷して流通させるというのは、相当手間も費用もかかる。さすがのパヴィチ自身も出版社の苦情に折れたとみえ、二〇〇三年にはベオグラードで両性具有《アンドロギュノス》版が出版されるに至っている。これはその名の通り——しかし、なんという命名だろう！——男性版・女性版を一冊に合体させたバージョンである。この両性具有版の序文で、パヴィチはこれまた驚くべきイメージを展開している——「ここには何やら近親相姦的なものがある。出版の経済のせいで余儀なくされたこの新しい形式において、書物は女性の時間が男性の時間を含む場として思い描くことができるだろう」と彼は説明している。そして、書物の男性器であるハザールの木が、小説の女性版の中に入っていくのだ、という。

最後に作家のプロフィールを簡単に紹介しておこう。ミロラド・パヴィチ Milorad Pavić は、一九二九年十月十五日ベオグラード生まれ。もともとはセルビアの十七〜十九世紀文学を専門とする文学研究者で、ノヴィサド大学およびベオグラード大学の教授をつとめた。文学史家としての代表的著書は『バロック期セルビア文学の歴史』（一九七〇）で、彼の豊かな奇想の源泉のひとつは、このバロックではないかと思われる。創作の分野では、最初は詩を書いていたが、セルビア国外ではほとんど知られることはなく、『ハザール事典』（一九八四）で一躍世界的に知られるようになり、この小説は三十か国語以上に翻訳されたという。こうして彼は、単線的な物語の叙述を避けるハイパーテキスト的手法を早くから取り入れた東欧ポストモダニズムの旗手として、国際的な地位を確立した。その後の彼の旺盛な小説執筆には目覚ましいものがあり、しかも新作の一つ一つが、聞いたこともないような新しい仕掛けと奇想に満ちていて、読者を楽しく驚かせ続けた。彼の公式サイト（サイト名はパヴィチの名前は冠さず、「ハザール・コム」khazars.com である）には全部で四十六冊のセルビア語による単行本著書が挙げられている。邦訳は『ハザール事典』の他に、『風の裏側』（青木純子訳、東京創元社、一九九五年）、『帝都最後の恋』（三谷惠子訳、松籟社、二〇〇九年）の二冊があり、沼野充義編著『ユートピアへの手紙　世界文学からの20の声』（河出書房新社、一九九七年）には、パヴィチのエッセイ「小説の始めと終わり」が収録されているとはいえ、これはパヴィチの残した大いなる奇想の宝庫のごく一部にすぎない。百種類もの結末を選べる（！）推理小説『あなただけの小説』（*Unikat*）や、世界各国の三十八人の架空の作家による短篇集『紙の劇場』（*Pozorište od hartije*）（日本からはミヤケ・トシローなる作家の「カセット」という作品が収録されている）など、もっと訳されるべき楽しい小説がたくさんあるのだ。

とはいえパヴィチの小説は、もちろん、楽しいばかりではない。『ハザール事典』にしても、じつは滅亡したハザール人の運命をセルビア人になぞらえようとする彼の民族主義的な主張がこめられた政治的意図のある作品だという見方もある。『世界文学とは何か？』の著者デイヴィッド・ダムロッシュもまさに、その点を問題にしていた。そもそもこの小説の核になっているのは、ハザール王国がかつてキリスト教、イスラーム教、ユダヤ教のいずれかを選択しようとして論争になったという「ハザール問題」であって、事は宗教に絡んでいるだけに、現在のバルカンに直結した深刻な議論にもなりかねない。しかし、パヴィチのすごいところは軽々とこれらの宗教の境界を越え、宗教間の対立さえもポストモダン的フィクションの遊びにうってつけの材料として使っているように見えるということだ。この意味においてパヴィチの小説はとりわけ「東欧的」な越境精神の産物といえるだろう。パヴィチの文学は、彼自身の多分に民族主義的な政治的立場を裏切るほど自由であり、異なった文化を相対主義的な視点から取り込み、共存させている。このような越境精神の刻印を帯びた作品の成立は、バルカンの多文化的な風土なくしては考えられないが、これはなによりも彼の天才があって初めて可能になったことだ。

パヴィチは二〇〇九年十一月三〇日、心筋梗塞のためベオグラードで八十一歳の生涯を閉じた。私が会ってからわずか一年後のことである。いまや彼はバルカンの作家というよりは、ボルヘス、カルヴィーノなどと並ぶ、二十世紀世界文学の旗手の地位を獲得していると言えるだろう。

ちなみに本書の訳者、工藤幸雄氏もじつはパヴィチの一年前、二〇〇八年に亡くなっていた。ここで最後に思い出話を一つ書き留めておけば、じつは私は工藤先生に本書を共訳しないか、と声をかけていただいたことがある。もったいなくもお断りしてしまったのは、私の拙い訳文では名翻訳家、工藤幸雄の足を引っ張るばかりで、とても「共同作業」にはならないだろうと判断したからだが、それが間違いでなかったことは、パヴィチの小説の内容に相応しいこの流麗な翻訳を見ればはっきりわかるはずだ。

本書は、一九九三年に小社から刊行された作品の文庫化である。

索引

太字は項目があることを示す（頁数についても同じ）。
「ハザール」は本書全般にわたって記述があるので
項目の頁数のみを記した。

サ行

タ行

ナ行

ハ行

マ行

ヤ行

ラ行

創元ライブラリ

ハザール事典〔男性版〕
——夢の狩人たちの物語

二〇一五年十一月二十七日　初版
二〇二二年一月二十一日　再版

著者◆ミロラド・パヴィチ
訳者◆工藤幸雄
発行所◆㈱東京創元社
代表者　渋谷健太郎

郵便番号　一六二—〇八一四
東京都新宿区新小川町一ノ五
電話　〇三・三二六八・八二三一　営業部
〇三・三二六八・八二〇四　編集部
振替　〇〇一六〇—九—一五六五

DTP・キャップス
印刷・暁印刷　製本・本間製本

ISBN978-4-488-07075-5　C0197

CLOUD * ERIC MCCORMACK

マコーマック文学の集大成

雲

エリック・マコーマック　柴田元幸訳

出張先のメキシコで、突然の雨を逃れて入った古書店。そこで見つけた一冊の書物には19世紀に、スコットランドのある村で起きた、謎の雲にまつわる奇怪な出来事が記されていた。驚いたことに、かつて若かった私は、その村を訪れたことがあり、そこで出会った女性との愛と、その後の彼女の裏切りが、重く苦しい記憶となっていたのだった。書物を読み、自らの魂の奥底に辿り着き、自らの亡霊にめぐり会う。ひとは他者にとって、自分自身にとって、いかに謎に満ちた存在であることか……。

▶マコーマックの『雲』は書物が我々を連れていってくれる場所についての書物だ。　——アンドルー・パイパー

▶マコーマックは、目を輝かせて自らの見聞を話してくれる、老水夫のような語り手だ。

——ザ・グローブ・アンド・メイル

四六判上製